Schwer erklärbare Unfälle führen dazu, daß Meister Li (Detektiv, Held, Priester in einem und einiges mehr) und sein Sancho Pansa, Nummer Zehn der Ochse, wieder einmal um Hilfe und um Aufklärung gebeten werden. Sie kommen auf die Spur des monströsen Lachenden Prinzen, der die Magie so perfekt beherrscht, daß er sogar seinen eigenen Tod ungeschehen machen konnte. Meister Li und sein Helfer vermögen nach strapaziösen Gewaltmärschen durch Zeit und Raum (750 Jahre sind immerhin zu überspringen), Zusammenhänge zwischen Menschen aus gänzlich verschiedenen Epochen aufzuklären, Ordnung wieder herzustellen und den Toten ihre Ruhe wiederzugeben. Eine phantastische Geschichte mit allen Schikanen dieses Genres. Das ›Hamburger Abendblatt‹ schrieb zu diesem Buch: »Ist schon die Handlung so spannend wie ein Kriminalroman, so ermöglicht Hugharts Buch auch noch viele Einblicke in Leben und Weisheit des alten China, auch in die sozialen Bedingungen einer früh-industriellen Feudalgesellschaft. Hinter dem ›Namen der Rose‹ braucht dieser Meister Li sich nicht zu verstecken.«

Barry Hughart, 1934 im amerikanischen Mittelwesten geboren, wuchs auf einer Ranch in Arizona auf. Nach einem Studium an der Andover Academy und der Columbia-University übte er verschiedene Berufe wie Buchhändler und Gärtner aus. Durch seinen Militärdienst bei der Air Force im Fernen Osten kam Barry Hughart mit chinesischer Literatur in Berührung. Dieses Interesse und seine Kenntnisse flossen in seine Bücher ein. Im Fischer Taschenbuch Verlag sind erschienen: ›Die Brücke der Vögel‹ (Bd. 8347), für das er mit dem World Fantasy Award ausgezeichnet wurde; ›Meister Li und der Stein des Himmels‹ (Bd. 8380) und ›Die Insel der Mandarine‹ (Bd. 11280), der dritte Roman des Autors und Abschluß des Meister Li-Zyklus.

Barry Hughart

Meister Li und der Stein des Himmels

Roman

Aus dem Amerikanischen
von Manfred Ohl und
Hans Sartorius

Fischer Taschenbuch Verlag

Für den
heiligen und ehrwürdigen
Orden der Sinologen

19.–21. Tausend: Februar 1993

Ungekürzte Ausgabe
Veröffentlicht im Fischer Taschenbuch Verlag GmbH,
Frankfurt am Main, März 1990

Titel der Originalausgabe: ›The Story of the Stone‹

Lizenzausgabe mit freundlicher Genehmigung der
S. Fischer Verlag GmbH, Frankfurt am Main

Umschlaggestaltung: Manfred Walch, Frankfurt am Main
Umschlagabbildung: Mark Harrison, Sussex
Druck und Bindung: Clausen & Bosse, Leck
Printed in Germany
ISBN 3-596-28380-9

Gedruckt auf chlor- und säurefreiem Papier

Die Hauptpersonen

MEISTER LI (»Ich heiße Li, mein Vorname ist Kao, und ich habe einen kleinen Charakterfehler«). Der unvergleichliche chinesische Meister der alten Schule ist einem neuen Geheimnis auf der Spur. Er muß nicht nur zwei rätselhafte Morde aufdecken und das unheimliche Sterben von Bäumen und Pflanzen erklären, sondern auch in die Hölle steigen und den Huren beim himmlischen Jadekaiser eine neue tatkräftige Schutzpatronin erbitten.

NUMMER ZEHN DER OCHSE, ist inzwischen nicht mehr Klient des Meisters, sondern sein Gehilfe. Er darf die Abenteuer nicht nur erleben, sondern muß sie auch niederschreiben. Trotz aller Gefahren kommen die sinnlichen Freuden bei ihm nie zu kurz.

DER EINÄUGIGE WONG und *DIE FETTE FU,* arbeiten hart, um den schlimmen Ruf ihrer Kneipe zu wahren.

DAME HOU, eine wunderschöne Prinzessin und eine der größten Dichterinnen ihrer Zeit ist ein Opfer der neo-konfuzianischen Intrigen. Sie löst ihr Problem drastisch, das heißt mit einem Dolch.

BRUDER BLINZEL, ein Mönch mit großen Schwächen, denen er bedauernswerterweise erliegt und damit das Unheil in Gang setzt.

DER LACHENDE PRINZ, hinter diesem Namen verbirgt sich ein Ungeheuer, dessen Wirken jede Vorstellungskraft übersteigt.

PRINZ LIU, ein Maler mit besonderen Fähigkeiten, der ein schweres Erbe verwaltet und eine zwielichtige Rolle spielt.

KLAGENDE MORGENDÄMMERUNG, eine Hure ohne Erinnerungen, aber mit einer langen Vergangenheit; sie ist auf der Suche nach einem Stück Seele.

MONDKIND, ein Wunder, wenn es um Töne, ein Verführer, wenn es um Sinnenlust geht. Aber seine Aufgabe im Leben verlangt von ihm ein schweres Opfer.

KÖNIG SHIH HU, ein großer Herrscher mit einer gefährlichen Leidenschaft: Er sammelt besondere Menschen.

GOLDENE MÄDCHEN, schöne Amazonen, die nur ihren König lieben, ihn eifersüchtig schützen und an seiner Seite kämpfen.

Prolog

Meister Li hat festgesetzt, daß der Tag *Jen Wu* meinen literarischen Bemühungen vorbehalten bleibt. Ich hatte nichts dagegen, daß es kalt war und regnete und daß der Tag sich für wenig anderes eignete, als Tusche zu verspritzen.

»Ochse«, sagte Meister Li nachdenklich, »seit du deine Erinnerungen schreibst, wird deine Handschrift zwar immer besser, aber den Inhalt deiner Aufzeichnungen muß ich in Frage stellen. Warum wählst du mit Vorliebe die ungewöhnlichen Fälle, in denen das Geschehen melodramatisch Amok läuft?«

Heldenhaft verkniff ich mir die Antwort: »Weil es immer so ist.«

»Wenn du dich darauf verläßt, daß die Wirkung der Worte nur auf Effekten beruht, dann bist du daran schuld, daß man beim Lesen nicht mehr denken muß. Außerdem«, fügte er etwas pikiert hinzu, »gewinnt man den Eindruck, ich sei gewalttätig und skrupellos. Dabei bin ich das nur, wenn es notwendig ist. Warum erzählst du nicht einmal eine heitere, unbeschwerte und eher erfreuliche Geschichte? Wähle einen Fall, in dem es um philosophische und nicht verrückte Dinge ging.«

Ich bohrte mir mit meinem Mäuseschnurrbartpinsel in der Nase und versuchte, mich an so einen Fall zu erinnern. Es kam nicht mehr dabei heraus, als daß ich Tusche in den Nasenlöchern hatte.

»*Shi tou chi*«, sagte er.

Ich starrte ihn ungläubig an. »Ich soll versuchen, diese

schaurige Geschichte zu erzählen?« erwiderte ich mit hoher gepreßter Stimme. »Ehrwürdiger Meister, Ihr wißt sehr gut, daß mir damals beinahe das Herz gebrochen ist, und ich . . .«

»*Shi tou chi*«, wiederholte er.

»Wie kann ich die Geschichte vom Stein des Himmels erzählen?« jammerte ich. »Erstens weiß ich nicht, wie sie anfängt, zweitens bin ich mir nicht sicher, daß sie ein Ende hat, und drittens . . ., selbst wenn ich das Ende verstünde, würde es mir nichts nützen, weil ich den Anfang nicht verstanden habe.«

Er sah mich schweigend an. Dann sagte er: »Mein Junge, hüte dich vor solchen Sätzen. Davon kannst du Pickel und Gesichtszucken bekommen.«

»Ja, Meister«, sagte ich.

»Beginne am Anfang, so wie du ihn verstanden hast, berichte bis zur Mitte, erzähl weiter bis zum Ende und hör dann auf«, sagte Meister Li, schlenderte aus dem Haus, um sich zu betrinken, und überließ mich meinem Elend.

Was kann ich über den vollkommenen Stein sagen? Ich weiß mit Sicherheit nur das Datum, an dem wir in diesen Schlamassel hineingezogen wurden: der zwölfte Tag des siebten Monds im Jahr der Schlange 3339 (A. D. 650). Ich erinnere mich so gut daran, denn eine Vorahnung quälte mich, daß etwas Dramatisches geschehen würde, und ich hatte im Kalender nach günstigen Tagen gesucht. Ich tat es weniger aus kluger Voraussicht, sondern weil ich mir etwas Dramatisches wünschte, denn ich machte mir Sorgen um Meister Li. Seit einem Mond war er schlechter Laune gewesen. Er lag tagelang nur auf seiner Pritsche und betrank sich bis zur Bewußtlosigkeit. Wenn er nüchtern war, heftete er Bilder von Regierungsbeamten an die Wand und spickte die Bretter der Hütte mit Wurfmessern. Er sprach nie mit mir darüber, aber er war alt, beinahe unglaublich alt, und ich vermute, er fürchtete, er könne tot umfallen, ehe etwas Interessantes geschah.

Mir war zwar nicht ganz wohl dabei, aber ich konnte mir keinen anständigen Wahrsager leisten und mußte mich deshalb auf das *Ta-shih* verlassen, um zu erfahren, ob meine Vorahnung günstig oder unheilvoll war. Das bedeutete, ich konnte nur sechs mögliche Antworten bekommen: »erhabener Friede und Glück«, »ein wenig Geduld«, »auf der Stelle Freude«, »Enttäuschung und Streit«, »wenig Glück« und »Verlust und Tod«. Ich wagte nicht, den Zorn der Götter heraufzubeschwören, indem ich es mehr als einmal am Tag versuchte. Ich befragte *Ta-shih* zum ersten Mal am achten Tag des siebten Monats, und mir sank das Herz, als ich bei »Tod und Verlust« landete. Am neunten Tag versuchte ich es noch einmal, und die Antwort war wieder: »Tod und Verlust.« Mir schlug das Herz vom Hals bis zu den Sandalen, als auch am zehnten Tag »Tod und Verlust« herauskam. Am elften schlich ich mich vor dem Morgengrauen zum Tempel von Kuan-yin, um zu beten. Nicht einmal die Göttin des Mitleids konnte helfen. Wieder lautete die Antwort: »Tod und Verlust.« Ich bekam sie im Schatten der Statue der Göttin, während die Sonne hinter den Stadtmauern auftauchte. In diesem Augenblick hörte ich Klageschreie aus der Gasse, in der Meister Li wohnt, und dann den schaurigen Ton des Wolkengongs.

Mit Tränen in den Augen stürmte ich zurück und rannte Ming Nummer Sechs über den Haufen. Dabei zerbrach ich beinahe die zarten Buddhafinger, die Weihrauchstäbchen für das Opfer, die er gerade für viel Geld gekauft hatte. Er nahm es mir nicht übel. Ich hatte noch nie einen glücklicheren Menschen gesehen, und da begriff ich, daß die Klagen und der Wolkengong aus seinem Haus drangen und nicht aus Meister Lis Hütte. Urgroßvater Ming, ein Tyrann, wie er im Buche stand, hatte schließlich geruht, den letzten Atemzug zu tun. Meister Li hatte mich also nicht verlassen; er fühlte sich an diesem Tag sogar so gut, daß er am Abend ein paar Leute einlud.

Die Idee zu der Einladung entsprang einer augenblicklichen Laune. Er fand die Herren in einem Weinlokal, und die Damen gehörten zu einer der halbseidenen *Yuan Pen*-Truppen, die ich der *Tsa Chu*-Oper bei weitem vorziehe. Alle amüsierten sich aufs beste – nur nicht die Katze der Mings. Man hatte das Tier an den Sarg des Urgroßvaters gebunden, weil man hoffte, böse Geister zu vertreiben, die vielleicht auftauchen würden, um die *hun* – (Persönlichkeit) Seele zu rauben, während seine *po* – (Gefühle) Seele unten in der Hölle gerichtet wurde. Ich fand das mit der Katze entsetzlich – ein Hund, ja, aber jeder weiß, wenn eine Katze über den Sarg springt, erhebt sich die Leiche, steigt aus dem Sarg und richtet alles mögliche Unheil an. Auch die Katze fand ihre Aufgabe entsetzlich und jaulte sich die Seele aus dem Leib. Einer der Gäste, ein Mann mit einem aufgeschwemmten Gesicht, den ich nicht kannte, begann ein Würfelspiel mit dem Namen »Himmel und Neun«. Dann beschlossen die inzwischen beschwipsten Damen, die Katze zu übertönen, und johlten anzügliche Lieder aus dem klassisch-ordinären Lustspiel »Der lustige Tanz von Herrin Lu«. In diesem Moment zog ein Gewitter über Peking auf. Ein wilder Wind heulte kontrapunktisch mit der Katze um die Wette, und plötzlich hatte das Dach ein Loch mit dem Durchmesser von etwa einem Fuß. Schilf fiel in den Reistopf, ich fischte die Stücke heraus, überließ das Kochen den Damen, ging hinaus auf die Gasse und kletterte auf das Dach, um das Loch zu reparieren.

Ich vergewisserte mich, daß ich genug Schilf, Schnur, den Holzhammer und die Nägel hatte, und rutschte dann auf dem Firstbalken entlang zu dem Loch. Die Damen machten eine Atempause vor der nächsten Strophe. Aber der Wind, die Katze und der Spieler mit seinen Knittelversen liefen zur Hochform auf.

»*Roter Hammer sechs; das ist ja'n Klecks!*« schrie der aufgedunsene Spieler. Das hieß, er mußte einen Wurf von eins und fünf übertreffen.

»*Huuuuuuuuuuuuuuuuuuuuuuhh*«, heulte der Wind.

»*Jiiiiiiiiiiiiiiiiiiiiiauu!*« jaulte die Katze.

»*Halbwegs im Himmel – mit der Sieben auf'm lahmen Schimmel.*

Her mit dem Geld!« schrie der Spieler, der gerade eine Sechs und eine Eins geworfen hatte.
Ich rutschte auf dem First weiter und verlagerte mein Gewicht vorsichtig auf einen Bambussparren. Er hielt. Ich holte die Schnur hervor und begann, das Loch zu messen, während unter mir die Damen ihre zweite Strophe anstimmten. Ich mußte flüchtig daran denken, daß mehr als einen wohlbehüteten Mandarin der Schlag getroffen hatte, weil er zufällig die *Yuang Pen*-Lieder des Pöbels hörte.

»Mach dein Glück, wenn du noch jung bist,
Herzchen, denn die Schönheit entflieht.
Nur Schlappschwänze warten auf alte Jungfern,
wie du eine wirst, bist du erst verblüht;
mit faltigem Bauch und faltigen Brüsten, das Gesicht
fleckig und grauuuuuuuuu,
wartest du Nacht für Nacht, und deine rote Nase
weist den Weg zum Bauuuuuuuuuuuuuu!«

Noch zwei oder drei Krüge Wein, dachte ich, dann kommen sie richtig in Fahrt. Das wollte ich nicht versäumen.
»Huuuuuuuuuuuuuuuuuuuuuuhhh«, heulte der Wind.
»Jiiiiiiiiiiiiiiiiiiiiauu«! jaulte die Katze.
»Hört ihr, ich klopf?« brüllte der glückliche Spieler, *»ich hab den Tigerkopf! Her mit dem Geld!«*
Durch den Lärm hindurch hörte ich undeutlich, wie der Nachtwächter die Doppelstunde der Ratte ausrief. Ein neuer Tag hatte begonnen. Aus irgendeinem Grund griff ich, ohne zu überlegen, nach ein paar Nägeln, zählte sie, addierte den Mond, den Tag und die Stunde und befragte zum letzten Mal das *Ta-shih*. Ich zählte schnell an den sechs oberen Knöcheln der drei mittleren Finger an der linken Hand ab und starrte ungläubig auf den Zählfinger, der auf dem tödlichen sechsten Knöchel anhielt.
»Tod und Verlust?« flüsterte ich.
Was konnte es bedeuten? Die Prophezeiung hatte sich doch

mit dem Tod von Urgroßvater Ming erfüllt, es sei denn, er war wieder lebendig geworden..., hastig kletterte ich hinunter und spähte durch das Fenster der Mings, um festzustellen, ob die verdammte Katze über den Sarg gesprungen war. Der Sargdeckel lag ordentlich auf seinem Platz. Warum lautete der Orakelspruch immer noch auf Tod? Irgend etwas stimmte nicht, absolut nicht. Es dauerte einen Augenblick, ehe mir klar wurde, was es war.

Nur die Katze und der Wind spielten die kleine Nachtmusik. In Meister Lis Hütte war alles still – totenstill. Schnell kletterte ich wieder auf das Dach und spähte durch das Loch. Aha, das phänomenale Glück hatte den aufgedunsenen Spieler verlassen, der eben noch zwei Fünfen mit einer Fünf und einer Sechs überboten hatte. Die Schnur einer Eselspeitsche wand sich um seinen rechten Arm; sie hatte den Ärmel hochgeschoben und enthüllte eine am Unterarm befestigte Lederröhre. Die Würfel, die er hatte verschwinden lassen, um sie gegen falsche auszutauschen, rollten über den Fußboden. Überflüssigerweise registrierte ich, daß er so und so gewonnen hätte: »Himmel«, zweimal die Sechs lachte mich an.

Der Dummkopf beschloß, etwas noch Gefährlicheres als falsche Würfel zu versuchen. Der Griff der Eselspeitsche befand sich in Meister Lis linker Hand, und dem Betrüger konnte nicht entgehen, daß Meister Lis Augen wie schmale Eisstükke wirkten. Trotzdem griff der törichte Mann in sein Gewand und zog ungeschickt ein Messer hervor. Natürlich hatte er nicht die geringste Chance. Ich sprang zwischen die zwei Sparren und brach durch das Dach wie ein Wasserbüffel durch hauchdünnes Eis. Ich hatte gut gezielt und landete auf der linken Schulter des Dummkopfs – aber ich kam zu spät. Als ich wieder auf den Füßen stand, tropfte an mir die rote Brühe herunter.

»Tut mir leid, Ochse. Der Sohn einer Drecksau hat mich angegriffen«, sagte Meister Li und starrte angewidert auf die Leiche.

Er meinte damit, der Mann hätte sich ordentlich umbringen

lassen und sich nicht bewegen sollen, denn dann hätte Meister Lis Wurfmesser ihm nicht die Halsschlagader durchschnitten. Mord war das einzige passende Wort. An der Art, wie der Mann das Messer gehalten hatte, konnte Meister Li den stümperhaften Laien erkennen. Er wußte natürlich auch, daß ich auf dem Dummkopf landen würde, noch ehe er zwei Schritte tun konnte. Meister Li sah mich bedauernd an, breitete die Arme aus, zuckte mit den Schultern, und wir gingen zusammen hinaus, um mehr Schilfgras zu holen. Es ist erstaunlich, wieviel Blut sich in einem menschlichen Körper befindet. Wir würden mindestens vier Arme voll Gras brauchen, um die Pfütze auf dem Boden aufzuwischen.

Wenigstens störten uns keine Gäste dabei. Sie waren wie Traumgestalten verschwunden und würden innerhalb einer halben Stunde Zeugen haben, die bereit waren zu schwören, daß sie die Nacht im Tempel an der Westbrücke auf der anderen Seite von Peking verbracht hatten, um Chu-Chuan Shen, dem Schutzpatron der Schweineschlächter, zu opfern.

Meister Li kniete neben der Leiche. »Keine Ahnung, wer das war«, murmelte er, »ich hab ihn in der Kneipe gesehen, und er kam mir irgendwie bekannt vor. Also hab ich ihn auch eingeladen.«

Nichts identifizierte den Toten. Im Geldgürtel befand sich ungewöhnlich viel Gold. Meister Li betrachtete die verfärbten Fingernägel des Mannes und sagte, er habe mit einer Reihe Säuren, die man zur Metallveredlung verwendet, gearbeitet, obwohl er sonst keine Ähnlichkeit mit einem Alchimisten hatte. In einer versteckten Tasche befand sich ein Beutelchen aus Schweinedarm, aus dem kleine graue Wölkchen hervorkamen, wenn man darauf drückte. Meister Li stieß einen Pfiff aus.

»Das ist ein kleines Vermögen, Ochse«, sagte er, »pulverisierter Teufelsschirm und, soweit ich es beurteilen kann, völlig rein. Vielleicht ist es nicht gerade das beste, aber bei

weitem das teuerste *ling-chih*. Von dem Stoff wird man besonders süchtig. Solche Pilze wachsen seit hundert Jahren in der Umgebung von Peking nicht mehr wild.«
Sonst entdeckte er nichts Interessantes. Mings Katze und der Wind heulten mich an, als ich mit der blassen, blutleeren Leiche über der Schulter hinaus auf die Gasse trat. Die kalte Luft roch nach Regen. Kleine schwarze Wolken huschten über den windgepeitschten Himmel, Sterne blinkten wie eine Milliarde Glühwürmchen, und der Mond wirkte wie das große geblähte gelbe Segel eines Schiffes, das über ein blauschwarzes Meer auf riesige Wolkenklippen im Westen zujagte, wo grelle Blitze zuckten.
Niemand sah, wie ich in den verlassenen Schmugglertunnel schlüpfte, der von der Gasse unter der städtischen Abfallhalde zum Kanal führte. Als ich wieder ins Freie trat, war der Himmel beinahe völlig von Wolken überzogen, und ich konnte die Mole und das dunkle Wasser darunter kaum erkennen. An der Mole lagen schwere Steine. Ich knotete das andere Ende eines geteerten Seils um die Beine der Leiche. Sie glitt geräuschlos ins Wasser und sank hinunter zu den anderen.*
Der Vorfall war erledigt. In unausgesprochener Übereinkunft vergaßen Meister Li und ich die Sache mit dem Falschspieler und hatten nicht die Absicht, ihn noch einmal zu erwähnen. Das Loch im Dach würde bis zum nächsten Morgen warten müssen. Erschöpft ließ ich mich auf meine Pritsche fallen, während Meister Li vor einem Krug Wein hockte, auf das Trommeln des Regens lauschte, der wie ein Silberschauer durch die beiden Löcher fiel. Zu seinen Füßen bildete sich eine kleine Pfütze. Bevor ich die Augen schloß, sah ich als letztes, wie der Meister düster auf sein Ebenbild im Regenwasser starrte, das im Kerzenlicht wie ein Spiegel glänzte.

* Die Bedeutung ist unklar, die Implikation jedoch unerfreulich. Es wird daran erinnert, daß die Bände zwei bis fünf der Gesamtausgabe *Die Erinnerungen von Nummer Zehn der Ochse* von den kaiserlichen Zensoren beschlagnahmt und verbrannt worden sind. Gerüchte behaupten zwar, einzelne Exemplare seien noch vorhanden, aber es wurden noch keine gefunden.

Ich erwachte in dem Bewußtsein, daß etwas Merkwürdiges geschehen war. Während der Nacht schien ein Gewicht von mir genommen worden zu sein. Ich hatte das noch stärkere Gefühl, daß bald etwas Dramatisches geschehen würde, doch diesmal standen die Zeichen günstig. Es war, als seien Meister Lis Zorn und der Mord eine notwendige Reinigung gewesen, obwohl ich mir nicht vorstellen konnte wieso. Meister Li krümmte sich wie gewöhnlich stöhnend unter der Last des Morgenlichts, und ich linderte seinen Kater mit einer Kompresse aus heißen, in Scheiben geschnittenen Ingwerwurzeln. Er spürte von der reinigenden Wirkung der vergangenen Nacht anscheinend noch nichts, denn ihm taten alle Knochen im Leib weh.
Der Morgen ging in Dunst und Nieseln unter. Etwa um die Stunde der Ziege sprang Meister Li auf, griff nach Mantel und Regenhut und machte sich auf den Weg zur Kneipe des Einäugigen Wong – üblicherweise ein schlechtes Zeichen, denn er weiß sehr gut, daß das berühmte Bouquet von Wongs Wein von zerstampften Kakerlaken stammt. Ich zweifelte inzwischen nicht mehr daran, daß etwas Dramatisches, etwas Wichtiges auf den alten Mann zukam, und ich begleitete ihn fröhlich an seinen Stammplatz.
Meister Li setzte sich und erinnerte mich an neunzig Pfund Schießpulver, das auf den Funken wartet. Und das ist alles, was ich mit Sicherheit über den unheimlichen Fall *Shi tou chi* weiß. Ich verstand nichts von dem, was folgte. Ich kann die Ereignisse nur so niederschreiben, wie ich sie erlebt habe, und offen gestehen, daß mir die Feinheiten entgingen. Nur die Feinheiten hätten sagen können, was wirklich vorging, was wichtig war und was nicht.
»Beginne am Anfang«, sagte Meister Li, »so wie du ihn verstanden hast, berichte bis zur Mitte, erzähl weiter bis zum Ende und hör dann auf.« Das will ich tun, und vielleicht schreibt mir ein freundlicher Leser und erklärt mir die ganze Geschichte.

1

Der Einäugige Wong und seine geliebte Frau, die Fette Fu, haben sehr schwer daran gearbeitet, in den Ruf zu kommen, die schlimmste Kneipe in ganz China zu besitzen. Die traurige Berühmtheit verschafft ihnen einen Kreis von Gästen, um den das Reich sie beneidet. Die übliche Mischung war auch diesmal vertreten: Bonzen und Tao-shih saßen mit Einbrechern und Halsabschneidern zusammen und erzählten schmutzige Geschichten um die Wette; bedeutende Künstler und Dichter flirteten mit hübschen Mädchen und Jungen, während hohe Beamte mit den Zuhältern Karten spielten. Von hohen Gelehrten sah ich nur die lackierten Stoffkappen, denn sie lagen auf den Knien und würfelten mit Grabräubern. An einer Wand befindet sich eine Reihe Nischen mit Vorhängen für Aristokraten, und hin und wieder teilte eine manikürte Hand den Perlenvorhang, um einen besseren Blick auf das vulgäre Leben zu erhaschen. Die bösen Späße der Gäste nahmen manchmal hochdramatische Formen an; deshalb patrouillierte der Einäugige Wong ständig durch das Etablissement und schwang dabei einen mit Sand gefüllten Strumpf, während die Fette Fu ihm Pfeifsignale gab.

Sie kannte jeden, der wichtig oder gefährlich war. Bei Meister Lis Eintreten pfiff sie ein paar Töne des allgemein beliebten Lieds über ihn:

Feuer kühlt und Mondlicht brennt,
Ehe Li Kao eine Tugend kennt.

Wie gesagt, ich wartete darauf, daß Meister Li explodierte, und wartete gleichzeitig darauf, daß meine Vorahnung sich bewahrheiten würde. In diesem Augenblick teilten sich die Vorhänge einer Aristokratennische, und ich sagte mir: »Das ist es!« Die junge Frau, die heraustrat, war eines der schönsten Wesen, das ich je gesehen hatte. Zweifellos war sie eine Prinzessin. Sie steuerte geradewegs auf unseren Tisch zu. Die Prinzessin trug einen honigfarbenen Umhang aus einem exotischen Material und ein Mieder mit Silberhörnchenpelzbesatz. Das lange, geschlitzte Kleid war aus der teuersten Seide, die es gibt: Eisweiß. Sie verliert ihren Schimmer, wenn sie zehn Minuten direktem Sonnenlicht ausgesetzt ist. Die blaue Haube war mit vollkommenen Perlen besetzt und die blauen Schuhe mit Goldfäden bestickt. Ihre Füße verursachten nicht das leiseste Geräusch, als sie wie eine Wolke auf uns zuschwebte. Dann kam sie nahe genug, daß ich sah, daß in ihren Augen der nackte Wahnsinn lag. Mit einem Sprung war ich an Meister Lis linker Seite, meiner Verteidigungsposition, in der seine Messerhand frei bleibt. Aber sie beachtete uns nicht. Sie glitt vorüber und zog einen zarten Parfümschleier hinter sich her. Meister Li bemerkte die flackernden Flämmchen tief in den großen Augen und den unglaublich geweiteten Pupillen.
»Gestrichen voll mit Feuerbällen«, erklärte er.
Er sprach von Pilzen, die Halluzinationen hervorrufen und so gefährlich sind, daß ihr Verkauf verboten ist. Fette Fu kam zu demselben Schluß, begann »Rote Messer« zu pfeifen, und der Einäugige Wong zögerte nicht. Die Prinzessin näherte sich einem Tisch, an dem ein aufgeblähter Beamter mit allen neun Rangknöpfen am Hut vor seinen ihn bewundernden Speichelleckern prahlte. Die Prinzessin lächelte so schön, daß es mir den Atem verschlug. Eine zarte Hand verschwand in ihrem Kleid. Wongs sandgefüllter Strumpf traf ihren Hinterkopf, als die Spitze ihres Dolchs die Kehle des Beamten berührte. Sie sank anmutig wie ein fallendes Blatt zu Boden. Einer der Gelehrten blickte von seinen Würfeln auf.

»Hast du sie wieder einmal erwischt, Wong«, sagte er.
»Eines Tages werde ich nicht treffen«, sagte der Einäugige Wong düster.
Der Beamte starrte auf die Schöne hinunter, sah, wer sie war, und wurde grün. »Buddha schütze mich!« jammerte er und stürmte mit solcher Hast davon, daß er seine Geldbörse auf dem Tisch vergaß – ein gefundenes Fressen für die Speichellecker, die den Inhalt auf der Stelle untereinander verteilten. Wong hob die Prinzessin auf und trug sie zu einer Seitentür. Das letzte, was ich von ihr sah, waren livrierte Diener, die sie in Empfang nahmen und in einer seidenen Sänfte davontrugen.
»So viel zu Vorahnungen«, sagte ich zu mir.
Meister Li wurde dunkelrot. »In was für einer Welt leben wir«, sagte er und atmete laut durch die Nase, »Ochse, dieses wunderschöne Wesen ist Dame Hou und nebenbei einer der drei besten Poeten des Landes. In einer zivilisierten Zeit würde man sie ehren, auszeichnen und in den Himmel heben, aber wir leben in der Zeit der Neokonfuzianer.«
Er schlug so heftig auf den Tisch, daß sein Weinkrug in die Luft sprang. Ich fing ihn auf, damit der Inhalt nicht auf sein Gewand spritzte und Löcher hineinbrannte.
»Lug und Trug, Ochse!« rief er wütend. »Wir leben in einem Land, das so weit heruntergekommen ist, daß die am meisten geschätzten Kunstformen Betrug und Fälschungen sind. Die Neokonfuzianer können die Tatsache nicht hinnehmen, daß eine Frau so begabt sein kann, und natürlich kontrollieren sie die kaiserlichen Zensoren, die alles kontrollieren, was veröffentlicht wird. Sie ließen sich gnädig dazu herab, die Gedichte dieser Dame zu veröffentlichen. Dame Hou entdeckte zu ihrem Erstaunen anstelle ihres Namens den Vermerk: ›Yang Wan-li zugeschrieben.‹ Das war wirklich sehr geschickt. Damit wurde impliziert, daß jemand einen klassischen Stil kopierte, und indem man eine echte Leistung als Fälschung klassifizierte, hat man Dame Hou im Grunde ihrer Identität beraubt. Seitdem zerstört sie ihren Geist mit Feuer-

bällen und schneidet Neokonfuzianern die Kehle durch. Aber es gibt einfach zu viele. Am Ende werden sie gewinnen. Irgendwann wird sie davon überzeugt sein, daß sie tatsächlich nicht existiert, und in Wirklichkeit eine Teekanne oder etwas Ähnliches ist. Dann wird man sie einsperren, und der Anführer der Neokonfuzianer wird ihre Gedichte freundlicherweise als seine eigenen ausgeben.«

Er leerte seinen Wein mit einem Zug und bestellte bei der Fetten Fu durch ein Zeichen einen neuen Krug.

»Mein Junge«, sagte er düster, »wir leben in den letzten Tagen einer ehemals großen Kultur. Der Verfall hat eingesetzt, und sie übertünchen ihn mit Lügen und vergolden ihn mit Narrengold. Eines Tages wird alles von einem starken Wind davongeblasen werden, und wo sich einmal ein blühendes Reich befand, wird es nur noch ein Loch geben, durch das ein paar Fledermäuse fliegen.«

Er war niedergeschlagen, aber ich war froh. Ich wußte mit unerklärlicher Sicherheit, daß meine Vorahnung doch richtig gewesen war. Ich hatte nur an den falschen Mann gedacht. Vermutlich hatte es etwas mit dem Entsetzen in der Stimme zu tun, die ich hörte – ich konnte nicht sehen, wer es war, aber jemand bahnte sich einen Weg durch die Menge und intonierte dabei immer und immer wieder dieselben unverständlichen Worte. Selbst Meister Li blickte von seinem Weinkrug auf und wurde aufmerksam.

»Interessant«, sagte er mit einer Spur Leben in der Stimme, »man hört nicht oft das alte Sanskrit, genau gesagt das Große Gebet der Herzsutra: ›*Gyate, gyate, haragyate, harosogyate, bochi, sowaka!*‹ Das heißt: »Vorbei, vorbei, alles vorbei, wirklich alles vorbei, welch ein Erwachen, Heil!« Niemand kann erklären weshalb, aber das Gebet hat eine außerordentlich beruhigende Wirkung, wenn man es ständig wiederholt.

Dann sahen wir ihn, und ich war enttäuscht. Ich hatte einen Barbaren mit wilden Augen erwartet, aber es war nur ein Bonze. Er war klein, blaß, schien halb tot vor Angst zu sein und sah sich verzweifelt im Raum um. Seine Augen hefteten sich auf Meister Li und blieben wie ein paar Napfschnecken an ihm hängen. Er kam eilig herbei, fiel auf die Knie und begann heftig Kotaus zu machen.

»Bl-bl-blpp-blppt«, sagte er oder etwas in der Art.

»Wenn Ihr aufhören würdet zu versuchen, mit dem Kinn ein Loch in den Boden zu schlagen, könnte man euch vielleicht etwas besser verstehen«, sagte Meister Li nicht unfreundlich, »warum steht Ihr nicht auf und versucht es noch einmal?«

Der Mönch sprang auf die Füße und verbeugte sich so ruckhaft wie ein Kou-tou-Käfer. »Habe ich die Ehre, mit dem großen und mächtigen Meister Li zu sprechen, dem Ersten unter den Gelehrten und Wahrheitssuchern von China?« piepste er.

Meister Li wischte die Komplimente bescheiden mit einer Handbewegung beiseite. »Ich heiße Li, mein Vorname ist Kao, und ich habe einen kleinen Charakterfehler«, sagte er, »das ist mein geschätzter ehemaliger Klient und derzeitiger Gehilfe, Nummer Zehn der Ochse. Habt Ihr ein Problem?«

Der Mönch bemühte sich um so etwas Ähnliches wie Selbstkontrolle. »Ehrwürdiger Herr, ich bin der bescheidene Abt des unbedeutenden Klosters im Tal der Seufzer. Habt Ihr von unserem Tal schon gehört?«

»Wer hat das nicht?« erwiderte Meister Li.

Ich.

»Wir haben jahrhundertelang in Frieden gelebt, aber jetzt ist einer meiner Mönche auf eine schreckliche und unglaubliche Weise ermordet worden«, berichtete der Abt mit einem Schaudern. »In unserer Bibliothek wurde eingebrochen, und mit Bäumen und Pflanzen ist etwas geschehen, das man gesehen haben muß, um es zu glauben.«

Er begann zu schlottern, und es dauerte einige Zeit, ehe er weitersprechen konnte.

»Oh, Meister Li, der Lachende Prinz ist aus dem Grab gestiegen«, flüsterte er.

»Nun ja, er hat immer gesagt, er würde zurückkommen. Wie

man sieht, hat er sich offenbar Zeit damit gelassen«, sagte Meister Li ruhig, »wie lange hat der aristokratische Sohn einer Drecksau im Grab gelegen?«
»Siebenhundertfünfzig Jahre«, flüsterte der Abt.
Meister Li goß sich einen Becher Wein ein. »Prinzen nehmen es mit Pünktlichkeit nie so genau«, bemerkte er, »weshalb glaubt Ihr, daß er auf seine alte Spielwiese zurückgekommen ist?«
»Man hat ihn gesehen. Ich selbst habe ihn mit seinen mörderischen Gefährten im Mondlicht tanzen und lachen gesehen. Als wir die Leiche unseres armen Bruders Blinzel fanden, verriet sein verzerrtes Gesicht, daß auch er den Lachenden Prinzen gesehen hatte. Das hier hielt er umklammert, und die Überprüfung der Bibliothek ergab, daß diese Handschrift gestohlen worden ist.«
Der Abt streckte Meister Li zaghaft ein altes Stück Pergament entgegen. Meister Li warf einen beiläufigen Blick darauf und erstarrte. Kein Muskel in seinem Gesicht bewegte sich, aber mein Herz setzte einen Schlag aus. Ich wußte, was es bedeutete, wenn sein Körper so reglos wie ein Stein wurde und seine Augen zwischen den Falten, die eine Reliefmappe von China hätten sein können, beinahe verschwanden.
»Sonst noch etwas?« fragte Meister Li ruhig.
Der kleine Mönch war dicht davor, ohnmächtig zu werden. Ihn drohte eine Erinnerung zu zermalmen, die seine Augen hervorquellen ließ, und seine Stimme klang erstickt.
»Ein Ton«, flüsterte er, »ich kann diesen Ton nicht beschreiben. Ein Teil der Mönche erstarrte zur Salzsäule, und die anderen hörten den Ton überhaupt nicht. Die ihn hörten, waren gezwungen, dem Ton zu folgen. Wir besaßen keinen eigenen Willen mehr. Der Ton führte uns zu einer Szene der Zerstörung, die sich nicht mit Worten beschreiben läßt. Der Ton schien vom Himmel zu kommen, und doch hatte er die Wirkung wie das schlimmste Feuer der Hölle. Da wußte ich, daß ich zum größten Rätsellöser im Reich gehen mußte.«
Meister Li drehte das Stück Pergament um und betrachtete

prüfend die Rückseite. »Was wißt Ihr über die gestohlene Handschrift?« fragte er.

Der Abt errötete. »Ich bin kein Gelehrter. Ich könnte kein Wort davon lesen«, sagte er bescheiden. »Bruder Blinzel, der ermordete Mönch, war unser Bibliothekar, und er hat gesagt, sie sei alt, aber nicht wertvoll. Ein Kuriosum, das vielleicht als Fußnote eines historischen Werks gedacht war.«

»Wie sah sie aus?«

Der Abt zeichnete eine etwa dreißig Zentimeter lange, fingerdicke Schriftrolle in die Luft.

»Was ist mit der Leiche von Bruder Blinzel geschehen?«

»In unserem Kühlraum war noch etwas Eis. Also habe ich die Leiche darauf legen lassen«, sagte der Abt. »Ehrwürdiger Herr, unser Orden ist arm. Aber Sie werden sicher schon von Prinz Liu Pao gehört haben. Ich habe ihm geschrieben. Er ist bereits auf dem Weg, und ich versichere Euch, er wird bezahlen, was...«

Meister Li hob die Hand. »Das wird vielleicht nicht nötig sein«, sagte er, »angenommen, ich biete meine Dienste einschließlich aller Ausgaben als Gegenleistung für das Fragment der Handschrift?«

»Abgemacht!« rief der Abt.

Die Vorstellung, daß Meister Li die Sache übernommen hatte, wirkte wahre Wunder. Der kleine Mönch schien augenblicklich zwanzig Jahre jünger zu sein. Innerhalb weniger Minuten war alles besprochen. Der Abt sollte sofort in das Kloster zurückkehren, und Meister Li versprach, sich am nächsten Tag auf den Weg in das Tal der Seufzer zu machen. Der Abt bekam starkes Nasenbluten, weil er immer wieder mit dem Kinn gegen den Fußboden schlug, während er rückwärts zur Tür kroch. Aber er sprang mit fröhlichem Gesicht auf und rannte hinaus, um seinen Mönchen die gute Nachricht zu bringen. Meister Li sah ihm wie ein gütiger Großvater nach.

»Nun Ochse, was hältst du davon?« fragte er.

Er meinte das Fragment der Handschrift und wußte sehr

wohl, daß ich gar nichts davon halten konnte. Ich kann nur die einfache Schrift lesen, und bei diesem Text handelte es sich um die Kurzschrift der Gelehrten, noch dazu um eine alte Kurzschrift. Ich antwortete mit einem Schulterzucken.

»Es ist eine Fälschung«, sagte Meister Li glücklich. Er betrachtete das Pergament beinahe ehrfürchtig. »Das ist die Untertreibung des Jahrtausends. Es ist eine so phantastische Fälschung, daß man einen Tempel darum bauen und sie mit Gebeten, Gongs und Weihrauch verehren sollte. Der Mönch, der sie entdeckt hat, ist ermordet worden, und das ist genau so, wie es vom künstlerischen Standpunkt gesehen auch sein sollte. Gesegnet sei das Eis!« rief er. »Aus dem Fragment zu schließen, ist der linke Lungenflügel von Bruder Blinzel bestimmt mit Yakmist vollgestopft. Der rechte Lungenflügel wird Vulkanasche enthalten. Die Eingeweide in seinem Bauch sind mit den abgeschnittenen Zöpfen von Novizinnen umwickelt, und in seine Leber werden die Sieben Sakrilegien des Tsao Tsao eingraviert sein. Mein Junge, wir werden die entzückendste Autopsie der Geschichte durchführen.«

Ich bezweifelte, daß eine Autopsie entzückend sein konnte, aber das störte mich nicht. In Meister Lis Augen brannte wieder das alte Feuer, und ich fühlte mich wie ein Schlachtroß, das man in den Kampf zurückruft. Beinahe hätte ich gewiehert und gestampft.

2

Der Regen hatte nachgelassen, und der Himmel hellte sich schnell auf. Es versprach, ein schöner Nachmittag mit genug Wolken für einen prachtvollen Sonnenuntergang zu werden. Ich genoß die frische Luft nach dem Gestank von billigem Alkohol in Wongs Kneipe. Die Straßen waren vom Regen glatt, und deshalb nahm ich den alten Mann auf den Rücken, als wir die Gasse der Fliegen erreichten, wie ich es immer tue, wenn ihm das Gehen schwerfällt. Seine winzigen Füße passen bequem in meine Jackentasche, und er wiegt nicht mehr als ein Schuljunge.

Die Straßen waren beinahe menschenleer. Mir war das nur recht, denn wir befanden uns in dem Teil der Stadt, der Himmelsbrücke heißt. Dort wimmelt es üblicherweise von Herren mit narbigen Gesichtern, die sich in der stummen Sprache der Geheimgesellschaften miteinander verständigen: Finger, die sich blitzschnell in Ärmeln ihrer Gewänder bewegen. Himmelsbrücke ist auch der Ort, an dem die öffentlichen Hinrichtungen stattfinden, und man sagt, in der dritten Wache kann man dort scharenweise Geister sehen, die wie Geier auf der Klagemauer hinter den Blöcken hocken. (Das Köpfen hat ihren Charakter nicht verbessert. Wohlmeinende Fremde, die Schluchzer eines Kindes oder das Flehen einer Frau hören und in die Schatten treten, werden nie mehr gesehen.) Himmelsbrücke macht mich nervös, und ich freute mich, daß der einzige Mensch, dem wir begegneten, ein Bonze war, der pflichtschuldigst gegen seinen hölzernen Fisch schlug, obwohl es kein Spendentag war.

»Die Doppelstunde der Ziege!« schrie er, »das Bankett des Gouverneurs ist abgesagt, aber trotzdem findet im Tempel des Konfuzius eine Vorführung der Steinglocken statt! Die Westbrücke ist für den Verkehr gesperrt, und alle Fahrer müssen mit einer Geldbuße rechnen! Von Osten nähert sich ein neues Gewitter, aber der westliche Horizont ist klar!«

Ich blickte mich um. »Der ist verrückt«, sagte ich, »der Osten ist klar, die Wolken sind im Westen.«

Meister Li stieß mir leicht in die Rippen und wies mit dem Finger. Von Osten näherte sich eine Patrouille der Stadtwache. Er wies nach oben, und ich entdeckte ein paar Herren, die auf dem Dach von Mengs Wechselstube hockten. Die Einbrecher winkten dem Bonzen zu und verschwanden hinter dem Dachfirst im Westen.

»Typisch Himmelsbrücke«, seufzte ich.

Meister Li betrachtete den Bonzen nachdenklich, als wir an ihm vorbeigingen. »Alibi Ah Sung aus Chao-ch'ing«, sagte er ebenso nachdenklich, »das ist die Purpurblüte. Was tun sie . . .«

Er sprach den Satz nicht zu Ende und begann zu lachen.

»Ochse, was riechst du?« fragte er.

»Feuchte Erde, Kiefernnadeln, Schweinefett, Eselsmist und Parfüm aus Mutter Hos Freudenhaus«, sagte ich.

»Falsch. Du riechst das Schicksal«, sagte Meister Li fröhlich, »ein Schicksal, das sich scheinbar so leichtfüßig wie ein schwergewichtiger Elefant nähert. Erinnerst du dich, worüber ich bei Wong gesprochen habe, ehe wir unterbrochen wurden?«

»Über Betrug und Fälschung, ehrwürdiger Meister, und davon, daß unsere dekadente Kultur vom Wind davongeweht wird.«

»Und letzte Nacht sah ich mich genötigt, einen Mann zu ermorden und die Leiche zu untersuchen. Das führte zu der Feststellung, daß er ein merkwürdiges Gemisch von Säurespuren an den Fingern und ein Beutelchen voll Teufelsschirm in der Tasche hatte. Dann steckte jemand der Dame Hou ein paar Feuerbälle zu, und das liebe Mädchen beschloß, einem Mandarin die Kehle durchzuschneiden. Danach tauchte ein Mönch mit einer Fälschung auf, die der Gipfel aller Fälschungen ist, und jetzt raubt eine Bande aus Chao-ch'ing Mengs Wechselstube aus. Die Summe all dessen ist das Schicksal«, sagte Meister Li zuversichtlich – wenn auch etwas rätselhaft. »Machen wir einen Umweg.«

Peking ist nicht so schön, wie die Großstädte Chang-an oder Loyang oder Hangchow schön sein können, aber der Feuerroßpark ist sehr hübsch, ganz besonders nach dem Regen. Dann liegt der Geruch von Kiefern, Pappeln, Weiden und Johannisbrotbäumen in der Luft. Meister Li bat mich, zum Auge der Ruhe zu gehen. Das ist nicht gerade mein Lieblingsplatz. Es ist ein kleiner runder Teich, der alten Sündern vorbehalten ist, die sich in letzter Minute noch die Rettung erhoffen, und die Gespräche an diesem Teich sind nicht gerade anregend. Aus irgendeinem Grund verwechseln die alten Knacker Heiligkeit mit Senilität und flöten den lieben langen Tag: »Geeh – geeh – geeh«, begleitet von Sabbern und gezierten Augenaufschlägen in Richtung Himmel. Ich glaube, sie versuchen mit allen Mitteln, ihre Harmlosigkeit unter Beweis zu stellen. Die Tattergreise folgen dem Vorbild des heiligen Chiang Taikung und sitzen mit Angelruten am Ufer, halten die Haken jedoch genau einen Meter über das Wasser. (Chiang Taikung angelte gern, wollte jedoch auf keinen Fall töten. Er sagte, wenn ein Fisch aus dem Wasser springt und Selbstmord begeht, sei das Sache des Fischs.) Fliegende Händler machen ein gutes Geschäft mit Würmern. Die alten Sünder kaufen sie eimerweise und werfen noch mehr schräge Blicke zum Himmel, während sie die Würmer mit großer Geste wieder freilassen und ihnen nachflöten: »Geeh – geeh – geeh!« Offen gesagt, ich bekomme dort Gänsehaut.

Meister Li ließ mich einmal um den Teich gehen, bis er sah, was er suchte. Er glitt von meinem Rücken, und wir traten zu einem der angehenden Heiligen, der mich an eine Kröte erinnerte. Der Mann hatte zwei kleine Lederbecher über den Oh-

ren, die ein Stirnband festhielt. Meister Li nahm ihm das Stirnband ab. Ich griff nach einem der Becher, hielt ihn an mein Ohr und hörte das hübsche »Kling-ling-ling« der Goldglöckchen, kleine Insekten aus Suzhou, die so lieblich zirpen, daß Witwen sie in Käfigen neben ihr Kopfkissen stellen, um sich von ihnen in den Schlaf singen zu lassen.
Man sagt auch, Goldglöckchen führen zu reinen Gedanken, und die Kröte schien ein paar brauchen zu können. Höflich trug ich ein paar Tattergreise beiseite, damit Meister Li und ich rechts und links der Kröte Platz nehmen konnten.
»Geeh – geeh – geeh?« säuselten die Tattergreise.
»Geeh – geeh – geeh!« erwiderte ich.
Die blassen hervorquellenden Augen der Kröte richteten sich langsam auf Meister Li.
»Ich war es nicht«, sagte er.
»Zehn Zeugen«, sagte Meister Li.
»Alles Lügner. Ihr könnt mir nichts beweisen.«
Die Kröte wandte sich wieder dem baumelnden Angelhaken zu, preßte trotzig die Lippen zusammen, und ich bezweifelte, daß selbst Meister Li noch ein Wort aus ihm herausbringen würde.
»Hsiang, ich beneide Euch«, sagte Meister Li traurig. »Ihr habt eine so verzückte Vision vom Leben im Jenseits, daß Ihr diesem Leben den Rücken kehren und solche weltlichen Freuden wie das Blühen und Gedeihen Eurer Familie aufgeben könnt. Euer Neffe zum Beispiel. Wie heißt er noch? Cheng? Chou Cheng aus Chao-ch'ing, ein wirklich vielversprechender junger Mann. Wie ich höre, steht er inzwischen an der Spitze des *ling-chih*-Handels und hat den Markt für Teufelsschirm und Feuerbälle fest in der Hand.«
Die Kröte blickte ungerührt geradeaus.
»Außerdem habe ich gehört, er legt einen Teil der Gewinne beiseite, um sich einen Sitz im Rat der Purpurblütenbande zu kaufen. Ein frühreifes Bürschchen!« sagte Meister Li bewundernd. »Ich sag ihm eine große Zukunft voraus, allein schon deshalb, weil er weiß, was er mit seinem Kapital anfängt.

Letzte Nacht zum Beispiel habe ich einen netten Burschen mit einem Röhrchen voll Teufelsschirm getroffen, und eben komme ich darauf, daß er vom Münzenprägen so merkwürdig fleckige Finger hatte. Außerdem habe ich ihn in Mings Wechselstube ein- und ausgehen sehen. So ein Mann kennt vermutlich alle möglichen wichtigen Geheimnisse – was im Keller geschieht, zum Beispiel. Und wißt Ihr, was wir auf dem Weg hierher gesehen haben? Die Purpurblütenbande ist bei Meng eingebrochen. Ich vermute, sie wollen nichts stehlen, sondern die Polizei auf einige sehr eigenartige Dinge dort aufmerksam machen.«

Der Angelhaken begann zu zittern.

»Jeder weiß, daß Mengs Wechselstube nur eine Fassade für das Geschäft mit Falschgeld ist«, fuhr Meister Li nachdenklich fort. »Man sagt, der Rädelsführer sei der Zweite Stellvertretende Finanzminister, und könnt Ihr Euch vorstellen, was wir beim Einäugigen Wong gesehen haben? Ein kluger junger Mann, der Zugang zu jeder Art *ling-chih* hat, überreichte der Dame Hou ein paar Feuerbälle und flüsterte ihr etwas in die hübschen Ohren. Dann . . ., nun ja, Ihr kennt die Dame Hou. Ratet mal, wen sie sich mit ihrem kleinen Dolch ausgesucht hat. Richtig! Den Zweiten Stellvertretenden Finanzminister. Ich vermute, seine Stellung als König der Falschmünzer wird nicht von langer Dauer sein. Es würde mich nicht im geringsten überraschen, wenn Euer frühreifer Neffe und seine Freunde die Sache übernehmen. Es sei denn, jemand köpft sie, bevor das geschieht.«

Die Kröte ließ die Angel ins Wasser fallen. »Li Kao, so etwas würdet Ihr doch nicht tun, nicht wahr? Er ist doch noch ein Junge.«

»Ein reizender Junge, wie man mir sagt«, stimmte Meister Li liebenswürdig zu.

»Vielleicht ist er ein bißchen wild. Aber so sind die jungen Leute nun einmal«, sagte die Kröte. »Wenn er im jugendlichen Ehrgeiz hin und wieder über die Stränge schlägt, muß man ihm das nachsehen.«

»Die Jugend bekommt, was sie will«, sagte Meister Li weise, »manchmal, nachdem man sie mit Trüffeln gefüllt und mit einer würzigen Sauce übergossen hat«, fügte er hinzu.

»Li Kao, wenn Ihr für den Geheimdienst arbeitet, kann ich Euch ein paar Tips geben«, sagte die Kröte hoffnungsvoll.

»Nicht nötig«, erwiderte Meister Li. »Ich brauche nur die Meinung eines Fachmanns, und zwar ohne Umschweife.« Er zog das Stück Pergament hervor und reichte es der Kröte. »Kennt Ihr jemanden, der zu so etwas fähig ist?«

Die Kröte betrachtete das Pergament kaum fünf Sekunden. Seine Augen traten noch weiter hervor, und der Unterkiefer fiel ihm herunter.

»Großer Buddha«, hauchte er. »Ob ich jemanden kenne, der zu so etwas fähig ist? Das hier können nur die Götter!«

Völlig verzückt und entrückt hob er das Pergament ins Licht und betrachtete es. Meister Li nutzte die Gelegenheit, um meine Bildung zu erweitern.

»Ochse, in der ganzen Geschichte gibt es nicht mehr als zehn große Männer, deren Handschrift so gepriesen wurde, daß Könige in den Krieg zogen, um etwas von ihnen Geschriebenes zu besitzen«, erklärte er. »Diese Handschrift ist unverkennbar, und kein Kenner kann einen Blick auf das Fragment werfen, ohne zu rufen: ›Ssu-ma Ch'ien!‹ Du hast doch bestimmt in der Schule einige seiner Texte gelesen.«

Natürlich hatte ich das, und natürlich würde ich Meister Li nicht offen meine Meinung zu diesen Texten sagen. Geschichte war immer mein Lieblingsfach gewesen, und so kann ich einige Textstellen immer noch auswendig. »Als der Kaiser die Halle der Wohltuenden Tugend betrat, erhob sich in einer dunklen Ecke ein heftiger Wind, eine riesige Schlange glitt daraus hervor und ringelte sich um den Thron. Der Kaiser fiel in Ohnmacht, und in dieser Nacht erschütterten Erdbeben Loyang, die Wellen überfluteten die Ufer, und Kraniche schrien in den Sümpfen. Am fünften Tag des sechsten Mondes wehte ein langer schwarzer Nebelschleier in die Halle der Konkubinen, heiß und kalt kehrten sich um, ein Huhn wurde zum Hahn, eine Frau zum Mann, und Leiber fielen vom Himmel.« *Das* sind tolle Geschichten und das Richtige für heranwachsende Jungen. Na ja, und dann waren wir alt genug, um den größten Historiker aller Zeiten Ssu-ma Ch'ien zu lesen. Ssu-ma Ch'ien schrieb über genau dieselbe Geschichte: »Der Untergang der Chou-Dynastie stand dicht bevor.« Pah!

»Nichts ist schwerer zu fälschen als eine Handschrift, und eine so großartige Handschrift zu fälschen ist beinahe unmöglich«, erklärte Meister Li. »In jedem Pinselstrich kommt die Persönlichkeit des Schreibenden zum Ausdruck, und der Fälscher muß zu dem Mann *werden*, dessen Schrift er kopiert. Jemand hat das Unmögliche vollbracht und Ssu-ma Ch'ien perfekt nachgeahmt. Das Erstaunliche daran ist, er hat lächerlich deutlich darauf hingewiesen, daß es eine Fälschung ist.«

»Wie bitte, Meister?« sagte ich.

»Ochse, würdest du den Namen deines Vaters schreiben, wenn du nicht über ihn schreibst?«

»Natürlich nicht!« Der Gedanke entsetzte mich. »Es wäre unerhört respektlos, und es könnte sogar dazu führen, daß sein Geist von Dämonen angegriffen wird.«

»So ist es. Aber in einem Fragment, das angeblich von Ssuma Ch'ien stammt, erwähnt er einen niederen Regierungsbeamten T'an sage und schreibe dreimal. T'an war der Name seines Vaters.«

Ich war sprachlos. Ich konnte mir einfach nicht vorstellen, weshalb ein Fälscher ein Meisterwerk geschaffen haben sollte, das auf den ersten Blick entlarvt werden würde. Der Kröte ging es genauso.

»Das ist unglaublich und unverständlich«, murmelte er. »Habt Ihr den ganzen Text gesehen?«

»Nein«, erwiderte Meister Li. »Soviel ich weiß, ist er kurz und war möglicherweise als Fußnote zu einer der historischen Abhandlungen gedacht.«

Die Kröte kratzte sich das Kinn. »Das Pergament ist echt«,

sagte er nachdenklich. »Wenn man an eine Fälschung denkt, denkt man an die Gegenwart. Aber wäre es nicht möglich, daß der Fälscher ein Zeitgenosse von Ssu-ma Ch'ien war? Li Kao, wir wissen, daß Kaiser Wu-ti seinen Ratgeber Ssu-ma kastrieren ließ. Wissen wir genau weshalb? Die offizielle Version erschien mir nie besonders einleuchtend, und diese Fälschung ist so hervorragend, daß sogar Ssu-ma große Mühe hätte zu beweisen, daß sie *nicht* von ihm stammt. Man kann sich vorstellen, wie schlaue Höflinge den Kaiser darauf aufmerksam machten, daß der Großmeister Astronom und Historiker so ehrfurchtslos sei, den Namen seines Vaters zu schreiben, und wenn der Text noch abfällige Anspielungen auf den Thron enthielt . . .«

In diesem Augenblick wurde seine Stimme übertönt. Einer der Sünder betrachtete Meister Lis ehrwürdige Falten und kam zu der Ansicht, jemand konkurriere möglicherweise mit ihm um den Titel des Heiligsten aller Scheinheiligen. Er holte drei- oder viermal tief Luft und hob den offenen Mund zum großen Sternenfluß.

»Hör mich, o Himmel, ich bete zu den sechshundert namentlich bekannten Göttern!« rief er voll Inbrunst. *»Ich bete zu den Göttern der zehn Richtungen und den untergeordneten Vertretern der zehn Richtungen, zu den Sternen der fünf Richtungen und zu den untergeordneten Sternen der fünf Richtungen, zu den himmlischen Streitern und Weisen, zu den zehn höchsten Gottkönigen, zu den Göttern der Sonne, des Mondes und der neun Sterne erster Ordnung!«*

Die fliegenden Händler wurden munter. »Würmer zu verkaufen!« schrien sie.

»Zu den Göttern, die die himmlischen Tore bewachen«, röhrte der Meisterschreier. *»Zu den sechsunddreißig Donnergöttern, die den Himmel bewachen, zu den achtundzwanzig Sternen erster Ordnung des Zodiakus, zu den Göttern, die die bösen Geister unterwerfen, zum Gottkönig des Fliegenden Himmels und dem Gott des großen langen Leben Buddhas, zu den Göttern Tien Kan und To Tze, zu den großen Weisen der Trigrame, zu den Torgöttern und*

den Küchengöttern, zu den göttlichen Generälen des Monats, der Woche, des Tages und der Stunde!«

»Würmer!« schrien die Händler. »Habt Erbarmen mit armen hilflosen Würmern, die höchst ungerechterweise zum grausamen Tod am Angelhaken verurteilt worden sind!«

»Zu den Göttern der neun Flüsse!« kreischte der Heilige. *»Zu den Göttern der fünf Berge und der vier Ecken! Ich bete zu den Göttern der Brunnen, Quellen, Gräben, Bäche, Hügel, Wälder, Seen, Flüsse und der zwölf Flußquellen! Ich bete zu den hiesigen Schutzgöttern! Zu Chuang huangs und ihren Untergebenen! Zu den Göttern der kleinen Beamten! Zu den Göttern der lebenden Bäume und der gefällten Bäume! Zu den geistigen Offizieren und Soldaten unter dem Kommando der Priester! Zu den Schutzgeistern der Tabus, der Befehle, der heiligen Schriften und des rechten Weges der Religion!«*

»Ihr Herren, denkt an eure armen alten weißhaarigen Großmütter, die vielleicht als Würmer wiedergeboren worden sind!« rief ein besonders einfallsreicher Händler.

»Komm her!« brüllte Meister Li und kaufte zu meinem Erstaunen ein Eimerchen Würmer.

»Ich bete zu den Göttern der vier Jahreszeiten und der acht Feste!« quäkte seine Heiligkeit. *»Ich bete zu …«*

Meister Li griff nach oben, riß die offenen Kiefer noch weiter auseinander und schüttete den Inhalt des Eimerchens hinein. Stille senkte sich über das Auge der Ruhe. Die Kröte hielt die Fälschung kaum fingerbreit vor die Augen.

»Die Fälschung einer Fälschung«, murmelte er. »Das ist durchgepaust, und zwar erst vor kurzem. Der Stümper hat Druckstellen hinterlassen, wo er zu fest aufgedrückt hat.«

Er gab Meister Li das Pergament zurück. »Die Pause stammt von einem Amateur«, sagte er verächtlich. »Eine ungewöhnliche Fälschung wie diese, die Gelehrte an ihrem Verstand zweifeln läßt, ist ein Vermögen wert. Aber eine Pause kann nicht einmal ein Kind zum Narren halten, das noch nicht schreiben kann. Wenn der Dummkopf versucht hat, sie dem falschen Mann zu verkaufen, betrachtet er vermutlich bald

die hübschen Fische aus allernächster Nähe, die um seine schweren Steinsandalen herumschwimmen.«
Ich hatte plötzlich ein flaues Gefühl im Magen. Aber wenn Meister Li an den toten Falschspieler auf dem Grund des Kanals dachte, ließ er es sich nicht anmerken.
»Höchst interessant«, sagte Meister Li ruhig. »Hsiang, der Text ist offenbar gestohlen worden. Gibt es irgendwelche Gerüchte?«
»Meint Ihr das im Ernst? Li Kao, wenn ein Sammler verlauten läßt, daß er etwas von dieser Qualität besitzt, dann klopfen die Vertreter des Kaisers innerhalb eines Tages an seine Tür. Auf der ganzen Welt kann es keine so gute Fälschung mehr geben wie diese hier«, sagte die Kröte. »Und macht Euch nicht die Mühe, nach dem Fälscher zu suchen. Der Erhabene Jadekaiser hat ihn in den Himmel gerufen, und er erledigt mittlerweile die göttliche Korrespondenz.«
Meister Li kratzte sich an der Stirn und zog an seinem Bart.
»Eine letzte Frage. Ich kann mir sehr viele Männer vorstellen, die einen Mord begehen würden, um diese Handschrift zu bekommen. Aber der Mordfall, den man mir übergeben hat, scheint sehr geschmacklos zu sein. Könnt Ihr Euch einen Mann vorstellen, der zu Methoden greift, die den schlimmsten Übertreibungen der chinesischen Oper angemessen sind?«
»Ja«, erwiderte die Kröte, ohne nachzudenken.
»Wer?«
»Ihr«, sagte die Kröte. Und zu mir: »Junge, ist dir bekannt, daß ganze Friedhöfe ihre Existenz diesem uralten Meuchelmörder zu verdanken haben? Wie viele Leichen hat er zum Beispiel bei dieser unheimlichen Sache mit den Vögeln hinterlassen?«*
»Vielleicht zwanzig oder dreißig«, sagte ich, »aber nur, weil ...«

* Eine Anspielung auf: *Die Brücke der Vögel*, Wolfgang Krüger Verlag, Frankfurt am Main, 1986.

»Hinweg!« schrie die Kröte, »hinweg! Laßt einen alten Mann mit Würde sterben.«
»Alt?« fragte Meister Li. »Wenn mein ältester Enkelsohn nicht einen falsch gekochten Kugelfisch gegessen hätte, wäre er ungefähr in Eurem Alter.«
»Li Kao, das Problem mit Euch ist, Ihr *weigert* Euch einfach, an Alter zu sterben«, fauchte die Kröte und zitierte dann Konfuzius. »›Wer so alt ist wie du und nicht stirbt, wird einfach ein Ärgernis.‹« Zu mir sagte er: »Ich dagegen werde in heiterer Ruhe dahinscheiden, in der Gewißheit der Heiligkeit meiner Seele. Mein Junge, sieh nur, wie meine reine Seele mir durch die Augen scheint. Sie ist wie eine verdammte Blume!«
Es ist gefährlich, mit Meister Li das Zitierspiel zu spielen. »›Wenn ich zurückkomme, nachdem ich die Blumen zertreten habe, duften die Hufe meines Pferdes‹«, sagte er leise.
Die Kröte wurde blaß. »Also Li Kao, Ihr müßt nicht beleidigt sein, wenn keine Beleidigung beabsichtigt war. Ich suche nur den richtigen Weg, der mich in das gesegnete Reich der reinen Seelen führen wird.« Der Gedanke an seine neugefundene Reinheit machte ihn kühn. »Hinweg!« schrie er. »Hinweg, lebender Haufen uralter Knochen. Und nehmt den Schwefelgestank der Sünde mit Euch.«
Er drehte sich um und sah mich mit funkelnden Augen an. »Und nehmt auch diesen wandelnden Kran mit.«
Meister Li stand auf und verbeugte sich, und ich folgte seinem Beispiel. Wir drehten uns um und gingen über das Gras davon. Hinter uns wurde der ruhige Chor der »Geeh – geeh – geehs« immer leiser.

3

Die Reise in das Tal der Seufzer dauerte nicht lange, und drei Tage später erstieg ich einen Hügel, hinter dem das Tal lag. Es war früh am Morgen. Ich wischte den Tau von einem großen flachen Stein. Wir setzten uns und warteten darauf, daß der Nebel sich lichtete. Als das geschah, erkannte ich, daß das Tal der Seufzer an eine Schüssel mit einem ausgebrochenen Stück erinnerte; das fehlende Stück war die Spalte im Süden, die den Blick auf andere Täler in der Ferne freigab. An der Innenseite der Schüssel wand sich ein idyllischer, von Bäumen und Blumen gesäumter Streifen nach unten – meiner Ansicht nach zu idyllisch. Kein vernünftiger Bauer würde so viel gutes Land an Blumen verschwenden, wenn man dort etwas Nützliches hätte anbauen können. Auffällige Verschwendung ist ein prahlerisches Zeichen für Reichtum und Macht, und das macht mich immer nervös.

»Die Bauern werden dafür bezahlt, daß sie auf diesem Land nichts anbauen«, sagte Meister Li, der meine Gedanken las, »es ist die sogenannte Prinzentrift, und wie es dazu gekommen ist, das ist eine sehr lange Geschichte.« Mit einer großen Geste über das Tal fragte er: »Reich oder arm?«

In Gedanken grub ich meine Zehen in die Erde. »Weder noch«, sagte ich, »es scheint gute Erde zu sein, aber es ist nicht allzuviel davon da. Zuviel Steine und Schiefer an den Hängen, und das Marschland im Westen ist salzig. Vermutlich ernährt das Tal eine kleine Zahl von Bewohnern ganz gut, aber dann bleibt wenig übrig.«

»Völlig richtig«, sagte Meister Li, »der erste Feudalherr des

Tals entdeckte, wie schwierig es war, hier reich zu werden, und er gab ein bewundernswertes Beispiel, indem er sich zu Tode trank. Seine Nachfolger taten es ihm gleich, und die Bauern konnten alle paar Jahre mit einem Festmahl rechnen, das zu einem adligen Begräbnis gehört. Was glaubst du, wie sie reagierten, als sich herausstellte, daß ein gewisser Prinz Chou eine Leber aus Gußeisen hatte und dreißig Jahre durchhielt?«

Bauern sind überall gleich, und ich sagte voll Überzeugung: »Das haben sie ihm bis auf den heutigen Tag nicht verziehen. Sie erzählen ihren Kindern Geschichten vom Hartherzigen Chou, dem Geizigen Prinzen, und Fremde können leicht erraten, wo er begraben ist, wenn sie beobachten, in welche Richtung die Bauern auf den Feldern pinkeln.«

»So ist es, obwohl Geschichten vom Hartherzigen Chou heutzutage selten sind«, sagte Meister Li, »ein anderer löste ihn ab, und er hat den Markt für Geschichten an sich gerissen. Ochse, eine deiner liebenswertesten Eigenschaften ist deine Fähigkeit, den Mund zu halten, wenn dir Fragen auf den Lippen brennen, und es ist Zeit, eine zu beantworten. Wer war der Lachende Prinz? Warum schlottern die Bauern, die Mönche und sogar der Abt vor Angst bei dem Gedanken, daß er von den Toten zurückgekommen sein könnte?«

Ich lehnte mich zurück und hörte zu. Hier ist eine kurze Zusammenfassung dessen, was ich über einen Herrn erfuhr, dessen fröhlicher Geist mich bis auf den heutigen Tag verfolgt.

*

Kaiser Wu-ti hatte einen jüngeren Bruder, den Prinzen Liu Sheng, der ein gewisses Problem darstellte. Der Prinz war ein hervorragender Student der taoistischen Wissenschaft, aber er war undiszipliniert. Man sagt, seine Liebenswürdigkeit wurde nur noch von seiner Faulheit übertroffen. Am Hof hielten seine lustigen Streiche den Adel in Atem. Aber es wurde Zeit, daß er etwas Nützliches tat, und als Prinz Sheng

sich schließlich dazu bereit fand, schickte der Kaiser seinen nichtsnutzigen Bruder als Feudalherrn über das Drachenkopftal hierher. (Damals hieß es noch nicht Tal der Seufzer.) Die Bauern freuten sich auf diesen lebenslustigen Prinzen, und bald wurden ihre Anführer zum Schloß befohlen.
»Meine lieben Freunde«, begann der Prinz mit einem bezaubernden Lächeln, »meine lieben, lieben Freunde, ich bitte euch sehr, pflanzt Kürbisse, viele, viele Kürbisse.«
Er machte ein paar unwiderstehliche kleine Tanzschritte und sang dabei: »Viele, viele, *viele*, viele, viele, viele, *viele* viele ... Kürbisse!«
Nun ja, ein Prinz hat das Recht auf ein paar Eigenheiten. Die Bauern bauten viele, viele Kürbisse an, und die Frage war: Woher würde der Prinz die Schweine nehmen, die sie fraßen? Es stellte sich heraus, daß er die Kürbisse nicht zur Schweinemast haben wollte. Die getrockneten Kerne der Flaschenkürbisse haben eine merkwürdige Eigenschaft. Sie brennen sehr lange und geben ein strahlendes, weißes Licht. Der Prinz hatte Fachleute mitgebracht, die unter dem Marschland im Westen beachtliche Salzablagerungen entdeckt hatten. Prinz Liu Sheng legte die Flaschenkürbiskerne in Rhinozeroshornlaternen, und so gelang es ihm zum allerersten Mal in der Geschichte, die Produktion in einem Salzbergwerk vierundzwanzig Stunden am Tag in Gang zu halten.
Man kettete die Bauern an riesige horizontale Räder. Aufseher trieben sie mit Peitschen im Kreis, und so betrieben sie Bohrer, die sich mehr als tausend Fuß in die weiche Erde bohrten. Man brachte eine Bambusverschalung an; Seile und Förderwinden ersetzten die Bohrer, und die Salzbrühe wurde eimerweise in eine Rohrleitung gegossen, die quer durch das Tal zu einem großen Schieferfeld auf der Ostseite führte. Durch die Spalten drang ein geruchloses Gas nach oben, das sich leicht entzünden ließ. Man schüttete das Salzwasser auf Eisenplatten, die man erhitzte; das Salz kristallisierte und wurde zum Verkauf abtransportiert. Die Peitschen trieben

die Bauern Tag und Nacht im Kreis, während Prinz Liu Sheng mit einem munteren Scherz auf den Lippen und einem freundlichen Winken für alle und jeden sich in einer seidenen Sänfte durch das Salzbergwerk tragen ließ.
Schließlich war das Salzvorkommen erschöpft. Aber der Prinz hatte inzwischen eine dünne, aber reiche Eisenerzader entdeckt. Die Männer wurden zu Arbeitskolonnen zusammengekettet und gruben endlose Schächte und Tunnel; die Frauen blieben an die Räder gefesselt. Nun betätigten sie damit die riesigen Blasebälge von Hochöfen. Und es dauerte nicht lange, bis das ganze Reich von Prinz Liu Shengs Eisenhütte sprach. Damals wurde er als der Lachende Prinz bekannt. Sein Sinn für Humor brachte ihn fast um, denn er lachte sich beinahe tot, wenn er die komischen Verrenkungen der Frauen am Rad beobachtete. Die Ketten waren glühend heiß. Und eine Weile war der »Tanz der Bauern des Prinzen Liu« am Hof der letzte Schrei.
Der Lachende Prinz nutzte sein wissenschaftliches Genie und erfand irgendwie eine Behandlungsmethode, durch die er mit Säuren und anderen Mitteln sein Eisen weniger spröde machte als das handelsübliche Eisen. Das Säurewerk befand sich auf dem Kamm der östlichen Hügel. Die Abwässer bahnten sich dampfend einen Weg, der sich beinahe um die ganze Talschüssel zog. Weise und Gelehrte eilten herbei, um die erstaunliche Wirkung zu beobachten, die die Abwässer hervorriefen, als sie das Marschland erreichten. Das Wasser färbte sich leuchtend gelb. Bei Tag dampfte und blubberte es; nachts ging davon ein gespenstisches violettes Licht aus; Fische und Frösche trieben auf dem Rücken, und ihre entsetzten toten Augen starrten auf die dicken schwarzen Wolken der Eisenhütte. Die Bäume waren inzwischen alle tot; kein Vogel sang mehr, und der Lachende Prinz machte ein paar hinreißende Witze über den Gestank. Es gab Leute, die protestierten. Aber die Proteste verstummten, als der Prinz die Geschäftsbücher vorlegte. Die Gewinne waren ungeheuer.

Dann geschah etwas, das bis heute niemand richtig versteht. Prinz Liu Sheng verlor plötzlich das Interesse am Geldverdienen. Er wandte sich wieder seiner ersten Liebe zu; sein wissenschaftliches Fachgebiet hatte er bereits abgesteckt. Er wollte die Medizin revolutionieren.

»Ich werde die Schleier der Unwissenheit lüften, die über der Heilkunst liegen, und die Nerven und Zellen sichtbar machen!« verkündete er.

Die versammelten Weisen und Gelehrten waren schockiert, als der Prinz ihnen einige der beabsichtigten Experimente erklärte. Aber ihre Proteste verstummten abrupt, als er darauf hinwies, daß er viele, viele Versuchspersonen brauchen würde. »Viele, viele, *viele*, viele«, sang er und vollführte seine kleinen Tanzschritte, »viele, viele, *viele*, viele . . . Versuchspersonen!« Die Weisen und Gelehrten tanzten mit.

In der Nähe vom Schloß auf dem Drachenhorn befand sich eine Grotte. Er verwandelte sie in sein medizinisches Forschungszentrum; die weisen Männer, die seine Experimente beobachteten, applaudierten und priesen sie – dann taumelten sie hinaus, um sich zu übergeben – oder sie protestierten und wurden Kandidaten für die nächsten Experimente. Niemand bestritt die Fachkenntnisse des Prinzen. Er war fraglos der größte Fachmann der Welt auf dem Gebiet der Auswirkungen des Streckens, Zusammenpressens, Zerschneidens, der Säurebäder, des Verbrennens, Brechens und Verrenkens – der menschliche Körper wurde selten wenn überhaupt je so sorgfältig studiert. Jemand mit einem solchen Zeitvertreib ist nie einsam. Der Lachende Prinz scharte Gleichgesinnte um sich. Er nannte sie seine Munteren Mönche. Er kleidete sie in Gewänder, die aus Narrenkostümen gemacht waren. Wenn sie mit einem Trupp Soldaten durch das Tal zogen, um Bauern für die Experimente zu fangen, tanzten und lachten sie im Mondlicht.

Der Lachende Prinz war unheilbar vom mörderischen Wahnsinn befallen. Die einen sagen, sein kaiserlicher Bruder habe schließlich genug gehabt und ihm den gelben Schal geschickt, der kaiserliche Befehl zum Selbstmord, andere leugnen das. Der Prinz wurde jedenfalls krank. Er krümmte und wälzte sich im Fieberdelirium, schrie und fluchte, und in seinen klaren Augenblicken sah er aus dem Fenster die Verwüstungen im Tal und schwor, aus dem Grab zurückzukommen, um sein Werk zu vollenden. Er starb. Man legte ihn in seine Grabkammer.

*

»Siebenhundertfünfzig Jahre später hat man im Tal der Seufzer tanzende Mönche im Narrenkleid gesehen«, sagte Meister Li, »Bruder Blinzel ist ermordet worden, und wie es aussieht, wurde ein Teil des Tals auf eine Weise zerstört, die des Lachenden Prinzen würdig ist.«

»Uff«, sagte ich.

»Uff in der Tat, obwohl sich in solchen Fällen das poetische Versprechen beinahe immer als erschütternd prosaisch erweist«, sagte Meister Li bekümmert, »wir wollen sehen, was uns die Leiche von Bruder Blinzel erzählen kann.«

Das Kloster war sehr alt und für so ein kleines Tal ziemlich groß. Der Abt hatte seine Mönche wie eine Ehrengarde aufgestellt und war enttäuscht, als Meister Li einen Rundgang ablehnte. Meister Li wollte auch nicht mit dem Ort des Verbrechens beginnen und erklärte, es sei unklug, sich einer Leiche mit dem Kopf voller vorgefaßter Meinungen zu nähern. Also führte man uns eine lange gewundene Treppe hinunter in den tiefsten Keller und in den Kühlraum.

Überall hingen Laternen. Im Raum war es sehr hell. Das bedeutet, die Schatten waren sehr dunkel. Und der Kopf des Körpers auf dem Eisblock trat im Wechselspiel von Licht und Schatten deutlich hervor. Ich blieb wie angewurzelt stehen und hielt den Atem an. In meinem ganzen Leben hatte ich noch kein solches Entsetzen auf einem Gesicht gesehen. Die hervorquellenden Augen und der offene Mund waren im Ausdruck eines Menschen erstarrt, dessen letzter Blick auf den schrecklichsten Abgrund der Hölle gefallen war.

Meister Li sagte, der Gesichtsausdruck sei insofern interessant, als er sich auf drei oder vier Drogen zurückführen lasse, von denen jedoch keine in China verbreitet sei. Er rollte sich die Ärmel hoch und öffnete sein Kästchen. Die Klingen blitzten in dem kalten dumpfen Raum wie Eiszapfen. Der Abt schien wie seine vier Helfer, die auf der Treppe stehengeblieben waren, dicht davor zu sein, in Ohnmacht zu fallen. Ich werde mich nie daran gewöhnen und mußte mich zwingen zuzusehen. Die Minuten vergingen wie tropfender Sirup im Winter. Nach einer halben Stunde richtete Meister Li sich auf, und der mörderische Ausdruck auf seinem Gesicht war nicht nur eine Wirkung der Schatten.

»Mist!« knurrte er.

Er beugte sich über die Leiche, und seine Messer schnitten ärgerlich etwas ab.

»Kein Yakmist, keine Vulkanasche, keine Nonnenzöpfe und kein Tsao Tsao«, murmelte er, »nichts als eine gewöhnliche Leiche.«

Er machte sich wieder an die Arbeit, und auf dem Eis neben dem Körper landeten die unterschiedlichsten Teile von Bruder Blinzel.

»Unser verschiedener Freund war noch vor kurzem in einer großen Stadt«, stellte er sachlich fest, »der Tod trat nicht länger als vier Stunden nach seiner Rückkehr ein.«

Der Abt wich nervös zurück, als fürchte er Hexerei. »Bruder Blinzel war in Ch'ang-an«, flüsterte er, »er ist wenige Stunden nach seiner Rückkehr gestorben.«

»Er hat es mit seinen Gelübden nicht allzu genau genommen«, bemerkte Meister Li, »ich würde sehr gern wissen, wie er sich tausendjährige Eier leisten konnte.«

»Kein Mönch kann sich tausendjährige Eier leisten«, erwiderte der Abt entschieden.

»Dieser konnte es . . . mindestens drei.«

»Eier können sich tausend Jahre halten?« fragte ich zweifelnd.

»Lug und Trug, Ochse, Betrug und Fälschung«, antwortete

Meister Li angewidert, »Tünche über der verfaulten Wirklichkeit und mit Lügen vergoldet. Es sind schlicht Enteneier, die mit Kalk behandelt werden. Der Kalk dringt durch die Schalen und kocht den Inhalt langsam. Nach acht oder zehn Wochen wird das behandelte Ei als tausendjährig ausgegeben und zu einem lächerlich hohen Preis an einen gutgläubigen Neureichen verkauft. Diese Eier schmecken gut. Einige barbarische Völker bauen eine Pflanze an, deren Frucht ganz ähnlich schmeckt. Man nennt sie Avocado.« Er warf etwas Ekelhaftes in einen Eimer, der auf dem Boden stand. »Verstopfung ist für eine medizinische Untersuchung ein Gottesgeschenk«, sagte er, »Abt, vielleicht denkt Ihr auch einmal darüber nach, daß Bruder Blinzel außer den Eiern in Ch'ang-an, es muß eine große Stadt gewesen sein, sonst hätte er die tausendjährigen Eier nicht bekommen, noch andere Dinge geschlemmt hat: Karpfen und Muschelsuppe, Hummer in pikanter Sauce, eingelegte Entenfüße geschmort mit schwarzen Baumpilzen, gedünstetes Ferkel mit Knoblauch, Nachspeisen, kandierte Früchte und Honigkuchen. Ich schätze, sein letztes Mahl hat ungefähr sechsunddreißig Unzen in Silber gekostet.«

Der Abt schwankte. »Überprüft die Bücher!« schrie er seine Mönche an. »Macht eine Inventur der Wachsstöcke und Weihrauchgefäße. Stellt fest, ob es Berichte über Straßenräuberei gegeben habt!«

»Wenn Ihr gerade dabei seid, sollte jemand herausfinden, ob Bruder Blinzel eine ungewöhnliche Menge Tusche für die Bibliothek bestellt hat«, sagte Meister Li, »und zwar Buddhas Wimpern und Pergament von der Art Gelber Kaiser.«

Die Mönche stürmten die Treppe hinauf. Der Abt hob einen Zipfel seines Gewands und fuhr sich damit über die Stirn. Meister Li hob wieder etwas Blutiges hoch.

»Ochse, du solltest sehr viel mehr über die Wissenschaft des Körpers lernen«, sagte er, »das hier ist die Milz. Es ist keine sehr gute Milz; sie ist funktionsfähig, aber nicht ganz zuverlässig. Und das ist bedauerlich, denn die Milz ist der Sitz des Glaubens.«

Er löste ein weiteres unappetitliches Objekt aus der Leiche und schwenkte es durch die Luft.
»Dasselbe gilt für das Herz, den Sitz der Anständigkeit, für die Lunge, den Sitz der Redlichkeit, und für die Nieren, den Sitz der Weisheit. Bruder Blinzel besaß nur ein ausgezeichnetes Organ, die Leber. Sie ist der Sitz der Liebe, und ich vermute, der verstorbene Bibliothekar hatte ein ziemlich gequältes Dasein. Es ist schlichtweg gefährlich, vor Liebe überzufließen, wenn es einem an Weisheit, Redlichkeit und Anständigkeit fehlt.«
»Ganz Bruder Blinzel«, seufzte der Abt, »er war so etwas wie ein Spezialist in haarsträubenden Geständnissen.«
Bildung hin, Bildung her, ich schloß fest die Augen. Die Steinwände warfen das Echo einer Säge zurück. Als ich die Augen öffnete, hatte Meister Li die Schädeldecke der Leiche entfernt und fischte den Inhalt des Kopfs heraus.
»Weißt du«, sagte er im normalen Gesprächston, »in meiner Jugend besuchte ich einmal den Hof des Muncha Khan. Er hatte gerade wieder einmal ein feindliches Heer über die Klinge springen lassen und feierte den Sieg mit einem Festmahl. Es fand auf dem Schlachtfeld statt, und die Diener warfen die kostbarsten Teppiche auf die Leichen, damit wir darauf sitzen konnten. Munchas Baum wurde herbeigerollt – ich erfuhr nie, welcher Symbolismus dahintersteckte. In dem Baum saßen ein paar Diener mit Pumpen. Der Baum bestand aus Silber und juwelenbesetzten Blättern. Vier Silberlöwen am Fuß des Stamms streckten die Köpfe über vier Silberschalen, und auf ein Zeichen hin floß aus den Mäulern der Löwen Stutenmilch. Vier juwelenbesetzte Schlangen wanden sich am Stamm nach oben zur Spitze, und zwei begannen, Leichenwasser, das heißt, vergorene Milch zu speien, die einen auf der Stelle umwerfen kann. Die beiden anderen spien Teufelstrunk, vergorenen Honig. Und als wir anständig betrunken waren, brachten die Köche das Hauptgericht. Es stellte sich heraus, daß es Soldatenhirn war. Es schmeckte köstlich. Ich schnappte mir einen der Köche, denn man weiß nie,

wann man ein gutes Rezept brauchen kann, und er sagte mir, es sei das Einfachste auf der Welt. Man greift sich einfach jemanden, schlägt ihm die Schädeldecke ab, holt das Gehirn heraus und wäscht es in Salzwasser. Dann reibt man es mit Knoblauch ein, brät es kurz in der Pfanne, wickelt es in ein Kohlblatt, dämpft es zwei Minuten lang mit Zwiebeln, Ingwer und einer Spur Rübensauce.«

Meister Li hielt das Gehirn ins Licht.

»Für ein Festessen würde es nicht taugen«, erklärte er, »Tuberkulose, wenn auch im Frühstadium. Ich bezweifle, daß Bruder Blinzel etwas davon gemerkt hat, wenn man von gelegentlichen Kopfschmerzen absieht.« Er ließ das Gehirn auf das Eis fallen und wandte sich an den Abt. »Keine Spur von Gift«, sagte er, »kein Anzeichen von Gewalt, keine exotische Krankheit von einem Ort, an dem er unmöglich gewesen sein konnte. Kurz gesagt, kein Beweis für Mord. Bruder Blinzel ist an einem Herzschlag gestorben.«

Der alte Mann blickte nachdenklich auf die Überreste der Leiche hinunter. »Es könnte Mord gewesen sein, wenn man ihn absichtlich zu Tode erschreckt hat, aber es wäre verdammt schwer, das zu beweisen. Abt, wenn wir die Kerle erwischen, die die Handschrift gestohlen haben, solltet Ihr überlegen, ob Ihr sie nicht wegen der angerichteten Schäden anklagt, anstatt auf einem Verfahren wegen Mordes zu bestehen. Wir müßten die genaue Methode demonstrieren können, und eine außergerichtliche Einigung wäre vielleicht vernünftiger. Was haltet Ihr davon, wenn Ihr Euch darauf einigt, daß Euer Dach repariert wird? Es hat noch kein Kloster gegeben, das keine Spenden für ein neues Dach sammelt, und so wird es auch in Zukunft sein.« Der Abt wurde bei dieser Aussicht fröhlicher. Meister Li wusch sich die blutigen Hände, und wir stiegen die Treppe nach oben, während der Abt erklärte, daß das Kloster in früheren Zeiten als Festung gegen Räuberheere gedient hatte und daß deshalb die unteren Stockwerke aus riesigen Steinblöcken gebaut und die Fensteröffnungen mit dicken Eisenstäben vergittert waren.

»Es geschah kurz nach der dritten Wache«, berichtete er, »ich lag wach und lauschte, ob Bruder Weh endlich die Glocke richtig läutete, und ich hörte einen entsetzlichen Schrei. Andere Mönche folgten mir, als ich zur Bibliothek rannte. Die Türflügel stehen immer offen, aber die Tür war geschlossen und von innen verriegelt. Ich schickte die Mönche hinaus, um einen Baumstamm zu holen.«

Man hatte die Tür aufgebrochen. Der Baumstamm lag noch im Gang. Wir betraten einen großen quadratischen Raum. An drei Wänden standen Tische und an der vierten die Ständer für Schriftrollen. Die Bücher bewahrte man in Nebenräumen auf. In der Mitte des Raums stand ein großer runder Tisch für den Bibliothekar, und der Abt zeigte uns die sorgfältig gezogenen Kreidestriche, die die genaue Lage der Leiche hinter dem Tisch markierten. Wie er sagte, waren die Schriftrollen sehr alt, aber völlig wertlos, denn es handelte sich um Aufzeichnungen des Lehens, die jede Zahlung an die Herren des Tals festhielten. Man konnte sich erinnern, daß die kaiserlichen Beamten mehrmals alles durchsucht hatten, um festzustellen, ob sich zwischen dem Belanglosen vielleicht Schätze befanden. Aber sie hatten nie etwas gefunden.

»Bis Bruder Blinzel ein Kuriosum entdeckte«, murmelte Meister Li.

»Seine Leiche lag dort, und sonst befand sich niemand im Raum«, sagte der Abt. »Wir sahen auf den ersten Blick, wie die Eindringlinge hereingekommen waren, aber eigentlich war es unmöglich.«

Ein Seitenfenster, das beinahe bis zum Boden reichte, ging auf einen kleinen Garten hinaus. Die Eisenstäbe in der Fensternische waren so dick wie meine Handgelenke, aber vier – zwei auf jeder Seite – waren wie weiche warme Kerzen zu einem bequemen Einstieg auseinandergebogen worden. Meister Li hob eine Augenbraue. Ich ging zum Fenster hinüber und spuckte in die Hände. Ich versuchte, die Stäbe geradezubiegen, spürte, wie sich in meinem ganzen Körper die

Muskel spannten, aber ich hätte ebensogut versuchen können, schief gewachsene Kiefern geradezurichten. Keuchend ließ ich los und trat zurück.
»So«, sagte Meister Li, verschränkte die Arme und kniff die Augen zusammen, »Ihr habt also einen Schrei gehört. Ihr seid zur Bibliothek gerannt. Die Tür war von innen verriegelt. Ihr habt einen Baumstamm geholt und sie aufgebrochen. Ihr seid hineingegangen und habt niemanden gesehen. Hinter dem Tisch lag die Leiche des Bibliothekars mit dem Ausdruck größten Entsetzens auf dem Gesicht. Eine unglaubliche Kraft hatte die Gitterstäbe auseinandergebogen und einen Zugang zum Raum geschaffen. Was geschah dann?«
Der Abt begann wieder zu zittern. »Ehrwürdiger Herr, dann hörten wir den Ton, das heißt einige, denn andere hörten überhaupt nichts. Es war der schönste Ton der Welt, aber gleichzeitig brach einem das Herz. Er schmerzte, und wir weinten. Dann begannen wir, ihm nachzulaufen. Wir mußten. Er rief uns!«
Der Abt ging durch das Fenster voran in den Garten, und Meister Li schnaubte angesichts der unzähligen Abdrücke von Sandalen, die jede mögliche Spur verwischten. Wir gingen durch die Klosterpforte hinaus, und ich erkannte, daß wir uns auf der Prinzentrift befanden. Es war sehr schön hier. Zwischen den Bäumen und Blumen, die ich zeit meines Lebens kannte, befanden sich fremde, die ich nicht identifizieren konnte. Meister Li erkannte in einer Blume eine Goldbegonie und sagte, in ganz China könne es nicht mehr als drei davon geben. Die Prinzentrift war in Wirklichkeit ein riesiger Garten, und ich bekam ein Gefühl für seine Größe, als wir eine Anhöhe erreichten und ich über das Tal hinwegblicken konnte. Der grüne Streifen wand sich die gegenüberliegenden Hügel hinauf. Meister Li bestätigte meine Vermutungen.
»Die Erben des Lachenden Prinzen waren entsetzt, als sie die Zerstörung sahen«, sagte er, »sie gelobten, alles wiedergut-

zumachen, selbst wenn es tausend Jahre dauern sollte. Und man bepflanzte die Prinzentrift, um die Narben der Säurespuren zu überdecken. Die Bauern im Tal der Seufzer sind nur aus einem Grund nicht völlig verdorben: Die Familie Liu ist reich an Land, aber arm an Geld. Und das meiste Geld fließt in die Erhaltung der Prinzentrift und zahlreicher wohltätiger Einrichtungen.«

Der Abt blieb auf dem Gipfel eines niedrigen Hügels stehen.

»Bis hierher sind wir gerannt«, sagte er, »habe ich erwähnt, daß der Mond sehr hell schien? Eine Täuschung war ausgeschlossen. Dort unten, also von dort unten schien der Ton zu kommen, und dort sahen wir Mönche, aber sie trugen Narrenkleider, und sie lachten und tanzten unter den Sternen. Normalerweise wären wir um unser Leben gerannt. Aber der Ton rief uns, und es blieb keine andere Wahl, als ihm zu folgen. Wir rannten weiter und kamen nahe genug heran, um die Narrengewänder deutlich zu sehen, obwohl wir die Gesichter hinter den Gesichtstüchern nicht sehen konnten. Die Mönche tanzten ins Unterholz und verschwanden. Kurz darauf verstummte der wunderbare, schreckliche Ton, und als wir uns einen Weg durch das Gebüsch gebahnt hatten, waren die tanzenden Mönche verschwunden. An ihrer Stelle sahen wir etwas anderes.«

Wir stiegen hinunter, gingen durch das Unterholz, blieben wie angewurzelt stehen und starrten ungläubig. »Ich glaube, ich bin der Steinerne Affe«, sagte Meister Li leise.

Der Tod hatte einen eisigen Finger auf die Prinzentrift gelegt. In einem etwa dreißig Fuß breiten und fünfmal so langen Streifen war nichts Lebendes zu sehen. Die Bäume waren kahl und tot und völlig vertrocknet, wie ich entdeckte, als ich einen Zweig abbrach. Die Blumen waren verwelkt. Die Büsche hätten ebensogut mit Gravursäure besprüht worden sein können. Nicht einmal das Gras hatte überlebt, die braunen Halme brachen büschelweise unter unseren Füßen. Das Ganze wirkte wie ein Friedhof, wie man ihn in einem Alptraum erlebt. Die Grenze zwischen Leben und Tod war so scharf, daß sie mit dem Messer hätte gezogen sein können. Ein Fingerbreit neben einer abgestorbenen Blume blühte eine andere, üppiges Grün drückte sich an nacktes Braun, und Vögel sangen weniger als einen Fuß entfernt von einer Stelle, an der nicht einmal ein Insekt mehr kroch.

Meister Li warf den Kopf zurück und lachte – aber nicht belustigt. »Unglaublich«, sagte er, »Abt, Ochse und ich werden Pflanzen- und Bodenproben nach Ch'ang-an bringen müssen, um sie analysieren zu lassen. Ich bezweifle, daß es sich lohnt, Vermutungen anzustellen, ehe wir einen Bericht haben, aus dem hervorgeht, was den Schaden verursacht hat. Macht Euch keine Sorgen. Das meiste an dieser Sache scheint klar und recht einfach zu sein. Ich rechne damit, daß ich den Fall in ein oder zwei Wochen abschließen kann.«

Seine Zuversicht heiterte den Abt auf, und er wies auf die Silhouette eines Dachs hoch oben auf dem gegenüberliegenden Hügel.

»Prinz Liu Pao ist zurückgekehrt und brennt darauf, Euch zu sehen«, sagte er, »könnt Ihr vielleicht erst dort haltmachen? Die Bauern . . .« Er brach unsicher ab.

»Möchten, daß der Prinz und der Besucher aus der großen Stadt das Grab des Lachenden Prinzen aufsuchen und sich davon überzeugen, daß der Schweinehund immer noch im Sarg liegt?« beendete Meister Li den Satz.

Der Abt nickte.

»Es wird uns eine Ehre sein, den lebenden Prinzen und den toten zu besuchen«, sagte Meister Li. »Ich nehme an, Ihr habt viel zu tun. Wenn Ihr uns also den Weg zeigt, machen wir einen Spaziergang hinauf ins Schloß und gehen dann weiter nach Ch'ang-an.«

Der Abt war sichtlich erleichtert, daß man von ihm nicht verlangte, das Grab des Lachenden Prinzen zu betreten. Er wies uns den Weg, verbeugte sich, und als er davonlief, murmelte er etwas, das wie »zweiundvierzig Kessel Fisch« klang. Ich sammelte Pflanzen- und Bodenproben, und wir machten uns auf den Weg, um einen Aristokraten zu besuchen, der, wie ich hoffte, gute Nerven hatte. Bei Tageslicht läßt sich der Aberglaube leicht beiseite schieben, aber wenn die Eulen schreien, ist es eine andere Sache. Der Wind seufzt wie flüsternde Geister, Mondlicht und Blätter zaubern die Gestalten verrückter Mönche, die auf dem Gras tanzen, und im Haus knarrt es, als schleiche sich ein vor langer Zeit verstorbener Wahnsinniger die Treppe hinauf, und Prinz Liu Paos Schlafzimmer befand sich praktisch direkt über der Grabkammer des Verrückten.

4

Das Schloß war so groß, wie man es vom Stammsitz der früheren Herren des Tals erwarten konnte, aber nur noch ein kleiner Teil wurde bewohnt. Im Park wuchs Unkraut, und wohin ich blickte, sah ich bröckelnde Ruinen. Ich glaube, ich erwartete eine klassische Kulisse für eine Gruselgeschichte, aber als wir durch das Tor des noch bewohnten Flügels traten, verflog dieser Gedanke. Der Vorhof war mit Felsen, Kies und natürlicher Bepflanzung angelegt; der Geisterschirm bestand aus einem schlichten roten Stein auf einem Sandelholzsockel. Wir gingen um ihn herum in den Innenhof, und uns umgab eine Woge fröhlicher Farben. Überall blühten leuchtende Blumen, und bunte Papageien und Kakadus begrüßten uns mit lautem Krächzen. Eine lange, mit Kletterpflanzen bewachsene Veranda führte zu den bewohnten Räumen; ein Stapel breitkrempiger Bauernhüte lag für Besucher bereit, die etwas gegen Vogelkot hatten.

Aus der Anlage des Ganzen schloß ich, daß der Wohntrakt früher einmal die Küche gewesen war. Uns begrüßten keine untertänigen Diener, aber die Tür stand offen. Wir betraten einen Gang, standen jedoch nicht vor prächtigen Ahnentafeln, die die Halle des Ruhms und der Schönheit ankündigten, sondern entdeckten nur eine schlichte Tafel an der Wand. Meister Li war unverkennbar bereits freudig überrascht, und nun schnurrte er geradezu. Er sagte, es handle sich um einen klassischen Text des alten Weisen Chen Chiju, und er sei eine der vier Säulen, auf denen die Zivilisation ruhte. Meine Bildung reichte nicht bis zu den Säulen der Zivilisation, und da der Text in moderner Schrift geschrieben war, las ich ihn mit großem Interesse.

*

Der Hausgarten

Hinter dem Tor ist ein Pfad, und der Pfad muß gewunden sein. An der Biegung des Pfades ist ein äußerer Schirm, und der Schirm muß klein sein. Hinter dem Schirm ist eine Terrasse, und die Terrasse muß eben sein. An den Rändern der Terrasse wachsen Blumen, und die Blumen müssen von leuchtender Farbe sein. Hinter der Terrasse ist eine Mauer, und die Mauer muß niedrig sein. Neben der Mauer ist eine Kiefer, und die Kiefer muß alt sein. Am Fuß der Kiefer liegen große Steine, und die Steine müssen schön sein. Auf den Steinen steht ein Pavillon, und der Pavillon muß schlicht sein. Hinter dem Pavillon ist Bambus, und es muß wenig Bambus sein. Wo der Bambus aufhört, ist ein Haus, und das Haus muß abgeschieden sein. Neben dem Haus ist eine Straße, und die Straße muß sich verzweigen. Wo mehrere Abzweigungen zusammenkommen, ist eine Brükke, und es muß verlockend sein, die Brücke zu überqueren. Am Ende der Brücke sind Bäume, und die Bäume müssen groß sein. Im Schatten der Bäume ist Gras, und das Gras muß grün sein. Oberhalb der Grasfläche ist ein Bach, und der Bach muß schmal sein. Am Anfang des Bachs ist eine Quelle, und die Quelle muß sprudeln. Oberhalb der Quelle ist ein Hügel, und der Hügel muß sanft gewellt sein. Am Fuß des Hügels ist eine Halle, und die Halle muß quadratisch sein. An der Ecke der Halle ist ein Gemüsegarten, und der Garten muß groß sein. Im Garten ist ein Storch, und der Storch muß tanzen. Der Storch kündigt den Gast an, und der Gast darf nicht ungehobelt sein. Wenn der Gast eintrifft, bietet man ihm Wein an, und der Wein darf nicht abgelehnt werden. Der Trank muß den Gast betrunken machen, und der betrunkene Gast darf nicht nach Hause gehen wollen.

*

»Ich glaube, ich möchte auch die anderen drei Säulen sehen«, sagte ich, »diese gefällt mir.«
»Wir werden zu ihnen kommen«, versprach Meister Li. Er ging durch die Halle voran zu den Wohnräumen; sie waren schlicht und mit bequemen Möbeln eingerichtet. Unser Gastgeber eilte aus einem Hinterzimmer herbei, um uns zu begrüßen.
Hat außer mir schon jemand einen Prinzen mit einem Staubwedel verwechselt? Diesen Eindruck jedenfalls hatte ich von Prinz Liu Pao. Er war klein und mager, aber auf seinem dünnen Hals saß ein riesiger Kopf. Die wirren Haare standen in alle Richtungen ab, und man hätte damit ein paar Matratzen füllen können. Ich erinnerte mich, gehört zu haben, daß er ein berühmter Maler sei – Farbflecke schmückten Nase und Kinn. Aus seinen Taschen ragten Pinsel, und der Lieblingsbecher, in den er sie eintauchte, hing ihm an einer Schnur um den Hals.
»Ich heiße Liu, mein Vorname ist Pao, und ich fühle mich geehrt, den berühmten Meister Li willkommen zu heißen«, rief er und verbeugte sich hektisch. Er bewegte sich mit unkoordinierten Sprüngen und Sätzen, und sein fröhliches Lächeln wandte sich ruckhaft mir zu. »Arme wie Holzklötze, Beine wie Baumstämme und kein Hals. Du mußt Nummer Zehn der Ochse sein. Freut mich, dich kennenzulernen!«
Ich habe selten jemanden getroffen, den ich auf den ersten Blick so sehr mochte. In seiner Gegenwart fühlte ich mich ganz ungezwungen, und nach ein paar Minuten vergaß ich völlig, daß er ein Prinz war, und sein Ur-Ur-Ur-und-so-weiter-Onkel Kaiser von China gewesen war. Wir saßen auf einer Terrasse mit einem wunderbaren Blick über das Tal und hörten den Backenhörnchen zu, die mit den Papageien zeterten, während wir Tee tranken.
»Man sagt, mein abscheulicher Ahne habe mit seinen verrückten Mönchen im Mondlicht getanzt«, bemerkte der Prinz. »Solche Geschichten sind keineswegs neu, aber dies-

mal erzählt man mir, es habe tatsächlich einen Mord gegeben. Ich habe mir auch die Verwüstungen auf der Prinzentrift angesehen. Ich habe sie gesehen, aber ich glaube es nicht.«

»Ich würde es auch nicht glauben, wenn ich nicht davon überzeugt wäre, daß es eine vernünftige Erklärung dafür gibt«, sagte Meister Li. »Und zu dem Mord kann ich nur sagen, man hat sich gewaltsam Zugang zur Bibliothek verschafft und eine Handschrift gestohlen. Bruder Blinzel erlitt einen Herzanfall. Vielleicht hat man ihn bewußt zu Tode erschreckt. Aber wenn wir das behaupten, dann müßten wir Absicht und Methode beweisen, und das dürfte nicht ganz leicht sein. Habt Ihr die gestohlene Handschrift jemals gesehen?«

Der Prinz schüttelte verneinend den Kopf. »Das ist ein Stück davon«, sagte Meister Li und reichte dem Prinzen das Pergament. Der Prinz reagierte wie die Kröte; auch bei ihm dauerte es nur fünf Sekunden, bis die Augen so groß wie Suppenteller wurden.

»Buddha«, flüsterte er, »wer es auch war, man sollte ihn zum Gott erheben. Aber weshalb hat er so deutlich darauf hingewiesen, daß es sich um eine Fälschung handelt?«

»Die Antwort darauf werden wir vielleicht nie erfahren«, sagte Meister Li nachdenklich. »Alles andere scheint ziemlich einfach zu sein. Bruder Blinzel stieß zufällig unter den alten Handschriften in der Bibliothek auf einen gefälschten Ssu-ma Chien. Vermutlich ist es nicht von Bedeutung, ob er sie als Fälschung erkannte oder nicht. Echt wäre die Handschrift für Historiker ein kleines Vermögen wert, aber eine Fälschung wäre für Sammler von Fälschungen ebenso kostbar.«

Meister Li schüttelte traurig den Kopf.

»Bruder Blinzel erlag der Versuchung, aber er war ein erbärmlich schlechter Betrüger. Er versuchte, die Fälschung durch eine Pause zu fälschen, ging mit einer Seite des Originals nach Ch'ang-an und einigte sich mit einem Sammler.

Damit kein Verdacht auf den Bibliothekar fallen würde, erklärte sich der Sammler bereit, einen Diebstahl vorzutäuschen. Der dumme Mönch erhielt einen kleinen Vorschuß, von dem er sich ein teures Essen genehmigte. Dann kehrte er ins Kloster zurück, um seinen kleinen Plan in die Tat umzusetzen. Ich vermute, er wollte beides. Er würde sein Gewissen beruhigen, indem er das Original in der Bibliothek zurückbehielt und dem Sammler seine Pause überließ. Er hat versucht, den falschen Mann übers Ohr zu hauen.«
Meister Li wandte sich an mich. »Ochse, die Eisenstäbe mußten mit großen Hebeln verbogen werden, und das verursachte einigen Lärm. Bruder Blinzel hätte nur den Riegel zurückschieben, in den Gang hinausrennen und Hilfe holen müssen. Aber er blieb, wo er war. Das heißt, er war ein Komplize.«
Meister Li sprach wieder zum Prinzen. »Ich kann mir sehr gut vorstellen, daß der Sammler das Messer zog und erklärte, da der gute Mönch glaube, Ssu-ma Chien zu sein, sollte die Ähnlichkeit durch Kastration vollkommen gemacht werden. Jedenfalls schrie Bruder Blinzel und starb – buchstäblich vor Angst. Der Sammler hatte ihn gezwungen, das Original herbeizuholen. Er riß es dem Toten aus der Hand und lief davon. Dann spielten er und seine Komplizen ihren Teil des Schauspiels. Jedem, der im Tal der Seufzer etwas stehlen will, kann man nur raten, sich als wahnsinniger Mönch im Narrenkostüm zu verkleiden. Augenzeugen rennen vermutlich aus Angst bis zum Gelben Meer.«
Der Prinz schenkte Tee nach. Meister Li goß sich noch einen Schuß Wein dazu.
»Prinz, Euer Ahne hat auf seiner Suche nach Eisen, und Buddha weiß, wonach sonst noch, das ganze Tal untertunnelt. Außerdem hat er die Gegend mit Säuren und geheimnisvollen selbsterfundenen Substanzen getränkt. Angenommen, einer der unterirdischen Gänge wäre eingestürzt. Es ist nicht unmöglich, daß unterirdische Echos einen merkwürdig faszinierenden Ton hervorrufen, und daß ein unterirdischer

Tümpel mit alten Säuren – oder was immer – an dieser Stelle der Prinzentrift ausgelaufen ist. Ich kenne keine Substanz, die ihre Wirkung siebenhundert Jahre behält, aber das bedeutet nicht, daß es eine solche Substanz nicht gibt. Aber das werden wir in der Akademie in Ch'ang-an untersuchen. Wir werden auch den Mann finden, der für den Diebstahl verantwortlich ist«, sagte Meister Li zuversichtlich. »Das Problem wird darin bestehen, den Mord zu beweisen. Der Abt ist bereit, sich mit einem neuen Dach zu begnügen. Hättet Ihr gegen einen solchen Vergleich Einwände?«
Der Prinz wies auf seine Brust. »Ich? Meine Familie hat seit den schrecklichen Tagen des Feudalismus, den die Neokonfuzianer so sehr lieben, keinen Anspruch mehr auf dieses Tal. Wir gehen nur daran pleite, die Prinzentrift und ein paar andere Dinge zu finanzieren. Ich habe in dieser Angelegenheit nichts zu sagen.«
Meister Li sah ihn forschend an. »Ich weiß nicht, ob die Bauern es auch so sehen«, sagte er. »Die Herren des Tals kamen viele Jahrhunderte aus Eurer Familie, und ich vermute, wenn es um das Wohl des Tals geht, wenden die Bauern sich nicht an den Kaiser. Sie wenden sich an Euch, und sie werden nicht um Hilfe bitten. Sie werden Hilfe fordern. Das ist nicht gerecht, denn Ihr bekommt keine Pacht oder einen Anteil an der Ernte, aber so ist es.«
Prinz Liu Pao sah ihn nachdenklich an. Dann wandte er sich an mich und betrachtete prüfend meine schwieligen Hände, den großen kräftigen Körper und das derbe Gesicht, in dem der Bauer geschrieben stand.
»Was sagst du, Nummer Zehn der Ochse?«
Ich errötete vor Verlegenheit. »Hoheit, Meister Li hat recht«, erwiderte ich. »Nichts wird sie von der Überzeugung abbringen können, daß im Tal der Seufzer das Wohlergehen in den Händen der Familie Liu liegt, und wenn es um Gerechtigkeit geht, ist es wie mit der Prinzentrift. Die Bauern können sich so etwas nicht leisten.«
Der Prinz lachte und erhob sich.

»Wie es scheint, bleibt mir keine andere Wahl, als ihnen den Gefallen zu tun«, sagte er. »Vermutlich erwartet man, daß ich mich im Beisein des berühmten Meister Li davon überzeuge, daß mein abscheulicher Ahne ungestört im Sarg liegt.«
»Das wäre im Augenblick alles«, sagte Meister Li.
Der Prinz nahm einen Schlüssel aus einem Schrank und führte uns nach draußen. Wir folgten ihm durch ein Tor und einen gewundenen Pfad hinunter zu einer Felswand. Beim Näherkommen entdeckte ich eine Eisentür im Stein, die beinahe völlig hinter Unkraut und Disteln verschwand. Die alte Tür hatte ein neues Schloß. Die Finger des Prinzen zitterten, als er den Schlüssel hineinsteckte.
»Alpträume der Kindheit«, sagte er trocken. »Versteht Ihr, der Nachfolger des Lachenden Prinzen beschloß, die berühmte Grotte genauso zu lassen, wie er sie vorgefunden hatte, und dort die Ahnentafeln aufzustellen. Jeder Prinz war fortan gezwungen, in diesem Denkmal des Mißbrauchs der Macht zu beten und zu opfern. Deshalb fällt es uns schwer, Schmetterlingen die Flügel auszureißen, wenn unsere Instinkte in diese Richtung gehen.«
Ich erwartete tiefschwarze Dunkelheit. Aber im Gestein befanden sich Risse, durch die grünlichgelbes Licht drang. Meiner Meinung nach sollte die Besichtigung des berühmten medizinischen Forschungszentrums zur Erziehung der Kaiser gehören – und zwar schon in jungen Jahren. Man kann die Grotte kaum vergessen.
Eine lange Reihe von Eisengestellen an einer Wand enthielt die wichtigsten Instrumente für die wissenschaftlichen Untersuchungen; zum Beispiel Daumenschrauben, Eisenpeitschen, Hodenquetschen, Zangen und verschiedene Geräte zum Schneiden und Schaben. In der Mitte des Raums standen alte Operationstische, und darunter führten Abflußrinnen zu den Steintrögen, in denen das Blut aufgefangen wurde. Schauerlich aussehende Maschinen, deren Zweck ich nicht verstand, standen aufgereiht an einer anderen Wand, und an der dritten Wand befand sich eine Reihe von etwas,

das ich sofort verstand: Eisenkäfige für die Bauern. Von dort hatten sie einen guten Blick auf das, was ihren Angehörigen widerfuhr. Das schlimmste war die Rückwand.
Sie bestand aus natürlichem glatten Stein, beinahe wie eine riesige Schiefertafel, und darauf waren mit größter Genauigkeit die durchgeführten Versuche festgehalten. Geheimnisvolle mathematische Formeln, Tabellen und Anmerkungen in alter Schrift wechselten sich ab. Meister Li wirkte verwirrt, als er den Text für mich übersetzte.
»Der richtige Weg des Steins... Der falsche Weg des Steins... Hier ist der Stein am stärksten... Hier versagt der Stein völlig... Der Stein verzweigt sich in drei Richtungen... Keine Reaktion des Steins...«
Es ergab keinen Sinn, ebensowenig wie das Gewirr von Pfeilen, die auf die verschiedenen ekelhaften Stadien der Versuche deuteten.
»Was um Himmels willen meint er mit all diesen Anspielungen auf einen Stein?« sagte Meister Li.
»Das weiß niemand, aber seine Besessenheit scheint übermächtig gewesen zu sein«, erwiderte der Prinz.
Er nahm eine Fackel aus einer Halterung und entzündete sie. Dann ging er in eine dunkle Ecke. Dort sah ich die Ahnentafeln, und bei dem Gedanken, daß man kleine Jungen zum Beten hierher führte und ihnen bittere Lektionen über den Fluch erteilte, der auf der Familie lag, lief mir ein Schauer über den Rücken. Die Ahnentafeln standen vor einer alten leeren Sakristei. In die Wand darüber hatte man einen Text gemeißelt, den mir Meister Li ebenfalls übersetzte.

Der kostbare Stein leidet in der Dunkelheit.
Wann wird seine Kraft die Welt verzaubern?
Wenn Schein als Sein gilt, wird Sein zum Schein.
Wenn Nichts als Etwas gilt, wird Etwas Nichts.
Der Stein vertreibt Schein und Nichts
und steigt hinauf zu den Toren der Großen Leere.

Der Prinz lächelte über meine Verwirrung. »Ja«, sagte er, »der Text scheint zu etwas zu führen, und dann entzieht er sich. Und genau das trifft auch auf allerbesten taoistischen Humbug zu.«
Meister Li kratzte sich am Kopf. »Lao tse?« überlegte er. »Sein dritter Schritt in Richtung Himmel war, daß er den Ton des Gesteins hörte, der sich in einer Felswand bildete. Aber er stieg nicht auf den Schreien seiner Opfer zu den Toren der Großen Leere hinauf.« Er zwinkerte mir zu. »Er ritt auf einem Ochsen«, sagte er.
In den Schatten der Nische gab es einen noch dunkleren Schatten, und als der Prinz mit der Fackel vorausging, entpuppte er sich als ein schmaler Gang, an dessen Ende sich wieder eine Eisentür befand. Aber sie hatte weder ein Schloß noch einen Griff. An der Wand befand sich eine große Bronzetafel mit einer eingravierten Karte des Tals der Seufzer. Daneben hing an einer eisernen Kette ein Eisenhammer. Der Prinz verzog das Gesicht.
»Das nennt man Humor«, sagte er trocken.
Er hob den Hammer, schlug auf das Tal der Seufzer, und die Eisentür glitt geräuschlos zur Seite. Wir traten in einen runden Raum, der überraschend leer war. Hier fehlte die widerliche Zurschaustellung des Reichtums, die im allgemeinen in der Grabkammer eines Tyrannen üblich ist. Es gab nichts als zwei Steinsärge, zwei Opferschalen und einen kleinen Altar mit Weihrauchgefäßen. Meister Li staunte ebenso wie ich, und der Prinz hob die Schultern und breitete die Hände in einer Ich-weiß-es-auch-nicht-Geste aus.
»Mein Ahne war von Anfang bis zum Ende ein Rätsel«, sagte er. »Er hat ein riesiges Vermögen angehäuft, aber nicht einmal ein Pfund Silber für seine letzte Ruhestätte ausgegeben. Was hat er mit dem Reichtum gemacht? Seiner Familie hat er ihn ganz bestimmt nicht vererbt, und nichts deutet darauf hin, daß sein kaiserlicher Bruder das Vermögen an sich gerissen hat. Nach seinem Tod mußte die Familie jahrhundertelang immer wieder Leute verjagen, die überall im Tal tiefe

Löcher gruben, und Betrüger machen nach wie vor ein gutes Geschäft mit Karten, die zum verborgenen Schatz führen sollen. Im linken Sarkophag liegt seine Gemahlin Tou Wan. Sie starb vor ihm. Mein Ahne ruht im rechten.«
Meister Li nickte mir zu. Ich trat vor und begutachtete den steinernen Deckel. Er wog mindestens eine Tonne, aber er lag in glatten Rillen. Ich stellte mich in Position und stemmte mich dagegen. Mir brach beinahe das Rückgrat, ehe ich ihn soweit hatte, daß er sich rührte, aber schließlich glitt er mit einem durchdringenden Kreischen zum Fußende. Eine in geteerte Leinenbinden gewickelte Mumie kam zum Vorschein. Ein Teil der Binden hatte sich aufgelöst, aber sie hatten das Skelett vor dem Zerfall bewahrt, und ich sah das Stück eines weißen Schädels. Eine leere Augenhöhle starrte uns an, und ich gestehe, ich stellte mit Erleichterung fest, daß der Lachende Prinz sich nicht in der Verfassung befand, im Mondlicht zu singen und zu tanzen.
Meister Li griff in den Sarg und holte ein kleines, emailliertes Gefäß heraus, das einem Pillendöschen glich. Darin befand sich nur ein Häufchen grauer Staub, und als er den Deckel sauber rieb, sahen wir das Bild einer Kröte auf einem Lilienblatt.
»Ich habe gehört, daß man glaubte, der Lachende Prinz würde sich wieder von seinem Fieber erholen, und dies hier ist vielleicht der Grund dafür, daß er es nicht tat«, sagte Meister Li nachdenklich. »Schon zu seiner Zeit wußte man, daß das Ohrdrüsensekret bestimmter Kröten ein noch wirksameres Herzmittel ist als Fingerhut, und im allgemeinen verschrieb man Krötenelixier nur bei sehr schweren Herzbeschwerden. Eine Überdosis kann natürlich tödlich sein. Möglicherweise hat man das in seinen Sarg gelegt, um entweder auf eine natürliche Todesursache hinzuweisen, oder darauf, daß der Kaiser ihm tatsächlich den gelben Schal überbringen ließ, und der Lachende Prinz sich dafür entschieden hatte, auf dem Rücken einer Kröte in die Unterwelt zu hüpfen. Wichtig ist das natürlich nicht.«

Im Sarg befand sich sonst nichts. Der verrückte Prinz war im Tod wie im Leben ein Rätsel. Ich schob den Deckel wieder zurück. Wir gingen in den Gang hinaus, und der Prinz schloß die Tür. Die Grotte war so schaurig wie zuvor, aber als wir sie verließen und im Freien standen, wußte ich, das alles war tot und vergangen wie der Lachende Prinz. Ein herrlicher Sonnenuntergang verklärte den Himmel, die Vögel sangen ihre letzten Lieder, und tief unter uns lag das Tal der Seufzer in einem Schleier grüner, goldener und violetter Schatten: ein Land so schön wie im Märchen und bei weitem lebendiger.

5

Es hätte keinen Sinn gehabt, vor dem nächsten Morgen mit Pflanzen- und Bodenproben nach Ch'ang-an aufzubrechen; außerdem war es der fünfzehnte Tag des siebten Mondes, und meine Ohren hatten mich nicht getäuscht. Der Abt hatte tatsächlich »zweiundvierzig Kessel Fisch« gemurmelt, und das Kloster roch wie der Gelbe Karpfen Kai. Die Düfte von Reis, Schweinefleisch, Kohl, Eiern und der traditionellen Auberginenfladen trieben vom Dorf den Hügel hinauf. Die Nachricht, daß der Lachende Prinz sicher in seinem Grab lag, hatte sich wie ein Lauffeuer verbreitet, und das Tal der Seufzer bereitete sich auf ein Fest vor. »Denkt an meine Worte«, sagte Bruder Shang. »Jemand wird sich ein Bein brechen.«

Meister Li lauschte auf die leise Musik, die aus dem Dorf drang. »Der Tanz der Bauern kann ziemlich ausgelassen werden«, stimmte er zu.

»Riecht Ihr die Chilisauce? Jedes Kind im Dorf wird Bauchweh haben.«

»Ja, mindestens eine Woche lang«, sagte Meister Li.

»Die Mönche werden scharenweise ihr Gelübde vergessen. Ich werde das Erbrochene aufwischen müssen und Mittel gegen Kater brauen«, sagte Bruder Shang, der eigentlich Wu Shang hieß und seinem Namen alle Ehre machte, denn er zog immer den kürzeren. (Wu Shang bedeutet »Schwere Geburt«.) Diesmal mußte er als einsamer Wächter im Kloster bleiben, während die anderen Mönche feierten.

»Mit Sicherheit wird jemand eine Fackel in eine Scheune werfen«, sagte Meister Li unheilverkündend.

»Sie können von Glück reden, wenn eine Hütte stehenbleibt«, sagte Bruder Shang schon etwas fröhlicher. »Überall werden Familienstreitigkeiten ausbrechen. Man wird die eingeschlagenen Schädel nicht zählen können. Denkt an meine Worte: Dieser Tag wird als schwarzer Tag in die Annalen des Tales eingehen.«

Wir überließen den Armen seinem Selbstmitleid, einem wenig nützlichen Gefühl, und gingen hinunter ins Dorf. Seit ich bei Meister Li bin, ist das Fest der Hungrigen Geister mein Lieblingsfest, denn ich zweifle nicht daran, daß ich auch einmal ein hungriger Geist werde. (Das Fest findet zu Ehren all jener statt, die in fernen und trostlosen Ländern gestorben sind, oder deren Leichen bis zur Unkenntlichkeit entstellt wurden.) Überrascht stellte ich fest, daß Meister Li sein bestes Verhalten an den Tag legte. Seine Pflicht als Gast verlangte es, das Urteil über die Weine des Tals zu sprechen, und ich war auf das Schlimmste gefaßt, als er sich den stinkenden Töpfen näherte und das förmliche *»Ning szu che hou t'uen«* murmelte, was soviel heißt wie: »Ich bin zum Sterben bereit. Ich trinke.« Aber er nahm nur einen kleinen Schluck von jedem giftigen Gesöff und lobte alle rückhaltlos, selbst das Zeug, von dem etwas auf die Erde rann, zwei Eidechsen tötete und das Gras auf drei Fuß im Quadrat verbrannte.

Der Abt hielt die rituellen Gebete und Zeremonien gnädigerweise kurz, und ich freute mich, als Bruder Shang zum Höhepunkt des festlichen Auftakts wurde, obwohl er nicht an der Feier teilnehmen konnte. Er hatte im Winter winzige Bambusflöten geschnitzt und harmonisch aufeinander abgestimmt. Nun band er sie an die Schwänze der Klostertauben und ließ sie über das Dorf fliegen, um uns mit einem unanständigen Lied mit dem Titel »Chu Changs Nachttopf« zu beglücken. Der Abt murmelte etwas davon, den unverschämten Burschen zur Rechenschaft zu ziehen, aber er meinte es nicht ernst.

Der Tanz der Bauern begann, und das bedeutete, auch die Raufereien würden nicht mehr lange auf sich warten lassen,

und ich war sehr enttäuscht, als Meister Li beschloß, sich davonzumachen und im Mondlicht über die Hügel zu wandern. Er schlug die Richtung zum zerstörten Teil der Prinzentrift ein, blieb dort mehrere Minuten stehen und wippte auf den Absätzen, wobei er die Hände auf dem Rücken verschränkt hielt.
»Ochse,« sagte er schließlich, »was stimmt an der Analyse der Situation nicht, die ich dem Prinzen Liu Pao gegeben habe?«
»Meister?«
»Ich habe versucht, ihn zu beruhigen. Ich wünschte, ich könnte mich selbst beruhigen«, sagte der alte weise Mann düster. »Es ist völlig klar, daß die Gauner im Narrenkleid eine Handschrift gestohlen und einen Mönch zu Tode erschreckt haben. Aber danach wird alles schleierhaft. Man hört einen unheimlichen, lockenden Ton in dem Augenblick, als die Gauner fliehen. Eine geheimnisvolle Substanz läßt Bäume und Pflanzen genau an der Stelle absterben, auf die sie ihre Sandalen setzen. Wenn zufällig ein unterirdischer Gang eingestürzt ist und alte Säuren freigesetzt wurden, wie ich es dem Prinzen als Möglichkeit darstellte, ist es ein Zufall, den nur Priester, Gebete und eine aufwendige Theologie herbeiführen können. Wenn es kein Zufall war, warum hätten Gauner für den einfachen Diebstahl einer Handschrift zu solchen Mitteln greifen sollen? Sie hätten sich mit dem kaiserlichen Schatz davonmachen können, wenn sie gewollt hätten, oder dem Kaiser die Unterwäsche stehlen können, während er sie trug. Mein Junge, man kann den Fall wenden, wie man will, er ergibt keinen Sinn.«
Ich sagte natürlich nichts, aber ich merkte, daß Meister Li seine Verwirrung genoß. Er hatte bereits befürchtet, es gehe nur um einen einfachen Diebstahl, und nun betete er um ein Rätsel, das die Richter der Hölle verblüffen würde. Er säuberte einen flachen Stein und setzte sich unter den Sternenhimmel. Direkt unter uns sahen wir winzige Lichter zwischen den Bäumen am Hang. Kleine Mädchen haben starke müt-

terliche Instinkte, und sie nehmen das Fest der hungrigen Geister sehr ernst. Sie ziehen mit kleinen Laternen aus gerollten Lotus- und Salbeiblättern, in denen Kerzen brennen, durch die Umgebung. Ich spürte die Geister um uns herum, die der Wärme der hübschen singenden Stimmen zustrebten: *Ihr seid nicht allein*, sangen die Mädchen, *ihr seid nicht vergessen. Wir denken an euch und wir verstehen euch, unser Leben ist nur durch die Flamme einer Kerze von eurem getrennt*:

»*Hou tsu-teng,*
Ho yeh-teng,
Ming-erh ko jeng.
Salbeibuschlaterne,
Lotusblattlaterne,
Heute brennst du hell und frei
Morgen bricht man dich entzwei.«

Ich wischte mir die Augen. Das Mondlicht fiel auf das Linke Drachenhorn und das alte Schloß der Liu, und ich fragte mich, wie der Lachende Prinz Gefallen daran gefunden haben konnte, kleine Mädchen wie sie zu foltern und zu ermorden. Anscheinend dachte Meister Li dasselbe.
»Ich habe eine Theorie über den verrückten Prinzen«, sagte er, »Ochse, welcher Beruf führt am ehesten zum Wahnsinn?«
»Kaiser«, sagte ich ohne Zögern.
Er lachte. »Dagegen kann ich nichts sagen. Aber ich denke an einen ganz gewöhnlichen Beruf.«
Ich kratzte mir die Nase. »Filzmacher?« riet ich.
»Genau«, sagte Meister Li, »Filz wird in Quecksilber gelegt, um ihn haltbar zu machen. Leute in bestimmten Berufen – zum Beispiel Hutmacher – schwimmen praktisch in dem Zeug, und es ist beinahe sicher, daß der Lachende Prinz es getrunken hat.«
»Meister?«
»Er war in seiner Jugend ein vielversprechender Wissen-

schaftler gewesen«, erklärte Meister Li, »früher oder später mußte er einfach mit dem Lebenselixier experimentieren. Es gibt zahllose Rezepte, aber sie enthalten alle das allgemein bekannte Zinnober, und Zinnober ist nichts anderes als Quecksilbersulfit. Ich warne seit Jahren vor Quecksilber, aber niemand hört auf mich. Der Grund dafür ist die kumulative und erst allmählich einsetzende Wirkung, und man muß so lange gelebt haben wie ich, um den Zusammenhang zu erkennen.«
Er sprang auf und führte mir eine Reihe von Gesichtsausdrücken und Körperbewegungen vor.
»Quecksilber greift das Nervensystem an und ruft irgendwann solche Zuckungen, Verrenkungen und ruckhafte Bewegungen hervor«, sagte Meister Li, und er machte eine Reihe seltsamer abgehackter Bewegungen, die irgendwie reizvoll wirkten. »Ich denke dabei eindeutig an die ansteckenden kleinen Tanzschritte des Lachenden Prinzen«, sagte er, »mit zunehmender Vergiftung kommt es zu Ausbrüchen von hysterischem Gelächter und mörderischen Wutanfällen. Das Endergebnis ist schließlich Wahnsinn, gefolgt von Tod. Ochse, es ist durchaus möglich, daß die Verbrechen des Lachenden Prinzen eine Folge von Experimenten waren, um die Unsterblichkeit zu erlangen, und daß er dabei Zinnober trank – an sich war das vielleicht nicht sehr dramatisch, aber es sind mehr Menschen umgebracht worden, weil die Sandalen eines Kaisers nicht richtig paßten, und weniger deshalb, weil er ein Zeichen vom Himmel erhielt. Jedesmal, wenn ich einen Oberpriester nach göttlicher Rache schreien höre, vermute ich hinter dieser Forderung Magenbeschwerden.«
Er hüpfte noch ein bißchen im Gras herum, blieb dann stehen und sah mich prüfend an. »Magenbeschwerden?« fragte er.
Die hatte ich nicht, aber ich konnte nicht erklären, was mich beunruhigte. Mit der Nacht stimmte etwas nicht. Ich bezweifle, daß es einem Städter aufgefallen wäre, aber ich bin durch und durch ein Landmensch. Meine Nerven spannten

sich, weil ich ein unmerkliches Aussetzen beim Zirpen der Grillen hörte. Eine Eule verstummte mitten in ihrem Jagdschrei. Im Rascheln der kleinen Nachttiere lag ein gewisses Zögern. Etwas Merkwürdiges und Unnatürliches hatte sich im Tal der Seufzer ausgebreitet, und ich stellte fest, daß auch ich den Atem anhielt.

Es setzte mit einem leichten Vibrieren ein. Das Vibrieren wurde deutlicher spürbar, und ich sah, daß Meister Li sich schnell umblickte. Dann kam der Ton. Ich kann ihn nicht beschreiben. Niemand könnte es. Er war wie nichts auf dieser Welt und gleichzeitig wie alles. Mein ganzer Körper erschauerte vom qualvollen Gefühl eines Verlustes, aber auch von Sehnen und Hoffen – als hätte ich einmal etwas sehr Kostbares verloren, und die Erinnerung kehre zusammen mit der Hoffnung, es wiederzufinden, zurück. Kann ich sagen, der Ton habe Noten gehabt? Wenn ja, waren sie so einfach und direkt wie die ersten drei Noten der Tonleiter, wobei die dritte Note gehalten wurde:

»Kung . . . shang . . . chueeeeeeeeeeeeeeeeeeeh . . .«

Besser kann ich den Ton nicht wiedergeben. Er traf mich mit solcher Wucht, daß ich weinte, und ich glaubte, mein Herz würde brechen.

»Ochse, was ist los?«

»Der Ton«, schluchzte ich, »Meister Li, Ihr hört doch sicher den Ton!«

»Welchen Ton?«

»Kung . . . shang... chueeeeeeeeeeeeeeeeeeeh . . .««

Er war schön, er war quälend, und er rief mich. Ich wußte, ich mußte ihn erreichen oder sterben, und nicht nur ich allein. Das Fest fand ein vorzeitiges Ende, und Leute rannten außer sich durch den Wald. Andere hörten wie Meister Li überhaupt nichts und riefen hinter ihnen her: »Kommt zurück!« und »Seid ihr verrückt geworden?« Ich sprang auf. Drei kleine Mädchen liefen weinend an uns vorüber und hielten instinktiv schützend die Hand vor die Flämmchen ihrer Lotusblattlaternen.

Meister Li fluchte, hüpfte mir auf den Rücken und schob die Füße in meine Taschen. »Hör auf zu zittern wie ein Rennpferd mit gefesselten Vorderbeinen und lauf los«, knurrte er.
Ich rannte. Der Mond schien so hell, daß die Schatten mit einem scharfen Instrument in den Boden hätten geritzt und sorgsam schwarz ausgemalt sein können. Hoch oben funkelte der Große Sternenfluß. Ich überlegte kurz, ob der eigenartige Ton vielleicht aus dem Herzen eines Sterns kam – mit Sicherheit wäre er dann nicht schwerer zu erreichen gewesen. Es war, als versuche man nachts in einer riesigen alten Scheune eine Grille zu finden: Er war vor mir, dann hinter mir, einmal auf der einen Seite und dann auf der anderen Seite. Schließlich erkannte ich, daß ich im Kreis herumlief. Meister Li zog an meinem Hals wie an den Zügeln eines durchgegangenen Pferdes.
Ich blieb keuchend, mit gespreizten Beinen und gesenktem Kopf stehen. Meister Li reichte mir den Weinschlauch, und es gelang mir, etwas zu trinken. Ich verschluckte mich und rang nach Luft, aber ich fühlte mich besser, und er klopfte mir beruhigend auf die Schulter.
»Was immer es auch ist, ich höre es nicht. Aber ich weiß, du machst etwas falsch«, sagte er tröstend, »Ochse, auf die Gefahr hin, wie eine Gestalt aus den Geschichten von Großmutter Ho zu klingen, will ich dir sagen, daß ein Geräusch, das manche Menschen hören und andere nicht, nicht die Ohren anspricht. Es spricht zum Herzen, und du hast ein Loch im Herz. Alle jungen Leute haben das. Es ist da, um die wunderbaren Dinge der Welt aufzufangen, und später füllt es sich mit Scherben. Vergiß deine Ohren. Lausch mit dem Herzen. Richte das Loch auf den Ton und schlage die Richtung ein, wo er am meisten schmerzt.«
Das Vibrieren kam wieder, sogar noch stärker als zuvor, und ich hielt den Atem an.
»Kung . . . shang . . . chueeeeeeeeeeeeeeeh . . .«
Ich rannte los, aber jetzt war ich zuversichtlicher. Meister Li

hatte recht. *Lauf dorthin, wo es am meisten schmerzt, und vergiß die Lügen der Ohren.* Ich lief immer nach oben. Jetzt veränderte sich das Licht, denn dichter Nebel kam auf. Er verhüllte zuerst die fernen Lichter des Dorfs, dann den Mond und die Sterne. Meister Li schimpfte monoton und griesgrämig vor sich hin, als die feuchte Decke sich um uns legte und uns die Sicht nahm. Ich sah kaum die Hand vor den Augen und stieß gegen Bäume und Felsen. Ich wußte nur, daß ich höher und höher hinaufsteigen mußte.

Ich erinnere mich vage daran, daß ich in Felsspalten hinunterrutschte und auf der anderen Seite wieder hinaufkletterte. Der Nebel war inzwischen so dicht, daß ich nichts mehr sah, und Meister Li versuchte, mich zum Stehenbleiben zu bewegen. Ich konnte es nicht. Der wunderbare quälende Ton war seit einiger Zeit verstummt, und ich mußte ihn erreichen. Ich geriet immer wieder ins Rutschen und kletterte unverdrossen weiter hinauf. Darauf möchte ich in aller Deutlichkeit hinweisen, weil dann etwas Außergewöhnliches geschah.

Ich war erschöpft. Ich konnte nur noch kriechen, aber vor mir spürte ich etwas. Der Nebel begann sich zu lichten. Ich sah ein Paar Sandalen, dann ein ... zwei dünne Beine, einen schmächtigen Körper und schließlich einen riesigen Kopf mit wirren Haaren. Prinz Liu Pao starrte auf uns hinunter, als seien wir Gespenster.

»Ochse? Nummer Zehn der Ochse? Meister Li? Wie um alles in der Welt seid ihr ...«

Er verstummte und blickte mit großen Augen auf den Pfad in seinem Rücken.

»Ich habe Geräusche gehört und bin hinausgegangen. Aber mich hat niemand überholt«, flüsterte der Prinz.

Der Nebel hob sich jetzt sehr schnell, und mit plötzlichem Erschrecken begriff ich, warum der Prinz seinen Augen nicht traute.

Ich habe die Lage seines Anwesens nicht genau beschrieben. Der Drachenkopf, nach dem das Tal ursprünglich be-

nannt wurde, war ein kleiner Berg. Vor langer Zeit hat ihn eine Naturkatastrophe gespalten, in das Linke Drachenhorn und das Rechte Drachenhorn. Das Schloß stand auf dem Gipfel des Linken Drachenhorns, und zwischen ihm und dem Zwillingsgipfel lag eine steile, etwa vierzig Fuß breite und zweihundert Fuß tiefe Schlucht. Ich hatte meinen Aufstieg am Rechten Drachenhorn begonnen, und da ich mich jetzt in der Nähe des Schlosses befand, war es mir irgendwie gelungen, die Schlucht zu überqueren.
Der Prinz starrte uns immer noch fassungslos an. Ich kroch zur Schlucht und spähte über den Rand. Ich sah eine nackte Steilwand und tief unten gezackte Felsen, dann wanderte mein Blick langsam an der gegenüberliegenden Steilwand nach oben zu dem Platz, von dem ich gekommen war. Unmöglich!
»Ochse«, flüsterte Meister Li beinahe unhörbar, »du hast zweifellos eine wundervolle Laufbahn als Fliegenmensch beim Karneval vor dir. Aber versuch es um Buddhas willen nicht noch einmal, wenn ich auf deinem Rücken sitze.«
Wir hörten schwach ein paar Schreie aus dem Dorf tief unten. Der wundervolle Ton war verstummt, und der Prinz sagte, auch er habe ihn wie Meister Li nicht gehört. In diesem Augenblick setzte ein Ton ein, den wir alle hörten: Die Klosterglocken läuteten Sturm. Im nächsten Moment war ich auf den Beinen und rannte mit Meister Li auf dem Rücken den Pfad hinunter, während Prinz Liu Pao uns keuchend folgte.
Dörfler standen am Klostertor und fürchteten sich, hineinzugehen. Wir drängten uns zwischen ihnen hindurch. Der Abt kam uns entgegen und machte eine stumme verzweifelte Geste. Ich rannte zur Bibliothek. Sie war geplündert worden. Jedes Buch und jede Schriftrolle war aus den Regalen gezerrt und zerrissen worden. Jedes Schreibpult war durchsucht und umgestürzt worden, und der Tisch des Bibliothekars ähnelte einem Haufen Anmachholz. Meister Li rutschte von meinem Rücken, warf einen prüfenden Blick auf die Verwü-

stung, drehte sich um, lief schnell durch die Tür hinaus und einen der Gänge entlang.

In der Zelle von Bruder Blinzel, dem toten Bibliothekar, herrschte Chaos. Die wenigen Möbel waren kurz und klein geschlagen. Man hatte das Futter aus den Gewändern gerissen. Der Strohsack war zerfetzt, und auf dem Boden stand in Pfützen geronnenes Blut.

Meister Li bückte sich, tauchte einen Finger in das Blut und führte ihn an die Lippen. »Es ist nur Tusche«, sagte er, »um genau zu sein, ist es Tusche, die als Buddhas Wimpern im Handel ist. Und was da zwischen dem Stroh liegt, sind die Reste vom Pergament Gelber Kaiser. Nachdem Bruder Blinzel die Ssu-ma-Fälschung durchgepaust hatte, versteckte er das übriggebliebene Material in seinem Strohsack.«

Meister Li lief rasch in die Bibliothek zurück. Noch einmal glitten seine Augen über die Trümmer, und er ging zu einem großen Berg Schriften neben den verbogenen Eisenstäben des Fensters, durch das die Diebe wie beim ersten Mal eingestiegen waren. Er warf Schriftrollen beiseite und richtete sich schließlich zornig und mit kalten Augen auf.

»Ochse, wenn ich in den nächsten Wochen tot umfalle, dann nicht aus Langeweile«, sagte er bitter.

»Buddha rette uns«, flüsterte der Prinz, während der Abt und die Mönche Zeichen schlugen, um böse Geister zu vertreiben.

Die Nachtwache des armen Bruder Shang war nicht so einsam gewesen, wie er sich das gewünscht hätte. Der Mönch lag zwischen den Papieren auf dem Rücken und starrte an die Decke. Er war so tot wie Bruder Blinzel, und seine hervorquellenden Augen und der offenstehende Mund waren für immer in einem Ausdruck des grenzenlosen Schreckens und Entsetzen erstarrt.

6

Von den nächsten Stunden habe ich nur eine sehr verschwommene Erinnerung. Der Abt schickte Gruppen verängstigter Mönche ins Dorf, um gleichfalls verängstigte Bauern zu befragen, während Meister Li eilig eine Autopsie durchführte. Es mochte ein Gift geben, das sich bereits nach wenigen Stunden nicht mehr nachweisen ließ. Aber Meister Li entdeckte nur, daß Bruder Shang in hervorragender gesundheitlicher Verfassung gewesen und einem Herzschlag erlegen war. Die Mönche kamen mit der Nachricht zurück, daß mindestens acht Bauern geheimnisvolle Mönche in Narrengewändern gesehen hatten, die lachend im Mondlicht tanzten und plötzlich verschwunden waren, als habe die Erde sie verschluckt.

Wir erfuhren noch etwas: Wieder war ein Teil der Prinzentrift zerstört.

Meister Li ließ seine Messer neben der Leiche von Bruder Shang sinken und sagte, wir sollten jetzt lieber ein paar Stunden schlafen. Es schienen nur Minuten vergangen zu sein, als er mich wieder wachrüttelte und mir einen Becher mit starkem Tee reichte. Dann machten wir uns auf den Weg zu Prinz Liu Pao. Er stand verloren auf der Prinzentrift, und wir sahen wieder das Unmögliche: In einem Umkreis von ungefähr fünfzig mal einhundertfünfzig Fuß lebte nichts mehr. Der Tod hatte klare Grenzen gezogen. Blumen blühten neben anderen, die verwelkt waren, und der Saft tropfte von gesunden Bäumen, die keine zehn Fuß von Bäumen standen, die völlig vertrocknet waren. Wieder dachte ich an einen Friedhof in einem Alptraum, aber irgend etwas in der Anordnung ließ mich die Stirn runzeln, und ich zeichnete Formen in die Luft. Meister Li und der Prinz beobachteten mich mit immer größeren Augen, und ich wurde rot.

»Mach das noch einmal«, befahl Meister Li.

Ich wiederholte die Formen.

»Li Kao, verliere ich den Verstand?« fragte der Prinz, »ich könnte schwören, daß Nummer Zehn der Ochse die Gelehrtenkurzschrift der Großen Siegelschrift in die Luft zeichnet, die seit tausend Jahren nicht mehr allgemein benutzt wird.«

»Ochse ist zu den tollsten Dingen fähig«, murmelte Meister Li. »Im Augenblick ist er fähig, die alten Schriftzeichen für ›Liebe‹, ›Kraft‹ und ›Himmel‹ in die Luft zu malen, und ich weiß genau, daß er nicht ein einziges Ideogramm der Großen Siegelschrift kennt. Na, mein Junge, wie lange willst du uns noch auf die Folter spannen?«

Ich wurde knallrot. »Ich hatte einen Traum«, sagte ich bescheiden, »kurz ehe Ihr mich aufgeweckt habt. Etwas an der Szene hier erinnerte mich daran und an die merkwürdigen Formen.«

Ich hatte geträumt, daß ich in der Nähe eines Dorfes, das meinem Dorf glich, im Gras saß. Jemand hatte einen Bambusstab mit einer schwarzen Flagge am Riemen des Mühlsteins am Wasserrad befestigt, wie wir es in meinem Dorf taten, weil die Riemen immer rutschten. Wenn die Bauern bei der Feldarbeit aufblickten, sahen sie, ob sich die Flagge auf- und abbewegte; wenn sie das nicht tat, schickte man einen Jungen zum Großen Hong, dem Schmied, damit er die Riemen wieder richtete. Wenn die Flagge sich zum Scheitelpunkt hob, sah man sie einen Moment in der Luft schweben, ehe die Abwärtsbewegung begann.

Am Wasserrad spielten Kinder. Ein kleines Mädchen sprang auf und ab. Seine langen schwarzen Haare hoben sich und schwebten einen Moment in der Luft, ehe sie ihr wieder auf die Schultern fielen.

Vor den Kindern flatterten Schmetterlinge zwischen den Schilfgräsern. Ein schwarzer Schmetterling flog hoch, flatterte kurz auf der Stelle und schwebte wieder nach unten.
Die schwarze Flagge, das schwarze Haar und der schwarze Schmetterling bildeten eine beinahe gerade Linie, die auf meine Füße wies. Ich blickte hinunter und sah eine runde orangefarbene Kugel aus Ton. Ich griff danach, meine Hand schloß sich darum, und irgend etwas sagte mir, ich solle auf die Bewegung achten: auf, Pause, ab... auf, Pause, ab...
Meine Finger kribbelten. Die Tonkugel hatte einen Herzschlag, und er hatte den Rhythmus der Bewegung; ein Schmerz erfaßte mein Herz, und Tränen füllten meine Augen. Auf, Pause, ab: *kung, shang, chueh.* Ich hörte den wunderbaren Ton nicht, sondern fühlte ihn im Pulsieren des Tonstücks, und dann war ich in meinem alten Schulzimmer im Kloster, und eine Gruppe Jungen sahen mich mit Eulenaugen an, und ich versuchte verzweifelt, etwas sehr Wichtiges zu erklären.
»Begreift ihr nicht?« sagte ich, »die Lebenskraft eines runden orangefarbenen Tonstücks ist wie eine Flagge und ein Schmetterling und das Haar eines kleinen Mädchens. Auf, Pause, ab; auf, Pause, ab. Das Wichtige daran ist, die Pause nicht zu vergessen. Könnt ihr das nicht verstehen?«
Die Jungen starrten mich ernst an.
»Es ist die Pause!« schrie ich. »Es ist nicht wie der Herzschlag eines Menschen, und ihr werdet den wundervollen Ton, den es hervorbringt, nie hören, wenn ihr die Pause nicht versteht!«
Der alte Abt kam schlurfend auf mich zu. Er kam näher, und dann war es überhaupt nicht der Abt. Es war Meister Li. Er packte mich an den Schultern, schüttelte mich und schrie wütend: *»Nummer Zehn der Ochse, du könntest nicht einmal einer Banane beibringen, schwarz zu werden!«*
Dann wachte ich auf.
»Das ist alles, was ich Euch von dem Traum erzählen kann,

Meister«, sagte ich. »Etwas an der Szene hier erinnerte mich daran und an das Schema: Dieser hohe, abgestorbene Baum dort, dann ein Zwischenraum, dann niedrigere abgestorbene Bäume, dann ein Zwischenraum, dann Büsche . . .«
Ich zuckte mit den Schultern und fuhr mit dem Finger durch die Luft. »Und du zeichnest alte Gelehrten-Ideogramme für Liebe, Kraft und Himmel«, sagte Meister Li nachdenklich, »bist du ganz sicher, daß die Kugel aus Ton orange war?«
»Ja, Meister«, sagte ich.
Er kratzte sich die Nase und kaute grübelnd an den Enden seines dünnen Bartes. »Es lohnt sich vielleicht, darüber nachzudenken, wenn wir Zeit haben«, sagte er, »die Symbolik ist augenfällig, aber sie führt in einen Sumpf, aus dem ich mich lieber heraushalten möchte.«
Meister Li begann, nach den Spuren mysteriöser Mönche im Narrenkleid zu suchen, und ich begann, weitere Pflanzen- und Bodenproben zu sammeln. Plötzlich begann das Trommeln. Hunderte von Handtrommeln dröhnten leise, aber methodisch überall im Tal der Seufzer. Der Prinz sah Meister Li mit hochgezogenen Augenbrauen an, aber Meister Li wies mit dem Kopf in meine Richtung. »Fragt den Fachmann, wenn es um die Bräuche der Bauern geht«, sagte er.
Ich errötete wieder. »Hoheit, Sie werden Euch erpressen«, sagte ich demütig.
»Wie?«
»Erpressen trifft es nicht ganz, aber ich weiß nicht, wie man das richtig bezeichnet«, sagte ich, »sie werden ein Arbeitslied singen. Es ist älter als die Zeit, und die Bauern wenden es an, wenn sie wollen, daß der Herr des Tals etwas Bestimmtes tut.«
»*Welcher* Herr von *welchem* Tal?« erwiderte der Prinz ärgerlich.
Meister Li kam mir freundlicherweise zu Hilfe. »Die Bauern glauben, daß Euer Ahne dahintersteckt. Und für sie seid Ihr der Herr des Tals, ob es Euch gefällt oder nicht. Die Anführer

bereiten das Lied vor, das die Pflichten der Bauern gegenüber dem Herrn aufzählt und damit unausgesprochen die Pflichten des Herrn gegenüber den Bauern. Ochse, wie viele Verse gibt es?«
»Über vierhundert«, antwortete ich, »wenn sie am Ende sind, fangen sie wieder von vorne an, und wenn es sein muß, halten sie es ein ganzes Jahr durch.«
Ich fügte nicht hinzu, daß ich an ihrer Stelle das gleiche getan hätte. Konfuzius hielt so viel vom Erpresserlied, daß er einen Teil in das Buch der Oden aufnahm. Wenn die Trommeln »bum, bum, bum« schlagen, ist es tatsächlich sehr wirkungsvoll.

»Im fünften Mond sammeln wir wilde Pflaumen
und Kirschen,
Im sechsten Mond kochen wir eßbaren Eibisch
und Bohnen,
Im siebten Mond trocknen wir die Datteln,
Im achten Mond schneiden wir den Reis,
Um den Frühlingswein damit zu machen,
Damit unserem Herrn ein langes Leben
beschieden sei.
Im sechsten Mond pflücken wir Melonen,
Im siebten Mond ernten wir Kürbisse,
Im achten Mond bringen wir den reifen Hanf,
Wir sammeln bittere Kräuter, wir fällen den
Götterbaum für Feuerholz,
Damit unser Herr essen kann.«

Bis auf die letzte Zeile jedes dritten Verses wird alles emotionslos gesungen. Nach einigen Monaten windet sich der Angesungene, sobald der dritte Vers anhebt. Ein Herr kann schwer rechtfertigen, daß er den aufsässigen Bauern die Köpfe abschlägt, denn es ist ja nur ein Arbeitslied.

Bum, bum, bum:

»Im achten Monat bereiten wir Scheunen und
Schober vor,
Im neunten Monat bringen wir die Ernte ein;
Hirse für Wein, Hirse zum Kochen, früh und spät,
Reis und Hanf, Bohnen und Weizen.
Herr, die Ernte ist vorbei.
Wir beginnen die Arbeit an Euren Häusern;
Am Morgen sammeln wir Schilfgras für die Dächer,
Am Abend drehen wir Seile,
Wir arbeiten schnell auf den Dächern,
Denn bald werden wir das viele Getreide des
Herrn säen.«

»Wie können sie mir das antun?« klagte der Prinz. »Sie wissen sehr wohl, daß meine Familie seit Jahrhunderten nicht eine einzige Kupfermünze oder ein Reiskorn gefordert hat.«

Bum, bum, bum:

»In den Tagen des ersten Monds hacken wir Eis mit
klingenden Schlägen;
In den Tagen des zweiten Monds tragen wir es in die
Kühlkammern.
In den Tagen des dritten Monds, sehr früh,
Bringen wir Schweine und Knoblauch, damit unser
Herr essen kann.
Im zehnten Mond gibt es strenge Fröste;
Wir räumen die Scheunen und Schober,
Mit Zwillingskrügen feiern wir das Dorffest,
Schlachten dafür ein Frühjahrslamm.
Wir steigen hinauf zur Halle unseres Herrn,
Heben die Becher aus Büffelhorn:
Ein Hoch auf unsern Herrn! Er lebe immer und ewig!«

»Das halten sie ein Jahr lang durch?« fragte der Prinz. »Ich glaube, ich weiß, was sie wollen. Aber ich ziehe es vor, mir das erklären zu lassen.«
»Ihr und nur Ihr allein habt das Recht, Euren Ahnen auf die alte Art zu beseitigen«, sagte Meister Li freundlich, »mit der alten Art meine ich prä-konfuzianisch.«
»Das wird mit den Foltern der Achten Hölle bestraft«, sagte der Prinz zornig.
»Ja, wie unsere neo-konfuzianischen Herren sagen. Sie legen Rivalen auch die heilige Pflicht auf, sich nach dem Tod des Vaters sieben Jahre aus dem öffentlichen Leben zurückzuziehen, und dann vergiften sie den Vater«, sagte Meister Li sarkastisch.
Prinz Liu Pao war aus hartem Holz geschnitzt. Er drehte sich wortlos um und marschierte das Linke Drachenhorn hinauf in Richtung Schloß. Er bog vom Pfad ab und nahm eine Abkürzung zur Grotte. Das schaurige medizinische Forschungszentrum schien durch das gedämpfte Trommeln und Singen in der Ferne nur noch schauriger zu sein. Der Prinz öffnete die Tür zur Grabkammer und ging mit großen Schritten zum Sarkophag seines Ahnen.
»Ochse, kannst du den Deckel ganz nach unten schieben?«
Ich spuckte in die Hände. Der Deckel war so schwer, daß ich ihn nicht mehr halten konnte, als er bis zu den Füßen der Mumie geglitten war, und er fiel krachend auf den Boden. Prinz Liu Pao blickte auf die Überreste seines Vorfahren hinunter, und Meister Li bedeutete mir mit einer Geste, ich möge den anderen Sarkophag ebenfalls öffnen.
»Wenn wir schon dabei sind, möchte ich etwas untersuchen«, sagte er.
Der Deckel ließ sich leichter bewegen, und die Mumie von Tou Wan, der Gemahlin des Lachenden Prinzen, war unbeschädigt. Meister Li griff in den Sarkophag und holte einige Schmuckstücke heraus, die er genau betrachtete.
»Gute Sachen, aber nicht die besten«, sagte er nachdenklich, »wie man sagt, war Tou Wan eine Verschwenderin von klassi-

schem Format, und ich bezweifle, daß dies hier ihren Ansprüchen genügt hätte. Man fragt sich, ob ihre Hoheiten nicht von einem Diener mit langen Fingern begraben worden sind.«
Er kratzte sich die Stirn.
»Seltsam«, murmelte er, »der Lachende Prinz betete anscheinend einen Stein an. Seine Frau tat es möglicherweise auch, und doch liegt der Stein weder in dem einen noch in dem anderen Sarg. Auch das der treue Diener?«
Wir hörten ein Geräusch und drehten uns um. Der Prinz mühte sich damit ab, die Mumie seines Ahnen aus dem Sarg zu nehmen. Doch die geteerten Binden machten sie schwer und unförmig. Ich wollte ihm helfen, aber Meister Li hielt mich zurück. Prinz Liu Pao traten dicke Schweißtropfen auf die Stirn, aber er schleppte tapfer seine Last durch die Grabkammer, durch die Grotte und hinaus auf den Pfad. Er bog vom Pfad ab und trug die Mumie zu einem flachen Felsvorsprung hoch über dem Tal der Seufzer. Jedes Auge mußte sich inzwischen dorthin gerichtet haben.
Die Trommeln verstummten. Der Prinz suchte einen schweren Stein, und ich schloß die Augen. Ich hielt sie geschlossen, während ich hörte, wie alte Knochen splitterten, aber ich öffnete sie zu früh und sah, wie der Stein auf den Schädel fiel, und er in Stücke zerbrach. Eine weiße Wolke gesplitterter und pulverisierter Knochen trieb ins Tal hinunter, gefolgt von den Fetzen der Leinenbinden und schließlich von dem Stein, der für das Opfer benutzt worden war. Ich habe selten jemanden so sehr bewundert wie den Prinzen Liu Pao. Er drehte sich um, und es gelang ihm, seine Stimme unter Kontrolle zu haben.
»Nach dem Tsao Tsao ist mein nächster Schritt auf dem Pfad zur Verdammnis entweder die Vergewaltigung meiner Schwester oder die Unterlassung, zum Begräbnis meiner Mutter zu erscheinen. Ich weiß nur nicht mehr, was zuerst kommt«, sagte er.
»Die Mutter«, sagte Meister Li, »hat Vorrang, aber an Eurer

Stelle wäre ich mir der Sache mit der Verdammnis nicht so sicher. Prinz, diesmal haben die Gauner einen sehr schweren Fehler begangen, und die Mumie Eures Ahnen besiegelt das. Ihr und ich, wir müssen uns über etwas Interessantes unterhalten.«

7

Beim ersten Besuch hatten wir die Wohnräume gesehen. Jetzt führte uns der Prinz in sein Atelier, und mir stockte der Atem, als ich durch die Tür und in vierzig eingefangene Sonnenuntergänge trat. Ich befand mich in der Gegenwart eines Genies. Überall Gemälde und Skizzen, und sie lebten! Ich hätte schwören können, daß wirklicher Saft in den gemalten Bäumen floß und echter Tau von Blüten tropfte. Das glühende Licht, das aus dem Innern der Bilder zu kommen schien, war das Außergewöhnlichste. Der Prinz lächelte über mein Staunen.

»Es ist nur ein Trick, Ochse«, sagte er bescheiden, »man nennt es *p'o-mo,* und es ist die Technik, dunkle Tusche über helle aufzutragen. Beim Auftragen ist die Wirkung kaum sichtbar, aber wenn die Tusche trocken ist, entsteht der Eindruck, als glühten die Bilder in einem inneren Licht – wie strahlende Augen«, sagte mein Lehrer immer.

»Aha! Ihr habt bei Dreimal Unvergleichlich studiert?« fragte Meister Li.

»Li Kao, Ihr wißt alles«, sagte der Prinz bewundernd, »ja, ich war drei Jahre lang sein Schüler. Und er war zweifellos der ekelhafteste Mensch, dem ich je begegnet bin.« Der Prinz bezog mich huldvoll in die Unterhaltung ein. »Er heißt Ku K'aichih, aber man nennt ihn Dreimal Unvergleichlich, weil er sich damit brüstet, daß er ein unvergleichlicher Maler, ein unvergleichliches Genie und ein unvergleichlicher Dummkopf ist. Fraglos ist er der größte Meister des *p'o-mo* im ganzen Reich.«

»Das war er. Ihr habt ihn seit langem übertroffen«, murmelte Meister Li, »Prinz, das sind unglaubliche Arbeiten, aber habt Ihr auch die Wahrscheinlichkeit von Ungnade und Exil in Betracht gezogen?«

»Oh, ich habe nicht die Absicht, meine Bilder jemandem zu zeigen«, sagte der Prinz, »das sind alles Übungen. Ich versuche zu lernen, und ich habe noch einen langen Weg vor mir.«

Die Umgebung seines geliebten Ateliers wirkte Wunder. Es war, als habe der Geruch von Farben die Erlebnisse der letzten Zeit ausgelöscht. Seine Augen glänzten glücklich.

»Ochse, Meister Li will damit sagen, daß unsere hohen Herren entschieden haben, daß die Kunst sich an angeblich klassische Techniken halten muß, die in einem Handbuch mit dem Titel ›Der Senfkorngarten‹ niedergelegt sind«, erklärte er. »Die Konturen von Felsen zum Beispiel darf man nur mit *kou*-Strichen zeichnen, *p'o*-Striche sind den Spitzen und Seiten vorbehalten, *ts'ung*-Striche muß man für die Struktur und *ts'a*-Striche für den Ausdruck verwenden. Jede andere Technik kann zu einem Prozeß und zur Verbannung führen.«

Meister Li lachte über meinen Gesichtsausdruck.

»Es ist noch komplizierter«, sagte er. »*Ts'ung*-Striche zum Beispiel sind genau in einzelne Linien gegliedert, die für die einzelnen Felsen richtig sind: Wirbelwolkenstriche, Axtschläge, geschlagener Hanf, loses Tau, Geistergesicht, schädelähnlich, Holzstoß, Sesamkorn, goldblau, Jadepulver, Speerloch, Kiesel und knochenlos. Ein Maler, der einen Granit zeichnet und Geistergesicht anstelle der offiziell genehmigten Axtschläge benutzt, muß mit sechs Jahren in der mongolischen Wüste rechnen.«

Der Prinz sagte stolz mit einer großen Geste: »Du siehst etwa eineinhalb Millionen Jahre Verbannung vor dir.« Er wurde sehr lebhaft, suchte eifrig in einem Stapel Bilder auf dem Fußboden und hielt schließlich die einfache Skizze eines Baums hoch. »Gesetze lügen«, sagte er. »Sieh dir das an. Alle Gesetze der Malerei behaupten nachdrücklich, daß *shih*, die Kraft der Bewegung eines Baumes wie diesem hier, sich im Hauptast konzentrieren muß, der so stolz zum Himmel weist. Aber so ist es nicht. Ich habe die vorgeschriebene Methode achtmal probiert, und der Baum blieb so leblos wie ein Lohan. Schließlich sagte ich mir: ›Du Idiot, hör doch auf zu denken! *Male!* Also überließ ich meiner Hand den Pinsel, und dieser schöne Baum wurde lebendig. Siehst du, weshalb?«

Der Prinz deckte den stolzen Hauptast ab, und nach einer Weile sah ich, was er meinte. Die Energie des Baums nahm nicht diesen Weg. Sie ging vom Stamm aus, stieg aufwärts, erreichte einen Astknoten, strömte den Stamm wieder hinunter, erhob sich dann auf der anderen Seite und pulsierte vor Leben, als sie sich in einem winzigen, unbedeutenden Ast, der kaum mehr als ein Zweig war, zum Himmel hinauf reckte.

»Gesetze lügen. Die Augen sehen nur, woran man sie gewöhnt hat, und das Bewußtsein ist ein Abfallhaufen der Gedanken anderer«, sagte der Prinz. »Nur die Hand spricht die Wahrheit. Die Hand!« rief er leidenschaftlich. »Vertrau der Hand, und sie wird dich nie belügen.«

Meister Li sah ihn zustimmend an. »Prinz, genau darüber wollte ich mit Euch reden«, sagte er. »Ich ahne allmählich, daß in diesem Fall Lüge auf Lüge gehäuft wurde, aber wir haben zum ersten Mal etwas, an das wir uns halten können. Versteht Ihr, die Gauner haben uns verraten, wo wir suchen müssen.«

Der Prinz zeigte mir, wo alles stand, und ich ging daran, Tee zu machen, während die beiden einen Tisch in den Garten hinaustrugen. Wir setzten uns, und nachdem Meister Li seinen Tee getrunken hatte, sagte er:

»Wir wissen, daß die Diebe in die Bibliothek eingebrochen sind, um eine Schriftrolle zu stehlen, und das führte zum Tod von Bruder Blinzel. Aber warum sind sie letzte Nacht wieder eingebrochen und haben den Tod von Bruder Shang verursacht? Es scheint nur eine vernünftige Erklärung zu geben.«

Meister Li zog das Fragment von Ssu-ma hervor. »Bruder

Blinzel hat es durchgepaust. Als die Diebe es genauer untersuchten, sahen sie die Abdrücke, und sie sind gekommen, um das Original, also die Fälschung zu holen. Deshalb zerrissen sie die Bücher und trennten die Gewänder auf und so weiter. Aber warum wollten sie unbedingt eine schlechte Kopie, die keinen Marktwert besaß? Die Antwort lautet: Sie wollten den Text nicht, weil er einen Wert für Händler besessen hätte, sie wollten ihn wegen des *Inhalts*, und vielleicht – aber natürlich nur vielleicht – sind sie mit leeren Händen abgezogen.«
Meister Li legte das Fragment auf den Tisch und klopfte mit dem Fingernagel darauf.
»Es war ein sehr kurzer Text«, sagte er. »Die Wahrscheinlichkeit, daß dieses Fragment enthält, was sie gesucht haben, ist nicht so unglaublich gering, wie man vermuten könnte. Vielleicht stehen die Chancen sogar nur zwanzig oder dreißig zu eins, und ich habe bei Grillenkämpfen schon unter ungünstigeren Aussichten gewettet und gewonnen. Prinz, hat Ssuma Chien je Euren abscheulichen Vorfahren besucht?«
Der Prinz sah ihn überrascht an. »Das weiß ich wirklich nicht«, erwiderte er. Aber nach kurzem Überlegen fügte er hinzu: »Es würde mich etwas überraschen, wenn er es nicht getan hätte. Ehe er in Ungnade fiel, war er der Ratgeber des Kaisers, und wer eignet sich besser, um ihn zu einem jüngeren Bruder zu schicken, bei dem alles darauf hindeutet, daß er den Verstand verliert?«
»Wäre es möglich, daß der jüngere Bruder den Sturz von Ssuma und das Urteil der Kastration bewirkt hat?« überlegte Meister Li laut. »Der Abt hat mir erzählt, daß in den heiteren Tagen des Lachenden Prinzen das Kloster neben vielem anderen auch als Gefängnis gedient hat. Wäre das vielleicht eine Erklärung dafür, daß man die Schriftrolle dort gefunden hat?«
»Die Fälschung?« sagte der Prinz und kratzte sich am Kopf.
»Einer meiner Bekannten, ein außergewöhnlich heiliger

Mann am Auge der Stille hat eine interessante Hypothese«, sagte Meister Li. »Die Fälschung wurde vielleicht benutzt, um Ssu-ma verräterischer Pietätlosigkeit zu beschuldigen. Dieser Gedanke hatte mich beinahe überzeugt, aber dank Euch, Prinz, bin ich inzwischen von etwas völlig anderem noch mehr überzeugt.«
Meister Li deutete auf das Atelier mit den wunderbaren Bildern des Prinzen. »Die Hand. Vertrau nur der Hand!« rief er. »Dieser Gedanke beschäftigt mich schon seit Tagen. Als ich das Fragment betrachtete und die Hinweise auf Ssu-mas Vater sah, sagte ich: *Fälschung!* Aber als ich mir die Schriftzeichen ansah, sagte ich: *Ssu-ma!* Ihr habt genauso reagiert. Die Hand ist unverkennbar, und ich komme zu dem Schluß, das hier ist ganz einfach deshalb nicht die raffinierteste Fälschung der Welt, weil es überhaupt keine Fälschung ist. Ssuma Chien schrieb den Namen seines Vaters, um Gelehrten zuzurufen: ›Sieh hin! Sieh genau hin! Etwas stimmt nicht!‹ Das heißt, er hat seine eigentliche Botschaft in einer Art Code geschrieben, und Ihr und ich dürfen uns damit vergnügen herauszufinden, wer den Code als erster entziffert.«
Nummer Zehn der Ochse nicht; er konnte nicht einmal ein einziges Schriftzeichen der alten Gelehrtenkurzschrift entziffern. Ich erhob mich und schimpfte innerlich auf die Gesprächsfetzen, die an meine Ohren drangen. Die beiden glichen spielenden Kindern, und wir mußten über ernste Dinge nachdenken.
»Ich habe noch nie so viele Fehler in ein paar kurzen Absätzen gesehen.«
»Sind es vielleicht absichtliche Fehler?«
»Fehler als Anhaltspunkte?«
»Interessant, wie viele Fehler etwas mit Zahlen zu tun haben.«
»Ja. Hier schreibt er ›einhundertsechsundvierzig Schuppen des Drachen.«
Selbst ich wußte, daß ein Drachen 36 böse und 117 gute Schuppen hat, und als ich noch in die Schule ging, ergaben

das 153 Schuppen. Ich rümpfte verächtlich die Nase, spazierte herum und sah mir die Blumen an.
»Wir zerlegen die Zahl besser: 1, 4, 6.«
»Jeder Fehler steht vermutlich in einem direkten Zusammenhang zu jeder Erwähnung von T'an, dem Namen seines Vaters.«
»Das hier ist etwas weit hergeholt, nicht wahr? Er vergleicht die Spuren der Verwitterung auf einem Stein mit den ›253 Akupunkturpunkten‹.«
Hatten sie vergessen, daß zwei Mönche ermordet worden waren und daß ein seltsamer Ton die Leute um den Verstand brachte, während die Prinzentrift zerstört wurde? Ich köpfte ein paar Löwenzahnblüten.
»Eins . . . zwei . . . drei. Ich hab's«, rief Meister Li glücklich. »Ochse, hör auf zu schmollen und komm her.«
Schmollen? Ich? Ich ging hocherhobenen Hauptes zum Tisch zurück und blickte Meister Li über die Schulter. Sein Finger tanzte über das Fragment.
»Kodierte Stellen beginnen mit der Erwähnung von Ssu-mas Vater und gehen bis zum nächsten Fehler. Die Zahlen geben die Auslassungen zwischen wichtigen Wörtern an, und damit erhalten wir folgendes: ›Treppe hinunter... Kühlraum . . . Tunnel zur Anlage . . . Stein im Schrein . . .‹«
Er lehnte sich glücklich zurück.
Ich starrte ihn an. »Ist das alles?« fragte ich ungläubig.
»Das ist alles, was wir brauchen, und übrigens auch alles, was die Gauner brauchen«, sagte Meister Li zufrieden. »Ssu-ma Chien bezieht sich auf dieses Anwesen, es sei denn, jemand kennt einen anderen Ort, an dem ein Stein in einem Schrein aufbewahrt wurde. Entweder war Ssu-ma selbst dort, oder er gab einem anderen den Rat, die Treppe zum Kühlraum hinunterzusteigen. Dort würde er irgendwo einen Tunnel finden, der zu einer Anlage und zum Schrein mit dem Stein führt. Ein Kühlraum ist so weit wie möglich unter der Erde, aber was könnte der Sinn einer Anlage tief unter der Erde sein?«

Meister Li griff in sein Gewand und holte einen Stoffetzen heraus. Leicht schockiert sah ich, daß es sich um ein Stück Binde von der Mumie des Lachenden Prinzen handelte.
»Prinz, es ist zwar verblaßt, aber man kann immer noch das kaiserliche Gelb sehen, und beim Bruder eines Kaisers sollte das auch so sein«, sagte Meister Li. »Soweit ich mich jedoch erinnere, starb Tou Wan ein paar Monate vor ihm. Hätte Euer Ahne nicht immer noch um seine Frau getrauert?«
Der Prinz bekam große Augen und wurde dunkelrot, als ihm die Bedeutung dieser Frage klar wurde. Ich brauchte dazu etwas länger.
»Natürlich. Es müßte weiß sein. Ihr meint, ich habe das Skelett eines Fremden zertrümmert?«
»Tsao Tsao hat zweiundsiebzig Scheingräber bauen lassen«, sagte Meister Li sanft.
»Ich will verdammt sein, wenn ich das zweiundsiebzigmal wiederhole«, schrie der Prinz.
»Vermutlich wird das nicht notwendig sein«, beruhigte ihn Meister Li. Dann sah er mich an: »Wach auf, Ochse. Der Lachende Prinz hat einen unermeßlichen Reichtum angehäuft, der nie gefunden wurde. Seit seinem Tod kaufen die Leute falsche Schatzkarten und graben Löcher im Tal der Seufzer. Jetzt haben wir die Worte von Ssu-ma Chien. Für diese Worte würden Gauner alles tun, denn was für eine Anlage konnte der Lachende Prinz insgeheim in den Tiefen der Erde bauen lassen? Mein lieber Junge, wir sitzen vermutlich auf einem Grab, in dem genug Beutestücke liegen, um damit das halbe Reich zu kaufen.«

8

»Diese verlassenen Zimmerfluchten waren für einen Jungen ein Paradies«, sagte der Prinz wehmütig. »Allein die vielen Verstecke. Ich zählte einmal einhundertsechs Räume, und viele waren voller Dinge, die niemand für wertvoll hielt. Für einen Jungen nicht wertvoll? Truhen mit alten Kostümen für Maskeraden, zum Beispiel, und Liebesbriefe, die mit Aufforderungen zum Duell zusammengebunden waren, Bilder schöner Konkubinen und strenger, entfernter Vettern.«

Wir folgten ihm, als er zielsicher um verfaulte Stellen im Holzfußboden herumging und sich unter durchhängenden Deckenbalken duckte. Er trat in einen Alkoven und begann, Bretter vor einem Fenster zu entfernen. Sonnenlicht drang herein, und die Strahlen fielen auf ein Porträt an der Wand.

»Liu Sheng, besser bekannt als der Lachende Prinz.«

Die Seide war unversehrt, wenn auch durch die Zeit verblaßt, und die Farben wirkten noch ziemlich frisch. Der Mann auf dem Bild sah gut aus. Ich schätzte ihn auf Anfang Dreißig. Er hatte eine hohe, breite und klare Stirn, eine schmale Nase mit einem stolzen Haken und einen energischen, gutgeformten Mund. Die Augen waren merkwürdig, denn sie wirkten zwar klar, schienen sich aber nicht auf ein Ziel zu richten. Der Lachende Prinz schien nicht den Betrachter anzublicken, sondern etwas vor dem Betrachter – vielleicht einen Geist, oder eine seltsame Vision, die nur er sehen konnte. Die kleinen Hände waren so anmutig, daß es beinahe die Hände einer Frau hätten sein können. Ich entdeckte keine Anzeichen von Wahnsinn, doch etwas in der Selbstsicherheit seiner Haltung sprach von einer inneren Überheblichkeit, die beinahe zu allem fähig war. Seine Kleidung war eindeutig symbolisch, aber ich verstand die Bedeutung nicht. Meister Li schon.

»Großer Buddha. Wenn sein kaiserlicher Bruder ihn in diesem Gewand gesehen hätte, hätte er ihm innerhalb einer Stunde den gelben Schal geschickt«, sagte Meister Li. »Der Sohn einer Drecksau glaubte, er rangiere vor dem Kaiser. Genauer gesagt, glaubte er, er rangiere vor den meisten Göttern.«

Meister Li erklärte mir die Symbole.

»Obergewand: Sonne, Mond, Sterne, Berg, Drachen und bunte Vögel. Untergewand: Tempelschale, Unterwassergräser, Flammen, Reis, Beil und das Symbol für Adel. Nur der Kaiser von China darf alle zwölf Symbole tragen, und der Lachende Prinz fügte noch ein dreizehntes hinzu: das Pfauenauge. Es symbolisiert den Zweiten Herrn des Himmels. Man muß annehmen, er bereitete sich allen Ernstes darauf vor, seinen Thron neben den des Erhabenen Jadekaisers zu stellen.«

Jetzt gewann der seltsam ziellose Blick für mich eine andere Bedeutung. Ich kam zu dem Schluß, der Mann vor mir habe festgestellt, daß die Welt nicht nach seinem Geschmack war und habe sie verlassen – wie Erbsenkopf Chou aus meinem Dorf, der sich jeden Morgen zu den Hähnen stellte und der Sonne befahl aufzugehen.

Der Prinz führte uns weiter. Ich bemerkte, daß ich auf Zehenspitzen ging und daß mir die gemalten Augen zu folgen schienen. Der Prinz trat zu einer messingbeschlagenen Tür und schloß sie mit einem alten Schlüssel von der Länge seines Unterarms auf. »Wie gesagt, das hier war ein Paradies für einen Jungen«, bemerkte er.

Wir traten in die alte Waffenkammer. Wahrhaftig ein Paradies, und manche der Äxte waren so riesig, daß sie nur zeremonielle Funktion gehabt haben konnten. In Gestellen entlang der Wände hingen zahllose Waffen; wir fanden einige, die besser waren als jede moderne Waffe. Ich entschied mich für eine kleine Axt und ein kurzes Schwert, der Prinz wählte einen Speer und einen Dolch, und Meister Li steckte sich ein paar Messer in den Gürtel. Die nächste Tür öffnete sich in einen Innenhof, und ich entdeckte im Werkzeugschuppen einen modernen Stahlpickel und eine Brechstange. In der Mitte des Hofs stand ein Steinhaus über einem nicht mehr benutzten Brunnen. Steintreppen führten hinunter in die Keller.

»Der alte Kühlraum liegt ganz unten«, sagte der Prinz. »Ich bezweifle, daß jemand dort gewesen ist, seit ich den Helden gespielt habe, der in einem schrecklichen Kerker gefangengehalten wird.«

»Wir hoffen, daß niemand unten gewesen ist«, murmelte Meister Li. Er suchte nach Spuren von Besuchern aus neuerer Zeit, und seine Augen leuchteten, als er die dicke unberührte Staubschicht sah.

Ich hatte ein paar Fackeln mitgebracht, und wir zündeten sie an. Der Prinz wollte vorausgehen, aber ich überholte ihn. »Ich bitte vielmals um Verzeihung, Hoheit, aber dafür bin ich da«, sagte ich höflich. Mit dem Beil in der Hand stieg ich die Treppe nach unten. Der Prinz, dachte ich, muß ein sehr tapferer kleiner Junge gewesen sein, denn ich konnte einen Schauder nicht unterdrücken, als ich dicke Spinnweben durchhieb, die wie Decken vor uns hingen, und zahllose Spinnen über meine Hände und Arme huschten.

Dann griffen mich hundert Dämonen an, nein, Fledermäuse, nein, weiße Fledermäuse. Ich stieß einen Schrei aus, kauerte mich auf die Stufe und bedeckte den Kopf mit den Händen. Als ich vorsichtig die Augen wieder öffnete, sah ich, daß Meister Li ruhig hinter mir stand und mich mit einer Mischung aus Gereiztheit und Belustigung betrachtete.

»Nummer Zehn der Ochse, es ist kein Wort von dem wahr, was Bauernlegenden über weiße Fledermäuse berichten«, bemerkte er trocken. »Es sind nicht einmal Albinos. Sie leiden an einer parasitären Hauterkrankung wie die sogenannten weißen Elefanten in Indien, und sie leben *nicht* tausend Jahre, und ihr schwarzes Blut ist *nicht* ein Lebenselixier, und wenn du sie streifst oder sie dich streifen, fallen dir *nicht* die Haare aus.«

Der Prinz lächelte mich aufmunternd an. »Als kleiner Junge habe ich einige gefangen und sie als Haustiere gehalten«, sagte er. »Sie sind unhygienisch, mehr aber auch nicht.«

Er fuhr sich mit der Hand durch die dichten struppigen Haare, und ich nahm verlegen die Hände vom Kopf. Ich stand auf, nahm wieder meine Axt und die Fackel und stieg weiter nach unten. Ich kam mir sehr töricht vor. Es gab vier Treppenabsätze, und die Stufen endeten schließlich in einem riesigen Kühlraum. Meister Li und der Prinz untersuchten den Felsboden und die Wände nach Zeichen für einen Geheimgang. Während ich sie beobachtete, wurde ich wieder fröhlicher. Schließlich richtete sich Meister Li auf, stemmte die Hände in die Hüften und sah mich mit funkelnden Augen an.

»Warum stehst du wie eine Statue da«, knurrte er. »Du müßtest etwas vom Tunnelgraben verstehen. Find das verdammte Ding.«

Es war kindisch, aber ich brauchte etwas als Gegengewicht für die Demütigung mit den Fledermäusen, und ich spielte mich auf, während ich den Fußboden untersuchte. »Aha!« sagte ich. Ich untersuchte die Wände. »Aha!« sagte ich. Ich blieb nachdenklich stehen wie für ein Porträt des jungen Genies. »Ssu-ma Chien schreibt ›Kühlraum‹, aber nicht ›im Kühlraum‹«, sagte ich. Ich lief zur Treppe zurück und betrachtete sie prüfend. »Aha!« sagte ich und stieg bis zum letzten Treppenabsatz hinauf.

Meister Li lächelte, als er mir folgte, und ich konnte nicht länger spielen.

»Ich habe es auf dem Weg hinunter gesehen«, erklärte ich. »Ich dachte an die Arbeit, die es bedeutete, riesige Eisblöcke fünf lange Treppen hinunterzuschleppen. Also sah ich mich um und fand, was ich suchte.«

Ich hielt meine Fackel an die Seitenwände und zeigte den beiden alte Bronzeringe. »Seilrollen mit einem Mittelseil für eine Art Schlitten«, erklärte ich. »Die Ringe sind in gleichmäßigen Abständen und in gerader Linie in die Wände eingelassen, ausgenommen hier.« Ich hob die Fackel zur rechten Wand und zeigte einen Bogen in der Anordnung der Ringe, der beinahe bis zur Decke hinaufreichte. »Das machte es schwierig, das Gleichgewicht zwischen beiden Seilen herzustellen. Es gibt nur einen Grund dafür: Dahinter muß eine Öffnung sein.«

»Bravo«, sagte Meister Li, und mir ging es sehr viel besser.

Er hielt meine Fackel, ich spuckte in die Hände und schwang den Pickel. Es dauerte nicht lange. Bald hatte ich eine Spalte, die ich verbreitern konnte, und ich stemmte mit der Brechstange einen Stein heraus. Die Fackel ging beinahe aus, als die Luft plötzlich in die Dunkelheit gesaugt wurde. Nach ein paar Minuten hatte ich ein so großes Loch, daß wir hindurchgehen konnten, und wir betraten einen Gang, der in den Fels gehauen war und nach unten führte.

»Sei sehr vorsichtig«, warnte Meister Li. »Wenn der Gang wirklich zu einer Grabkammer führt, sind gierigen Grabräubern Fallen gestellt.«

Wir bewegten uns langsam vorwärts, untersuchten den Boden nach Fallgruben und blickten nervös zur Decke hinauf, um nach Dingen Ausschau zu halten, die auf uns fallen könnten. Der Gang führte immer steiler und in vielen Kurven nach unten. Der Abstieg dauerte schon so lange, daß ich gewettet hätte, daß wir die Talsohle bereits erreicht hatten oder uns noch tiefer unter der Erde befanden. Schließlich verlief der Gang eben und stieg nach etwa hundert Metern wieder langsam an. Wir gingen in völligem Schweigen langsam nach oben und hörten nur unsere eigenen Geräusche. Nichts wies auf Fallen hin. Schließlich sahen wir im Fackellicht eine Steinmauer vor uns, die den Gang blockierte. Meister Li untersuchte sie und fand nichts Gefährliches. Ich ging wieder mit Pickel und Brechstange an die Arbeit. Es war eine

doppelte Mauer, aber sie war dem Stahl nicht gewachsen. Krachend und in einer Wolke von rotem Ziegelstaub brach ein großes Stück heraus. Wir husteten, rieben uns die Augen, hielten die Fackeln hoch, und der Staub sank langsam zu Boden. Wir standen wie angewurzelt da und starrten voll Entsetzen auf das, was hinter der Mauer lag.
Kein Wunder, daß der Tunnel ein Geheimnis geblieben war. Die Arbeiter hatten ihn nie verlassen. Wir starrten auf Hunderte und Aberhunderte von Skeletten, die sich beinahe bis zur Decke stapelten. Dem Prinzen verschlug es angesichts des Mahnmals, das sein Ahne hinterlassen hatte, die Sprache. Meister Lis Stimme klang kalt und zornig.
»Soviel zu den Bauern. Die Soldaten, die sie hineintrieben und dann einmauerten, wurden vermutlich mit einem Festessen belohnt, bei dem keiner den zweiten Gang überlebte, und dann erhielten die Giftmischer ihren Dank und so weiter. Man schätzt, daß Kaiser Shun achtzigtausend Menschen tötete, um das Geheimnis seines Grabes zu wahren, und trotzdem wurde es innerhalb von hundert Jahren entdeckt und geplündert. Prinz, das sollte alle Eure Zweifel ausräumen. Euer geschätzter Ahne ruht tatsächlich irgendwo hier unten.«
Er ging an mir vorbei und schob die Skelette beiseite. Ich zwang mich, ihm zu folgen. Die Haufen weißer Knochen türmten sich wie Schneehalden am Straßenrand, während wir uns langsam einen Weg durch den Tunnel bahnten. Nach einer Stunde erreichten wir schließlich das Ende und standen wieder vor einer glatten Mauer. Mit drei Pickelschlägen konnte ich die Ziegelsteine lockern, aber dann traf mich ein Schock, der meine Hände und Arme gefühllos machte. Der Pickel war gegen massives Eisen geprallt. Ich versuchte es an immer neuen Stellen, schlug Ziegelsteine heraus und stellte fest, daß die Eisenplatte nahtlos von einer Seite zur anderen und vom Boden bis zur Decke reichte.
»Vermutlich befindet sich dahinter eine zweite Ziegelmauer, und man hat geschmolzenes Eisen in den Zwischenraum ge-

gossen«, sagte Meister Li nachdenklich. »Ochse, was meinst du?«
Ich zuckte mit den Schultern. »Eisen ist hart, aber es reißt, und mein Pickel ist aus Stahl«, erwiderte ich. »Wenn es mir gelingt, vier Löcher zu schlagen, müßte es möglich sein, ein so großes Stück herauszutrennen, daß wir durch die Öffnung hindurchkriechen können.«
Danach erinnere ich mich nur noch an den Lärm im Gang. Die Brechstange machte harte durchdringende Geräusche, deren Echo zwischen den engen Wänden hin und her sprang und so heftig gegen meinen Kopf und die Ohren prallte, daß mir übel wurde. Ich mußte immer wieder aufhören und mich mit dem Kopf zwischen den Beinen auf den Boden setzen, bis mein Magen sich wieder beruhigt hatte. Ich bekam fürchterliche Kopfschmerzen, aber allmählich fand ich den langsamen gleichmäßigen Rhythmus eines Spechts oder eines Kanalgräbers, und unter der Spitze der Brechstange erschienen Risse wie die Fäden in einem Spinnennetz. Dann lösten sich kleine Eisensplitter, und schließlich stieß die Stange durch das Eisen hindurch. Wie Meister Li vermutet hatte, befand sich dahinter die zweite Ziegelsteinmauer, aber sie verursachte keine Probleme. Die anderen Löcher schlug ich schneller, denn inzwischen hatte ich ein Gefühl dafür, und nach etwa drei Stunden gelang es mir, das Eisen zwischen zwei Löchern aufzureißen, und eine weitere Stunde später war das Werk vollbracht. Wir krochen durch die enge Öffnung, und als wir die Fackeln hoben, blickten wir auf eine goldene Decke. Der Boden bestand aus Marmor, und die Wände waren reich mit Silber und Bronze verziert. Wir befanden uns in einem langen Gang, an dem rechts und links Räume lagen. Nervös umklammerten wir unsere Waffen und betraten den ersten.
Kein Wunder, daß Verbrecher alles unternahmen, um diesen Platz zu finden. Truhen quollen vor Gold und Juwelen über, so daß die Deckel sich nicht schließen ließen. Gold- und Silberbarren stapelten sich wie Feuerholz an den Wänden.

Prinz Liu Pao wurde so wütend, daß seine Fackel wie eine Laterne im Sturm schwankte.

»Vier Jahre vor dem Tod meines Ahnen wütete eine Hungersnot in diesem Teil des Reichs«, sagte er mit gepreßter Stimme. »Zweihunderttausend Menschen starben, aber der Lachende Prinz behauptete, er sei nicht in der Lage zu helfen, weil er sein ganzes Geld in die Ausrüstung der Bergwerke gesteckt und nur Schulden habe.«

Der Prinz marschierte in den nächsten Raum, wo riesige Krüge standen, die vermutlich einmal kostbare Öle, Parfüme und Gewürze enthalten hatten. In anderen Räumen fanden wir Waffen, die so prächtig mit Juwelen geschmückt waren, daß man sie für den Kampf nicht benutzen konnte. In einem riesigen Raum starrten wir fassungslos auf die Skelette von vierzig Pferden. Offensichtlich hatte der Lachende Prinz die Absicht gehabt, in großem Stil in sein nächstes Leben zu reiten, und er ritt nicht nur Pferde. Der Prinz fluchte beinahe so wild wie Meister Li, als wir den Saal der Konkubinen erreichten und ordentlich nebeneinander in vierzig Betten vierzig zierliche Skelette fanden. Kein Zeichen von Panik oder Aufregung. »Gift«, knurrte Meister Li. »Zweifellos genau so berechnet, daß sie ihren letzten Atemzug gleichzeitig mit ihrem Herrn taten.«

Danach erwarteten wir mehr oder weniger das zu finden, was wir fanden: die Skelette von Köchen, Höflingen, Tänzerinnen, Schauspielern, Akrobaten, Eunuchen, Schreibern, Buchhaltern. Der wahnsinnige Prinz hatte seinen ganzen Hofstaat mit sich genommen – zumindest dachte ich das. Meister Li hatte Zweifel.

»Etwas fehlt offensichtlich. Wo sind seine Munteren Mönche?« überlegte er laut.

Wir wußten keine Antwort. Wir gingen durch Festsäle und Spielräume und elegante, prunkvolle Schlafzimmer. Wir entdeckten Schränke mit den Resten kostbarer Gewänder und Vorratskammern vollgestopft mit versteinerten opulenten Gerichten. Es war weniger ein Grab als ein riesiger unter-

irdischer Palast, und in seiner Mitte befand sich ein riesiger Thronsaal, in dem es als Teil der Unterhaltung sogar einen Richtblock gab. Hinter dem Thron befand sich eine kleine Tür, und wir traten in einen Raum mit einem Lapislazulifußboden. Wände und Decken waren aus massivem Gold. Zwei Sarkophage standen Seite an Seite. Der rechte trug die Drachensymbole eines Kaisers, und der linke die Phönixsymbole einer kaiserlichen Gemahlin.
Meister Li eilte zwischen den Särgen hindurch zur Rückwand. Dort befand sich in einer Nische ein Schrein. Auf den beiden Seitenwänden der Nische sahen wir die gleichen geheimnisvollen Zeichnungen und Formeln wie in der Grotte, und die Rückwand trug dieselbe Inschrift.

Der kostbare Stein leidet in der Dunkelheit.
Wann wird seine Kraft die Welt verzaubern?
Wenn Schein als Sein gilt, wird Sein zum Schein.
Wenn Nichts als Etwas gilt, wird Etwas Nichts.
Der Stein vertreibt Schein und Nichts,
und steigt hinauf zu den Toren der Großen Leere.

Der Schrein war leer. Meister Li fluchte entsetzlich, wirbelte herum und wies auf die Särge. Ich trat an den linken. Der Deckel ließ sich schwer bewegen, aber schließlich begann er, in den Rillen zu gleiten, und je weiter ich ihn nach unten schob, desto größer wurden unsere Augen. Keuchend trat ich zurück, und wir betrachteten schweigend das Leichengewand von Tou Wan, der Gemahlin des Lachenden Prinzen.
Von ihrem Gewand hätte man eine Million Menschen ein Jahr ernähren können. Es bestand aus unbezahlbarer Jade. Sie war in rechteckige Stücke geschnitten, die feiner Golddraht eng miteinander verband. Zweitausend Jadestücke müssen die Mumie eingehüllt haben, aber Meister Li interessierte sich nicht für Jade. Sein Interesse galt einem Stein, und wieder folgte ein Schwall von Flüchen, als im Sarkophag kein Stein zu finden war.

Auf der Vorderseite von Tou Wans Sarkophag war eine Inschrift eingemeißelt. Prinz Liu Pao übersetzte mir die alte Schrift. Offenbar stammte der Text von ihrem trauernden Gemahl.

»Das Geräusch ihrer Seidengewänder ist verstummt.
Auf dem Marmorboden sammelt sich der Staub.
Ihr leeres Gemach ist kalt und still.
Gefallene Blätter häufen sich vor den Türen.
Wie kann ich mein schmerzendes Herz zur Ruhe bringen?«

Mir schienen echte Gefühle in diesen Worten zu liegen, und der Prinz schüttelte verwundert den Kopf. »Mein Ahne war wirklich ein Rätsel«, sagte er. »Er hat das geschrieben, und dann zog er mit seinen Munteren Mönchen hinaus, um wieder ein paar Kinder zu fangen und zu foltern.«
Meister Li wies mit dem Kopf auf den anderen Sarkophag, und ich stemmte mich gegen den Deckel. Als er langsam nach unten glitt, fielen uns beinahe die Augen aus dem Kopf, und als der Sarg ganz offen war, trat ich zurück und setzte mich erschüttert auf den Boden. Nur das Zischen unserer Fackeln durchbrach die Stille.
Der Sarg war leer. Prinz Liu Pao setzte sich neben mich und sank in sich zusammen. Vermutlich sahen wir beide eine Mumie in einem Jadegewand aus dem Sarkophag steigen und sich zu den Munteren Mönchen im Narrengewand hinausschleppen. Meister Li blickte wütend auf uns herunter.
»Mist«, fauchte er. »Hört auf, mit euren offenen Mündern Fliegen zu fangen und erinnert euch daran, wozu ihr einen Kopf habt.«
Er setzte sich auf den Rand des Sargs und sah sich mit blitzenden Augen in dem goldenen Raum um. Er war wütend.
»Ochse, was geschah mit deiner Fackel, als du das Loch

durch die Eisenplatte und durch die Mauer geschlagen hattest?« fragte er.
»Wieso...? Nichts ist geschehen«, erwiderte ich.
»Genau. Die Flamme wurde nicht zum Loch gezogen, denn im Grab war bereits frische Luft«, sagte er. »Das heißt, es gibt einen anderen Zugang, und der ist vor kurzem benutzt worden. Wir kommen zu spät. Die Gauner waren bereits hier, und das heißt, wir müssen unsere Meinung, daß es Gauner sind, ändern.«
Für mich war das zu hoch, aber der Prinz blickte plötzlich interessiert auf.
»Sie haben kein Gold und keine Juwelen, nicht einmal Tou Wans Leichengewand mitgenommen«, sagte er verwundert.
»Also, was haben sie genommen?« fragte Meister Li.
Wir blieben stumm, und er beantwortete die Frage selbst.
»Sie haben einen Stein genommen«, sagte Meister Li. »Alle Inschriften deuten darauf hin, daß der Lachende Prinz einen Stein angebetet hat. Als er starb, hat er mit Sicherheit dafür gesorgt, daß der Stein mit ihm begraben wurde. Also nahm man ihn aus dem Schrein und legte ihn – vielleicht – in seine Hände. Dann kleidete man ihn in das Jadegewand. Jade gehört zu den härtesten Materialien. Wenn jemand versucht, die Jade zu zerbrechen, könnte der Stein beschädigt werden. Wer immer uns auch zuvorgekommen ist, er hat deshalb einfach die ganze verdammte Mumie mitgenommen. Und welche Art Leute würden Gold und Juwelen unbeachtet lassen, um einen heiligen Stein in die Hand zu bekommen?«
»Irgendein religiöser Orden«, sagte der Prinz.
Meister Li zuckte mit den Schultern. »Etwas anderes fällt mir im Augenblick auch nicht ein«, sagte er. »Denkt daran, daß der Lachende Prinz eine Art religiösen Orden gegründet hat, deren Mitglieder er die Munteren Mönche nannte, und es fällt auf, daß von seinem gesamten Hofstaat nur die Munteren Mönche nicht mit dem Prinzen in den Tod gegangen sind – zumindest haben wir ihre Skelette nicht gefunden. Ange-

nommen, er hat dafür gesorgt, daß der Orden die Jahrhunderte überdauert.«

Ich fand die Sprache wieder und fragte: »Warum?«

Meister Li streckte ärgerlich die Arme aus: »Woher soll ich das wissen?« sagte er. »Wir können davon ausgehen, daß er einen Stein angebetet hat, obwohl wir nicht wissen warum. Lachen und Tanzen anstelle von Gebeten ist in alten vorschamanistischen Religionen nicht unbekannt, und ich muß mich einfach über die ständige Wiederholung der Zahl fünf in seinen eigenartigen Formeln wundern. Die Fünf ist in vielen alten und modernen dunklen Kulten eine heilige Zahl. Die primitiven Yu-ch'ao zum Beispiel wohnen, wie man sagt, in fünfeckigen Baumhäusern und opfern fünfköpfigen Dämonen in fünfzelligen Tempeln.«

Meister Li bot uns Wein aus seinem Weinschlauch an, aber wir lehnten ab. Er trank gierig und lange und wischte sich dann die Lippen mit dem Bart.

»Prinz, im Augenblick weiß ich nicht weiter«, sagte er offen, »die Vorstellung, daß wir es vielleicht nicht mit normalen Gaunern zu tun haben, wirft alles über den Haufen. Mit Sicherheit weiß ich nur, daß wir diesem seltsam überwältigenden Ton und der Zerstörung der Prinzentrift auf den Grund gehen müssen. Und das heißt, Ochse und ich werden mit Boden- und Pflanzenproben nach Ch'ang-an gehen, um sie analysieren zu lassen, und dann werden wir uns den größten Tonmeister im Reich schnappen. Ihr habt inzwischen ein Problem.«

Er wies mit dem Weinschlauch auf die Schatzkammern.

»Praktisch gehört der ganze Kram Euch. Wollt Ihr ihn?«

Der Prinz erwiderte schaudernd: »Wenn ich auch nur eine einzige Münze nähme, würden mich Alpträume innerhalb eines Monats ins Grab bringen.«

»Trotzdem, wenn etwas von der Entdeckung bekannt wird, werdet Ihr Besuch von jedem Verbrecher, Heerführer und raffgierigen Staatsminister im Reich bekommen«, sagte ihm Meister Li voraus.

»Angenommen, ich schenke es dem Thron?« sagte der Prinz hoffnungsvoll.
»Die Menschen neigen dazu, die eigenen Fehler anderen zu unterstellen«, sagte Meister Li, »die habgierigen werden nie glauben, daß Ihr *nicht* die kostbarsten Stücke für Euch selbst behalten habt. Man wird das fehlende Jadegewand Eures Ahnen als absolut sicheren Beweis dafür ansehen. Sehnt Ihr Euch nach der Folter?«
Der Prinz wurde so weiß wie eines der Skelette. »Was kann ich denn mit dem Grab tun?« flüsterte er.
Meister Li wandte sich an mich. »Ochse, schaffst du es?« fragte er.
Ich richtete mich stolz auf. »Ehrwürdiger Meister, Ihr habt den ehemaligen Lehrling von Großer Hong, dem Schmied, vor Euch«, sagte ich.
Er wandte sich wieder an den Prinzen. »Was für ein Grab?« sagte er.
»Was für ein Grab?« fragte ich.
Der Prinz bekam wieder etwas Farbe. »Was für ein Grab?«
Es war wirklich nicht sehr schwierig. Die Steine und die Ziegelsteine befanden sich bald wieder an ihrem Platz, und überall auf dem Anwesen lagen zahllose alte Dinge aus Eisen. Ich war sehr stolz auf meinen improvisierten Schmelzofen und den Blasebalg. Nach vollendeter Arbeit bezweifelte ich, daß jemand die ausgebesserte Stelle in der Eisenwand entdeckt hätte, wenn er nicht danach suchte.
Schwierig wurde es erst, als ich die Skelette in dem Tunnel wieder an den alten Platz schaffte, denn ich hörte auf Schritt und Tritt eine wahnsinnige Mumie im Jadegewand, die sich von hinten an mich heranschlich. Ich vollendete mein Werk mit kunstvoll verteiltem Staub und Spinnweben, und kein raffgieriger Beamter im ganzen Reich hätte geglaubt, daß Prinz Liu Pao oder ein anderer das Grab des Lachenden Prinzen betreten hätte. Dann machten wir uns auf den Weg nach Ch'ang-an.

9

Ich war noch nie in Ch'ang-an gewesen, aber nach meinen Erfahrungen in Peking glaubte ich, Großstädte zu kennen. Die Illusion wurde mir genommen, als wir durch das Tor der Leuchtenden Tugend schritten. Wie ein dummer Bauer starrte ich mit offenem Mund auf einen lärmenden Bienenstock, dessen zwei Millionen Bewohner geschäftig innerhalb von Mauern summten, die dreißig Quadratmeilen umschlossen. Es gab fünfundzwanzig von Ulmen, Obst- und Schnurbäumen gesäumte Prachtstraßen, die von Norden nach Süden verliefen. Jede war 480 Fuß breit. Diese Alleen zogen sich einen hohen Hügel zur sogenannten Drachenkopfebene hinauf, wo sie sich zu einer einzigen Straße aus bläulichem Stein vereinten, die sich wie ein Drachenschwanz zu den riesigen Palästen der Elite weiter nach oben wand, die über das Reich herrschte.

Ich verstummte vor Ehrfurcht, als wir uns auf der Straße des Scharlachsperlings der Drachenkopfebene näherten. Wir schritten gerade durch das Tor des Roten Vogels, als die dreihundert Schläge der Tausend Trommeln erklangen, die die Öffnung der Märkte verkündeten. Benommen von der Atmosphäre tausendjähriger Größe, ging ich an Meister Lis Seite auf die legendäre Hinterwald-Akademie zu, wo der Genius Chinas gepflegt wird. Meister Li war eines der Genies gewesen, und sein Verhalten ließ etwas an Ehrerbietung zu wünschen übrig.

»Lug und Trug, mein Junge! Alles Lug und Trug«, sagte er und wies mit einer angewiderten Geste auf die geheiligten

Wahrzeichen. »Die Fäulnis wird mit Farbe übermalt und mit Lügen vergoldet. Manche Lügen sind allerdings sehr hübsch. Am besten gefällt mir die von dem kleinen Bauernjungen, der hinter der Dorfschule einen Graben gräbt.«
Meister Li zog den Weinschlauch hervor und trank mit großen Zügen, was zu empörten Bemerkungen der vornehmen Passanten führte. Er achtete nicht darauf.
»Der Kleine hört mit seinen scharfen Ohren bruchstückhaft durch das Fenster den Unterricht mit«, erzählte Meister Li rülpsend, »eines Tages fällt der Lehrer gedankenverloren in den Graben und entdeckt zu seinem Erstaunen, daß der Junge die Wände mit meisterhaften Zeichnungen, fehlerlosen mathematischen Berechnungen und gelehrten Zitaten der Alten bedeckt hat.
›Bist du nicht der verlauste, krätzige und blöde kleine Hong Wong?‹ fragt der Lehrer fassungslos.
›Der unbedeutende Name dieses Unwürdigen sollte die erhabenenen Lippen Eurer Magnifizenz nicht beflecken!‹ jammert der Kleine.
›Und ist dein Vater nicht der eiterpockige, blähsüchtige, verwurmte Hong der Hoffnungslose, der stolz darauf ist, daß er sechzehn Jahre hintereinander die Prüfung als Dorftrottel nicht bestanden hat?‹
Der Kleine fällt auf die Knie, schlägt die Stirn auf die Erde und schluchzt: ›Siebzehn!‹ Der Lehrer packt den Jungen an den Ohren, zerrt ihn ins Schulzimmer und gibt ihm jede erdenkliche Prüfungsaufgabe. Und in Windeseile verbreitet sich die Nachricht, daß das neueste chinesische Genie in einem unbedeutenden Dorf acht Meilen von Nirgendwo in einem Graben entdeckt worden ist. Alles andere weißt du. Triumph folgt auf Triumph; er wird mit den höchsten Preisen und akademischen Würden überschüttet, erhält ein wichtiges Amt, wird Ratgeber von Kaisern, Retter von Bauern und als Schutzpatron der krätzigen, verlausten, blöden Burschen, die hinter Schulen Gräben ausheben, zum Gott erhoben.«

Meister Li spuckte mit beklagenswerter Treffsicherheit auf eine Statue von K'uei-hsing, dem Gott der Prüfungen.
»Betrachten wir uns doch einmal die Wirklichkeit«, sagte er, »der kleine Hong Wong fällt tatsächlich den pädagogischen Autoritäten in die Hand, und man füttert ihn zwangsweise mit Sprachen, Kalligraphie, Dichtung, Malerei, Tanz, Musik, Schach, Etikette, höfischem Zeremoniell, Philosophie, Religion, Geschichte und den Klassikern. Danach ist er soweit, daß er anfangen kann, etwas zu lernen – Mathematik zum Beispiel, Landwirtschaft, Technik, Wirtschaft, Medizin, Regierungswesen und die Kriegskunst. Er legt die Prüfungen mit Auszeichnung ab, erhält seine erste offizielle Ernennung, und was geschieht dann?«
Er schien tatsächlich eine Antwort zu erwarten. Deshalb erwiderte ich achselzuckend: »Ein Höherstehender, der seine Stellung von einem Onkel geerbt hat, rammt ihm eine Bootsstange in den Hintern.«
»Kluger Junge«, sagte Meister Li zustimmend, »Hong Wong kommt jetzt in die Welt der Neo-Konfuzianer, für die alles Neue Anathema ist. Sein hervorragender Plan für ein Gesundheitssystem wird auf der Stelle abgelehnt, weil es dafür keine direkten Parallelen in alter Zeit gibt. Seine astronomischen Beobachtungen werden in seinem Prozeß wegen Ketzerei als Beweismaterial angeführt, denn sie lassen sich anhand der alten Texte nicht bestätigen. In seiner Malerei imitiert er nicht sklavisch die Alten, seine Gedichte sind keine Plagiate, seine Essays beschäftigen sich mit keinem der dreihundertdreiunddreißig gebilligten Themen, und alle seine Werke werden verbrannt. Hong Wong kann sich sehr glücklich schätzen, wenn man ihm schließlich nur alle Titel und seinen Besitz nimmt, ihm einen Tritt in den Hintern gibt und ihn verhungern läßt. Falls er wirklich ein Genie ist, hat er nicht so viel Glück. Lin Tseh-shu wurde in einen fernen Winkel von Turkestan verbannt, wo die Sonne nie scheint – zumindest sagt man das. Su tung-po mußte ins Exil auf die Insel Hainan, deren wichtigste Exporte Malaria, Dschungelfäule

und Lepra sind. Chu Suilang sah zum letzten Mal Vietnam, als er in einem Sumpf versank, und als Han Yu in Swatow aus dem Gefangenenschiff stieg, wäre er beinahe von Krokodilen verschlungen worden.«

Wen Ch'ang, den Gott der Literatur, traf die nächste Ladung Spucke.

»Ochse, ein chinesisches Genie sieht sehr früh den Weg, der vor ihm liegt, und greift nach dem Weinkrug«, sagte Meister Li. »Ist es da ein Wunder, daß unsere größten Männer eher getorkelt als aufrecht gegangen sind und rülpsend ihren Weg in die Geschichte genommen haben?«

»Meister, das ist die beste Autobiographie, die ich je gehört habe!« rief ich begeistert.

Meister Li besaß immer noch einen beachtlichen Ruf, wenn er auch einen fragwürdigen Beigeschmack hatte, und in der Akademie der prophetischen Weissagungen und alchimistischen Forschungen behandelte man unsere Pflanzen- und Bodenproben vorrangig. Dann machten wir uns wieder auf den Weg und stiegen hinauf zur Kaiserstadt und zu den Palästen der Beamten. Mich erfaßte von neuem große Ehrfurcht, als ich zur Spitze des Hügels und zur Palaststadt hinaufblickte, wo die kaiserliche Familie lebte, und zum Tor des Zinnoberphönix, das zu dem Großen Leuchtenden Palast von Kaiser T'ang T'ai-tsing führte. Meister Li stieg jedoch nicht so weit hinauf. Er bog zu einem kleineren Gebäude ab, und wir standen vor dem Tor der Schönen Aussicht. Mir erstarrte das Blut in den Adern. Dahinter lag die Geheimdienstzentrale, umgeben von Strohpuppen, denen man die Häute korrupter Beamter übergezogen hatte. (Der Kaiser säuberte seit der Thronbesteigung unermüdlich die Reihen, und Meister Li billigte T'angs Vorgehen.) Glücklicherweise strebte Meister Li einem kleineren Palast daneben zu, und auf mich wartete die Begegnung mit einer legendären Dame.

Das Oberhaupt der Prostituierten ist die mächtigste Frau in China, wenn nicht eine Kaiserin auf dem Thron sitzt. Ihre Gilde ist Herz und Seele der Spionage. Sie ist beinahe allein dafür verantwortlich zu erforschen, was in den Köpfen der rätselhaften Barbaren vorgeht. Ein ständiger Strom von Kurieren galoppiert mit verschlüsselten Botschaften zur Lauschigen Laube Kluger Gesellschafterinnen in Hangchow oder der Sonnenresidenz in Loyang oder zum Pavillon Wachsender Vollkommenheit in Peking. Und so mancher Mächtige hat sein Bett und seine Geheimnisse mit einer jungen Dame geteilt und beim Aufwachen entdeckt, daß die Dame verschwunden war. An ihrer Stelle lag ein amtlicher Postsack, der den gelben Schal enthielt.

Ich rechnete mit einer langen Wartezeit bis zur Audienz, aber Meister Li präsentierte seine Geschäftskarte, und man führte uns nach wenigen Minuten geradewegs zu der hohen Dame. Sie war groß und im mittleren Alter, aber sehr schön. Ihre Stimme hatte den Klang eines kostbaren Musikinstruments.

»Erhabenster und ehrwürdigster aller Weisen«, sagte sie und verbeugte sich dabei bis zum Boden.

»Schönste aller irdischen Göttinnen«, schnurrte Meister Li mit einer ebenso tiefen Verbeugung.

In dieser Art ging es mehrere Minuten. Dann wurde Tee aufgetragen, und ich saß wie ein Elefant im Porzellanladen, während die beiden das Pingpong der Pointen spielten. Ich habe nie verstanden, weshalb völlig vernünftige Leute ihre Zeit damit verschwenden, auf witzige Weise unverständlich zu sein, anstatt einfach zu sagen, was sie wollen, und wieder an die Arbeit gehen. Das Oberhaupt der Prostituierten begann das Spiel, indem sie ein paar Blütenblätter auf den goldenen Tee streute.

»Teurer Freund, diese Blüten werden aus Einsamkeit sterben, denn ich stelle fest, daß mir die Schmetterlinge fehlen«, sagte sie wehmütig.

Meister Li fing den Ball in der Luft auf.

»Ach! Keine Blüte ist vollständig ohne die Gesellschaft von Schmetterlingen. So wie Hügel Quellen und wie Felsen Moos haben müssen«, sagte er.

»Was ist ein Bach ohne Wasserkresse? Was sind hohe Bäume ohne Schlingpflanzen? Was sind Männer ohne den Geist von Li Kao?« flötete sie melodisch.
Meister Li verbeugte sich bei diesem Kompliment. »Keine Frau«, sagte er und strich ihr zart mit der Fingerspitze über das Handgelenk, »ist vollständig ohne den Reiz einer Blüte, die Stimme eines Vogels, die Haltung der Weide, die Knochen aus Jade, die Haut aus Schnee, den Zauber eines Herbstsees, das Herz der Poesie und die Seele meiner schönen Gastgeberin.«
»Unbesiegbarer Charmeur«, sagte sie mit einem Seufzer. Sie senkte den Blick zu dem alten, faltigen Finger auf ihrem zarten Handgelenk. »Die Leidenschaft, teurer Freund, entblößt nur den Hintern des Universums«, sagte sie tadelnd.
»Dann ist es die Aufgabe des Dichters, ihm ein neues Kleid zu geben!« rief Meister Li. »Soll ich von Bergen singen, die in Wolken gehüllt, oder von Kiefern, die in Wind gekleidet, oder von Weiden, die mit Regen geschmückt sind, oder von Terrassen, die ein Gewand aus Mondstrahlen tragen?«
Das Oberhaupt der Prostituierten goß Tee nach und streute frische Blütenblätter darüber. »Die Kleidung muß wohl bedacht sein«, sagte sie, »manchmal läßt sie sich zu leicht entfernen, dann wieder überhaupt nicht. Grüne Hügel spiegeln sich im Wasser, das seine Farbe den Hügeln entleiht. Guter Wein bringt Dichtung hervor, die ihre Schönheit dem Wein entleiht.«
»Und eine schöne Frau«, gurrte Meister Li, »gleicht einem Gedicht darin, daß man sie am besten leicht betrunken betrachtet. Wenn ein schlichter Mann sich die Gedankengänge einer schönen Dame zu eigen machen darf, nehmen weiße Wolken viele Farben an, wenn sie Sonnenstrahlen brechen, und ruhige Ströme werden zu Wasserfällen, wenn sie über eine Klippe fließen. Die Dinge nehmen die Eigenschaften der Umgebung an, und deshalb ist Freundschaft so wertvoll, und deshalb muß man seine Freunde so sorgsam wählen.«
Sie streichelte seine faltige Hand. »Dann werde ich mir einen

alten unerschütterlichen Felsen zum Freund wählen«, sagte sie.
»Und wenn der Felsen nur ein Traum ist?«
»Dann bin ich ein Schatten in dem Traum«, sagte sie leise.
Meister Li trank seinen Tee, lehnte sich zurück und rechnete in Gedanken nach. »Also für jeden zehn Punkte?« fragte er.
Das Oberhaupt der Prostituierten bestrafte sich mit einem leichten Schlag auf die Wange. »Ich habe falsch zitiert«, sagte sie, »Chang Chou hat geschrieben, ›die Leidenschaft *stützt* den Hintern des Universums, und ich habe gesagt *entblößt*. Für mich also höchstens acht Punkte.«
»Das heißt, du hast nur einen Vorsprung von sechsundsechzig Punkten«, sagte Meister Li.
»Siebenundsechzig«, verbesserte sie entschieden. »Also Kao, was kann ich für dich tun?«
»Bring mich zu einem Tonmeister«, sagte er, »ich habe gehört, daß der beste dein Gast ist, wenn er in die Stadt kommt.«
Sie nickte. »Mondkind«, sagte sie sachlich, »hast du ihn schon einmal gehört?«
»Nein, aber man sagt, er ist ein Phänomen, wie man es in tausend Jahren nur einmal erlebt«, sagte Meister Li.
»Offen gesagt, bezweifle ich, daß es jemals einen Tonmeister gegeben hat, der es mit Mondkind aufnehmen könnte«, sagte sie. »Wie schnell brauchst du ihn?«
»Sehr schnell. Ich stehe vor einem Problem, das mich verwirrt.«
Sie lehnte sich zurück und betrachtete ihn mit zusammengekniffenen Augen. »Mondkind ist zur Zeit nicht hier«, sagte sie. »Niemand, der bei Verstand ist, würde die Einladung annehmen, vor dem König von Chao aufzutreten. Aber Mondkind machte sich unbekümmert auf den Weg.«
Meister Li stieß einen leisen Pfiff aus. Das Oberhaupt der Prostituierten dachte nur noch ans Geschäft.
»Der König ist nicht das Problem. Wenn überhaupt jemand,

dann wirst du mit diesem zwölfbäuchigen Wunder fertig. Aber Mondkind zu bändigen, ist etwas anderes.«
»Ich habe gehört, er ist etwas schwierig«, murmelte Meister Li.
»Multipliziere das, was du gehört hast, mit tausend«, sagte sie. »Ich kann dir allerdings den einzigen Menschen der Welt ausleihen, dem er wie ein Lamm folgt.«
Sie klingelte mit einem Glöckchen, flüsterte dem Diener, der erschien, etwas ins Ohr, und er verschwand wieder.
»Was würdest du als Gegenleistung haben wollen?« fragte Meister Li.
»Deinen Einfluß und deinen Schreibpinsel«, sagte sie. Sie stand auf und ging wie ein Mann mit großen Schritten auf und ab; dabei schlug sie die Faust gegen die flache Hand. »Li Kao, Ungeduld gefällt dem Himmel zwar nicht, aber es ist beinahe zweitausend Jahre her, daß unsere Gilde himmlische Zeichen erhielt, die darauf hinwiesen, daß unsere Schutzgöttin ersetzt wurde, und wir werden allmählich ungeduldig. Wir haben den Schutz von Goldene Lotusblüte verloren, der größten Hure, die die Welt je gekannt hat, und nicht eine der Ersatzgöttinnen, die man uns aufs Auge gedrückt hat, war in der Lage, die Geldbörse eines Kunden lockerzumachen, selbst wenn er völlig blau und kopfüber in ein Faß Sirup gefallen war«, sagte das Oberhaupt der Prostituierten gereizt. »Nichts läuft mehr, wie es sollte! Der Hof hält uns mit Geheimdienstaufgaben in Atem, die praktisch nichts einbringen. In den letzten fünf Monaten hat es fünf Ausbrüche von Pocken gegeben, und jetzt versuchen die Palasteunuchen die Aufmerksamkeit des Kaisers von ihrem Treiben abzulenken und starten schon wieder einen moralischen Feldzug. Goldene Lotusblüte hätte sich das nicht gefallen lassen«, erklärte die hohe Dame erregt, »sie wäre von einem Stern zum andern über den Großen Sternenfluß marschiert und hätte eine Audienz beim Erhabenen Jadekaiser verlangt! Wir brauchen eine Schutzpatronin von ihrem Format und keinen willfährigen Wachsklumpen.«

Sie wirbelte herum, fegte eine dünne Porzellantasse vom Tisch und sah zu, wie sie auf dem Boden zerbrach.
»Li Kao, ich leihe dir das Mädchen, das Mondkind unter Kontrolle halten kann, solange du willst. Als Gegenleistung möchte ich nur, daß du eine Bittschrift am kaiserlichen Hof einreichst, damit man im Himmel offiziell eine neue Schutzpatronin der Prostituierten beantragt.«
»Du überschätzt meinen Einfluß bei Hof«, sagte Meister Li trocken.
»Du unterschätzt meine Fähigkeiten beim Erpressen«, erwiderte sie, »der Kaiser kann eine Bittschrift von Meister Li nicht ignorieren, und ich werde dafür sorgen, daß ein ganzes Heer von Priestern und Würdenträgern hinter dir steht. Außerdem ist unsere Kandidatin eine Vorgängerin des Kaisers auf dem Thron, und er möchte sicher den Geist der verehrten Dame nicht stören.«
Meister Li richtete sich auf. »Du meinst doch nicht die Kaiserin Wu?« fragte er ungläubig.
»Wer wäre besser geeignet?« fragte das Oberhaupt der Prostituierten. »Sie sprang auf ihrem Weg zum Thron von Bett zu Bett. Weshalb soll sie in der Hölle braten, wenn sie im Himmel von Nutzen sein kann?«
»Teuerste, du willst den Himmelskaiser auffordern, als Fürsprecherin eine Tyrannin zu akzeptieren, die ihre Schwester, ihre Nichte und einen ihrer Söhne vergiftet hat!« rief Meister Li. »Einen anderen Sohn zwang sie, sich zu erhängen. Sie ließ drei Enkelsöhne und eine Enkeltochter zu Tode peitschen, zwei Stiefsöhne hinrichten und alle sechzehn männlichen Nachkommen enthaupten, sechsunddreißig Minister erwürgen, und sie löschte dreitausend Familien aus. Darüber hinaus entpuppte sie sich als eine der fähigsten und geschicktesten Herrscherinnen, die China je hatte, und sie riß den Thron so unauffällig an sich, daß ihre Rivalen nicht wußten, wie ihnen geschah. Der Jadekaiser wird offizielle Schreiben der Kaiserin Wu entgegennehmen, wenn er meinen Antrag nimmt, Schutzpatron der Abstinenzler zu werden.«

Die hohe Dame sah ihn einen Moment lang schweigend an und breitete dann die Hände in der reizenden Geste von jemandem aus, der ein Geschenk überreicht.
»Die Gilde hat mich autorisiert, alle notwendigen Schritte zu unternehmen, und ich übertrage diese Autorität nun dir«, sagte sie, »Li Kao, man weiß, daß der Himmel hin und wieder auf dich hört. Wenn sich die Gelegenheit bietet, kannst du tun, was du für das beste hältst. Vergiß nur nicht, daß unsere Schutzpatronin hart, klug, schnell, unbarmherzig und mit den moralischen Grundsätzen eines geilen Angelwurms gesegnet sein muß. Es ist eine Schande, daß du das falsche Geschlecht hast.«
Meister Li stand auf und verneigte sich. »Ein größeres Kompliment hat man mir noch nie gemacht«, sagte er aufrichtig.
Ich sah, wie die Augen der beiden glänzten, und stöhnte innerlich. Sie waren dabei, noch ein Pingpong der Pointen zu spielen, aber in diesem Augenblick erschien der Diener mit einer jungen Dame im Schlepptau. Sie war klein, zierlich und hübsch, aber nicht hübsch genug, um mir das Gefühl zu geben, ich sei ein Schwein auf einer Versammlung von Pfauen. Das Oberhaupt der Prostituierten betrachtete sie liebevoll.
»Das ist Klagende Morgendämmerung, die nie eine gute Hure sein wird«, sagte sie, »sie hat ein zu weiches Herz, aber glücklicherweise ist das ihr einziger weicher Punkt. Sie ist zäh, fähig und viel zu erfahren für ihre Jahre. Wenn du mit ihr reist, mußt du dir keine Sorgen um sie machen.«
An das Mädchen gewandt sagte sie: »Das ist der berüchtigte Meister Li, und das ist sein Gehilfe Nummer Zehn der Ochse. Die beiden brauchen Mondkind. Ihre Aufgabe wird es sein, Mondkind dem König von Chao zu entführen, und deine, dafür zu sorgen, daß Mondkind vernünftig bleibt, bis er tut, was getan werden muß.«
Klagende Morgendämmerung verbeugte sich. Sie löste ihre Haarspange und reichte sie Meister Li. »Mondkind und ich

sind wie eins«, sagte sie schlicht, »bei mir bleibt er, aber jedem anderen fliegt er beim ersten Windstoß davon.«
Meister Li betrachtete die Haarspange und nickte anerkennend. Klagende Morgendämmerung gab sie höflich mir, und ich sah das verschlungene Yin-Yang-Motiv von Phönix und Drachen. Sie drehte die Spange um und zeigte mir die ineinanderverschlungenen Namen von Klagende Morgendämmerung und Mondkind. Dabei streifte ihre Hand die meine. Ich weiß nicht, ob meine Reaktion in Hangchow erkennbar war, aber das Oberhaupt der Prostituierten hob die Brauen bis zum Haaransatz.
»Ist er immer so beeindruckbar?« fragte sie.
»Ich habe bisher noch nie erlebt, daß ihm die Ohren rauchen«, erwiderte Meister Li verständnisvoll.
»Hole einen Eimer Wasser!« befahl die hohe Dame dem Diener.
»Nicht nötig«, sagte ich mit hoher, gepreßter Stimme, »ich habe mich nur an einem Blütenblatt im Tee verschluckt.«
Klagende Morgendämmerung sah mich erschrocken und vorsichtig an, aber in ihren Augen lag der Anflug eines Lächelns. Sie ging taktvoll auf die andere Seite des Zimmers. Die Ausrede mit dem Blütenblatt nahm mir niemand ab, und ich glaube, ich sollte an dieser Stelle eine Rede einfügen, die ich oft von Meister Li gehört habe. Es ist die einzige Möglichkeit, meine Reaktion auf Klagende Morgendämmerung zu erklären.
Die Würdenträger und die meisten Aristokraten träumen davon, zur besten aller möglichen Welten zurückzukehren: zum strengen Feudalismus, den Konfuzius so nachdrücklich preist. Der Schlüssel dazu ist die absolute Unterwerfung der Bauern, und einige der Methoden sind sehr einfallsreich. Zu den besten gehört eine Mitgiftordnung, die verlangt, daß eine Braut mit einem beträchtlichen Geschenk an Geld oder Land in ihr neues Zuhause kommt.
Praktisch bedeutet das, Bauern, die mit einer Überzahl von Töchtern geschlagen sind, müssen zwischen Hunger oder

Säuglingsmord wählen. Die Mädchen können auf den Feldern ihr Brot nicht ganz verdienen; die Eltern können es sich nicht leisten, sie zu behalten, können sie aber auch nicht verheiraten – ihnen bleibt nur die Möglichkeit, sie sofort nach der Geburt zu ertränken. Und dann können die Aristokraten schreien: »Welche unmenschliche Roheit! Wer kann verlangen, daß solchen Schweinen ihre Ställe gehören sollen?« Bauernmädchen, die man am Leben läßt, lernen sehr bald, daß die Eltern ihretwegen hungern und daß eine Heirat nicht in Frage kommt. Wenn sie nicht ganz häßlich sind, laufen sie oft davon und werden Prostituierte, um ein bißchen Geld nach Hause schicken zu können. Dann toben die Würdenträger: »Seht euch diese unmoralischen Dirnen an! Wer kann verlangen, daß solche Schweine überhaupt Rechte haben sollen?« Es ist ein wunderbares System ohne jeden Makel. Jeder, der sagt, daß die Würdenträger in Sachen Moral von manchen der Dirnen einiges lernen könnten, bekommt einen Angelhaken, ein Messer, eine Kerze und unbegrenzte Zeit, um sein Benehmen in einem Sumpf in Siam zu bessern.

Als ich die Hand von Klagende Morgendämmerung streifte, spürte ich Schwielen. Es würde Jahre dauern, bis die harten Stellen völlig verschwanden. In meinen Augen waren sie hübscher als Perlen. Das erklärt es zwar nicht völlig, aber etwas stand fest: Ich war verliebt.

Meister Li grinste mich an. »Oh, wenn ich nur noch einmal neunzig wäre«, sagte er wehmütig, »Ochse, versuch auf der Reise deine Pfoten von der jungen Dame zu lassen. Klagende Morgendämmerung, hau ihm hin und wieder mit einem Prügel auf den Kopf. Er wird dir für die Aufmerksamkeit dankbar sein.«

»Sind wir uns einig?« fragte das Oberhaupt der Prostituierten.

»Wir sind uns einig«, sagte Meister Li, »ich verspreche nichts, aber ich werde mein Möglichstes für Kaiserin Wu tun. Falls das nicht gelingt, werde ich alles tun, was in meiner Kraft steht, um euch eine fähige Schutzpatronin zu beschaf-

fen. Kannst du jemanden beim Postdienst erpressen? Wir haben es gewissermaßen eilig.«
»Es soll geschehen«, sagte das Oberhaupt der Prostituierten.

*

Die Sonne ging gerade über dem Schlangenpark auf, als Meister Li und ich in den Ställen der Post eintrafen. Klagende Morgendämmerung erwartete uns. Ihre Kleidung verriet Erfahrung im richtigen Reisen: strapazierfähige Männerhosen, hohe Lederstiefel, ein Obergewand, das vor Dornen und Regen gleichermaßen schützte, und eine geölte Regenmütze. Ihre anderen Kleider und Besitztümer trug sie in einem ordentlichen Bündel auf dem Rücken. Meister Li lobte sie, und sein Lob kletterte noch um zehn Punkte, als sie zum Pferd ging und den Bogen aus der Halterung am Sattel zog und ihn mit einer Grimasse spannte. Sie probierte sechs oder sieben Bogen aus, ehe sie einen fand, der ihr gefiel, und als sie sich in den Sattel schwang, wußte ich, daß sie sehr viel besser reiten konnte als ich. Ich fühlte mich nur auf einem Wasserbüffel wohl. Im Augenblick stolzierte ich wie ein Pfau herum.
Nur jemand mit dem Einfluß der hohen Dame konnte das arrangiert haben. Ich bekam das offizielle Wams und die Mütze, auf denen die kaiserlichen Drachen prangten, und einen Postsack, der mit dem Staatswappen versiegelt war. Meister Li zeigte mir, wie ich die Flaggenstange in der dafür vorgesehenen Halterung neben dem Steigbügel befestigte. Die Tore flogen auf, mir gelang ein respektabler Fanfarenstoß auf der Silbertrompete, und wir galoppierten in einer Staubwolke hinaus, wobei wir erfreulich viele Fußgänger auseinandertrieben. Ich schaffte sogar die Kurve, ohne aus dem Sattel zu fallen.
Meister Li überließ mir das Tempo – vermutlich sollte ich mich abreagieren –, und ich sonnte mich in der Geschwindigkeit, die nur jemandem möglich ist, der unter der Flagge des

Gerfalken reitet. Die Pferdestationen befanden sich in Abständen von wenigen Meilen. Ich hob die Trompete, blies »Achtung«, danach »drei Pferde«, und uns erwarteten Stallknechte mit frischen Pferden, auf die wir uns schwangen, ohne den Boden zu berühren. Dann galoppierten wir weiter, als hinge das Schicksal des Reichs von uns ab. Das dauerte einen Tag. Dann ritten wir sehr viel langsamer, denn mein Hintern war beinahe so wund wie die Innenseiten meiner Schenkel. Meister Li ritt immer noch mühelos, und Klagende Morgendämmerung schien auf einem Pferd geboren worden zu sein. Ich war ihnen dankbar, daß sie mich nicht auslachten, wenn ich abends in unserem Lager nur noch humpeln konnte.

Als unsere Route flußabwärts an einem großen Fluß entlangführte, ritten wir auf einen Postkahn und überließen der Strömung die Arbeit. Das war die schönste Zeit. Ich hatte die Möglichkeit, mich mit Klagende Morgendämmerung zu unterhalten. Wie ich vermutet hatte, stammte sie von Bauern ab. Wir erfuhren, daß ihre Erinnerungen nicht weiter zurückreichten als ungefähr bis zum achtzehnten Lebensjahr. Eine alte Frau – Klagende Morgendämmerung nannte sie Tai-tai, das heißt Ur-ur – hatte sie bewußtlos und blutig gefunden, bei sich aufgenommen und als ihre Tochter behandelt. Das war an einem frühen Morgen gewesen, und deshalb nannte Tai-tai sie Klagende Morgendämmerung. Meister Li betrachtete sich genau eine runde Vertiefung auf ihrem Kopf und sagte, eindeutig habe jemand versucht, sie umzubringen, und es sei ein Wunder, daß sie nur das Gedächtnis verloren habe.

Er hatte nichts dagegen, daß ich ihr von dem Fall erzählte, der uns gerade beschäftigte, wenn ich nur das Grab nicht erwähnte. Sie hörte fasziniert von Dame Hou, der unter Drogen stehenden Prinzessin bei dem Einäugigen Wong, denn sie kannte und liebte einige ihrer Gedichte. Die Schiffer haben immer Musikinstrumente bei sich. Abends spielten wir, und Klagende Morgendämmerung sang Bauernlieder, die so alt waren, daß noch nicht einmal Meister Li sie kannte. Eines Abends sang sie für uns ein Gedicht der Dame Hou, das sie unserer Situation entsprechend abgeändert hatte. Ich füge es an dieser Stelle für alle ein, die die scheinbar schlichte Kunst der Dame Hou nicht kennen.

»Heute abend weht kein Wind auf dem Fluß.
Das Wasser fließt still und dunkel,
Keine Wellen, kein Plätschern.
Um das Boot
Treibt Mondlicht in der Luft;
Weite Felder glatter schimmernder Jade.

Meister Li bricht das Schweigen.
Vom Wein beflügelt hebt er die Flöte,
Spielt in den Dunst.
Seltsame Musik steigt auf zu den Sternen;
Affen in den Bergen
Schreien den Mond an,
Ein Fluß strömt rauschend durch eine Schlucht.
Ochse begleitet ihn auf seiner Trommel;
Er hält den Kopf wie einen Berggipfel,
Seine Finger trommeln wie Regentropfen.

Ein Fisch stößt durch die Oberfläche des Wassers
*Und springt zehn Fuß hoch in die Luft.«**

Als wir wieder an Land gingen, galoppierten wir durch Dörfer, in denen Kinder an die Straße rannten, um uns mit großen verträumten Augen vorüberreiten zu sehen. (Wer hat sich nicht schon selbst als legendären Helden der Post gesehen?) Wir ritten über enge Bergpässe, wo Räuber mit Hyänengesichtern angesichts der Flagge mit dem Gerfalken knurrten und angstvoll zurückwichen. Das mag vielleicht

* Offiziell Yang Wan-li zugeschrieben.

den Eindruck erwecken, daß man die kaiserliche Macht überall fürchtete, aber das war nicht der Fall.
»Meine Kinder, in manchen Winkeln des Reichs ist der Kaiser nicht viel mehr als eine Galionsfigur, und wir nähern uns einem solchen Winkel«, sagte Meister Li, »in dem Königreich Chao gibt es nur einen Herrscher, und er heißt Shih Hu.«
Meister Li breitete die Arme in einer Geste der Bewunderung so weit aus, daß er beinahe vom Pferd fiel.
»Was für ein Mann! Er sitzt seit achtundzwanzig Jahren auf dem Thron, ohne je einen großen Fehler gemacht zu haben, und das ist beinahe übernatürlich. Er ist sechseinhalb Fuß groß, wiegt mehr als vierhundert Pfund, und Feinde, die glauben, sein Bauch sei fett, schmücken mit ihren abgeschlagenen und aufgespießten Köpfen sehr bald seine Mauern. Sein Volk liebt ihn, seine Rivalen fürchten ihn, seine Frauen beten ihn an, und Klagende Morgendämmerung wird nachdenklich werden, wenn sie seine Leibwache sieht.«
Er zwinkerte ihr zu. »Es sind schöne junge Frauen in Zobeluniformen, die goldene Bogen tragen«, erklärte er, »ich würde es lieber mit einem Rudel Panther aufnehmen als mit den Goldenen Mädchen. Sie vergöttern ihren König. Vielleicht verdient er es. Chao ist der Staat in der zivilisierten Welt, der am besten regiert wird. Aber ihr dürft nie vergessen, daß der König selbst nicht zivilisiert ist. Shih Hu wurde als Barbar geboren, und seine Seele bleibt barbarisch. Er kann plötzlich und extrem gewalttätig werden. Es ist schwer, in seinen Palast hinein–, aber noch schwerer, wieder hinauszukommen.«
Er ritt ein paar Minuten schweigend weiter.
»Soweit ich weiß, hat der König nur eine Schwäche«, sprach Meister Li nachdenklich weiter, »er sammelt leidenschaftlich Leute mit ungewöhnlichen Talenten, und ich denke mir, er wird einer lebenden Legende seine Tore öffnen . . . etwa jemandem wie dem größten Meister der Wen-Wu-Laute.«
Klagende Morgendämmerung und ich sahen uns an. Die Wen-Wu-Laute ist das schwierigste Instrument der Welt,

wenn man sie richtig spielen will. Wir zuckten nur mit den Schultern.

»Ehrwürdiger Meister, könnt Ihr das Ding spielen?« fragte ich.

Er sah uns überrascht an. »Was hat das Spielen damit zu tun, daß man der größte Meister ist?« erwiderte er.

10

Im großen Festsaal des Königs Shih Hu herrschte eine erwartungsvolle Stille. Die Minuten vergingen. Dann wurden die Tore aufgerissen, und Lakaien in prächtigen Livreen marschierten unter schmetternden Fanfarenstößen herein. Ihnen folgte eine Prozession von Priestern, die Hymnen zum Preis eines Meisters sangen, dessen Genie ihm nur vom Himmel selbst geschenkt worden sein konnte. Dann tänzelte ein Heer Akoluten anmutig in den Saal. Sie streuten Rosenblätter. Es folgten zwei ranghöhere Schüler: ein märchenhaft reicher junger Mann, der alle weltlichen Güter aufgegeben hatte, um zu Füßen des Meisters zu sitzen, und eine Prinzessin von königlichem Geblüt, die auf einen Thron verzichtet hatte. Die Prinzessin trug einen Elfenbeinhocker, und der junge Mann trug auf einem Seidenkissen eine schlichte schmucklose Laute.

Priester und Akoluten sangen ihre Hymnen. Die Minuten vergingen langsam. Als die Spannung unerträglich geworden war, hörte man das leise Geräusch von Sandalen, und mehrere vornehme Gäste wurden ohnmächtig, als der größte Meister der Wen-Wu-Laute durch das Portal wankte.

Er war mindestens tausend Jahre alt und ein Halbgott. Ein dichter Bart, der weißer als Schnee war, wallte bis zu den Knöcheln, und seine buschigen weißen Brauen hoben sich grimmig wie die Federbüsche einer Ohreule. Sein rauhes Bauerngewand war aus dem billigsten Tuch, und seine Sandalen waren mindestens fünfzigmal geflickt. An dem frisch geschnittenen Eichenstock hingen immer noch grüne Blät-

ter. Die Verachtung der weltlichen Dinge stand ihm nicht nur im Gesicht geschrieben. Überall klebte noch die verkrustete Erde eines Abhangs, wo er unter den Sternen geschlafen hatte.
Der große Mann schlurfte langsam durch den Saal zu seinem Elfenbeinhocker, und die Prinzessin half ihm ehrerbietig, Platz zu nehmen. Der junge Mann kniete nieder und legte dem Meister die Laute auf den Schoß. Der Heilige schien eine Ewigkeit auf das Instrument zu blicken und sich stumm mit ihm zu unterhalten. Dann hob er langsam den Kopf. Stechende schwarze Augen brannten Löcher in die Zuschauer. Ein runzliger Finger hob sich, und die verknitterte Stimme, die aus dem Bart drang, klang wie das Summen einer dozierenden Biene, aber in ihr schwang höchste Autorität.
»Die Wen-Wu-Laute«, begann der große Mann, »wurde von Fu-shi erfunden, der mit ansah, wie ein Meteor in einen Tung-Baum fiel. Bald darauf ließ sich ein Phönix neben dem Meteor nieder, und als der Meteor mit einem melodischen Zischen verglühte und der Phönix mit einem kontrapunktischen Schrei davonflog, erkannte Fu-shih, daß ihm der Himmel ein Zeichen geschickt hatte. Er fällte den Baum, der genau dreiunddreißig Fuß lang war, und schnitt ihn in drei elf Fuß lange Stücke. Er legte die Stücke dreiundsiebzig Tage, also den fünften Teil eines Jahres, in fließendes Wasser. Er klopfte auf das oberste Stück, aber die Tonlage war zu hoch. Er klopfte auf das unterste Stück, aber die Tonlage war zu tief. Er klopfte auf das mittlere Stück, und die Tonlage war gerade richtig.«
Einer der Gäste nieste, und der Meister hob eine weiße Braue. Lakaien, Priester, Akoluten und Schüler stürzten sich auf den Elenden und warfen ihn aus der Tür. Nach zwei Minuten finsteren Schweigens geruhte der Meister fortzufahren.
»Fu-shi beauftragte Liu Tzu-ch'i, den besten Handwerker Chinas, aus dem mittleren Stück ein Musikinstrument zu schaffen. Es war genau sechsunddreißig Spannen lang und

entsprach damit den dreihundertsechzig Grad des Kreises. An der Rückseite war es vier Spannen breit und entsprach damit den vier Jahreszeiten, an der Vorderseite war es acht Spannen breit und entsprach damit den acht Festen, und seine gleichmäßige Höhe von zwei Spannen entsprach Yin und Yang, den zeugenden Kräften des Universums. Zwölf Griffe waren in Übereinstimmung mit den zwölf Monaten des Jahres vorgesehen, aber später fügte Fu-shi einen dreizehnten Griff für das Schaltjahr hinzu.«

Einer der Gäste hustete, und der Meister hob die andere Braue. Lakaien, Priester, Akoluten und Schüler stürzten sich auf den Elenden und warfen ihn aus dem Fenster. Es dauerte drei Minuten, ehe der alte Halbgott geruhte, weiterzusprechen.

»Die fünf ursprünglichen Saiten«, erklärte er müde und versengte die sich duckende Gesellschaft mit brennenden Augen, »entsprachen den fünf Elementen: Metall, Holz, Wasser, Erde und Feuer; den fünf Temperamenten: Ruhe, Unruhe, Kraft, Härte und Weisheit; und den fünf Tonlagen: kung, shang, chue, cheng und yu. Als König Wen von Chou in Chiangli in Gefangenschaft geriet, grämte sich sein Sohn, Prinz Pai-yi-k'ao so sehr, daß er eine sechste Saite hinzufügte, um seinem Kummer Ausdruck zu verleihen. Man nennt sie die Wen-Saite, und sie bringt einen leisen, melancholischen Ton hervor. Als König Wu gegen den König Cheo einen Feldzug unternahm, freute er sich so sehr darüber, in den Krieg zu ziehen, daß er als Ausdruck seiner Freude eine siebte Saite hinzufügte. Man nennt sie die Wu-Saite, und sie bringt einen hohen, heldischen Ton hervor. Deshalb nennt man die Laute der sieben Saiten die Wen-Lu-Laute, und in den Händen eines talentierten Spielers kann sie die wildesten Tiere bändigen. In den Händen eines genialen Spielers kann sie den Anfang oder das Ende eines Krieges bewirken. In den Händen eines Spielers, wie ich es bin, kann sie Tote zum Leben erwecken.«

Der große Mann machte eine Pause. Lakaien, Priester, Ako-

luten und Schüler sahen sich nach Elenden um, die niesten oder husteten. Alle hielten den Atem an. Der große Mann sprach weiter.
»Der richtige Ton besitzt acht Eigenschaften: Klarheit, Staunen, Ferne, Trauer, Beredsamkeit, Männlichkeit, Weichheit, Weichheit und Getragenheit, aber der Ton leidet unter jeder der folgenden sechs Bedingungen: bittere Kälte, extreme Hitze, starker Wind, heftiger Sturm, lauter Donner oder wirbelnder Schnee; und die Wen-Lu-Laute darf nie unter den folgenden sieben Umständen gespielt werden: bei Trauer um einen Toten, mit Begleitung eines Orchesters, bei Beschäftigung mit weltlichen Angelegenheiten, mit unsauberem Körper, mit schmutziger Kleidung, dem Unterlassen, vorher Weihrauch zu verbrennen, und dem Fehlen von Zuhörern, die ihre Musik zu würdigen wissen.«
Alle Anwesenden hielten den Atem an, als der Halbgott langsam die Laute von seinem Schoß hob. Er zupfte eine Saite: *Plink!* Er zupfte eine andere Saite: *Plonk!* Er ließ die Laute wieder auf den Schoß sinken.
»Ich«, verkündete er, »trauere gerade um meine Frau, meine Nebenfrauen, Konkubinen, Kinder, Enkelkinder, Urenkelkinder und um meinen Papagei. Ein Taifun hat sie alle dahingerafft. Das Schnarchen dieser Lümmel in der Ecke würde das Spielen in Begleitung eines Orchesters bedeuten. Der geile Bock im blauen Gewand interessiert sich mehr für Tanzmädchen als für Kunst. Die Hälfte von euch hat sich seit einem Monat nicht mehr gewaschen, die andere Hälfte hat Suppenflecken auf den Kleidern. Nicht die leiseste Spur von Weihrauch liegt in der Luft, und diese Versammlung von Dummköpfen ein würdiges Publikum zu nennen, hieße, die Götter zu hysterischem Gelächter herauszufordern.«
Der größte lebende Meister der Wen-Wu-Laute stand langsam auf. Er hob den Zeigefinger der linken Hand. »*Jedoch.*«
Ein Heiligenschein schien die ehrfurchtgebietende Gestalt zu umgeben. Aus dem Stock schienen sechs grüne Blätter zu sprießen, als seine Finger sich darum schlossen. »Meine

Trauer endet in zwei Tagen, und wenn die anderen Bedingungen erfüllt sind, werde ich euch möglicherweise eine Vorstellung geben. Jetzt geleite man mich in meine Gemächer und sorge dafür, daß ich nicht gestört werde, denn ich möchte über das Phänomen der menschlichen Fehlbarkeit nachdenken.«

Der große Mann schlurfte langsam unter einer Reihe von dumpfen Schlägen aus dem Saal, weil vornehme Gäste in Ohnmacht sanken und zu Boden fielen.

*

»Lug und Trug, Kinder! Lug und Trug. Die Fäulnis wird mit Farbe überdeckt und mit Lügen vergoldet«, erklärte Meister Li. Er hängte die Wen-Wu-Laute an einen Haken an der Wand: *Plunk!* »Ein Narr studiert zwanzig oder dreißig Jahre, um etwas zu lernen; ein kluger Mann studiert zwanzig oder dreißig Minuten und wird ein Fachmann. In dieser Welt zählt nicht das Können, sondern die Autorität.«

»Meister, Ihr bewirkt Wunder für meine Bildung«, sagte ich.

»Für meine auch«, sagte Klagende Morgendämmerung.

»Was machen wir jetzt?« fragte ich.

»Warten, bis wir verhaftet werden«, antwortete Meister Li sachlich. »Ich habe den König natürlich keinen Augenblick täuschen können, aber ich hoffe, ihn unterhalten zu haben. Wie gefallen euch die Goldenen Mädchen?«

Den König hatte ich nur als riesige unheimliche Gestalt im Schatten wahrgenommen, aber seine Leibwache war sehr sichtbar gewesen.

»Sie sind sehr schön«, sagte Klagende Morgendämmerung, »schön und gefährlich. Habt Ihr die Anführerin gesehen? Sie betet den König an und möchte töten, um ihre Liebe unter Beweis zu stellen.«

Meister Li nickte. »Seid sehr vorsichtig, wenn wir zum König gerufen werden. War Mondkind auch anwesend?«

»Aber nein, Meister«, erwiderte Klagende Morgendämmerung.

Unsere Zimmerflucht war riesig. Es gab eine Reihe Schlafzimmer mit angrenzenden Bädern, bei deren Anblick meine Augen beinahe so groß wurden wie die von Klagende Morgendämmerung. Man konnte in den mit Jade ausgelegten Wannen sitzen, während aus neunköpfigen Bronzedrachen warmes Wasser strömte. Die Seife war aus duftenden Feng-lai-Wicken gemacht, es gab dicke Samthandtücher, und das Wasser verschwand durch die Mäuler neunköpfiger Bronzeschildkröten. Der große Raum in der Mitte enthielt Gestelle mit wunderschönen Rollbildern in prächtigen Brokathüllen mit Jadegriffen zum Entrollen, und an einer Wand standen Bücher bis zur Decke. Der Tuschstein auf dem Tisch hatte die vollkommensten Purpuraugen, die ich je gesehen hatte, und Meister Li sagte, es sei ein echter Tuan aus der Ling-Lang-Schlucht. Seine Nase führte ihn zu einem Schrank, in dem sich Weine aus jedem Winkel des Reichs befanden. Er suchte sich einen Krug aus und ging damit zu den Fenstern.

Er betrachtete sich die Anlage der Festung. Zwischen zwei hohen parallelen Mauern befand sich ein tiefer Graben, und jeder, der über die Zugbrücke kam, wurde an drei Punkten überprüft. Es war nicht leicht, diese Festung zu verlassen, und König Shih Hus Vorstellung von Schmuck stimmte mich auch nicht gerade fröhlich. Reihen von Spießen mit abgeschlagenen Köpfen zierten die Mauern, und unter Spießen ohne Köpfe befanden sich die Namensschilder der Anführer von Räuberbanden, die früher oder später zur Verzierung der königlichen Burg beitragen würden.

»Sie sind da«, flüsterte Klagende Morgendämmerung.

Ich hatte das Öffnen der Tür nicht gehört, aber als ich mich umdrehte, sah ich sechs Goldene Mädchen und die Anführerin. Die Anführerin besaß die wilden und grausamen Augen eines Adlers, und sie machte eine befehlende Geste. Meister Li hob die Hand.

»Hättet Ihr etwas dagegen, daß ich zuerst dieses abscheu-

liche Ding entferne? Entweder wird es mich erwürgen, oder ich werde darüber stolpern.«
Er nahm zuerst den riesigen falschen Bart ab und dann die riesigen Augenbrauen. Die Goldenen Mädchen eskortierten uns hinaus und durch ein Gewirr von marmornen Gängen. Wir näherten uns einer hübschen lackierten Doppeltür, die vierzehn Fuß hoch war. Die Flügel öffneten sich, und ich stand vor dem schönsten Raum, den ich je gesehen hatte.
Der Saal war groß genug für fünf Dorftänze und eine Schlägerei. Mehrere Teile verschwanden hinter schimmernden Wasserfällen, die sich in Teiche mit leuchtend bunten Fischen ergossen. Durch Öffnungen in der Decke fielen Sonnenstrahlen und spielten auf wunderbaren Felsen, die geblieben waren, wo die Natur sie zurückgelassen hatte. Die Luft war erfüllt vom üppigen Duft blühender Blumen. Inmitten des Saals lag ein bläulichgrüner Stein, der nur ein Kissen brauchte, um ein Thron zu sein, und dort saß Shi Hu, der König von Chao.
Je näher wir kamen, desto größer wurde er. In dem riesigen Gesicht waren seine Augen kleine leuchtende Punkte; erleichtert bemerkte ich den Anflug eines Zwinkerns. Wir knieten nieder, verbeugten uns dreimal, machten die neun Kotaus, und er bedeutete uns aufzustehen. Seine Stimme klang sanft, aber darunter lag ein Donnergrollen.
»Ihr gefallt uns besser ohne Bart«, sagte er zu Meister Li. »Er war etwas übertrieben, obwohl wir Euch nicht vorwerfen, daß Ihr der Kunst erlaubt, die Wirklichkeit zu übertreffen. Es war eine glänzende Vorstellung.«
Meister Li verneigte sich.
»Wer seid Ihr, und was wollt Ihr?«
»Majestät, ich heiße Li, mein Vorname ist Kao, und ich habe einen kleinen Charakterfehler«, erwiderte Meister Li höflich. »Das ist mein geschätzter ehemaliger Klient und derzeitiger Gehilfe Nummer Zehn der Ochse, und die hübsche junge Dame ist Klagende Morgendämmerung. Mit Eurer Erlaubnis würde sie Eurer Majestät gern ihre Haarspange zeigen.«

Klagende Morgendämmerung griff nach der Haarspange und gab sie der Anführerin der Leibwache, die sie auf scharfe Kanten und Gift untersuchte, ehe sie die Spange dem König reichte. Er betrachtete den mit dem Drachen verschlungenen Phönix, drehte sie um und betrachtete die miteinander verschlungenen Namen. Er flüsterte einem der Goldenen Mädchen etwas zu, das sich verbeugte und verschwand.

»Klagende Morgendämmerung möchte Mondkind wiedersehen, und ich sah keinen Grund, ihr nicht zu helfen, in den Palast zu kommen«, erklärte Meister Li gewandt. »Ich interessiere mich für eine Handschrift. Ich möchte sie nur lesen, also nicht mitnehmen, und ich habe gehört, daß Eure Majestät der größte Sammler seltener Dinge ist. Ich nahm mir die Freiheit einer harmlosen Täuschung, um mir den Zugang zu verschaffen, und ich besitze ein kleines Fragment der bewußten Handschrift.«

Er reichte das Fragment der Ssu-ma-Chien-Handschrift der Anführerin, die es überprüfte und an den König weitergab.

Der riesige Monarch wurde mir sympathisch, als ich das offensichtliche Unverständnis auf seinem Gesicht sah. Er konnte die alte Gelehrtenkurzschrift ebensowenig lesen wie ich. Mit einem Achselzucken gab er der Anführerin das Pergament zurück, die es Meister Li reichte.

»Es bedeutet uns nichts«, sagte er. »Eure Information ist etwas ungenau. Wir sammeln zwar das Seltene, aber unser Interesse gilt nicht Dingen, sondern Menschen. Und hier ist das Juwel unserer Sammlung.«

Das Goldene Mädchen trat hinter einem der Wasserfälle hervor. Ein junger Mann begleitete sie. Klagende Morgendämmerung vergaß jegliches Protokoll, stieß einen Freudenschrei aus und lief auf ihn zu. Der junge Mann jubelte glücklich und rannte ihr entgegen. Sie trafen sich in der Mitte und verschmolzen in einer so engen Umarmung, daß ich den Eindruck eines Körpers mit zwei Köpfen hatte. Vermut-

lich wurde mein Gesicht giftgrün, und man konnte das Knirschen meiner Zähne in Soochow hören.
Niemand hatte ein Recht, so auszusehen wie Mondkind. Er war der schönste Mann der Welt, und er hätte einen Pfau beschämt. Er trug eine weinrote, goldbestickte, mit Edelsteinen besetzte Mütze. Ein Silberreif auf der Stirn hatte dasselbe Phönix-Drachen-Motiv wie die Haarspange von Klagende Morgendämmerung; vermutlich waren auf der Innenseite auch die verschlungenen Namen eingraviert. Um den Hals trug er eine goldene Kette in Form sich paarender Schlangen, und gestickte bunte Blumen und Schmetterlinge schmückten sein dunkelrotes Gewand. Gehalten wurde es von einem Gürtel, auf dem sich Blütenstengel und Kornähren miteinander verwoben. Über dem Gewand trug er einen blauen, goldgesäumten Satinmantel. Die goldbestickten Schuhe waren ebenfalls aus blauem Satin, und das Verrückteste von allem war: nichts an diesem Aufzug wirkte übertrieben. Mondkind war aus einem Guß. Nur der Applaus fehlte. Diesem verdammten Kerl war es bestimmt, in einem Schauer von Rosenblättern durch die Welt zu reiten, während Nummer Zehn der Ochse den Stall ausmistete.
Schließlich lösten sie sich voneinander. Der König rief sie mit einer Geste zu sich. Mondkind führte Klagende Morgendämmerung zum Thron. Mit großer Behutsamkeit griff der König von Chao hinunter, hob zuerst Mondkind und dann Klagende Morgendämmerung hoch und setzte sie auf seinen riesigen Schoß.
»Was seid ihr doch für liebenswerte Kinder«, sagte er. Er gab Mondkind einen Kuß auf die Wange. »Das ist der seltenste aller meiner seltenen Menschen, und er teilt eindeutig mit Klagende Morgendämmerung eine Seele. Warum ist das so?« Sanft hob er das Kinn von Klagende Morgendämmerung und blickte ihr tief in die Augen. »Bist du auch etwas Seltenes, mein Kind?« Er betrachtete sie lange und sagte dann beinahe flüsternd: »Ja. In dir ist etwas, das sehr dem besonderen inneren Kern von Mondkind gleicht. Mondkind trägt

eigentlich nicht den richtigen Namen. Er ist mehr wie die Sonne, und du bist eher wie der Mond. Man kann nicht direkt in die Sonne blicken, ohne geblendet zu werden. Deshalb studieren weise Männer die Sonne, indem sie den Mond anblicken.«

Plötzlich lächelte der König, und es nahm mir den Atem. Er besaß das offene und spontane Lächeln eines Kindes, aber es lag ein seltsamer Anflug von Sehnsucht und Melancholie darin. Behutsam hob er die wallenden Haare von Klagende Morgendämmerung und befestigte die Haarspange.

»Möchtest du eine Zobeluniform tragen und einen goldenen Bogen?« fragte er leise. Dann lachte er. »Das ist natürlich keine Frage, die du beantworten mußt. Keines unserer Mädchen ist gezwungen worden. Klagende Morgendämmerung, wir wollen dich haben, aber wir werden um dich werben, wie wir um alle anderen geworben haben, und die Entscheidung wird allein bei dir liegen.«

Mühelos hob er beide hoch und stellte sie auf den Boden zurück. Sein Blick wanderte zu Meister Li.

»Selbst dieses bescheidene Waisenkind hat von dem erstaunlichen Li Kao gehört, von dem man sagt, sein Können sei grenzenlos«, sagte der König gnädig. »Es gibt vieles, worüber wir mit Euch sprechen möchten, und wir freuen uns auf die Erleuchtung durch Eure Weisheit. Eines Tages werdet Ihr uns vielleicht auch den wahren Zweck Eures Besuches anvertrauen. Aber das hat keine Eile. Ihr habt Klagende Morgendämmerung zu uns gebracht, und wir sind Euch dafür zutiefst dankbar. Sie soll unser geehrter Gast sein. Möge Euer Besuch lange dauern.«

Mit der kurzen Bewegung eines königlichen Fingers war die Audienz beendet. Rückwärts und unter Verbeugungen verließen wir den Thronsaal. Der Kämmerer führte uns zu unseren Gemächern zurück, wo uns ein köstliches Mahl erwartete.

»Meister Li, meinte er das wirklich, was er meiner Meinung nach meint?« fragte ich.

»Daß Klagende Morgendämmerung und ich gerade Bestandteil seiner Sammlung seltener Menschen geworden sind? Das hoffe ich«, erwiderte Meister Li fröhlich. »Mein liebes Kind, bist du bereit, Gold und Zobel zu tragen?«
Klagende Morgendämmerung errötete und senkte den Blick. »Was für ein außergewöhnlicher Mann«, flüsterte sie.
Wie außergewöhnlich der König war, erkannte ich erst spät in der Nacht. Ich erwachte kurz nach der dritten Wache. Irgendwo wurde Musik gemacht. Ich streifte mein Gewand über und tastete mich in den großen Raum hinaus. Ich gähnte, rieb mir die Augen und stellte fest, daß Klagende Morgendämmerung die Klänge ebenfalls gehört hatte. Sie stand an einem Fenster, das auf den Park hinausging.
Es waren die Goldenen Mädchen. Anstelle von Bogen trugen sie Lauten und Flöten. Sie spielten sehr schön. Eine große dunkle Gestalt trat aus dem Schatten, und der König von Chao stand im hellen Mondlicht. Er war der absolute Herrscher. Er konnte sich nehmen, was er wollte, aber das war nicht seine Art. Selbst über die Entfernung hinweg spürte ich, daß er das alles ungeheuer genoß. Er verbeugte sich tief in Richtung des Zimmers von Klagende Morgendämmerung, und dann hob er das Gesicht zum Mond. Der König stellte die große Zehe des rechten Fußes auf die große Zehe des linken Fußes und begann, einen Liebeszauber aus seiner barbarischen Heimat zu singen.
Ich kann es nicht erklären, aber es gehörte zum Eindrucksvollsten, was ich je gesehen habe.

»Ich verliere meinen Pfeil, und der Mond
verhüllt sich,
Ich verliere ihn, und die Sonne verdunkelt sich,
Ich verliere ihn, und die Sterne verlöschen,
Aber ich ich ziele nicht auf den Mond, die
Sonne oder die Sterne,
Ich ziele auf das Herz von Klagende Morgen-
dämmerung.«

Der König hob und senkte die Arme; er ahmte einen Vogel nach und begann, mit einer Anmut zu tanzen, die durch den massigen Körper noch betont wurde. An dem Tanz war nichts Lächerliches. Der König glich einer Naturgewalt, die sich niemals lächerlich machen kann.

»Gluck, gluck! Klagende Morgendämmerung,
komm und lauf mit mir,
Komm und setz dich zu mir,
Komm und schlaf mit mir, teile mein Kissen,
Gluck, gluck! Klagende Morgendämmerung,
Wenn der Donner grollt, denk an mich,
Wenn der Wind pfeift, denk an mich,
Wenn der Kardinal singt, denk an mich,
Wenn du den Mond siehst, denk an mich,
Wenn du die Sonne siehst, denk an mich,
Wenn du die Sterne siehst, denk an mich.
Gluck, gluck! Klagende Morgendämmerung,
Komm her zu mir,
Laß dein Herz zu meinem Herzen kommen.«

Er wiederholte den Zaubergesang dreimal, dann verbeugte sich der König noch einmal in Richtung des Zimmers von Klagende Morgendämmerung; auch die Goldenen Mädchen verbeugten sich, und plötzlich waren der König und seine Mädchen verschwunden und im Schatten untergetaucht. Mein Gesicht sprach vermutlich Bände.

Wie viele junge Frauen werden von einem riesigen, mächtigen, unendlich höflichen und sanften, aber auch unglaublich barbarischen Monarchen umworben? Auf Klagende Morgendämmerung warteten Zobel und Gold, ganz zu schweigen von einem unerhört gutaussehenden jungen Mann mit dem Namen Mondkind.

»O Ochse, armer Ochse«, sagte Klagende Morgendämmerung leise.

Ihre Hand schob sich in meine. »Komm und lauf mit mir.

Komm und setz dich zu mir. Komm und schlaf mit mir, teile mein Kissen«, flüsterte sie.
»Gluck, gluck«, sagte ich.

*

So manchen Morgen würde man am liebsten vergessen. Dieser Morgen begann schön. Sonnenstrahlen glitten durch das Fenster und tanzten auf der schönen Schulter von Klagende Morgendämmerung. Ich drückte meine Lippen an ihre Wangen und lauschte dem trägen Brummen müder Fliegen, dem schläfrigen Summen der Bienen; eine flüsternde Brise raschelte leise in den Vorhängen, und eine fröhliche Stimme rief:
»Komm her, du kleiner Strolch!«
Ich richtete mich kerzengerade auf.
»Verdammt«, seufzte Klagende Morgendämmerung wehmütig.
Ein splitternackter, etwa dreizehn- bis vierzehnjähriger Junge rannte auf der Veranda an unserem Fenster vorbei.
»He, Strolch, willst du nicht den Struller Schnuller?« johlte die fröhliche Stimme.
»Zehn Millionen Flüche«, seufzte Klagende Morgendämmerung mit einem unterdrückten Gähnen.
Ein splitternackter junger Mann spurtete an unserem Fenster vorbei und hinter dem Jungen her, blieb stehen, kam zurück und streckte den Kopf ins Zimmer.
»Guten Morgen, Liebes«, sagte Mondkind fröhlich.
»Warum mußt du das an kleine Jungs verschwenden?« fragte sie.
Er blickte zufrieden zwischen seine Beine. »Verschwenden? Was meinst du mit verschwenden. Du weißt sehr gut, daß manche der kleinen Schätze einen Monat lang nicht sitzen können.« Mondkind kletterte durch das Fenster herein und tänzelte zum Bett. »Du meine Güte, diesmal hast du dir ja ein Prachtstück ausgesucht. Gratuliere!«

Schnell zog ich die Decke bis zu den Schultern hoch.
»Du bist doch Nummer Zehn der Ochse, nicht wahr? Woher hast du denn diese göttliche Nase? Sieht aus, als hätte eine Kuh darauf getanzt«, sagte Mondkind.
»Ähh... eine kleine Meinungsverschiedenheit mit Großer Hong, dem Schmied«, murmelte ich.
»Ich hoffe doch, er hat ein anständiges Begräbnis bekommen«, sagte Mondkind. Er setzte sich auf das Bett und begann, den rechten Schenkel von Klagende Morgendämmerung zu streicheln. »Apropos Begräbnisse. Ich habe Meister Li einmal in schlechter Laune erlebt. Er wird sich nicht an mich erinnern. Ich stand bei Hof in der letzten Reihe und wartete auf meinen ersten Auftritt vor dem Kaiser. Dieser boshafte alte Mann macht seine Kotaus vor dem Kaiser, erhebt sich, zieht ein Messer aus dem Ärmel und schneidet dem Handelsminister die Kehle durch, und das Blut spritzt in alle Richtungen.«
»Mondkind, ist das wahr?« fragte Klagende Morgendämmerung mißtrauisch.
»Jedes Wort. Als der Kaiser das Motiv für den Mord erfuhr, konnte er sich nicht entscheiden, ob er Meister Li in Öl sieden oder ihn zum Herzog machen sollte. Aber es war eine theoretische Frage, denn der alte Mann war bereits nach Turkestan geflohen. Bald darauf fand man den Hohen Priester von Samarkand. Er drückte die Nase zärtlich an die linke Fußsohle, und das sagte etwas über den Zustand seines Rückgrats aus. Als die Büttel Meister Li einen Besuch abstatten wollten, stellten sie fest, daß er plötzlich an das Krankenbett einer Urenkelin in Serendip gerufen worden war.«
Ich kannte die Meister-Li-Geschichten, von denen nur ein Bruchteil auch nur annähernd der Wahrheit entsprachen, aber ich war nicht gewöhnt, sie von einem empörend schönen jungen Mann zu hören, der durch das Fenster gesprungen war und das nackte Bein meines Mädchens streichelte. Inzwischen streichelte er ihre linke Brust und nahm sie in die Arme.

»Du hast mir gefehlt«, sagte er leise.
»Ich liebe dich«, flüsterte sie.
Ich kam zu dem Schluß, daß der König sich in Hinblick auf Mondkinds Namen irrte. Der Name paßte bestens, denn auf dem Mond lebt ein großes weißes Kaninchen, und wie jeder weiß, sind Kaninchen notorisch pervers.
»Warum gibst du die Jungs nicht eine Woche lang auf und versuchst es mit mir?« flüsterte Klagende Morgendämmerung.
Außerdem bewegt er sich wie eine Katze, dachte ich, und Meister Li hatte einmal gesagt, bestimmte Ägypter behaupten, auf dem Mond lebe eine Katze. Wie jeder weiß, setzt sich die Seele einer Katze aus den Seelen von neun wollüstigen Nonnen zusammen, die ihre Gelübde gebrochen haben.
»Lauf mit mir davon«, flüsterte Klagende Morgendämmerung.
»Mein Schatz, ich würde nichts lieber tun, aber Seine Majestät ist etwas besitzergreifend«, erwiderte er.
»Meister Li wird alles in die Hand nehmen. Er hat eine Aufgabe für dich. Und dieser Knabe, dem du nachgerannt bist, erinnert mich an eine Meerschnecke aus Swatow.«
»Du kannst dem alten gerissenen Mann sagen, daß ich bereit bin. Ich werde ein paar unbedingt notwendige Kleider und Juwelen einpacken – du *mußt* den Smaragd sehen, den der König mir geschenkt hat –, und ich muß den Jungs einen Abschiedskuß geben.«
Der Junge auf der Veranda hatte begriffen, daß er nicht mehr verfolgt wurde und hüstelte selbstbewußt vor dem Fenster.
Mondkind erhob sich mit einer geschmeidigen, katzenhaften Bewegung.
»Arbeit, Arbeit, Arbeit«, klagte er. »Warum müssen sich die Pflichten immer in das Vergnügen mischen? Trotzdem, Pflicht ist Pflicht.«
Mit einem katzenhaften Satz war er am Fenster und mit einem anderen draußen. »*Komm her, du kleiner Strolch*«, rief er und war verschwunden.

Klagende Morgendämmerung lächelte und schmiegte sich in meine Arme. »Jetzt hast du Mondkind kennengelernt«, sagte sie. »Etwas überlebensgroß, nicht wahr?«
»Wird er uns nach unserer Hochzeit besuchen?« fragte ich besorgt.
Sie sah mich ernst an. »Ochse, ich kann niemals heiraten«, erklärte sie. »Mondkind und ich glauben, daß wir Teil derselben Seele sind. Sie wurde auf dem Großen Rad der Wiedergeburt irgendwie auseinandergerissen, und ein Teil fehlt immer noch. Getrennt sind wir nichts, und selbst zusammen sind wir nicht vollkommen. Wir ziehen durch die Welt, Ochse, und suchen das fehlende dritte Stück. Ich kann nie zur Ruhe kommen, bis ich es gefunden habe.«
Ich wollte ihr widersprechen, aber Klagende Morgendämmerung hatte einen besseren Vorschlag. Wir fingen wieder dort an, wo wir unterbrochen worden waren, und alles wurde ganz hübsch. Es sah fast so aus, als würde aus dem Morgen doch noch etwas werden.
»Guten Morgen, meine Kinder!« rief Meister Li fröhlich und kam herein. »Warum ist die angenehmste Körperstellung für die Beteiligten für den Betrachter ein ästhetischer Greuel?«
Wir schafften es, uns zu trennen, und Meister Li setzte sich wie Mondkind auf das Bett.
»Dein unerhört gutaussehender junger Mann rannte gerade lüstern an meinem Fenster vorüber«, sagte er zu Klagende Morgendämmerung. »Ich habe nie viel davon gehalten, mit Knaben ins Bett zu steigen, aber wenn ich noch einmal neunzig wäre, würde ich bei ihm mit Vergnügen eine Ausnahme machen. Buddha, was für ein Geschöpf! Ist er einverstanden?«
»Ja, Meister«, sagte sie.
»Gut. Ich möchte so schnell wie möglich hier raus. Ochse, Klagende Morgendämmerung, ihr müßt den höchsten Punkt in der Festung ausfindig machen, den ihr erreichen könnt, denn von dort habt ihr den besten Blick auf die Höfe und die Mauern.«

»Ja, Meister«, sagte ich.
»Heute abend wird Mondkind auftreten, und danach führen die Goldenen Mädchen etwas vor. Niemand wird auf junge Liebende achten, die im Park an den Teichen spazierengehen. Wie lange werdet ihr brauchen, um einen Sack voll Kröten und zwei Säcke Leuchtzirpen zu fangen?«
»Nicht lange«, erwiderte ich. »Vielleicht ein, zwei Stunden.«
»Ausgezeichnet«, sagte Meister Li. »Bereitet euch darauf vor, euch nach Mondkinds Auftritt hinauszustehlen und die Kröten und Zirpen zu fangen. Mit etwas Glück sind wir noch vor Mitternacht hier weg. Inzwischen macht es euch gemütlich.«
Klagende Morgendämmerung und ich sanken in die Kissen zurück. Hunde bellten, Katzen miauten, Hähne krähten, Knechte fluchten, Köche schrien. Wir standen auf, zogen uns an und gingen hinaus, um den höchsten Aussichtspunkt zu finden.

11

Ungefähr eine Stunde später konnten wir Meister Li berichten, daß es zwei begehbare Türmchen gab, von denen man einen guten Blick auf die Festung und die Mauern hatte. Er erzählte uns, daß in dieser Jahreszeit Räuberbanden durch Chao zogen, die vor Beginn der Regenzeit, in der die Wege unpassierbar wurden, versuchten, ihre Schlupfwinkel in den Bergen zu erreichen. Es gehörte zu König Shih Hus größten Vergnügungen, Räuberbanden abzuschlachten.

»Er führt seine Truppen im Kampf selbst an und ist dafür berühmt, daß er seine Burg innerhalb weniger Minuten verlassen und zum Angriff übergehen kann«, erklärte Meister Li. »Die Zugbrücken sind langsam und schwerfällig. Ich möchte herausfinden, ob er sie benutzt oder nicht, und ich wette, er hat einen anderen Ausgang.«

Bis zum Abend hatten wir nichts anderes zu tun, als uns unter die vornehmen Gäste zu mischen. Meister Li zog Klagende Morgendämmerung beiseite und bat sie, ihre staubigen Reisekleider wieder anzuziehen, einen gefährlichen Dolch im Gürtel zu tragen und sich den Bogen über die Schulter zu hängen. Die Haare band sie mit einem geflochtenen Lederband zusammen, das scheinbar von einem alten Zügel stammte. Die Haarspange funkelte wie der Schmuck einer Kaiserin und steckte vorne an ihrem mit Schweiß befleckten Gewand. Wenn es je eine wilde kriegerische Prinzessin gegeben hatte, dann war es Klagende Morgendämmerung. Sie wurde augenblicklich von zahllosen Verehrern umlagert. Ich kam nahe genug an sie heran, um zu hören, wie sie erklärte –

offenbar hatte Meister Li ihr das geraten –, sie suche ihren Bruder, der einem bösen Schamanen in die Hände gefallen sei und nun in Gestalt eines Tigers durch den Wald streife. Er trage das Gegenstück zu ihrer Spange an seinem pelzigen Hals. Danach konnte ich nicht einmal mehr bis auf vierzig Fuß an sie herankommen – also spazierte ich davon.

König Shi Hus besondere Menschen waren überall anzutreffen; Meister Li geriet mit dem größten Astronomen der Welt in ein hitziges Streitgespräch über die Richtung der Strömungen im Großen Sternenfluß während der Regenzeit. Es ging bei ihrer heftigen Debatte um »Neo-Chang Hengsche Epizykel« und »Phalgunis Asterismi« und »umgekehrte *Ch'i*-Konzentrationen« – ich verstand kein Wort und flüchtete mich zur schönsten Frau der Welt, mit der ich mich sehr angeregt unterhielt.

Sie hatte blonde Haare, grüne Augen und sagte, sie sei eine Griechin aus Baktrien. Außerdem sagte sie, sie habe es satt, von einem König nach dem anderen entführt zu werden, denn das sei seit ihrem zehnten Lebensjahr ihr Los. Sie wolle unbedingt aufrecht stehend begraben werden, denn sie könne bis in alle Ewigkeit kein Bett mehr sehen. Ich mochte sie, obwohl eine gewisse Härte in Augen und Mundwinkeln gegen eine engere Beziehung sprachen.

Ich spazierte weiter und unterhielt mich mit einem alten Mann, der mir seine wirklich sehr interessante Geschichte erzählte. Als er einmal betrunken gewesen war, bepinkelte er die Statue eines örtlichen Schutzgottes; offenbar kam in diesem Moment gerade der Gott der Mauern und Gräben vorüber, denn ehe der Mann es sich versah, stand er selbst in Bronze gegossen als *T'u-ti* auf einem Sockel. Es herrschte eine schreckliche Dürre in der Gegend, und die Bauern verlangten von ihm, den Feldern Regen zu bringen, und als der Regen ausblieb, holten sie die rituellen Keulen und schlugen ihn grün und blau. Er konnte immer noch ein paar eindrucksvolle Striemen vorzeigen. Ich wollte noch weitere Einzelheiten von ihm wissen, als ich hörte, wie die Zugbrücke herab-

gelassen wurde. Ein Bote ritt darüber, sprang vom Pferd, rannte in den Palast, um dem König Bericht zu erstatten.
Meister Li nickte mir zu. Klagende Morgendämmerung war von Verehrern umringt und konnte nicht weg. Also entschuldigte ich mich hastig bei dem ehemaligen *T'u-ti* und rannte zur Treppe, die zu den Türmchen hinaufführte. Ich erreichte meinen Aussichtspunkt gerade, als der König und seine Goldenen Mädchen durch eine Seitentür in den Hof kamen und in den Ställen verschwanden. Als ich hörte, wie die Zugbrükke wieder hochgezogen wurde, wußte ich, daß Meister Li recht gehabt hatte. Es vergingen nur wenige Minuten, und ich blinzelte verwundert, als ich Shi Hu plötzlich vor den Mauern entdeckte. Er saß auf einem drehbaren bequemen Polster in einem großen Streitwagen. Bogen und Berge von Pfeilen befanden sich in seiner Reichweite. Meister Li hatte mir erzählt, der König sei einer der besten Bogenschützen der Welt. Er drehe sich auf seinem Polster herum und herum und schieße seine Pfeile so schnell ab, daß sie wie ein Wasserfall auf die Feinde herabregneten. Die Goldenen Mädchen saßen auf Pferden, und ihnen folgten im Laufschritt Fußsoldaten in disziplinierter Formation.
Ich lief die Treppe wieder hinunter und berichtete Meister Li, daß der König irgendeinen Ausgang durch die Ställe hatte. Er strahlte.
Die Festlichkeiten des Nachmittags gingen mit dem Haushofmeister in der Rolle des Gastgebers weiter. Schauspieler und Akrobaten traten auf, gefolgt von Kreiseltänzerinnen aus Sogdian. Sie trugen leuchtendrote Hosen und drehten sich wirbelnd auf großen rollenden Bällen. Berge von Speisen wurden aufgetragen; die Hälfte der Gerichte waren zivilisiert, die andere Hälfte barbarisch. Auf die traditionellen Entenfüße, Schinken mit Pekingdatteln und Schwarzmorcheln gedünstet, folgte ein exotischer mongolischer Eintopf. Wild, Kaninchen, Huhn, Fisch, Feigen, Äpfel, Pfirsiche, Quark, Butter, Gewürze und Kräuter waren mit riesigen Mengen Kandiszucker gekocht. Ich fand es ganz gut, stellte jedoch

fest, daß sowohl Meister Li als auch Klagende Morgendämmerung den Kandiszucker ausspuckten.
Der König, seine Goldenen Mädchen und die Soldaten kehrten bei Sonnenuntergang zurück. Sie waren bester Laune, und die Soldaten trugen auf Lanzen eine neue Sammlung abgeschlagener Köpfe. Der König und die Goldenen Mädchen zogen sich in ihre Gemächer zurück, badeten und kleideten sich um. Dann war es soweit. Der Höhepunkt der Festlichkeiten stand bevor: Mondkind.
Ich gebe zu, ich war skeptisch. Ein Mensch, der aussieht wie Mondkind, kann das »Lied der Lerche« ankündigen, dann mit »Quak, quak, quak« seine Zuhörer beglücken und wird stürmischen Beifall bekommen.
Wir versammelten uns in einer großen steinernen Halle. Der Haushofmeister machte viel Wesens darum, die Wände und den Boden abzuklopfen, um zu beweisen, daß keine Tricks bei der folgenden Vorführung im Spiel waren. Dann trugen Diener einen einfachen Holztisch herein und stellten ihn in eine Ecke des Saals. Andere Diener brachten zwei Papierfächer, einen kleinen Wasserkrug, vier Becher und stellten alles auf den Tisch. Dann erschien Mondkind. Er hielt eine einfache Schallmuschel in den Händen, wie sie die Mädchen in meinem Dorf benutzen. Sein Blick schweifte über die Menge, bis er Klagende Morgendämmerung entdeckte. Er nickte ihr zu, und ich vermutete, er werde etwas für sie vorführen. Die Diener klappten einen großen Wandschirm auseinander und stellten ihn vor den Tisch. Dann löschten sie die Laternen, so daß es im Saal beinahe dunkel wurde. Die Unterhaltung der Zuhörer ging leise weiter, während Mondkind sich vorbereitete. Dann ertönten hinter dem Wandschirm drei laute Schläge, und im Saal wurde es still.
Ich weiß von Tonmeistern nur soviel, daß die größten unter ihnen Töne hervorbringen, die es eigentlich nicht gibt. Irgendwie gelingt es einem Tonmeister, Geräusche zu simulieren, und die Zuhörer stellen sich alles übrige vor. Meister Li hatte beinahe ein Jahrhundert lang die größten Tonmeister

seiner Zeit erlebt und sagte später, Mondkind werde eine Legende werden. Über seine Künste werde man noch zehntausend Jahre sprechen. Ich konnte ihm nicht widersprechen.
Ich erinnere mich, daß ich einen leisen Windhauch hörte und mich umdrehte, um zu sehen, ob jemand ein Fenster geöffnet hatte. Ich wurde rot, als ich begriff, daß Mondkind hinter dem Schirm die Papierfächer bewegte. Danach hörte ich mit wachsendem, ehrfürchtigem Staunen, wie Mondkind für Klagende Morgendämmerung ein Bauernlied vorführte. Ich kann unmöglich etwas beschreiben, was man mit eigenen Ohren gehört haben muß, aber ich machte mir hinterher schnell Notizen, und ich will sie an dieser Stelle einfügen.

*

Eine leichte Brise trägt Nachtgeräusche, Geräusche aus einem Dorf herein ... Hund bellt laut, Geräusch scheint durch ein Fenster zu kommen ... Mann brummt direkt an meinem Ohr, wälzt sich im Bett ... das Bellen wird schwächer, zwei Paar Sandalen gehen am Fenster vorbei, Lachen und ein Rülpsen ... In der Ferne ruft ein Wirt »gute Nacht!« und schließt sein Lokal ... der Wind dreht, weht von einem Fluß herüber ... Wassergeräusche, das Klatschen von Bootsstangen ... fernes leises Lachen, ein Mann singt ein unanständiges Lied, der Wind dreht sich und trägt die Töne davon ... Hund beginnt wieder zu bellen, direkt in meine Ohren, ohrenbetäubend ... Mann schimpft, steht auf, tastet sich zum Fenster ... ein lauter, kurzer Aufschrei und das Geräusch von rutschendem Holz auf dem Boden, als er mit dem Knie gegen einen Tisch stößt ... Hund bellt noch lauter ... Mann sucht etwas, brummt und wirft, Bellen wird zu Heulen und Jaulen, das von den Mauern widerhallt, während der Hund davonrennt, Geräusch wird leiser ... Mann schreit auf, als er wieder an den Tisch stößt, kriecht ins Bett zurück.
Frau seufzt, dreht sich um und flüstert dem Mann etwas zu ... Mann lacht leise, Frau kichert ... Ich werde rot bei den

leisen zärtlichen Geräuschen vom Bett... Zärtlichkeiten werden lauter, rhythmisch... Säugling wacht auf und beginnt zu weinen, Mann flucht, Frau stöhnt... Frau steht auf, stillt den Säugling, Mann steht auf, erleichtert sich in den Nachttopf... kleiner Junge wacht auf und sagt verschlafen etwas, Mann flucht und sagt dem Jungen, er soll aufstehen und wenn nötig, den Nachttopf benutzen... verschiedene Geräusche: Mann und kleiner Junge pinkeln, Frau singt dem Säugling leise etwas vor, Säugling saugt und kräht, Grillen zirpen, ein Eulenschrei, ein leichter Wind in den Blättern... kleiner Junge legt sich wieder ins Bett, Säugling schläft ein, Mann und Frau wieder im Bett, Frau flüstert, Mann beginnt zu schnarchen.

Feuer! schreit eine Stimme vor dem Fenster, andere fallen ein, alle springen aus dem Bett, Säugling weint... Mann schreit auf, als er gegen den Tisch stößt, ruft aus dem Fenster... Stimmen sagen etwas von einer Scheune... draußen Fußgetrappel, Geräusche von Türen, die sich öffnen und schließen, Klappern von Eimern, Quietschen der Seilwinde, Mann schreit auf, als er gegen den Tisch stößt... zieht Sandalen an, eilt hinaus... Klappern und Klatschen der Löschmannschaft, Flammen zischen und toben... unglaubliches Durcheinander von Geräuschen: Leute schreien, Pferde wiehern, Esel brüllen, Rinder und Ochsen muhen, Hühner gakkern... Tore fliegen auf, die Hufe der flüchtenden Tiere donnern vorüber... alter Mann schreit: »Mein Heu! Mein Korn!«... Frau kreischt etwas von Funken auf ihrem Dach.

Dann etwas sehr Eigenartiges: Alle Geräusche des Dorfs scheinen langsam in die Luft zu steigen... sie drehen sich, sie wenden sich... als habe der Jadekaiser aus dem Himmel herunter nach China gegriffen, das Dorf in die Hand genommen und drehe es hierhin und dorthin... ein langsames, ruhiges, endloses Ausatmen... Tierlaute verstummen allmählich, Geräusche von Eimern, Wasser und Feuer verstummen allmählich, Rufen und Schreien verstummen allmählich... das Dorf läßt sich wieder auf der Erde nieder, ein Geräusch

nach dem anderen verliert sich ... Geräusche des kleinen Jungen werden immer leiser, Geräusche der Frau werden immer leiser, Geräusche des Mannes werden immer leiser ... der Säugling kräht fröhlich ... der Säugling wird immer leiser ... Stille.
Drei kurze laute Schläge. Die Laternen werden angezündet, der Wandschirm wird beiseite geschoben. Dahinter ist nichts außer einem Tisch, einer Schallmuschel, zwei Fächern, einem Krug Wasser und vier Bechern, und Mondkind, der die Hände faltet und sich verbeugt.

*

Klagende Morgendämmerung und ich konnten uns mühelos davonstehlen, während alle Mondkind umlagerten. Ich hatte die Säcke, Stöcke und Laternen bereitgelegt, und während wir Kröten und Leuchtzirpen fingen, sagte sie mir, es sei ganz gut, daß wir Mondkind hier herausholten, denn er verliere durch das bequeme Leben seine Stimme, ganz besonders in den hohen Tonlagen. Falls er nicht ein paar hübsche Jungen fand, denen er über Stock und Stein nachjagen konnte, wäre er bald nur noch der beste in seinem Fach und alles andere als ein Wunder.
»Nun ja, er scheint immer noch gewisse Fähigkeiten zu haben«, widersprach ich schwach.
Sie lachte, trat mir gegen das Schienbein, und wir machten uns mit den prallvollen Säcken auf den Rückweg. Meister Li erwartete uns an den Ställen. Das war schade, denn das bedeutete, wir konnten nicht bleiben und den Goldenen Mädchen zusehen, die jetzt ihre Vorstellung gaben. Tausende von Laternen beleuchteten die große Wiese taghell. Sie unterhielten die Gäste mit einem tollkühnen Polospiel, das ich noch nie gesehen hatte. (Es kam aus Indien und war der letzte Schrei am Hof, aber nicht gerade seine Zierde.) Die Anführerin der Leibwache war besonders hinreißend, denn, wenn es darauf ankam, ritt sie tollkühn und rücksichtslos mit rasen-

dem Tempo in ein anderes Pferd. Während Klagende Morgendämmerung das Spiel beobachtete, sah ich, wie sehr sie sich nach einer Polouniform und einem Poloschläger sehnte. Ich zog sie davon.

Während wir auf Mondkind warteten, hatten wir Zeit, die Krötenköpfe mit ein bißchen weißer Farbe zu verschönern. Endlich gelang es ihm, sich von seinen Verehrern loszureißen, und er tauchte mit einem großen Bündel Kleider und Schmuck aus den Büschen auf.

Die Kröte gehört, wie jeder weiß, zu den fünf giftigen Tieren. Sie ist das Geschöpf des Mondes und der Nacht. Sie spuckt scharlachroten Staub, von dem man Malaria bekommt. Die Kröte ist eine Vertraute der Schildkröte, dem verschlagensten und undurchschaubarsten aller Lebewesen. Wenn Kröten chinesische Leuchtzirpen in Mengen gefressen haben, nimmt ihr Bauch groteske Ausmaße an. Da sie die Zirpen lebend schlucken, verströmen die Zirpen weiterhin ein grünliches Licht mit sechsundzwanzig Impulsen in der Minute. Die Wirkung ist erschreckend. Der Schreck ist besonders groß, wenn die grünen pulsierenden Bäuche weißbemalte Dämonenkrötengesichter beleuchten. Wenn man schauerliches Geistergeheul von Mondkind dazu hört, kann das ein Erlebnis sein, das man sein Lebtag nicht mehr vergißt.

Hundert dieser grausigen Wesen hüpften plötzlich durch die Türen der Ställe. Die Entsetzensschreie der Soldaten und Pferdeknechte gingen im Gejohle der Zuschauer beim Polospiel unter. Wir machten den Weg frei, um nicht zu Tode getrampelt zu werden – und nach einer Minute befanden sich in den Ställen nur noch Kröten und Pferde. Wir stürmten hinein.

Der Ausgang war leicht zu finden, denn er lag dem königlichen Streitwagen direkt gegenüber. Es war ein breiter nach unten führender Tunnel; wir versorgten uns mit Fackeln. Meister Li hüpfte auf meinen Rücken, und wir rannten den dunklen Gang hinunter. Der König würde natürlich seinen Feinden kaum einen freien Zugang zum Schloß gewähren.

Das Problem bestand also darin, die Tore zu öffnen. Unter dem großen Graben verlief der Tunnel waagrecht. Vor uns sahen wir ein riesiges eisernes Tor. Meister Li befahl mir stehenzubleiben. Seine Augen glitten langsam über die Wände.

Dort hingen in Reihen übereinander Eisenschilde. Merkwürdige Symbole zierten die Mitte der Schilde. Sie wölbten sich auf der glatten Oberfläche. Die Symbole schienen sich von der Landwirtschaft bis zu den Tierkreiszeichen auf alles zu beziehen. Meister Li kaute nachdenklich auf seinen Bartspitzen.

»Ich vermute, es sind Kombinationsschlösser«, sagte er. »Der König fährt auf dem Polster sitzend in seinem Streitwagen durch diesen Gang und drückt auf Schilde, die in der richtigen Kombination den Schlüssel für das Schloß am Tor bilden. Mit größter Wahrscheinlichkeit ist die Anordnung so, daß die falsche Kombination eine unheilvolle Wirkung auslöst, das heißt, dieser Schlüsselkode ist etwas so Persönliches, daß der König sich daran erinnert, selbst wenn er betrunken oder völlig verschlafen ist. Möglicherweise handelt es sich um sein Horoskop, oder es sind seine Glückssterne. Weiß einer von euch zufällig, wann er geboren ist?«

Niemand wußte das, aber Klagende Morgendämmerung sagte: »Als er mich auf seinen Schoß setzte, bemerkte ich, daß er ein Amulett mit dem Symbol des Planeten Merkur um den Hals trägt.«

»Braves Mädchen!« Meister Li rieb sich glücklich die Hände. »Wenn das Amulett soviel für ihn bedeutet, daß er es dauernd trägt, bilden möglicherweise die Eigenschaften seines führenden Planeten den Schlüssel, der das Tor öffnet. Sehen wir doch einmal nach, ob wir sie alle hier finden.«

Er ließ mich vor den Schilden auf- und abgehen, summte dabei durch die Nase und studierte die eigenartigen Symbole. Dann befahl er mir, wieder zum Anfang der Reihe zu gehen.

»Sie sind alle da. Aber wir können nur hoffen, daß er das

chinesische System benutzt. Falls er ein System der Barbaren benutzt, müssen wir damit rechnen, daß uns eine zwanzig Tonnen schwere, mit Spitzen gespickte Eisenplatte auf den Kopf fällt«, sagte Meister Li sachlich. »Das dem Merkur zugeordnete Organ ist die Milz.«

Ich schloß die Augen. Meister Li streckte die Hand aus und drückte auf das Symbol für Milz. Nichts geschah. Also ging ich ängstlich an den Schilden entlang, während Meister Li Symbole drückte.

»Der dem Merkur zugeordnete Geschmack ist Salz ...
Die Farbe ist Schwarz ...
Das Elternelement ist Wasser ...
Das Kindelement ist Holz ...
Das Freundelement ist ebenfalls Holz ...
Der Feind ist Erde ...
Die irdische Entsprechung ist ein Fluß ...
Die himmlische Entsprechung ist ein Bär ...«

Er drückte das neunte Symbol, und das Eisentor glitt geräuschlos zur Seite. Wir liefen hindurch, und Meister Li streckte die Hand nach einem zehnten Schild aus.

»Und der Ton von Merkur ist der sechste auf der Tonleiter«, sagte er zufrieden, und hinter uns schloß sich das Eisentor wieder.

»Bildung ist etwas Großartiges«, sagte Mondkind bewundernd, »ich hätte in der Schule doch besser aufpassen sollen.«

»Meister Li weiß alles«, sagte ich stolz.

Selbst Meister Li stieß an seine Grenzen, als wir die nächsten Schilde erreichten. Der Tunnel führte nach oben zu einem Ausgang vor den Schloßmauern, und wir standen vor einem zweiten Eisentor. Ich konnte keine Ordnung in den Symbolen entdecken. Meister Li war sichtlich in Verlegenheit.

»Seltsam«, murmelte er, »bis auf drei sind alle Embleme Symbole für Natur. Diese drei stehen in keinem Zusammenhang: eine Sandale, ein Fächer aus Federn und ein Weihrauchgefäß.«

Wir konnten ihm nicht helfen. Ich mußte vor den Schilden auf- und abgehen. »Das ist sein Weg in die Schlacht«, murmelte der alte Mann, »logischerweise würde er Symbole verwenden, die seine Gedanken auf den Krieg lenken. Aber was ist an den Symbolen für Regen, Sonnenstrahlen und allen möglichen Tieren kriegerisch?« Er murmelte eine Weile vor sich hin. »Stell ihn dir vor«, sagte er vermutlich zu sich selbst, »Shih Hu, der König von Chao, sitzt auf einem drehbaren Polster in seinem Streitwagen, und hinter ihm reiten seine Goldenen Mädchen.«

Plötzlich jubelte er. »Ochse, zurück zum Anfang«, sagte er glücklich. Ich lief zum ersten Schild. »Ich hätte es sofort sehen müssen«, sagte Meister Li, »Shih Hu ist deshalb bemerkenswert, weil sein Leibesumfang ihn zwingt, auf einem Polster sitzend zu kämpfen. Hat es je einen großen Krieger vor ihm gegeben, der das gleiche getan hat? Ja, einen! Shih Hus Vorbild ist der große Chuko Liang, der legendäre Schlafende Drachen in den Kriegen der Drei Königreiche. Er ruhte beim Angriff auf einer Liege in einer Kutsche. Und welche Gefechtsaufstellung wählte er für seine Truppen? Die Schlachtordnung der Acht Trigrame, und er gab seine Befehle lässig mit einem weißen Federfächer.« Meister Li drückte das Fächersymbol. Unter unseren Füßen öffnete sich keine gähnende Fallgrube, und ich lief an den Schilden entlang.

»Das erste Trigram ist Himmel ...
Das zweite Trigram ist Erde ...
Das dritte Trigram ist Wind ...
Das vierte Trigram ist Wolke ...
Das fünfte Trigram ist Drache ...
Das sechste Trigram ist Tiger ...
Das siebte Trigram ist Vogel ...«

Er drückte auf das siebte Schild, und das Tor glitt zur Seite. Wir liefen hindurch, und Meister Li streckte die Hand nach dem achten Schild aus.

»Und das achte Trigram ist Schlange ...«, sagte er. Das Tor schloß sich wieder.

Mondstrahlen begrüßten uns, und nach wenigen Schritten befanden wir uns an einem Abhang unter den Sternen. Meister Li blickte zu den mächtigen Mauern der Festung zurück.

»Die Pferdeknechte und die Wachen werden sich in die Ställe zurückschleichen und außer empörten Kröten nichts finden«, sagte er nachdenklich, »wir haben keine Spuren hinterlassen, wenn man davon absieht, daß ein paar Fackeln fehlen. Aber das werden sie frühestens morgen feststellen. Wenn sie überhaupt etwas unternehmen, dann versohlen sie allen kleinen Jungen, die gerade in der Nähe sind, den Hintern, und mit Sicherheit werden sie das Fest nicht stören, um ihrem König mitzuteilen, daß sie beim Angriff schrecklicher Amphibien ihre Posten verlassen haben. Shih Hu müßte morgen einen königlichen Kater haben, und ich bezweifle, daß man vor dem Nachmittag einen von uns vermißt. Dann wird man die Burg und das Gelände absuchen. Die Nacht wird hereinbrechen, und sie müßten eigentlich erst am Morgen darauf feststellen, daß wir weg sind. Das müßte uns einen Vorsprung von beinahe zwei Tagen geben. Jede Minute ist kostbar.«

Ich machte mich mit großen Schritten auf den Weg. Erst in Loshan konnten wir die Pferdestationen der Post benutzen. Der König kannte das zerklüftete Land, wir nicht. Ich dachte an die abgeschlagenen Köpfe auf den Spießen und schritt schneller aus.

Wir kamen aber nur langsam voran, denn keine noch so große Anstrengung kann den Weg durch bergiges Gelände beschleunigen, wenn man die Abkürzungen nicht kennt. Die Orientierungspunkte, die Meister Li in der Ferne ausmachte, schienen nicht näherzurücken, und am Morgen des dritten Tages entdeckten wir auf einem Hügel ein paar Mönche, die uns beobachteten. Die Mönche verschwanden sofort. Einige Stunden später erreichten wir einen Punkt, an dem wir die fernen Dächer des Klosters sahen. Ich glaubte zu sehen, daß sich etwas vom Dach hob und am Himmel in Richtung Chao flog. Aber ich war meiner Sache nicht sicher. Klagende Morgendämmerung hatte Augen, die beinahe ebensogut waren wie Mondkinds Ohren, und sie war sich ihrer Sache sicher.

»Tauben«, sagte sie leise, »vielleicht hat der König alle Klöster unter seinem Schutz benachrichtigt, und ich glaube, er erhält eine Antwort.«

Ich hörte schon die galoppierenden Pferdehufe und das Poltern eines Streitwagens und beschleunigte meine Schritte noch mehr, aber bis Loshan war es immer noch weit. Am nächsten Morgen standen wir auf einem Hügelkamm und blickten hinunter auf einen sehr eigenartigen Fluß. Die eine Hälfte des Wassers war blau, die andere gelb.

»Der Min«, sagte Meister Li, »von den Ufern wird gelber Lehm gespült, und weiter unten ist der Fluß völlig gelb. Dann mündet er kurz vor den Fünf Not Fällen in den Yangtse. Hinter den Wasserfällen liegt Loshan, und dort sind die Pferdestationen der Post.«

Er blickte grimmig zum Fluß hinunter und blieb grimmig, als er mir befahl, zum nächsten Dorf zu gehen. Dort kauften wir ein Boot und eine Menge Wein. Mir fiel auf, daß der Bauer, der uns das Boot verkauft hatte, sich recht eigenartig benahm, als wir einstiegen und ablegten. Zunächst verbeugte er sich lächelnd, aber sein Lächeln schwand, als wir weiter und weiter hinaus auf die starke Strömung in der Flußmitte zusteuerten. Er begann zu schreien und mit den Armen zu winken, lief am Ufer entlang, als die Strömung uns erfaßte und mit großer Geschwindigkeit flußabwärts trug. Als letztes sah ich, wie er auf den Knien lag und sich mit Schamanenbeschwörungen von jeder Schuld zu befreien versuchte.

»Die Gefahren der Fünf Not Fälle werden weit überschätzt«, sagte Meister Li ruhig, »zumindest, wenn man sie mit den Gefahren vergleicht, die von einem zornigen Shi Hu und seinen Goldenen Mädchen drohen. Trotzdem werden wir ein paar Vorsichtsmaßnahmen ergreifen, und das ist die erste.«

Er warf die Ruder über Bord. Ich schrie entsetzt auf. Er warf die Bootsstange hinterher.

»Versuchung«, sagte Meister Li, »hätten wir Bootsstangen oder Ruder, wären wir versucht, sie zu benutzen. Und das wäre Selbstmord. Die zweite Vorsichtsmaßnahme besteht darin, daß wir uns sternhagelblau trinken. Das, Kinder, ist ein Befehl!«
Meister Li öffnete die Weinkrüge. Mondkind hob seinen begeistert an die Lippen, Klagende Morgendämmerung und ich taten es pflichtbewußt. Das Wasser half sehr. Blau und Gelb vermischten sich zu schwindelerregenden Mustern, und im Nu drehte sich mir alles im Kopf. Meister Li und Mondkind waren ganz schön benebelt, als wir das Geräusch hörten, Klagender Morgendämmerung und mir war schwindlig. Der Geräusch war der brüllende Yangtse. Unser kleines Boot schoß in den großen Fluß, prallte gegen die Strömung wie gegen eine Ziegelsteinmauer, drehte sich einmal um sich selbst und jagte flußabwärts. Es hüpfte auf und ab wie ein bockendes, wildes Pferd. Ich war betrunken genug, um anfangs zu kichern. Dann sah ich, was auf uns zukam, ich hörte auf zu kichern, und mir fiel vor Entsetzen der Unterkiefer herunter.
Das Wasser prallt mit einer solchen Wucht gegen die Yenyu-Felsen, die bewirkt, daß die Gischt einen Schleier wie Frauenhaar bildet und sechzig Fuß in die Luft steigt. Ich stellte fest, daß meine leeren Hände hektisch imaginäre Ruder bewegten, und Klagende Morgendämmerung stakte mit Leibeskräften mit einer nicht vorhandenen Bootsstange. Ich sah, wie ein Baumstamm in das ruhige Wasser trieb, das wir zu erreichen suchten. Plötzlich erfaßte die Strömung den Stamm und schleuderte ihn mit voller Gewalt auf die gezackten Felsen dicht unter der Wasseroberfläche. Zwei zersplitterte Stücke flogen aus dem Wasser und durch die Luft. Sie zerbarsten in zehn Fuß Höhe an einer steilen Felswand am Ufer. Unser kleines Boot schoß geradewegs auf die Yenyu-Felsen zu, prallte auf die Gegenströmung, glitt um die messerscharfen Felskanten und durchschnitt den Frauenhaarschleier aus Gischt, ohne einen Kratzer davonzutragen.

Klagende Morgendämmerung und ich griffen nach den vollen Weinkrügen.
Wir rasten mit unglaublicher Geschwindigkeit geradewegs auf das Hübsche Mädchen zu, auf Felsen, die wie eine nackte Nymphe aussehen, daran vorbei zum Frosch, wo das Wasser durch ein steinernes Ochsenfroschmaul vierzig Fuß weit schießt. Wir brachten die Shiling-Schlucht und die Chutang-Schlucht ohne Zwischenfälle hinter uns. Meister Li und Mondkind hatten einander die Arme um die Schultern gelegt und grölten ein unanständiges Lied. Ich war dumm genug zu glauben, das Schlimmste sei vorbei. Dann sah ich, was uns erwartete, und fiel beinahe in Ohnmacht. Hinter der Gischt tauchte die Wu-Schlucht auf.
Der Tag wurde zur Nacht. Wir jagten durch eine Schlucht, die so eng war, daß man nur mittags die Sonne in einem winzigen Streifen Himmel über den hoch aufragenden Klippen sah. Je schmaler der Yangtse wurde, desto schneller floß er. Der Lärm war unglaublich. Nebel, der uns mit tausend Nadeln stach, verhüllte gnädig die Felsen, die wie Fangzähne darauf warteten, uns zu zerreißen. Nüchtern wären wir starr und verspannt gewesen, und wir hätten uns alle Knochen gebrochen, aber so waren wir schlaff und weich wie Mehlsäcke. Ich hätte es vorgezogen, nicht bei Bewußtsein zu sein, denn die Fünf Not Fälle stürzten uns mit hundert Meilen in der Stunde entgegen.
Meister Li schwang fröhlich den Weinkrug. »*Eins!*« brüllte er, und plötzlich flogen wir durch die Luft. Das kleine Boot drehte sich zweimal um sich selbst, als wir über den Wasserfall segelten, und wir landeten mit einem so heftigen Klatschen im Wasser, daß eine fünfzig Fuß hohe Gischtfontäne die Steilwände besprühte. Irgendwie gelangte mein Magen wieder an seinen Platz, und schon brüllte Meister Li: »*Zwei!*« Wieder schossen wir dem Himmel entgegen und streiften praktisch eine der Felswände, während wir durch die Luft geschleudert wurden. Es war weit bis zur Wasseroberfläche unter dem zweiten Fall; Klagende Morgendämmerung und ich

klammerten uns vor Entsetzen aneinander. Kaum waren wir gelandet und hatten uns von den Bootsplanken gelöst, als wir spürten, wie unsere Mägen sich wieder verabschiedeten. *»Drei!«* johlte Meister Li, und wir segelten durch den Raum. Ich erinnere mich nicht mehr daran, daß wir wieder im Wasser landeten. *»Vier!«* sang Meister Li. Ich öffnete die Augen und stellte fest, daß wir ungefähr in Richtung Venus flogen. Das Boot drehte sich in der Luft, und wir landeten rückwärts. Auf diese Weise sah ich, daß wir um Haaresbreite einem Felsen entgangen waren, der wie eine fünfzig Fuß lange Säge aussah. Das Boot drehte sich, und ich entdeckte, daß wir auf die engste Stelle der Schlucht zutrieben. Ich starrte auf eine Fontäne, die in zahllose Regenbogen gehüllt hundert Fuß in das Nichts hinausschoß. Wir befanden uns in der Fontäne. *»Fünf!«* brüllte Meister Li. Ich begriff, daß wir aus der Wu-Schlucht hinaus ins All geschleudert wurden und durch den leuchtend blauen Himmel flogen. Dann schloß sich die Gischt um uns, und wir stürzten blindlings nach unten. Hinunter und hinunter und hinunter, und ich betete, daß das Boot mit der richtigen Seite landen würde. Die Wucht des Aufpralls schleuderte mich fast durch die Bootsplanken.

Ich glaube, ich war bewußtlos, denn es dauerte einige Zeit, bis meine verwirrten Sinne wieder funktionierten, und dann überlegte ich, was nicht stimmte: Der Lärm war verstummt! Das Boot trieb friedlich im ruhigen Wasser. Ich hatte das deutliche Gefühl, daß ich im nächsten Augenblick von einem riesigen Maul verschluckt werden würde, setzte mich auf und starrte auf das heiter gelassene Lächeln des Großen Buddha von Loshan: 360 Fuß hoch ist er am sicheren Ende der Wu-Schlucht in den Fels des Gelben Büffel-Bergs gehauen. Die Fünf Not Fälle hatten wir hinter uns gelassen und auch den König von Chao. Das einzige Problem waren Meister Li und Mondkind.

Sie wollten zurück und das Ganze wiederholen. Aber Klagende Morgendämmerung und ich setzten uns so lange auf sie, bis sie wieder bei Sinnen waren.

12

Die nächsten Tage waren recht interessant, wenn auch anstrengend. Ich habe mir Notizen gemacht, und vielleicht sollte ich an dieser Stelle ein paar einfügen.

*

Ich wache auf, reibe mir die Augen und betrachte einen Käfer, der mir ins linke Nasenloch kriechen will. Klagende Morgendämmerung schläft, Meister Li schnarcht, Mondkind ist verschwunden. Ich stehe auf, sammle Feuerholz. In der Ferne bellen Hunde, ich höre Wutgeheul. Ich koche Tee, hole noch einmal Wasser für Reis. Das Wutgeschrei kommt näher und eine schöne Stimme, die ein obszönes Lied singt.

»Am andern Ufer lebt ein Knahaaaaaaaaabe
Mit einem zarten Pfirsichpopooooooooooo!«

Den Rest kann man nicht wiedergeben. Ich höre sechs Kolibris, die sich auf meinen Tee stürzen, drehe mich nach den Kolibris um, sehe Mondkind, der etwas mit seiner Kehle macht. Wutgeschrei ist inzwischen sehr nahe, eine mordlüsterne Menge stürmt über den Hügel. Der Anführer schwingt eine Mistgabel und zerrt einen weinenden Jungen hinter sich her. Mondkind nimmt die Tasse Tee, die ich ihm gebe. Der Anführer stößt wüste Drohungen aus, Mondkind trinkt Tee. Der Anführer geht mit der Mistgabel auf ihn los. Mondkind lächelt – die Luft wird schwefelgelb. Er lächelt breiter – die Hügel knistern unter Hitzewellen. Mondkind krault den Anführer unter dem Kinn und schnurrt wie eine Katze: »Komm mit, Süßer.« Er verschwindet mit dem Anführer hinter einem Felsen; der Junge hört auf zu weinen und beginnt zu lachen. Ich biete der mordlüsternen Menge Tee an. Hinter dem Felsen hört man wollüstige Laute. Der Junge kann nicht aufhören zu lachen. Biete der mordlüsternen Menge Reis an. Der Anführer taucht auf und nestelt an seinen Kleidern, lehnt Tee und Reis ab und zieht den Jungen am Ohr mit sich fort. Mondkind kommt pfeifend hinter dem Felsen hervorgeschlendert. Meister Li wacht auf, wirft einen Blick auf Mondkind und die abziehende Menge, murmelt: »Wenn ich nur noch einmal neunzig wäre«, und schläft wieder ein.

*

Unser Weg nach Ch'ang-an führte uns an Mondkinds Geburtsort vorbei. Von da ab wußte ich, daß Mondkinds moralische Verworfenheit seiner Kunst glich, das heißt, sie war beinahe übernatürlich.

*

Die Straße zu seinem Geburtsort führt an einem kleinen Tempel vorbei. Ein Priester taucht auf. Er starrt Mondkind an, rafft die Kutte und stürzt in Richtung Dorf davon: »Sperrt die Jungs ein! Sperrt die Männer ein! Sperrt die Ziegen und Esel ein!« Mondkind lächelt stolz. Wir erreichen das Dorf. Eine Frau kommt aus einem Haus: »Mein Sohn!« Sie fällt in Ohnmacht. Der Vater kommt heraus und schwingt die Peitsche: »Schmach! Schande! Sodomie! Infamie! Agonie! Anomalie!« Ein gebildeter Vater, denke ich. Der Priester eilt herbei und besprengt Mondkind mit Weihwasser und schlägt ihn mit der Rute. Mondkind krault ihm das Kinn: »Kitchy-koo.« Der Priester fällt in Ohnmacht. Die Mutter kommt zu sich. »Der Himmel ist mein Zeuge, daß ich unschuldig bin!« Sie sinkt wieder zu Boden. Mondkind lächelt stolz. Nachbarn laufen herbei. Mondkind wirft ihnen Handküsse zu. Der Vater folgt ihm durch das Dorf und schwingt die Peitsche: »Amoral! Degeneration! Perversion!« Mondkind wirft Handküsse. Pferde, Ziegen, Stiere, Esel: wiehern, meckern, brüllen, schreien. Mondkind wirft Handküsse. Meister Li murmelt: »Eine ziemlich aktive Kindheit.« Wir kaufen ein Boot und legen ab. Eigenartiger leiser, rauher Laut. Mondkind macht etwas mit der Kehle. Schwäne schwimmen herbei. Große, weiße, leuchtende Wolken von Schwänen; ein Baldachin aus Flügeln hebt sich über Mondkind; Federn glänzen in der Sonne. Schön. Unwirklich.

*

Klagende Morgendämmerung war eine wandelnde Sammlung von Widersprüchen. Sie war ein einfaches Bauernmädchen und sprach wie ich das *pai hua* des Volkes, flocht jedoch manchmal unbewußt *wen li* Ausdrücke ein, die einem Höfling Ehre gemacht hätten. Sie schminkte sich die Stirn gelb, weigerte sich jedoch, die Augenbrauen zu zupfen und nachzuziehen – sie war halb Dame, halb Bäuerin. Sie war schamlos genug, ihre Haare offen zu zeigen, wurde jedoch wütend, wenn sie einen Mann in Trauer um seine Mutter sah, der anstelle des angemessenen Maulbeerstabs einen Eichenstock trug. Sie war eine Prostituierte, die einen Fächer zurückwies, den Mondkind für sie gekauft hatte, weil er sich falten ließ, und die Symbolik unanständig war, denn: »Damen tragen nur starre Fächer.«

Meister Lis Augen leuchteten. »Ich habe die Sache mit dem Fächertabu nicht mehr gehört, seit ich ein kleiner Junge von sechs oder sieben war!« rief er.

»Kleines Fräulein Saubere Sandalen«, neckte ich sie.

»Jeder sollte seine Sandalen hin und wieder abstauben«, entgegnete sie. Dann staubte sie ihre Sandalen mit zwei flinken Tritten in meinen Hintern ab. »*Schildkrötenei!*« schrie sie.

Meister Li bog sich vor Lachen. Als er wieder sprechen konnte, erklärte er, daß man früher geglaubt habe, daß

Schildkröten sich durch Gedanken befruchteten, was es unmöglich machte, die Elternschaft festzustellen; und so wurde »Schildkrötenei« eine Umschreibung für »Bastard«. Meister Li schwor, daß man diese Beschimpfung zuletzt während der Zeit des Usurpators Wang Mang gehört habe. Er war bereit zu wetten, daß Klagende Morgendämmerung irgendwann auf ihren Wanderungen in einer dieser verstaubten Klöster Arbeit gefunden habe, wo altmodische Jungfern alte Redensarten und Bräuche bewahrten, die sie von ihren Ur-Ur-Großmüttern gehört hatten. Einmal war Klagende Morgendämmerung wütend auf Mondkind und schrie ihn an: »Vergesser-der-Acht!« Selbst Meister Li mußte überlegen, ehe er diesen Ausspruch schließlich mit den korrupten Höflingen in Verbindung brachte, die sich – wie Mencius behauptete – von kindlicher Liebe, Höflichkeit, Anständigkeit, Rechtschaffenheit, Treue, Bruderpflichten, Ehrlichkeit und Schamgefühl abgekehrt hatten, also von den acht Regeln der Zivilisation.

*

Wir wollten nicht durch ein paar Jahre Gefängnis aufgehalten werden, deshalb mußte Mondkind versprechen, sich nach der Ankunft in Ch'ang-an besonders gut zu benehmen. Klagende Morgendämmerung sorgte dafür, daß er seine guten Vorsätze nicht vergaß. Meister Li ging in bester Laune zur Akademie, um den Untersuchungsbericht der Boden- und Pflanzenproben abzuholen. Als er wieder herauskam, spuckte er Gift und Galle.

»Die besten Geister Chinas behaupten, keine Spur von Säure, Gift oder einer anderen schädlichen Substanz zu finden!« fauchte er. »Mit der Prinzentrift ist in ihren Augen alles in Ordnung bis auf die Tatsache, daß Teile davon absolut tot sind! Irgendein Schwachkopf hat unter das Gutachten geschrieben: ›. . . zurückzuführen auf natürliches Absterben.‹«

Meister Li fluchte den ganzen Weg den Hügel hinunter bis

zum Schlangen-Park, ohne einen Fluch auch nur einmal zu wiederholen. Im Schlangen-Park wollte er etwas versuchen, wie er sagte.

»Ich muß mich an jeden Strohhalm klammern«, sagte er mißmutig, »ein Strohhalm ist die letzte Mahlzeit des toten Bibliothekars Bruder Blinzel. Ich hatte angenommen, daß er sein ausschweifendes Essen mit dem Vorschuß für die Ssu-ma-Chien-Handschrift bezahlt hat, und daß der Text, der ihm als Vorlage für die Pause diente, beim zweiten Besuch der Gauner im Kloster gestohlen worden ist. Aber es könnte auch eine andere Erklärung geben . . . Gehen wir ins Museum.«

*

Gelangweilte Lehrer führten Schulklassen herum. Meister Li entdeckte einen mit schwachen wäßrigen Augen und einer blau geäderten Nase. Geld wechselte den Besitzer, und der Lehrer verschwand hoch erfreut in der nächsten Kneipe. Meister Li übernahm die Klasse. Er tuschelte mit den Kleinen und setzte sich dann in Richtung Keiler-Pavillon in Bewegung. Erstaunt stellte ich fest, daß die Jungen mit der Präzision der kaiserlichen Garde hinter dem alten Mann hermarschierten. Es war wirklich sehr beeindruckend: ein uralter Herr der alten Schule und seine wohlerzogenen Schützlinge. Und bald folgten ihnen die Leute.

»Die Hoffnung des Reichs!« rief eine gerührte Matrone.

Meister Li stellte die Jungen in einer Reihe auf, gab den Einsatz, und sie ehrten die Ausstellungsstücke vergangener Größe mit der vollkommensten Wiedergabe von »Bilder am Abendsee«, die ich je gehört habe. Der Beifall war ohrenbetäubend. Die fliegenden Händler wurden bestürmt, und die kleinen Kerle verschwanden unter Bergen klebriger Bonbons. Meister Li brachte sie wieder in Reih und Glied und marschierte ihnen voran zur Halle der Schönheit. Dort gaben die Kerlchen fehlerlos »Schatten am Östlichen Fenster« zum besten.

»Die Hoffnung des Reichs!« kreischte die Matrone, und ein grimmiger Alter mit einem schlaffen Schnurrbart erzählte allen und jedem, er habe vorgehabt, aus Protest gegen den Verfall dem Generalstab seine Orden zurückzugeben. Aber jetzt sei er sich der Sache mit dem Verfall nicht mehr so sicher.
Der Tempel der Reinen Klarheit kam als nächstes, und der Auftritt der Jungen mit »Die Zwillingspagoden am Orchideenfluß« war so hervorragend, daß jeder Händler weit und breit in Windeseile ausverkauft war. Bonbons, kandierte Früchte und Honigkuchen verschwanden tonnenweise in den aufgesperrten Schnäbeln der Kleinen.
»Die Hoffnung des Reichs!« riefen Mondkind und Klagende Morgendämmerung noch vor der Matrone, und der grimmige alte Herr mit den Orden gelobte, Himmel und Erde in Bewegung zu setzen, um seine Urenkel bei Meister Li in die Schule zu schicken.
Das größte Heiligtum des Museums sind die Konfuzius-Steine. (Auf diesen Steinen sind alle zweihunderttausend Schriftzeichen der Texte des Meisters eingemeißelt.) Ein niedriges Geländer umgibt sie, und die Vorschrift besagt, daß man sie ansehen, aber nicht berühren darf. Meister Li ließ die kleinen Engel in Reih und Glied für einen Tribut antreten, der Konfuzius' würdig war; ihr »Der Turm des Schwebenden Blau-Grün« trieb allen – einschließlich mir – die Tränen in die Augen.
»Die Hoffnung des Reichs!« jubelte ich zusammen mit Mondkind, Klagende Morgendämmerung, der Matrone und dem Herrn mit den Orden.
Die Händler waren wieder innerhalb von Minuten ausverkauft. Mir fiel auf, daß die Kleinen grün um die Nasenspitzen wurden. Wie auf Befehl drehten sie sich alle um und tasteten nach einem Halt, den sie zufällig am niedrigen Geländer fanden, sie beugten sich darüber und kotzten ihre kleinen unschuldigen Bäuche leer – alles auf die Konfuzius-Steine.
»Millionenfaches Elend!« heulte Meister Li.
Ein Herr der alten Schule ist jedoch auf Notfälle vorbereitet,

und mit vereinten Kräften stellten Meister Li und der grimmige Alte eine Eimerkette aus Freiwilligen zusammen, die Wasser über die Steine goß, um sie zu säubern. Gründlichkeit ist ebenfalls ein Zeichen der alten Schule, und Meister Li ruhte nicht eher, als bis er ein paar große Bogen Papier aus dem Gewand gezogen und sie fest auf die Vertiefung der geheiligten Texte gepreßt hatte. Glücklicherweise trug er auch einen riesigen blauen Schwamm bei sich und rieb damit die Oberfläche so energisch, daß das Papier sich blau färbte. Als er die Bögen abnahm, waren die Steine beinahe trocken und so gut wie neu.

Die Umstehenden erklärten mittlerweile den wütenden Wärtern, daß alles ihre Schuld sei, weil sie die kleinen Engel mit Süßigkeiten vollgestopft hatten. Die Matrone und der mit Orden dekorierte Herr gingen herum und sammelten, um die Strafe zu bezahlen. Als Meister Li mit den Kleinen abmarschierte, blieb kein Auge trocken, und hinter uns hörte ich einen Chor rufen: »Die Hoffnung des Reichs!«

Meister Li führte die Schulklasse auf eine versteckte Wiese. »Also gut, ihr Bengel, jetzt dürft ihr!« sagte er.

Die Jungen fielen ins Gras, rollten herum, boxten sich gegenseitig und johlten. »Bitte, dürfen wir es sehen?« fragte einer von ihnen, als er sprechen konnte.

Meister Li zog die Bogen hervor. Die Tusche aus dem Schwamm hatte sich gut verteilt, und die Abdrücke waren makellos. Es ist sehr schwer, an echte Reibedrucke der Konfuzius-Steine zu kommen. Die Jungen baten Meister Li, bei ihm bleiben zu dürfen und das verbrecherische Leben fortzuführen, aber er riet ihnen, in der Schule zu bleiben, sich beim Lernen anzustrengen, damit sie einmal dem Volk helfen könnten, wenn es mit ihm bergab ging. Dann brachte er sie zu ihrem Lehrer zurück und tauschte mit dem Lehrer den Platz in der Kneipe.

Er bestellte *kao-liang* – diesem Zeug verdankt er übrigens seinen Namen. Es ist ein fürchterlicher Wein, aber ein wunderbarer Abbeizer. Er benutzte ihn, um auf den Bögen die Spitze von jedem  zu entfernen, das von einem  begleitet war, und sie durch einen flachen Strich zu ersetzen: . Dann verließ er die Kneipe, und wir gingen die Straße des Scharlachsperlings zur Drachenkopf-Ebene hinauf.

»Bruder Blinzels Fälschung war die plumpe Pause einer verschlüsselten Handschrift von Ssu-ma, die den Namen von Ssu-mas Vater enthielt. Einem Sammler wäre sie beinahe mit Sicherheit wie die eindeutigste und ungeschickteste Fälschung der Geschichte erschienen«, erklärte er, »wenn der dumme Mönch sie nach Ch'ang-an brachte und versuchte, sie zu verkaufen, ist es ein Wunder, daß man ihn nicht auf der Stelle enthauptet hat. Es gibt jedoch einen Platz, wo man ihm das Ding möglicherweise abgekauft hätte, und vielleicht hat ihm ein mitleidiger Mensch gesagt, wohin er gehen soll.«

Der Pavillon der Segnungen des Himmels ist die größte Bibliothek der Welt. Neben der Sammlung von Handschriften gibt es dort auch eine Sammlung von Fälschungen. Beide können für Gelehrte aufschlußreich sein. Einige kläglich plumpe Fälschungen zeigt man zur Unterhaltung der Besucher. Meister Li ging geradewegs in das Zimmer von Liu Hsiang, dem Oberbibliothekar.

»Grüß dich, Hsiang«, sagte er fröhlich.

»Schließt die Handschriften ein! Schließt das Silber und die Weihrauchgefäße weg! Schließt eure Frauen ein und zählt eure Ringe und haltet die Geldbörsen fest!« schrie der Bibliothekar. »Hallo Kao, was führt dich in die Zivilisation zurück?« fragte er in normaler Lautstärke.

»Ein Einkaufsbummel. In meinem Arbeitszimmer fehlt etwas, und ich habe beschlossen, daß ich eine Fälschung brauche, um sie an die Wand zu hängen.«

»Du weißt sehr gut, daß unsere Sammlung nicht verkäuflich ist«, erwiderte der Bibliothekar säuerlich.

»Wer redet von Verkaufen? Ich rede von Tauschen«, sagte Meister Li, zog die Reibedrucke hervor und warf sie auf den Tisch. »Stell dir vor, wieviel Arbeit darin steckt«, sagte er mit einem leisen Lachen.

»Wer macht sich die Mühe, Reibedrucke zu fälschen?« fragte der Bibliothekar mißtrauisch. Er warf einen Blick darauf, betrachtete sie näher, und nach einigen Minuten gab er erstickte Laute von sich. Er lachte. Der Bibliothekar stand taumelnd auf, die beiden fielen sich jubelnd und nach Luft ringend in die Arme. Mondkind, Klagende Morgendämmerung und ich klopften ihnen auf den Rücken, bis sie sich beruhigt hatten.

»Zum Schreien komisch, nicht wahr?« sagte Meister Li und wischte sich die Augen, »stell dir vor, wie viele Monate der Dummkopf dafür gebraucht hat.«

»Monate? Sagen wir, er hat zehn Schriftzeichen am Tag zustande gebracht . . . Das sind sieben Jahre!« frohlockte der Bibliothekar.

Meister Li winkte uns, und wir gingen zum Tisch. »Seht ihr den Witz, Kinder?« fragte er.

Wir kratzten uns am Kopf. »Für mich sehen sie aus wie echte Reibedrucke der Konfuzius-Steine«, sagte ich.

»Sieh dir dieses Zeichen an . . . und das und das. Weißt du, was es bedeutet?«

»Ja, Meister«, sagte Mondkind.

Der Bibliothekar mischte sich ein. »Aber zur Zeit des Konfuzius hat man es nicht so geschrieben«, erklärte er frohlokkend, »seht ihr die geraden Linien oben? In alter Zeit war es keine gerade Linie, sondern eine Spitze wie ein Dach. Der dumme Fälscher sagt also, Konfuzius . . . «

Mondkinds Gesicht hellte sich auf. »Konfuzius konnte nicht . . . «

Das Gesicht von Klagende Morgendämmerung hellte sich auf. »Konfuzius konnte nicht einmal . . .«

»Konfuzius konnte nicht einmal ›Ahne‹ schreiben!« brüllte ich.

Wir fielen uns jubelnd und nach Luft ringend in die Arme, und der Bibliothekar und Meister Li klopften uns freundlicherweise auf den Rücken, bis wir uns wieder beruhigt hatten.

»Kao, das ist wirklich ein Juwel an Dummheit, und wenn du an etwas Vernünftiges denkst, können wir uns vielleicht einigen«, sagte der Bibliothekar.

Meister Li rieb sich die Nase. »Also, ich bin ganz in der Stimmung für entstellte Geschichte. Gibt es etwas Neues?«

»Nicht auf diesem Niveau. Nicht jeden Tag... Warte! Wie wäre es mit einem geradezu absurden Ssu-ma Chien?«

»Klingt vielversprechend«, sagte Meister Li beiläufig.

Der Bibliothekar klingelte nach seinem Gehilfen. »Vor kurzem war ein schwachsinniger Mönch mit der ungeschicktesten Ssu-ma-Fälschung, noch dazu einer Pause, hier.«

»Erzähl«, sagte Meister Li.

So einfach war es. Kurze Zeit später verließen wir den Pavillon der Segnungen des Himmels, und Meister Li trug Bruder Blinzels Kopie unter dem Arm.

13

Wir fanden einen hübschen kleinen Park, kauften bei einem der Händler Heuschreckenpastete und Pflaumensaft mit Essig und setzten uns unter einem Schnurbaum ins Gras. Meister Li hatte bereits einen flüchtigen Blick auf Bruder Blinzels Fälschung geworfen. Außerdem hatte er einen Umweg durch eines der Handschriftenarchive gemacht. Er griff in sein Gewand und zog eine alte Schriftrolle mit dem Siegel hervor: »Einsicht nur mit Sondergenehmigung durch autorisiertes Personal.« Er legte die Schriftrolle, den gefälschten Text und das Untersuchungsergebnis der Boden- und Pflanzenproben neben sich ins Gras und widmete sich seiner Heuschreckenpastete. Dann zog er uns alle mit einer Bewegung seines Fingers in seine Gedanken ein.

»Erzählt mir die Geschichte vom Kaiser und den Mandarinen«, befahl er.

Wir starrten ihn an.

»Meister?« sagte ich.

»Ihr habt mich richtig verstanden.«

Mondkind zuckte die Achseln und begann: »Vor langer Zeit lebte ein Kaiser namens Li Ling-chi. Er war ein sehr guter Mensch. Er war sehr, sehr gut. Er war sogar so gut, daß die Vögel um seinen Kopf flogen und Loblieder sangen und die Schmetterlinge vor ihm tanzten.«

»Er war so gut, daß Fische und Frösche aus den Teichen sprangen, um von ihm gesegnet zu werden«, fuhr Klagende Morgendämmerung fort. »Er war so gut, daß an den Festen immer ein paar Götter vom Himmel flogen und zum Tee zu ihm kamen. Zu Tee und Mandarinen, denn die Vorliebe für Mandarinen war seine einzige Schwäche. Sein Volk freute sich darüber, daß er sich nicht für Dinge interessierte, mit denen Kaiser sich üblicherweise unterhalten, etwa Kriege oder Massenmorde.«

»Li Ling-chi wurde ein immer besserer und besserer Mensch«, fuhr ich fort. »Er wurde so gut, daß er den Anblick des Bösen nicht mehr ertragen konnte. Deshalb ließ er sich von seinen Goldschmieden einen Kopfschmuck mit einem Schleier aus zweihundertachtundachtzig Juwelen machen. Und da er es auch nicht ertragen konnte, das Böse zu hören, machten ihm die Goldschmiede auch noch juwelenbesetzte Ohrenschützer. So sah er nur hübsche, glänzende Dinge und hörte nur: klingelingeling. Eine Ausnahme bildeten die Feste, denn dann nahm er zum Tee mit den Göttern den Kopfschmuck ab.«

»Sie tranken Tee und aßen Mandarinen. Aber eines Tages gab es keine Mandarinen«, erzählte Mondkind. »Der Kaiser geriet außer sich vor Zorn. ›Wie kann ich Tee trinken, ohne Mandarinen zu haben?‹ rief er. ›O Sohn des Himmels‹, erwiderte der Haushofmeister. ›Es ist Winter, und im Winter wachsen keine Mandarinen in Euren Gärten.‹ Aber der Kaiser ließ sich nicht täuschen. ›Im letzten Winter hatte ich Mandarinen!‹ schrie er. ›O Sohn des Himmels‹, erwiderte der Haushofmeister, ›im letzten Winter waren die Straßen frei. Aber in diesem Winter hat es heftige Schneestürme gegeben, und Waren aus dem Süden, wo es immer noch Mandarinen gibt, können nicht in die Hauptstadt gebracht werden.‹ Der Kaiser wurde dunkelrot. ›Du willst mir sagen, daß meine Untertanen im Süden in Mandarinen schwelgen, während ihr Kaiser nicht eine einzige essen kann? Das wird sich ändern!‹ tobte er.«

»Kaiser Li Ling-chi sprang auf seinen Thron«, sagte Klagende Morgendämmerung. »Er war so gut geworden, daß sich nach einer auffordernden Geste alles Grüne im Süden aus der Erde löste und nach Norden flog, um von ihm gesegnet zu werden. Im Handumdrehen wuchsen mitten im Winter in der Hauptstadt Mandarinen. Die Götter kamen zum Tee und riefen entsetzt: ›Hör auf, hör auf!‹ Aber der Kaiser trug immer noch seinen Kopfschmuck und hörte nur klingelingeling. Die Götter schickten Kometen, Erscheinungen und Omen, aber er sah nur hübsche funkelnde Juwelen. Inzwischen gab es im Süden nichts mehr zu essen. Die Bauern begannen zu verhungern, und die Leichen türmten sich in den Gräben, ganz wie nach Kriegen und Massenmorden.«

»Der Erhabene Jadekaiser blickte von seinem Thron herunter«, sagte ich. »Sein zorniger Aufschrei schüttelte alle Mandarinen von den Bäumen des Kaisers. Dann flog der Erhabene Jadekaiser vom Himmel zur Erde und zwang Li Ling-chi, jede einzelne herabgefallene Mandarine zu essen. Der Kaiser wurde so rund und dick wie das Transzendente Schwein. Dann machte der Erhabene Jadekaiser eine befehlende Geste, und alles Grüne flog in den Süden zurück, wohin es gehörte. Er packte den Kaiser und schleuderte ihn hoch in die Luft, aber durch all die vielen Mandarinen geriet der Kaiser auf eine schiefe Bahn, und deshalb sehen wir ihn bis auf den heutigen Tag.«

»Alle fünfundsiebzig Jahre«, sagte Mondkind, »können die Bauern am Himmel einen strahlenden Kometen sehen, der sich der Erde nähert. Das Orange kommt von all den Mandarinen im Bauch des Kaisers, und der funkelnde Schweif sind der Juwelenschleier und die Ohrenklappen. Und wenn man ganz, ganz genau hinhört, hört man das Stöhnen eines Kaisers mit schrecklichem Bauchweh.«

Dann riefen wir alle drei im Chor:

»Auu! Auu! Auu! Ich halt's nicht mehr aus!
schreit Ling-chi, voll Jammer und Graus.
Die Kerze blasen wir jetzt aus,
und kleine Kinder dürfen nicht mehr aus
dem … Haus!
Lieb und nett, gehen sie ins Bett.«

Wir saßen da und kamen uns ziemlich albern vor. Meister Li verputzte noch ein paar Heuschrecken und nahm einen Schluck aus seinem Weinschlauch.
»Dieses Märchen beschäftigt die Gelehrten schon seit Jahrhunderten«, sagte er. »Zum Teil beruht die Geschichte auf dem Kaiser Huang Ti, der tatsächlich versuchte, sich die Wirklichkeit mit einem Juwelenschleier und Ohrenschützern fernzuhalten. Aber vielleicht bezieht sich alles andere auf eine Eroberung des Südens durch den Norden oder auf eine seit langem vergessene Seuche in alter Zeit. Wer weiß! Einige Gelehrte behaupten, aus diesem Märchen spreche die Erinnerung an das sehr seltene Phänomen einer plötzlichen Verschiebung von *Ch'i*, der Lebenskraft, in einigen Klimazonen. Und was die Plötzlichkeit dieses Ereignisses angeht – es spricht theoretisch grundsätzlich nichts dagegen, weshalb eine überwältigende Konzentration von *Ch'i* nicht weniger starke Lebenskräfte anziehen kann und auf diese Weise alles in seinem Weg zerstört, gleichgültig, ob die Absicht dahinter so gut war, wie Li Ling-chi zu sein glaubte, oder so schlecht, wie der Lachende Prinz, der sich über die Schlechtigkeit seines Tuns durchaus im klaren war.
Meister Li warf die letzte Heuschrecke einem Fisch im Teich zu und griff nach der gestohlenen Schriftrolle.
»Glaubt es, oder glaubt es nicht«, sagte er, »an dieser Sache ist etwas dran. Ihr müßt nur ein bißchen Geduld haben. Gehe ich recht in der Annahme, daß ihr alle den *Traum der Roten Kammer* nach den ersten beiden Absätzen zur Seite gelegt habt?«
Klagende Morgendämmerung, Mondkind und ich wurden rot. Das »Kronjuwel der chinesischen Literatur« hat ein Problem: Es hat zweitausend Seiten und ebenso viele Figuren; der Held ist ein verweichlichter Esel, dem man entweder hätte den Hintern versohlen sollen oder den man einen Kopf kürzer hätte machen müssen – denn sowohl Hintern wie Kopf sind gleichermaßen widerwärtig.
»Macht nichts«, sagte Meister Li, »das Buch ist unzählige

Male überarbeitet worden, unter anderem von Kao Ngoh und weniger begnadeten Talenten. Die neueren Versionen haben kaum noch eine Ähnlichkeit mit dem Original. Das hier ist das Original, und es enthält eine sehr eigenartige Geschichte. Hört gut zu.«

Meister Li öffnete die Rolle, suchte die Stelle und las eines der seltsamsten und auf höchst unbefriedigende Weise unvollständigen Märchen vor, das ich je gehört habe.

»Die Göttin Nu Kua wählte zum Bau der Himmelsmauer 36501 Steine. Aber einen mußte sie verwerfen, denn er hatte einen schwerwiegenden Fehler. Der Fehler war etwas Böses. Durch die Berührung der Göttin bekam der Stein zwar eine Seele, aber die Seele war böse. Der Stein hatte außerdem gelernt, sich zu bewegen; er wanderte durch den Himmel und verursachte großes Leid. Schließlich mußte der Erhabene Himmelskaiser eingreifen.

Der Himmlische Jadekaiser geht immer sehr feinsinnig vor. Im Himmel gab es auch eine Blume namens Purpurperle. Purpurperle besaß einen noch größeren Fehler und war noch böser als der Stein. Der Himmelskaiser pflanzte die Blume an eine karge Stelle am Fluß der Geister, und dort entdeckte sie der umherstreifende Stein. Das Böse zieht das Böse an, und bald brachte der Stein der Blume Wassertropfen, um sie vor dem Verwelken zu bewahren. Purpurperle blühte und wurde sehr schön. Der Tau und die Regentropfen des Himmels befreiten sie vom Bösen, und sie verliebte sich in den Stein. Sie gelobte, bei einer Wiedergeburt auf der Erde werde sie auf die Sphäre der Gebannten Qualen freiwillig verzichten und die Quelle des Getränkten Leids suchen. Tränen würden sich in ihr sammeln, und wenn sich die Gelegenheit bot, werde sie ihre Schuld dem Stein gegenüber begleichen, indem sie jede einzelne Träne vergoß, die sie besaß.

Der eigenartige Schwur einer Blume ist von größter Bedeutung. Der Stein wurde auf die Erde zurückgeschickt und geriet in die Hände von Lao Tzu. Der große Meister rief: ›Er ist das Böse!‹ und warf ihn weg. Der Stein geriet in die Hände

von Chuang Tzu. Der große Meister rief: ›Er ist das Böse!‹ und warf ihn weg. Jetzt liegt der Stein in der Dunkelheit und wartet auf die Hand, die ihn nicht wegwerfen wird. Und wer den Stein besitzt, wird von ihm besessen sein. Der Stein ist der Stein des Bösen, und sein Unheil wird sich ungehindert verbreiten, wenn es sich nicht in den Tränen von Purpurperle auflöst und von ihnen abgewaschen wird.
Kein Mensch darf in das Schicksal der Blume eingreifen, denn die Göttin Kua und der Himmlische Jadekaiser warten darauf, daß sich das Schicksal erfüllt.«
Meister Li warf die Schriftrolle ins Gras. Ich verschluckte mich an einer Heuschrecke. »Ist das alles?« fragte ich ungläubig.
»Nicht, wenn man Ssu-ma Chien glauben darf«, erwiderte Meister Li. Er griff nach Bruder Blinzels Pause und hatte den Text schnell entschlüsselt.
»›Die Geschichte über den Stein in *Rote Kammer* richtig. Tafel aus Yus Höhle ... Bestätigung der Reaktion von Lao Tzu und Chuang Tzu ... Habe den Weg des Steins bis zu Prinz Liu Sheng verfolgt ... Besessen vom Bösen, ist er der Lachende Prinz geworden ... Geheimes Versteck ... Die Treppe hinunter ... Kühlraum ... Tunnel zur Anlage ... Stein im Schrein ... Einfache Form ... Glatte Fläche steigt zu runder konkaver Schalenform an ... Beil gefunden ... Erster Schlag trennt glatte Fläche von der Schüssel ... Zweiter Schlag trennt kleinen Splitter ab ... Von Soldaten gefangen, konnte ihn nicht zerstören ... eingekerkert ... Schreckliche Strafe ... Gelehrte, sucht den Stein des Bösen! ... Zerstört ihn! ... Das Böse, das die Menschen vernichtet, kann die Welt vernichten.‹«
Meister Li legte die Pause neben die Schriftrolle.
»Ssu-ma Chien war ein mutiger Mann. Die Frage ist, ob er sich über den geheimnisvollen Stein irrt oder nicht. Und er deutet an, daß Tsao Hsueh Chin, der Verfasser der *Roten Kammer*, die Geschichte einer Tafel aus Yus Höhle entnommen hat. Wißt ihr, was das bedeutet?«

Wir schüttelten verneinend die Köpfe.
»Man sagt, daß der legendäre Kaiser Yu gewisse Tafeln vom Himmel erhalten und in einer Höhle verborgen habe«, erklärte Meister Li. »Man nennt sie die *Annalen von Himmel und Erde*, denn angeblich beschäftigen sie sich mit Dingen, die für Menschen und Götter gleichermaßen von Bedeutung sind. Hin und wieder bringt jemand eine alte Tontafel zum Vorschein und behauptet, sie stamme aus Yus Höhle. Im allgemeinen sind die Aussagen solcher Tontafeln für den Entdekker sehr lukrativ, aber ein oder zwei Tafeln enthielten Prophezeiungen, die sich als überraschend richtig erwiesen haben.«
Er griff nach dem Bericht über die Boden- und Pflanzenproben und schwenkte ihn in meine Richtung. Als ich Meister Lis Gesicht dabei sah, wurde mir sehr unbehaglich.
»Nummer Zehn der Ochse, hier wird festgestellt, daß mit der Prinzentrift alles in Ordnung sei. Mit den Mandarinen und allen Pflanzen im Süden war auch alles in Ordnung, bis Kaiser Li Ling-chi eine auffordernde Geste machte«, knurrte Meister Li. »Wenn man von den Ausschmückungen eines Märchens absieht, ist alles an der Geschichte durchaus möglich. Eine ungeheure Konzentration von *Ch'i* würde schwächere Lebenskräfte anziehen, wie ein Magnet die Eisenspäne, und kurze Zeit, nachdem ein Abschnitt der Prinzentrift zerstört wurde, hattest du einen Traum. Darin kam ein außergewöhnliches *Ch'i*, eine pulsierende Lebenskraft vor. Sie ging von einer kleinen Tonkugel aus. Hat dich dein schlafendes Bewußtsein zur Geschichte vom Kaiser und den Mandarinen geführt?«
Mein Bewußtsein war leer und so trüb wie eine Schlammpfütze. Selbstvergessen trank ich meinen Pflaumensaft mit Essig.
»Ein Stein, den der Himmel berührt hat?« dachte Meister Li laut. »Ein Stein, den der Lachende Prinz angebetet hat? Mit verläßlicher Sicherheit wissen wir nur, daß irgend etwas Teile der Prinzentrift zerstört hat und daß ein merkwürdiger Laut

damit in einem gewissen Zusammenhang zu stehen scheint.«

Mondkind verschluckte sich. Seine Augen wurden groß, erstaunt, und leise sagte er: »Ich glaube, ich kann Euch sagen, was für ein Ton es ist.«

*

Konfuzianische Tempel haben keine Priester und keine förmlichen Rituale, aber eine Gemeinschaft von Glockenmachern, und das liegt an *pien-chung*. Das sind sechzehn Steinglocken, die in einem Holzgestell hängen. Die Glocken haben keine Klöppel; sie werden von Holzbalken geschlagen, die an Seilen durch die Luft schwingen. Die meisten Leute finden den Klang langweilig und uninteressant, aber für Glockenmacher sieht die Sache ganz anders aus. Das Holzgestell trägt die Inschrift »Wenn die Glocke spricht, antwortet der Stein«, denn eine vollkommen gestimmte Metallglocke wird bei einer ähnlichen Steinglocke ein übereinstimmendes Echo hervorrufen. Das ist die genaueste Stimmvorrichtung, die man kennt.

Ein konfuzianischer Tempel war in der Nähe. Mondkinds Hände glitten liebevoll über die Steinglocken. Jetzt war er in seinem Element, und er war ganz bei der Sache.

»Die Alten teilten die Musikinstrumente in Übereinstimmung mit den Trigramen von Fu Hsi in Kategorien ein.« Ich glaubte einen Augenblick lang, wieder einen Vortrag über die Wen-Wu-Laute zu hören. »Jedes Instrument wird von vier Eigenschaften definiert: das Material, aus dem es gefertigt ist, die Himmelsrichtung, in der es seine größte Kraft besitzt, die Jahreszeit, die es anzudeuten scheint, und das verwandte Klangphänomen.«

Er begann, aus Bambusstöcken einen Rahmen zu bauen.

»Die Mundorgel ist folgendermaßen definiert: Kürbis, Nordost, Winter – Frühling und der Klang des Donners. Die Zither ist Seide, Süden, Sommer und das Geräusch von Feuer. Alle Instrumente ließen sich leicht einordnen, bis die Alten zu den tönenden Steinen kamen. Dann entstand ein fürchterlicher Streit, der beinahe sechs Jahrhunderte dauerte. Sie einigten sich ohne Schwierigkeiten auf Nordwest und Herbst – Winter. Das Problem lag bei dem zugeordneten Klangphänomen. Die Entscheidung, die sie trafen, ist immer noch heftig umstritten. Es ist nicht leicht, aber ich will versuchen, euch zu zeigen, weshalb sie zu ihrer Entscheidung kamen.«

Er nahm zwei Steinglocken aus dem Gestell, befestigte sie so an dem Bambusrahmen, daß die Glockenmünder sich beinahe berührten. Er wählte zwei Schlagbalken und hielt sie so, daß die Enden der Balken beinahe die Glockenkörper berührten.

»Ochse hat versucht, mir den eigenartigen Ton auf der Prinzentrift zu beschreiben«, sagte er. »Meister Li hat von einem Stein gesprochen, den möglicherweise der Himmel berührt hat und der vielleicht ein übermächtiges *Ch'i* besitzt. Ich weiß nur, daß ein Stein zwei verschiedene Töne hervorbringt. Die meisten Menschen haben nur den Ton der Oberfläche gehört. Der andere Ton kommt von der Seele.«

Mondkind begann, die Schlagbalken ganz leicht und sehr schnell gegen die Glocken zu schlagen. Ein dumpfer Steinton erfüllte den Tempel. Seine Hände bewegten sich schneller und schneller. Eine merkwürdige Schwingung löste bei mir Übelkeit im Magen aus. Mondkinds Hände waren inzwischen nur noch undeutliche Schatten, und die Schwingung wurde zu einem Summen, das den Tempel erzittern ließ. Er senkte den Kopf, und sein Mund berührte beinahe den schmalen Spalt zwischen den beiden Glocken. Mondkinds Kehle begann zu vibrieren wie die eines Kolibris, und ich begriff, daß er seine Stimme irgendwie gleichzeitig in die Münder der zwei Glocken hineinschickte, aber ich hörte nur das Summen. Schweiß rann ihm über das Gesicht, und die Kehle vibrierte schneller und schneller. »Wenn die Glocke spricht, antwortet der Stein.« Und die Steine begannen zu antworten. Zuerst war es ein beinahe unhörbares Echo unter dem vibrierenden Summen, das allmählich lauter wurde. Dann brach das Echo durch, und mir zersprang beinahe das Herz im Leib.

»Kung . . . shang . . . chueeeeeeeeeeeeeh . . .«

Auf der Prinzentrift hatte Meister Li den Ton nicht hören können, aber jetzt sah er aus, als hätte ihm jemand mit einer Stange auf den Kopf geschlagen. Klagende Morgendämmerung weinte. »Das ist er!« rief ich. »Der Ton, den ich gehört habe, war tausendmal klarer und stärker, aber das ist er ganz genau!«

»Kung . . . shang . . . chueeeeeeeeeeeeeeeeeeeeeh . . .«

Schweißgebadet trat Mondkind ein paar Schritte zurück.

»Die Alten«, stieß er keuchend hervor, »kamen zu dem Schluß, daß das dem Seelenton des Steins verwandte Klangphänomen nichts geringeres ist als die Stimme des Himmels.«

»Gut, gut, gut«, sagte Meister Li.

Auf dem Rückweg zum Tal der Seufzer wiederholte er immer wieder: »Gut, gut, gut . . . gut, gut, gut . . .«

Seit Monaten hatte ich ihn nicht mehr so glücklich gesehen.

*

Prinz Liu Pao freute sich, uns wiederzusehen. Zunächst freute ich mich auch, ihn wiederzusehen, aber dann stellte Meister Li ihm Klagende Morgendämmerung vor. Der Prinz machte einen Luftsprung, wurde abwechselnd rosa und blaß, und das folgende Gespräch hörte sich etwa so an.

»Möchtest du Tee?«

»Nein danke, Hoheit«, sagte Klagende Morgendämmerung.

»Vielleicht Wein?«

»Nein danke, Hoheit«, sagte Klagende Morgendämmerung.

»Kuchen, Obst?«

»Nein danke, Hoheit«, sagte Klagende Morgendämmung.

»Wie wäre es mit ein paar Schwänen?« fragte der Prinz hoffnungsvoll, »Münzen, Lämmer, Seide?«

Da dies die klassischen Hochzeitsgeschenke sind, wußte ich nur allzu genau, ich hatte Probleme.
Auf Mondkind reagierte der Prinz ebenso heftig, und innerhalb weniger Minuten waren die drei unzertrennlich, und ich machte mir ernste Gedanken darüber, daß Klagende Morgendämmerung gesagt hatte, ein Teil der Seele, die sie mit Mondkind teile, sei auf dem Großen Rad der Wandlungen verlorengegangen. Hatte die umherirrende Seele sich in Prinz Liu Pao festgesetzt? Ich fragte Meister Li danach, aber er brummte nur und dachte an etwas anderes. Seine Gedanken kreisten um den geheimnisvollen Stein des Lachenden Prinzen. Er saß in der Bibliothek des Klosters und durchsuchte die alten Aufzeichnungen nach Hinweisen auf einen ungewöhnlichen Stein. Er bat den Prinzen, die Unterlagen der Familie ebenfalls daraufhin durchzugehen. Mich schickte Meister Li ins Dorf, um zu sehen, ob ich in den Geschichten und Märchen der Bauern etwas entdecken würde.
Das lenkte mich von Prinz Liu Pao und Klagende Morgendämmerung ab. Die Geschichten der alten Frauen im Dorf über Steine hatte ich alle schon gehört. Also beschloß ich, es auf eine andere Art zu versuchen. – Ein Schmied wird von Jungen umschwärmt wie Blumen von Bienen. Ich beschloß, dem Dorfschmied zur Hand zu gehen. Nachdem ich ein paarmal den Amboß hochgehoben und mit bloßen Händen ein paar Eisenstäbe verbogen hatte, kamen genug Jungen, die mir alles erzählten, was ich wissen wollte, und nach zwei Tagen stürmte ich in die Klosterbibliothek.
»Ein Stein!, ein Zauberstein!« rief ich. Meister Li hob blinzelnd den Kopf von den Schriftrollen. »Es ist eine sehr alte Jungengeschichte«, erzählte ich aufgeregt. »Bis jetzt kenne ich sie nur ungefähr. Es geht um einen jungen Helden, der in eine geheime Höhle schleicht und einen Zauberstein findet. Und wißt Ihr, was er mit diesem Stein vorhat?« fragte ich rhetorisch. »Er will den Lachenden Prinzen töten!«
Meister Li lehnte sich zurück, legte die Fingerspitzen aneinander und sagte: »Gut, gut, gut.«

14

Erwachsene durften selten an den Zusammenkünften des Heiligen und Ehrwürdigen Ordens des Wolfs teilnehmen, aber Prinz Liu Pao war kein gewöhnlicher Besucher. Der Mond leuchtete hell und strahlend. Ich lauschte auf den dreifachen Eulenschrei und antwortete mit dem zweimaligen Miauen einer Katze. Aus den Schatten löste sich ein Junge und führte uns durch labyrinthisches Unterholz zu einer niedrigen Felswand. Der Prinz, Meister Li, Mondkind, Klagende Morgendämmerung und ich krochen durch eine Öffnung und gelangten in eine Höhle. Dreizehn etwa elf- bis vierzehnjährige Jungen begrüßten uns förmlich. Grund des Treffens war die Aufnahme des dreizehnten, Kleiner Glatzkopf, in die Elitebande der Jungen im Tal der Seufzer, und wir durften daran teilnehmen, bis man zu Kodes und Losungen kommen würde.

An der Rückwand der Höhle brannte eine Fackel. Auf dem Boden darunter lag das Skelett eines Jungen, der ungefähr im Alter der Bandenmitglieder gewesen sein mußte. Es war ein sehr altes Skelett, und der Junge hatte auf dramatische Weise den Tod gefunden. Die Rippen waren zerschmettert, und im Brustkorb lag eine eiserne Speerspitze. Wie die Bandenmitglieder verneigten auch wir uns vor den Knochen.

Der Anführer hieß Hirschohr. »Wie unsere Väter und Vorväter verneigen wir uns vor Wolf«, verkündete Hirschohr förmlich. »Wir versammeln uns ihm zu Ehren, und unsere erlauchten Gäste dürfen seiner Geschichte etwas hinzufügen.«

Die Jungen setzten sich im Halbkreis um das Skelett, und wir nahmen direkt hinter ihnen Platz. Hirschohr zog einen alten Ring von den weißen Fingerknochen. Er reichte den Ring höflich Prinz Liu Pao, der ihn betrachtete und höflich weitergab. Der Ring war aus schwarzem Eisen, und auf der Oberseite war ein Wolfskopf eingraviert. Meister Li musterte höchst interessiert die Innenseite. Dort befanden sich schwache Linien und Zeichen, mit denen ich nichts anfangen konnte. Wir gaben den Ring Hirschohr zurück, und der steckte ihn ehrerbietig wieder über die Fingerknochen des Skeletts.

Es folgte ein kurzes Reinigungsritual von Kleiner Glatzkopf, dem Jungen, der eingeweiht werden sollte.

Die richtige Zeremonie würde erst stattfinden, wenn wir gegangen waren. Hirschkopf begann, die Geschichte von Wolf zu erzählen, die mich zunächst enttäuschte. Wie bei zahllosen anderen solcher Geschichten konnte ich beinahe genau voraussagen, was als nächstes geschah.

Ein Holzfäller findet ein Neugeborenes in einem Körbchen auf seiner Schwelle. An einer Schnur um den Hals des Kindes sieht er einen Ring und ein Tontäfelchen. Aber der Holzfäller und seine Frau können nicht lesen. Deshalb gehen sie mit dem Täfelchen zu einem Priester, der ihnen die Inschrift vorliest.

»Wenn auf den Finger paßt der Ring,
den Jungen zum Tempel der Quelle bring.«

Sie haben keine eigenen Kinder und beschließen, den Findling als ihr eigenes aufzuziehen, und da in den Ring ein Wolfskopf eingraviert ist, nennen sie den Jungen Wolf.

Es vergehen zwölf Jahre, dann paßt der Ring auf den Finger, und der Holzfäller bringt Wolf zum Tempel der Quelle und zu dem Meister dort, der dafür bekannt ist, daß er alle möglichen seltsamen Dinge übernimmt. Ein Priester sucht im Archiv und erklärt, vor zwölf Jahren seien Anweisungen hinterlegt worden, nach denen Wolf nun alt genug sei, um zu erfahren, daß er einen Vetter hat, der im Ling-chou-Tal wohnt. Er ist ein sehr geschickter Mann und bekannt als Ku der Kunstschmied. Wolf soll seinen Vetter aufsuchen, aber es fehlen alle Angaben, die ihn zu Ku dem Kunsthandwerker führen könnten. Der Priester übergibt Wolf einen schlichten hölzernen Bogen, der außer dem Ring sein einziges Erbe zu sein scheint. Wolf verabschiedet sich unter vielen Tränen von seinen Zieheltern und zieht aus, um sein Schicksal zu suchen.

Ku der Kunstschmied ist der klassische Schurke. Der habgierige, verschlagene Vetter nimmt den Jungen wie einen Sklaven auf und schindet ihn halb zu Tode. Aber zumindest findet Wolf heraus, daß sein Vater Li Tan geheißen hat und vielleicht der größte Kunstschmied seiner Zeit gewesen und daß seine Mutter im Kindbett gestorben ist. Wolfs Vater verliebte sich in eine Konkubine des Herrn über das Nachbartal, das Tal der Seufzer. Die Konkubine war eine Hexe. Sie war eine Barbarin, die wegen ihrer leuchtend roten Haare Feuerkrone genannt wurde, und sie hatte eine Tochter in Wolfs Alter, die Feuermädchen hieß. Die Hexe und Wolfs Vater hatten versucht, den Herrn, den Lachenden Prinzen, zu ermorden und dafür mit ihrem Leben bezahlt. Aber die beiden Kinder waren spurlos verschwunden und entgingen dadurch dem Tod.

»Eines Tages«, sagte Hirschohr, »tauchte ein geheimnisvoller Fremder an der Tür von Ku dem Kunstschmied auf. Die beiden unterhielten sich leise viele Stunden, und dann riefen sie Wolf. Beim Anblick des Fremden wurde Wolf angst und bange, denn ...«

»Wolf fürchtete nichts und niemanden«, widersprach Kleiner Glatzkopf aufgebracht. Für einen Wölfling hatte er die rechte Einstellung.

»Wolf wurde angst und bange, weil das Gesicht des Fremden so weiß wie der Tod war«, zischte Hirschohr, »krank, schmierig, fischbauchweiß. Das Herz des Fremden war so kalt, daß seine Augen blau geworden waren. Ein roter Bart kroch über sein Gesicht wie eine haarige Spinne, und er war . . .«

»Er war betrunken«, sagte Kleiner Glatzkopf trocken, »mein Vater hat mich einmal nach Soochow mitgenommen, wo es eine Menge Barbaren gibt, und Barbaren sind immer betrunken.«

»Er hatte seine Nase noch nicht in den Weinkrug gesteckt, und unterbrich mich nicht!« schrie Hirschohr, »er sagte Wolf, er sei ein Händler mit einer Karawane auf den Weg nach Samarkand, und seine Waren seien . . .«

Hirschohr machte eine Pause und betrachtete die Gäste nachdenklich. Wir konnten eine unwichtige Einzelheit zu der Geschichte hinzufügen: Bis jetzt hatte niemand über die Waren nachgedacht. Hirschohr verneigte sich vor dem Prinzen, der Meister Li das Wort überließ.

»Slowenische Erdhörnchen«, begann Meister Li und intonierte die Worte wie eine Litanei, »Grauwerk und Eichhörnchen- und Grauhörnchenfelle. Schwalben und Finken, Ziegenhäute und Widderhäute, Datteln, Haselnüsse, Walnüsse, gesalzene Störschwänze, Pfefferkörner, Ingwer, Safran, Gewürznelken, Muskatnuß, Cumin, Kardamom, Skammonia, Manna, Lackharz, Zitwerwurzel, Weihrauch, Quecksilber, Kupfer, Bernstein, zerstoßene Perlen, Borax, Gummiarabikum, Zuckerwerk, Golddraht, Weine, Drachenblutrubine, falsche Würfel und schöne Tanzmädchen.«

Nur Meister Li konnte an »falsche Würfel« und »Tanzmädchen« denken, und die Jungen nahmen es in ehrfurchtsvollem Schweigen auf. Für die nächsten tausend oder zwölfhundert Jahre würden Meister Lis Waren zur Geschichte von Wolf gehören.

Hirschohrs Stimme verwandelte sich in ein ekelhaftes, schmeichlerisches Jammern. »›Was für ein prächtiger Junge‹, sagte der Fremde, ›was für ein aufgeweckter mannhafter Junge. Ich habe genau die richtige Aufgabe für einen solchen Jungen, und der Junge, der sie vollbringt, erhält sechs glänzende Kupfermünzen.‹ Wolf sah ihn schweigend an. Das Gesicht des Fremden verzerrte sich qualvoll. ›Also gut, *sieben*, heulte er, ›ich habe eine Nichte – ein wildes undankbares Ding! Sie hat einen Edelstein gestohlen und ihn geschluckt, um den Diebstahl zu verbergen, und ist in eine kleine Höhle am Ende des Tals geschlüpft. Der Eingang ist zu eng für einen Mann, aber ein geschickter, mannhafter Junge könnte sich hineinzwängen und meine Nichte zurückbringen.‹«

Wolf will nichts mit der Sache zu tun haben. Aber Ku der Kunstschmied beharrt darauf. Also nimmt Wolf seinen Ring, den Bogen und eine Fackel und zwängt sich durch eine kleine Öffnung in eine dunkle Höhle.

Jetzt wurde die Geschichte wirklich interessant, zumindest aus meiner Sicht. Und da sich herausstellte, daß sie wichtig für Meister Li war, will ich die entscheidenden Abschnitte, soweit ich mich daran erinnere, hier wiedergeben.

*

Wolfjunge und Feuermädchen

Wolf entzündete die Fackel und sah sich um. In der Höhle befand sich niemand, aber sie hatte eine dunkle Ecke, und als er dorthin ging, entdeckte er staunend glatte Steinstufen, die nach unten führten. Wolfs Augen leuchteten, und er dachte an vergrabene Schätze. Er spannte den Bogen, vergewisserte sich, daß er blitzschnell sein Messer greifen konnte, und stieg die Treppe hinunter. Die Stufen führten tiefer und tiefer in Kehrtwendungen nach unten. Wolf hörte immer deutlicher das Geräusch fließenden Wassers. Schließlich glitzerte etwas im Schein der Fackel, und er erkannte, daß er an einem unterirdischen Fluß in einer riesigen Höhle stand. Das Wasser war pechschwarz wie das steinerne Bett, in dem es floß. Von rechts kam ein Lichtschein. Vorsichtig ging er darauf zu und erreichte die erste einer langen Reihe von Fackeln, die in Haltern entlang der Felswand hingen.

Das Licht war hell genug, und Wolf konnte seine Fackel löschen. An einem Pfahl im Wasser war ein kleines rotes Boot festgebunden. Daneben befand sich ein zweiter Pfahl, auf dem er Wasserflecken entdeckte. Die Flecken waren noch feucht. Wolf band das kleine Boot los, kletterte hinein und stieß sich vom Ufer ab.

Gewaltige in Stein gehauene Statuen säumten die Ufer. Wolf bestaunte Gestalten mit menschlichen Körpern, aber Tier- oder Vogelköpfen. Was konnten sie bedeuten? Bis auf das Zischen der Fackeln und das Klatschen des Wassers herrschte in der Höhle völlige Stille. Nichts rührte sich. Das Boot trieb weiter und weiter. Alles, bis auf das gelbliche Licht der Fackeln war schwarz oder weiß oder grau. Aber plötzlich blitzte etwas Rotes auf. Wolf steuerte das Boot zu einem Felsvorsprung. Darunter lag ein rotes Boot, das genauso aussah wie das, in dem er saß. Er machte sein Boot daneben fest, schwamm ans Ufer und kletterte aus dem Wasser. Er entdeckte die immer noch feuchten Abdrücke von Sandalen, die über einen Haufen heruntergefallener Felsbrocken führten. Wolf folgte den Abdrücken, kletterte über die Steine und erreichte eine kleine flache Stelle.

Irgend etwas landete auf seinem Rücken und riß ihn zu Boden. Vor seinen Augen blitzte ein Messer auf, und ein kleiner Arm versuchte, ihm den Kopf zurückzureißen. Wolf strampelte, rollte auf die Seite, hielt so die Hand mit dem Messer unter seinem Körper fest, und es gelang ihm, den Angreifer unter sich zu bringen. Er blickte auf ein etwa gleichaltriges Mädchen. Sie war halb Chinesin, halb Barbarin und hatte feuerrote Haare. Sie fauchte wie eine Katze und kämpfte wütend, aber Wolf war stärker. Es gelang ihm, ihr beide Arme festzuhalten. Plötzlich hörten sie auf zu kämpfen.

Unten am Fluß näherten sich Männer. Sie hörten rauhes Lachen und das Klirren von Waffen. Etwas in den Stimmen brachte Wolf und das Mädchen dazu, sich voneinander zu

lösen, an den Rand der Felsbrocken zu kriechen und hinunterzuspähen. Die Soldaten hatten brutale, grausame Gesichter und trugen die Uniform des Lachenden Prinzen. Wolf begriff, daß sich die Höhle bis zum Tal der Seufzer erstrecken mußte. Die Soldaten marschierten unten vorbei und verschwanden im Schatten. Wolf und das Mädchen setzten sich auf.
Etwas war sehr merkwürdig. Es hätte dunkel sein müssen, aber etwas strahlte sie an. Sie sahen, daß im Rücken des anderen etwas glühte. Die Lichtquellen waren Wolfs Bogen und einer der Pfeile im Köcher des Mädchens. Sie hielten sie hoch und betrachteten sie staunend. Auf dem Pfeil und auf dem Bogen leuchtete eine Schrift, eine Feuerschrift. Wolf sah das Mädchen und wurde rot.
»Ich kann nicht lesen«, flüsterte er.
»Ich kann ein bißchen.«
Das Mädchen nahm Wolfs Bogen, kratzte sich am Kopf, zog die Nase hoch und las langsam und stockend:

»Der kostbare Stein leidet in der Dunkelheit.
Wann wird seine Kraft die Welt verzaubern?«

Sie nahm den Pfeil, kratzte sich am Kopf, zog die Nase hoch und las:

»In seinem Versteck wartet der kostbare Stein,
Wann wird sein Schicksal endlich erfüllt sein?«

Sie sahen sich an. Schließlich sagte Wolf: »Mann nennt mich Wolf, und mein Vater war Li Tan, der Kunstschmied. Ich hab ihn nie gekannt. Er hat mir diesen Bogen und einen Ring hinterlassen.«
»Man nennt mich Feuermädchen, und meine Mutter war Feuerkrone, die Hexe«, sagte das Mädchen. »Ich hab sie nie gekannt, und sie hat mir diesen Pfeil hinterlassen.«
»Man sagt, mein Vater und deine Mutter haben versucht,

den Lachenden Prinzen zu ermorden«, sagte Wolf, »ist dieser Barbarenhändler wirklich dein Onkel? Er hat gesagt, du hättest etwas gestohlen, aber ich glaube es ihm nicht.«
»Etwas gestohlen?« Das Mädchen drehte sich um und spuckte wütend aus. »Man nennt ihn Buschbart der Barbar, und er wollte mich dem Lachenden Prinzen als Konkubine verkaufen, so wie er einmal meine Mutter verkauft hat. Wenn sich eine Möglichkeit bietet, bring ich ihn um.«
Während sie redeten, verblaßten die leuchtenden Buchstaben auf Pfeil und Bogen. Aber inzwischen glühte ein drittes Licht. Es kam vom Ring an Wolfs Finger, und er streifte ihn ab. Dort leuchtete keine Schrift, sondern merkwürdige Linien und Zeichen an der Innenseite.
Wolf untersuchte die Zeichen genauer und sah, daß nicht alle Linien glühten. Die hellen Linien wanden sich zwischen anderen hindurch.
»Könnte es der Wegweiser durch ein Labyrinth sein?« flüsterte Feuermädchen.
Wolf drehte den Ring, und auf der Außenseite zeigten sich ebenfalls Linien. »Siehst du, die Linien beginnen am Wolfskopf, führen zum Rand, dann herum und auf der Innenseite weiter, als wiesen sie den Weg in ein Loch oder in einen Tunnel – dann winden sich die leuchtenden Linien durch all die kleinen Öffnungen bis zu einem kleinen Kreis und hören dort auf.«
Feuermädchen packte Wolf am Arm. »Weiter unten ist eine Statue mit einem Wolfskopf wie hier auf dem Ring«, sagte sie aufgeregt.
Ohne ein weiteres Wort stiegen die beiden vorsichtig zum Ufer hinunter und liefen daran entlang, bis sie eine riesige steinerne Wolfsstatue erreichten. Sie suchten ein Zeichen, fanden aber nichts. Die steinernen Wolfsaugen richteten sich auf eine dunkle Stelle im Felsen, und als sie der Richtung folgten, entdeckten sie einen winzigen Seitentunnel, der beinahe unsichtbar war. Es gelang Wolf und Feuermädchen, sich durch die Öffnung hindurchzuzwängen.

Der Ring glänzte noch heller, und die Augen des Wolfs waren wie kleine Laternen. Es gab viele Seitengänge, aber Wolf folgte den glänzenden Linien auf dem Ring. Um ganz sicherzugehen, kratzten sie mit dem Messer Markierungen in den Fels, wenn sie abbogen. Sie krochen und wanden sich durch ein Labyrinth. Vor sich sahen sie Licht, und schließlich gelangten sie in eine kleine runde Höhle. Das Licht drang durch einen natürlichen Felskamin in die Tiefe. Ganz oben sahen sie ein Stück Himmel und ein paar Sonnenstrahlen.

In der Höhle standen ein Tisch und zwei Bänke. Auf dem Boden lagen Fackeln und gegenüber zwei Strohsäcke. Zwischen den Strohsäcken befand sich ein natürlicher Steinsims. Auf dem Sims standen drei Bronzekästchen, und im Stein über den beiden äußeren war dieselbe Inschrift eingraviert. Die Deckel der Kästchen hatten die Form von Fischen und ließen sich aufschieben.

Feuermädchen studierte die Inschriften über den beiden äußeren und las:

»Erst wenn alles versagt,
Zieh unverzagt.«

Das mittlere Kästchen hatte zwei zusammenklappbare Deckel. Auf dem linken befand sich das Yin-Symbol, auf dem rechten das Yang-Symbol. Im Stein darüber sahen sie die vier Schriftzeichen für: *tung ling pao-yu*.

»Stein von durchdringender geistiger Kraft«, las Feuermädchen.

Wolf öffnete das mittlere Kästchen. Darin lag ein Stein. Er war klein, schmal und scharf wie ein Rasiermesser und hatte die Form einer Pfeilspitze. Feuermädchen nahm ihn in die Hand. Sie entdeckte auf beiden Seiten zwei Reihen Schriftzeichen. Nach vielem Kratzen und Nase hochziehen, las sie:

»Wenn das Böse als Weisheit gilt,
Wird Weisheit Böse.

Wenn Grausamkeit als Tugend gilt, wird
Tugend zur Grausamkeit.
Der Stein besiegt Grausamkeit und das Böse
Er fliegt zum Herzen von Liu Sheng.«

»Feuermädchen, Liu Sheng heißt der Lachende Prinz«, sagte Wolf, »man erzählt, daß mein Vater ein großer Kunstschmied und deine Mutter eine große Hexe waren.«

Er wies schweigend auf den Bogen, den Pfeil, den Ring und den Stein, und Feuermädchen hielt ihm den Pfeil vor die Augen. Erst jetzt bemerkte Wolf, daß er keine Spitze hatte, aber eine Einkerbung. Sie nahm den Stein, steckte ihn langsam in die Einkerbung, und er saß dort so fest, als sei er mit Darmsaiten festgebunden. Feuermädchen hob den Pfeil und legte die Mitte des Schafts auf einen Finger. Er war vollkommen im Gleichgewicht.

»Was sollen wir tun? Was meinst du?« fragte sie ruhig.

Wolf sah sich um. Der Kamin, der zur Oberfläche hinaufführte, befand sich an einer Wand. Er ging hinüber und fand Griffe für Füße und Hände. Er sprang hoch, hielt sich fest und begann zu klettern. Es war ein langer Weg nach oben, aber die Griffe waren gut. Schließlich steckte er den Kopf aus dem Loch. Er sah, daß er sich am Grund einer tiefen Schlucht befand. Direkt gegenüber entdeckte er ein gutes Orientierungszeichen: eigenartige rote und smaragdfarbige Steine in der Steilwand. Er machte sich wieder an den Abstieg.

»Da kannst du auch hinaufklettern«, sagte er keuchend, »wenn es sein muß, können wir schnell hier raus. Feuermädchen, ich glaube, mein Vater und deine Mutter wollten, daß wir versuchen, den Lachenden Prinzen zu töten, wenn es ihnen nicht gelingen würde. Aber ich weiß nichts über ihn. Warum sollte man ihn töten?«

Sie schüttelte den Kopf. »Ich weiß nicht, aber ich glaube, wir finden es besser heraus«, sagte sie.

Sie hielten sich bei der Hand und suchten den Rückweg durch das Labyrinth, um zu sehen, was sie sehen konnten.

(Das Folgende fasse ich zusammen, denn Meister Li hielt die Einzelheiten nicht für wichtig. Feuermädchen und Wolf entdecken die schrecklichen Zerstörungen im Tal der Seufzer und die grauenhafte Folterkammer in der Grotte. Sie finden außerdem heraus, daß die Folterinstrumente von Ku dem Kunstschmied gefertigt werden und daß Buschbart der Barbar dem Lachenden Prinzen die Mädchen verkauft, mit denen er sich erst vergnügt, ehe er sie in die Grotte schickt. Wolf und Feuermädchen werden von Soldaten verfolgt, und eine Grille zeigt ihnen, wie man Essen stiehlt. Die Statue mit dem Wolfskopf kann ein paar Worte sprechen und warnt sie vor einer giftigen Dampffontäne. Sie versucht auch, die beiden vor Fledermäusen zu warnen, aber das Wort »Fledermäuse« hat zahllose andere Bedeutungen, wenn es nicht mit der richtigen Betonung ausgesprochen wird. Die Statue kann die steinernen Lippen nicht bewegen, und deshalb verstehen sie die Warnung nicht. Sie werden nacheinander gefangen und vom anderen wieder gerettet. Sie entdecken den Thronsaal, den der Lachende Prinz in der Höhle hat bauen lassen. Sie bauen Fallen, indem sie spitze Pfähle in Gruben aufstellen und Matten darüberlegen, die Steine vortäuschen, und sie untergraben riesige Felsbrocken an den Abhängen. Sie sind sich darüber einig, daß der Lachende Prinz getötet werden muß, und die einzige Möglichkeit dazu bietet sich, wenn er in der Höhle hofhält. Sie kriechen durch einen Gang bis zu einer Stelle über dem Thronsaal und sehen, daß Ku der Kunstschmied und Buschbart der Barbar zu den Höflingen gehören. Der Lachende Prinz erscheint und nimmt auf dem Thron Platz.)

*

»Wirst du ihn von hier aus treffen?« fragte Wolf flüsternd.

Feuermädchen schüttelte den Kopf und gab Wolf Pfeil und Bogen. Der Lachende Prinz trug zwar eine Kutte wie die Munteren Mönche, die rechts und links von seinem Thron standen, aber sie war kein Narrengewand. Sein Gesicht ver-

schwand hinter dem Gesichtstuch. Aber böse funkelnde Augen durchbohrten die Schatten wie kalte blaue Flammen. Er griff nach hinten und fütterte die sieben schwarzen Fledermäuse, die auf der Rückenlehne des Thronsessels hockten, mit etwas, das möglicherweise Menschenleber war. Sein Lachen klang wie splitterndes Eis.
Wolf legte den Pfeil auf die Sehne und zog sie langsam zurück. Seine Muskeln spannten sich, um den gefiederten Schaft ruhig am rechten Ohr zu halten. Vorsichtig hob er den Bogen in die für einen langen Schuß günstigste Stellung. Die scharfe Steinspitze glänzte im Fackellicht. Die sieben Fledermäuse flatterten auf, und hohe schrille Schreie hallten durch die Höhle.

»Meister, o Meister, ein Pfeil Euch droht!
Die funkelnde Spitze des Steins bringt Euch den Tod!«

Die glitzernden Augen des Lachenden Prinzen schweiften durch die Höhle. Eissplitter schienen plötzlich durch den Gang zu fliegen. Wolf versuchte, den Pfeil abzuschießen, aber seine Finger waren erstarrt. Sein Arm war erstarrt. Er spürte, wie das Eis seinen Körper erfaßte und sich seinem Herzen näherte.
Feuermädchen griff nach Pfeil und Bogen und spannte die Sehne mit all ihrer Kraft. Die eisigen Augen wanderten weiter, und auch sie erstarrte. Sieben schwarze Fledermäuse flatterten durch die Luft.

»Meister, o Meister, einen Wolfsjungen und
ein Feuermädchen haben wir entdeckt!
Mit Pfeil und Bogen liegen sie hier versteckt!«

»Meine diebische Nichte! Vier Goldstücke für den Mann, der sie mir herbeischafft! Also gut, *fünf*!« brüllte Buschbart der Barbar und stürmte mit einem Trupp Soldaten durch die Höhle.

»Bringt mir meinen undankbaren Vetter tot oder lebendig!« heulte Ku der Kunstschmied an der Spitze eines zweiten Trupps Soldaten.
Der Lachende Prinz drehte den Kopf wieder seinen Munteren Mönchen zu; Wolf und Feuermädchen fielen auf den Rücken, als seien Eisketten geborsten. Es bestand keine Hoffnung mehr auf einen sauberen Schuß. Deshalb machten sie kehrt, rannten den Gang zurück und erreichten die Höhle dicht vor den Soldaten. Pfeile umschwirrten sie, als sie in den Fluß sprangen, und Speere bohrten sich in das schwarze Wasser, während sie zum anderen Ufer tauchten. Sie krochen heraus und rannten auf einen Seitengang zu, aber Buschbart und seine Männer folgten ihnen mit Triumphgeschrei dicht auf den Fersen.
Wolf und Feuermädchen zählten schweigend: »Zehn Schritte und einen, zehn Schritte und zwei, zehn Schritte und drei...« Sie sprangen, soweit sie konnten und begannen wieder zu zählen: »Zehn Schritte und einen, zehn Schritte und zwei, zehn Schritte und drei ...« Dann sprangen sie wieder und hörten hinter sich gellende Schreie. Der Klageruf von sieben schwarzen Fledermäusen hallte durch die Höhle.

»Meister, o Meister, Eure Soldaten sterben!
Spitze Pfähle in Gruben sind ihr Verderben!«

Wo war Feuermädchen? Wolf drehte sich um und sah sie mitten im Gang stehen. Der heilige Pfeil steckte wieder im Köcher, und auf der Sehne lag ein anderer, dessen gefiederter Schaft beinahe ihr Ohr berührte. Eine massige Gestalt sprang zur Seite, preßte sich an den Stein und schluchzte vor Entsetzen.
»Ein Geschenk meiner Mutter, lieber Onkel«, sagte Feuermädchen leise.
Der Pfeil summte wie eine Wespe, Buschbart der Barbar griff sich an die Kehle und versuchte, den Pfeil herauszuziehen. Blut schoß hervor, er stürzte stöhnend zu Boden und

krümmte sich zuckend. Feuermädchen drehte sich um, war mit wenigen Schritten bei Wolf, und sie rannten weiter. Der Ausgang lag hoch oben in der Höhlenwand über dem Geröll und den Felsbrocken. Unten am Ufer hoben Soldaten die Köpfe und deuteten mit Triumphgeschrei hinauf. Wolf und Feuermädchen wichen geschickt den Pfeilen aus, während sie den schmalen Pfad entlangliefen und die Holzklötze der Fallen entfernten, die sie gestellt hatten. Sieben schwarze Fledermäuse jammerten schrill.

»Meister, o Meister, in eine Falle sind wir geraten!
Stürzende Felsen erschlagen Eure Soldaten!«

Wo war Wolf? Feuermädchen drehte sich um und sah ihn mit dem Messer zwischen den Zähnen den Abhang hinuntergleiten. Ku der Kunstschmied schrie entsetzt auf und schwang das Schwert. Wolf wich dem Schlag aus, Ku der Kunstschmied stöhnte, stürzte zu Boden und versuchte, das Messer aus seinem Bauch zu ziehen. Blut quoll ihm aus dem Mund, und er zuckte krampfhaft. Wolf drehte sich um, kletterte zu Feuermädchen hinauf, und sie rannten weiter. Bis zu ihrem Geheimgang gab es keine Abzweigungen mehr. Sie waren ungeschützt, und über ihren Köpfen flatterten sieben schwarze Fledermäuse.

»Meister, o Meister, kommt schnell hierher!
Eurer Beute bleibt kein Fluchtweg mehr!«

Ein kalter Wind wehte durch die Höhle. Wolf und Feuermädchen drehten sich um und starrten voll Entsetzen auf eine Ausgeburt des Bösen. Eine große schwarze Fledermaus flog auf sie zu. Ihre Flügel maßen vierzig Fuß, die Zähne funkelten wie riesige Speere, sie trug eine Königskrone auf dem Kopf, und ihre Augen waren die Augen des Lachenden Prinzen.

Sie hatten die Wolfsstatue beinahe erreicht, und dort befand sich die letzte Falle. Sie war für Soldaten geplant, die sie vielleicht mit einem Boot verfolgen würden. Wolf tauchte nach dem Seil und zog. Ein riesiger Felsbrocken löste sich, rollte donnernd den Abhang hinunter und flog durch die Luft. Bei seinem Aufprall schoß ein dichter Vorhang aus Wassertropfen hoch in die Luft. In seinem Schutz sprangen sie zur Felswand, verschwanden in der engen Öffnung und eilten durch das Labyrinth zurück zu ihrer Höhle. In der Ferne hörten sie schwach das Geschrei der Fledermäuse.

»Meister, o Meister, Eure Beute ist uns entflohn!
Wir werden nicht rasten, bis sie bekommen ihren Lohn!«

Erschöpft setzte sich Feuermädchen auf den Boden und schloß die Augen. Als sie die Augen wieder aufschlug, sah sie Wolf am Felskamin stehen. Er blickte hinauf. Der Lärm von Soldaten drang herunter, die auch draußen nach ihnen suchten.
»Ich will mich umsehen«, sagte Wolf und blickte sie mit großen, ernsten Augen an. »Bleib hier, bis ich zurückkomme, Feuermädchen.«
Er kletterte hinauf und wartete eine Weile. Dann war er verschwunden. Feuermädchen schloß die Augen, riß sie aber plötzlich weit auf.
»Da ist der Junge!« drang der Ruf eines Soldaten durch den Kamin herunter.
»Rote Haare! Da ist auch das Mädchen! Sie sind beide hier draußen!« schrie ein anderer Soldat.
Feuermädchen sprang auf. Rote Haare? Ein Mädchen bei Wolf? Ihr Blick fiel auf den Steinsims zwischen den beiden Strohsäcken. Verwundert sah sie, daß das linke Kästchen offen war. Ernst betrachtete sie die Inschrift im Fels darüber:

»Erst wenn alles versagt,
Zieh unverzagt.«

Das Kästchen war leer bis auf einen kleinen roten Faden. Auf dem Boden stand etwas geschrieben. Feuermädchen kratzte sich am Kopf und zog die Nase hoch.

»Ein Junge, der stirbt, stirbt nicht vergebens
Er kommt wieder auf dem großen Rad des Lebens.«

Wolf hatte etwas aus dem Kästchen genommen, das rote Haare vortäuschte, und die Soldaten von Feuermädchen weggelockt. Natürlich würden sie ihn fangen, aber sie konnte vielleicht fliehen.
Feuermädchen trat vor das rechte Kästchen. Die Fischschuppen glitten zur Seite. Sie griff hinein und fand eine kleine Phiole mit einer blassen Flüssigkeit. Auf dem Boden des Kästchens stand:

»Ein Mädchen das trauert und trinkt dies mit Lachen
wird von einem Kuß wieder erwachen.«

Feuermädchen legte sich auf das Lager. Sie fuhr sich mit den Fingern durch die Haare und strich ihr Gewand glatt. Den Bogen und den Pfeil mit der Steinspitze legte sie neben sich auf den Boden. Dann öffnete sie die Phiole. Die Flüssigkeit roch frisch und klar wie Waldkräuter nach dem Regen.
»Ja, Wolf, ich werde warten«, sagte sie leise, hob die Phiole an die Lippen und trank. Ihre Augen schlossen sich, und sie schlief ein.

Die Zeit vergeht,
Das große Rad sich dreht.
Ein Junge wird seine Höhle wiederfinden,
Und das Geheimnis des Rings ergründen.
Ein Kuß wird dem Schlaf ein Ende machen,
Und ein Feuermädchen wird wieder lachen.
Dann trifft der heilige Pfeil den Bösen
Und wird das Tal der Seufzer erlösen.

»Die Reime sind miserabel, aber in einigen Teilen ist die Geschichte wirklich wertvoll«, sagte Meister Li, während wir im Mondlicht den Hügel hinuntergingen.
»O ja!« bestätigte der Prinz begeistert. »Ich wußte schon immer, daß unter dem Blick meines Ahnen alles zu Eis erstarrte und daß er die Seele einer monströsen Fledermaus hatte.«
»Ich finde, es ist eine großartige Geschichte«, sagte Klagende Morgendämmerung.
»Mir haben sogar die Reime gefallen«, gestand Mondkind.
»Die Geschichte ist einfach genial«, rief ich. »Jeder der Jungen könnte der wiedergeborene Wolf sein, und deshalb sitzen sie stundenlang zusammen und halten nach Omen Ausschau. Wenn sie auch nicht der wiedergeborene Wolf sind, werden sie Offiziere in seinem Heer sein und müssen sich deshalb durch Prüfungen bewähren – indem sie zum Beispiel die Nacht allein im Wald der Klagenden Geister verbringen oder Feuerdroge in ein Loch unter dem Unglückstopf von Wüterich Wu stopfen, und wenn Wu den Topf beim Frühlingsfest explodieren läßt, landet er irgendwo in Tibet. Und Fledermäuse! Die Jungen müssen herausfinden, wie man die Fledermäuse überlistet, und das bedeutet, sie müssen 'dunkle, geheime Orte aufsuchen, wo es jede Menge Spinnen und Spinnweben gibt. Sie üben sich im Stellen von tückischen Fallen und lernen Zaubersprüche, um den bösen Blick abzuwehren – ich habe meine alte Bande immer für etwas Besonderes gehalten, aber die Sieben Blutigen Banditen der Drachenknochenhöhle dürften sich nicht einmal vor dem Heiligen und Ehrwürdigen Orden des Wolfs *verneigen*.«
Meister Li betrachtete mich kühl.
»Vielleicht sollte man die außergewöhnlichen Hinweise auf einen Stein nicht völlig vergessen«, sagte er trocken.
Wolf und Feuermädchen stärkten mir den Rücken. »Die Geschichte ist einfach *genial*. Vor Jahrhunderten entdeckten ein paar Jungen die Höhle und begriffen, wenn sie ein Skelett mit einer Speerspitze im Brustkorb zu ihrem Helden machen

wollten, konnte es nur ein Held sein, der irgendwie versagt hatte. Deshalb fügten sie alles mögliche aus alten Heldengeschichten zusammen und . . .«

»Schufen eine Geschichte, die ich bis auf die Reime bewundere«, sagte Meister Li. »Das Bewundernswerteste an der Geschichte ist das Volkstümlich-Epische. Ich meine, die Worte gewinnen gewissermaßen religiöse Bedeutung. Ist jemandem aufgefallen, wie Hirschohr die Geschichte vorgetragen hat?«

Mir war nichts aufgefallen, aber Klagende Morgendämmerung sehr wohl.

»Er hatte den Kopf zurückgelegt und die Augen geschlossen«, sagte sie. »Einmal verbesserte er schnell ein ›die‹ in ›das‹. Darin glich er ganz meiner lieben alten Tai-Tai, die eine alte Geschichte Wort für Wort aufbewahrte, wie ihre Eltern und Großeltern es getan hatten.«

Meister Li sah sie liebevoll an. »Sag mir Bescheid, wenn du zwischen den Besuchen dieser drei Herren noch etwas Bewunderung brauchen kannst«, sagte er. »Das ist das Wesentliche an den Hinweisen auf den Stein. Hirschohr wiederholte die Inschrift über dem Schrein ziemlich genau, und zwei Zeilen waren völlig identisch:

›Der kostbare Stein leidet in der Dunkelheit.
Wann wird seine Kraft die Welt verzaubern?‹«

Prinz Liu Pao breitete die Arme aus.

»Ja, aber was *ist* der Stein?« fragte er kläglich. »Der Geschichte der Jungen nach zu urteilen ist er ein Zauberding und besiegt das Böse. Aber mein Ahne hat ihn gehütet und verehrt, und das macht kaum einen Sinn, es sei denn, der Lachende Prinz war in die Vorstellung von Selbstmord verliebt. Ssu-ma und der Verfasser der *Roten Kammer* behaupteten, der Stein sei die Verkörperung alles Bösen. Im Traum, den Ochse hatte, ist er eine überwältigende Lebenskraft. Ist er gut? Ist er böse? Ist er überhaupt mehr als eine Legende? Ich sage es nur

ungern, so sehr mir die Geschichte von Wolf auch gefallen hat, sie hilft uns nicht weiter.«
»Mit Verlaub, Prinz, da bin ich anderer Meinung«, sagte Meister Li. Irgendwie kam er mir wie ein Zauberer vor, der im nächsten Augenblick in ein winziges Pillendöschen greifen und eine lange Stange herausziehen würde. »Denkt an die geheimnisvollen Mönche im Narrenkleid, die aus dem Nichts auftauchen und wieder spurlos verschwinden. Ich habe den starken Verdacht, daß die Höhle in der Geschichte das Grab des Lachenden Prinzen ist. Und das bedeutet, das Grab ist sehr viel größer, als wir angenommen haben. Bei Tageslicht wollen wir meine Theorie überprüfen.«

15

Die Sonne ging gerade über dem rechten Drachenhorn auf, als Meister Li uns den Abhang hinunter zum Grund der Schlucht zwischen den beiden Hügeln führte. Ich trug alle möglichen Werkzeuge, und die anderen trugen Fackeln.

»Tausende von Bauern haben am Grab des Lachenden Prinzen gearbeitet«, sagte Meister Li. »Ist es ihm wirklich gelungen, alle zu ermorden? Ein paar Einzelheiten über das Grab schlummern mit Sicherheit in der Erinnerung der Menschen im Tal der Seufzer. Eine Form, in der sie überlebt haben, ist möglicherweise die abenteuerliche Geschichte von Wolf, der zusammen mit Feuermädchen eine Höhle findet und durch einen natürlichen Felskamin klettert. Als er den Kopf oben heraussteckt, entdeckt er, daß er in einer tiefen Schlucht angekommen ist. Hirschohr wiederholt mit zurückgelegtem Kopf und geschlossenen Augen mit großer Genauigkeit die Worte, die Jahrhunderte überdauert haben: ›Direkt gegenüber entdeckte er ein gutes Orientierungszeichen: eigenartige rote und smaragdfarbige Steine in der Steilwand.‹«

Meister Li ging zu einer der beiden Steilwände.

»Ich war schon einmal hier, weil ich herausfinden wollte, wie es Ochse gelungen ist, die eine Seite hinunter- und die andere hinaufzuklettern«, sagte er. »Ich habe zwar keinen Weg nach oben entdeckt, aber das hier . . .«

Er schob ein paar Disteln zur Seite, und wir sahen mitten im Granit merkwürdige rote und smaragdfarbene Steine, die beinahe wie Edelsteine aussahen. »Prinz, gibt es in einem anderen Teil des Tals vielleicht etwas Ähnliches?« fragte er.

Wortlos begann der Prinz, nach dem Ausstiegsloch eines natürlichen Felskamins zu suchen. Wir verteilten uns im Gelände und folgten seinem Beispiel. Nach etwa einer Stunde hörten wir Mondkind rufen. Er stand etwa zwanzig Fuß über uns in der Felswand, die man an dieser Stelle ohne größere Mühe erklettern konnte, und deutete auf dichtes Ginstergestrüpp. Wir liefen zu ihm hinauf. Ich räumte das Gestrüpp beiseite, und zum Vorschein kam ein schwarzes Loch. Ich hatte einen langen Bambusstab mitgebracht. Damit stieß ich hinein, erreichte jedoch keinen Grund. Ich warf die Stange zu den anderen Werkzeugen, und der Prinz half mir, eine Strickleiter zu befestigen. Meister Li gab mir eine Fackel, ich nahm mein Messer zwischen die Zähne und kletterte hinunter. Dabei kam ich mir wie ein Pirat vor.
Die Leiter war gerade lang genug. Ich stand in einer kleinen Höhle, in die ein enger Gang mündete. Im Fackellicht entdeckte ich einen uralten Holztisch und zwei Bänke. Aus dem Fels war ein Steinsims gehauen. Ich preßte die Augen zusammen und betete. Dann leuchtete ich mit der Fackel langsam die Höhle ab.
Ich will gestehen, daß ich gebetet hatte, ich würde ein dreizehnjähriges Mädchen mit feurigen Haaren finden, das in einem siebenhundertfünfzigjährigen Schlaf lag. Ich war sehr enttäuscht, als ich es nicht fand.
»Kommt runter«, rief ich nach oben.
Meister Li, der Prinz, Klagende Morgendämmerung und Mondkind standen kurze Zeit später bei mir in der Höhle. Sie entzündeten ihre Fackeln, und im hellen Lichtschein konnten wir uns davon überzeugen, daß die dicke Staubschicht auf dem Boden unberührt war. Vorsichtig gingen wir durch den Gang und gelangten in eine sehr viel größere Höhle. Hier hatte jemand Bogenschießen geübt; ich hätte schwören mögen, daß der Schütze ein Junge oder ein Mädchen gewesen war. Überall steckten Pfeile, selbst in der Decke, deren Balken auf alten Stützpfählen ruhte. Hier gab es ein altes Schreibpult. Links davon befand sich ein langer Tisch, und

rechts standen ein paar messingbeschlagene Truhen. Die Truhen waren leer. Vor dem Schreibpult war eine große Eisenplatte in den Steinboden eingelassen. Meister Li betrachtete sie nachdenklich und rieb sich die Nase.
»Sieht nach einer Zahlmeisterei aus«, sagte er. »Die Aufseher und Vorarbeiter standen vor dem Pult, um ihren Lohn zu erhalten, und der Lachende Prinz war für seine lustigen Einfälle bekannt.« Er trat hinter das Pult, suchte und zog an einer Art Griff. Ich sprang entsetzt zurück. Die Platte teilte sich mit einem schrillen Quietschen, und die beiden Hälften klappten an Scharnieren nach unten. Wo vielleicht einmal ein Aufseher gestanden hatte, gähnte ein schwarzes Loch. Vorsichtig ging ich am Rand auf die Knie und hielt meine Fackel hinein. Das Licht drang nicht bis auf den Grund. Ich entdeckte einen gesplitterten alten Holzpfahl, zündete ihn an und warf ihn in die Grube. Die Flamme drohte zu erlöschen, flakkerte aber wieder auf, und uns stockte der Atem.
Das Holz war tief unten auf zerklüfteten spitzen Felsen zwischen zwei zerschmetterten Körpern gelandet. Es dauerte einige Zeit, bis ich begriff, daß es keine alten Skelette waren wie die im Gang. Man sah noch Haare, vertrocknete Haut, und die Kleider der beiden Leichen waren beinahe unversehrt.
»Das ist höchstens zwanzig oder dreißig Jahre her«, murmelte Meister Li.
»Dreiunddreißig«, flüsterte der Prinz leichenblaß und mit verzerrtem Gesicht. »Sie haben mit mir gespielt. Ah Cheng und Wu Yi. Sie waren Gärtner. Ich durfte bei ihnen auf dem Wasserbüffel reiten, Mist schaufeln und alle möglichen interessanten Dinge tun, die nicht erlaubt waren. Eines Tages waren sie verschwunden, und man hat sie nie mehr gesehen.«
Meister Li betastete vorsichtig eine der Bänke am Tisch. Als er sich setzte, wirbelte er eine Staubwolke auf. Er betrachtete nachdenklich das Loch. »Eine gestohlene Handschrift«, murmelte er leise, wie zu sich selbst. »Zwei tote Mönche, ein

unheimlicher Ton, Bäume und Pflanzen, die plötzlich absterben ... Hat die Ermordung von zwei Gärtnern vor dreiunddreißig Jahren auch etwas damit zu tun? Haben die Gärtner den Eingang in der Schlucht gefunden und sind hierher gekommen? Wenn ja, was haben sie gesehen oder gehört, was sie zum Tode verurteilte? Wenn damals unangenehme Kerle im Narrenkleid etwas damit zu tun hatten, erhärtet das die Theorie, daß hinter allem eine Art religiöser Kult steckt, mit dem man den Stein des Lachenden Prinzen verehrt und möglicherweise eine Tradition lebendig erhält, die bis zu seinen Munteren Mönchen zurückreicht.«
Meister Li sprang auf. »Das ist nur ein erster Blick«, sagte er. »Das nächste Mal kommen wir lieber bewaffnet herunter. Glücklicherweise werden uns die Spuren im Staub verraten, ob jemand nach uns hier war. Machen wir noch einen kleinen Erkundungsgang.«
Auf drei Seiten der Höhle gingen Gänge ab, die alle abgestützt waren. Überall standen uralte Pfeiler und Balken, von denen man befürchten mußte, sie würden zusammenbrechen, wenn man laut nieste. Wir bewegten uns sehr vorsichtig. Der erste Gang war durch einen Felsrutsch völlig versperrt, der zweite ebenfalls. Der dritte Gang war so gefährlich, daß kein vernünftiger Mensch gewagt hätte, ihn zu betreten. Es kam uns wie ein Wunder vor, daß die Decke nicht schon längst eingestürzt war. Auch im vierten Gang versperrten uns Felsbrocken den Weg, und so ging es weiter. Wohin die Gänge auch führten, von hier aus gelangte man nicht hin. Wenn wir eine Höhle erforschen wollten, die möglicherweise zum Grab des Lachenden Prinzen gehörte, mußten wir einen anderen Zugang finden.
Es war eine schreckliche Enttäuschung. Nach der sechsten Sackgasse fing Meister Li an zu fluchen, und er fluchte immer noch pausenlos, als wir bedrückt die Strickleiter nach oben kletterten und blinzelnd im Sonnenlicht standen. Wir stiegen hinunter in die Schlucht. Plötzlich blieb Mondkind stehen und hob die Hand. Er hatte unglaublich gute Ohren.

»Pferde«, sagte er, »viele Pferde, das Geräusch von Rädern und das Klirren von Waffen. Sie kommen auf uns zu, und wenn es die Munteren Mönche sind, wird es ernst.«
Wir hatten kein Versteck und keine Zeit, es zu erreichen. Galoppierende Pferde und ein riesiger Streitwagen donnerten durch die Schlucht auf uns zu. Die geheimnisvollen Munteren Mönche wären uns sehr viel lieber gewesen als die finster blickenden Menschen, die wir fassungslos anstarrten. König Shih Hu von Chao zügelte seine Pferde, betrachtete uns von seinem großen Streitwagen, und seine Goldenen Mädchen leckten sich die hübschen Lippen.
»Wir bedauern, daß uns das Licht Eurer Weisheit nicht erleuchten wird, Li Kao«, sagte der König leise. »Es würde sich lohnen, einem Mann zuzuhören, der mühelos besondere Menschen aus unserem Schloß wegzaubern kann. Aber auf unserem Streitwagen ist nur Platz für Mondkind und Klagende Morgendämmerung.«
Ich dachte: Er wird uns umbringen. Für ihn sind wir gewöhnliche Diebe, die etwas Wertvolles aus seiner Schatzkammer gestohlen haben, und er wird uns auf der Stelle umbringen. Ich beschloß, auf die Knie zu fallen, um unterwürfig ein paar Kotaus zu machen – und zwar schnell.
»Majestät beanspruchen doch sicher nicht das Besitzrecht an Menschen«, begann Meister Li im Ton eines Herrn von Welt, der das Gespräch auf ein interessantes Thema lenken möchte. »Mondkind und Klagende Morgendämmerung sind nicht einmal Eure Untertanen. Vielleicht möchten sie die Entscheidung über ihren Wohnort selbst treffen.«
Ich lag auf den Knien und schlug das Kinn gegen die Bambusstange. Das andere Ende rutschte langsam auf einen Rechen zu, den ich mit den Werkzeugen mitgebracht hatte. Noch zwei Fuß, dachte ich und versuchte es mit sechs weiteren Kotaus.
»Neo-Konfuzianer würden natürlich anführen, Klagende Morgendämmerung und Mondkind seien bäuerlicher Herkunft und besäßen deshalb keinerlei Rechte«, erklärte

Meister Li sachlich. »Majestät sind viel zu intelligent, um in irgendeinem Punkt ›neo‹ zu sein und viel zu gerecht, um willkürlich Schicksale zu bestimmen, ohne zuerst die Wünsche der Betroffenen zu hören.«

»Li Kao, die Fähigkeit eines Herrschers, willkürlich zu handeln, entscheidet darüber, wie lange er sich auf dem Thron hält«, erwiderte Shih Hu.

Ein schwaches und seltsam trauriges Lächeln umspielte seine Lippen. Seine Augen wanderten zu den Goldenen Mädchen, die Pfeile auf die Bogensehnen legten. Ich schlug mit dem Kinn ein letztes Mal auf die Bambusstange. Sie rutschte vorwärts und glitt in die für den Stiel des Rechens bestimmte Öffnung. Der Rechen lag direkt vor den Hufen des Leitpferds. Ich packte die Stange, warf mich nach vorne, der Rechen schnellte nach oben und traf den zarten Bauch eines Pferdes, das stieg, wieherte und ausschlug. Dasselbe wiederholte sich beim nächsten Pferd. Die stampfenden, sich aufbäumenden Pferde waren in der Schußlinie der Goldenen Mädchen. Ich spürte Meister Lis Hand an meinem Gürtel, sprang vorwärts und kroch zwischen den schlagenden Hufen unter den Streitwagen. Meister Li ließ los, und ich stemmte mich mit Schultern und Beinen dagegen. Mein Rückgrat knackte fürchterlich, während ich versuchte, den Streitwagen umzuwerfen. Der massige Körper des Königs half mir dabei. Der Wagen fiel krachend auf die Seite, die Pferde stürzten und schlugen mit den Hufen wild in die Luft, und ich kroch zwischen ihren Leibern hindurch, während die Goldenen Mädchen eine günstige Stellung für einen sicheren Schuß suchten. Es ging nur darum, eine königliche Geisel zu nehmen, ehe die Mädchen mich erschossen, und Shih Hu erwartete mich. Es gelang ihm sogar, seine königliche Würde zu wahren, während er wie ein Buddha auf der Erde saß. Er hielt den Dolch in der Hand und lächelte.

Meister Li preßte den rechten Arm seitlich an den Körper, ich hörte das scharfe Schnappen in seinem Ärmel, die Rattanspirale schleuderte das Wurfmesser aus der Scheide in seine

Hand, und es summte wie eine Wespe an meinem Ohr vorbei. Der König fluchte, als sich die Klinge in seine Hand bohrte, und sein Dolch auf die Erde fiel. Im nächsten Augenblick lag mein Arm um seinen Hals, und ich drückte ihm seinen Dolch in den Nacken.

Die Goldenen Mädchen knurrten wie Panther und umringten mich in bewundernswerter Disziplin mit ihren Pferden. Der König beachtete mich nicht mehr als eine lästige Stechmücke. Eher beiläufig zog er Meister Lis Messer aus seiner Hand und warf es von sich. Dann befreite er sich mit einer einzigen Bewegung seines mächtigen Arms von mir, und ich flog in hohem Bogen durch die Luft. Er würdigte mich nicht einmal eines Blickes. Die Bogensehnen spannten sich, und die Pfeile richteten sich auf mein Herz.

»Halt«, sagte der König, und unter dem ruhigen Ton hörte man das Grollen der Autorität. Er stand mühsam auf, ging schwerfällig ein paar Schritte und kniete sich neben Mondkind, der Klagende Morgendämmerung in den Armen hielt. Ein Pfeilschaft ragte aus ihrer Brust.

Der goldene Schaft wies direkt auf ihr Herz, und mit einem lähmenden Schock begriff ich, daß Klagende Morgendämmerung tot war.

»Wie ist das möglich? Wer konnte so etwas tun? Keines meiner Mädchen schießt unbesonnen.« Er hob den großen Kopf. Die Goldenen Mädchen senkten den Blick. Nur eine nicht: die Anführerin. In ihren Adleraugen lag Trotz, aber es war, als versuche sie, die Sonne mit ihrem Blick zu bezwingen. Sie schlug die Augen nieder, und ihre Lippen zitterten. Eine Träne rollte über ihre Wange.

»Meng Chang, hast du so sehr gelitten?« fragte der König sanft. »Du hättest zu uns kommen sollen, mein Kind. Eifersucht ist etwas Schreckliches. Sie macht aus Nadelstichen große klaffende Wunden. Es bestand kein Grund zur Eifersucht. Wir haben Klagende Morgendämmerung geliebt, aber das bedeutete nicht, daß wir dich weniger geliebt hätten.«

Meister Li kniete neben Klagende Morgendämmerung. Er-

staunt hob er den Kopf. »Ich kann es nicht glauben, aber sie atmet noch«, sagte er.
Mein Herz hüpfte wie eine Regenbogenforelle.
»Wenn sie das übersteht, wird sie leben, bis der Berg Yun-t'ai auf sie fällt«, murmelte Meister Li.
Seine Hand näherte sich dem Pfeilschaft, als wolle er ihn herausziehen. »Nein«, sagte der König scharf. Er sah mich zum ersten Mal an, und erst jetzt wurde mir bewußt, daß in den Muskeln meines linken Oberschenkels ein Pfeil steckte. Die Spitze ragte in die Luft. Sie war breit und gezackt. Eine solche Pfeilspitze aus der Wunde zu ziehen bedeutet, den Getroffenen zu töten.
Ich brach die Spitze ab, zog den Schaft heraus und ließ ihn fallen. Dann lief ich zu Klagende Morgendämmerung und brach das gefiederte Ende des Pfeils ab, das aus ihrer Brust ragte. Ich hielt den Atem an, während Meister Li langsam den Schaft nach unten drückte. Meine Hand lag unter ihrem Rücken. Schließlich spürte ich die Spitze unter der Haut. Sie drang durch, und ich zog den Pfeil heraus.
Klagende Morgendämmerung atmete immer noch. Meister Li legte ihr geschickt einen Verband an. Ich glaubte zu hören, wie Klagende Morgendämmerung leise schluchzte, aber dann bemerkte ich, daß das Schluchzen von Meng Chang, der Anführerin der Leibwache, kam. Klagende Morgendämmerung versuchte vergeblich, die Augen zu öffnen.
»Bist du krank, Tai-tai?« flüsterte sie. »Soll ich für dich singen, Tai-tai? Manchmal lassen die Schmerzen nach, wenn ich singe.«
Was dann geschah, machte uns alle sprachlos und zutiefst betroffen. Wir hatten Klagende Morgendämmerung oft singen hören, aber so wie jetzt hatte sie noch nie gesungen. Ihr Gesang sollte die Schmerzen der alten Frau lindern, die sie aufgenommen und ihr einen Namen gegeben hatte, und was aus ihrem Herzen und über ihre Lippen drang, war ein Wunder.
Ich kann es nicht beschreiben. Ich kann nur sagen, es war wie

Mondkinds Zaubertöne und die wunderbaren leuchtenden Bilder von Prinz Liu Pao zusammen. Sie sang keine Worte. Ich hörte reine Töne, die zum Himmel aufstiegen, Wolken beiseite schoben, am Mond vorbeiflogen, sich mit dem strahlenden Glanz der Sterne im Großen Fluß vereinten und mit ihnen jubilierten. Dann schwebten sie in den Himmel und tanzten mit den Göttern. Der letzte Ton verweilte, veränderte unmerklich Höhe und Farbe und sank allmählich wieder zur Erde herab. Die klare Stimme reihte sich in die Wunder ein, die man in Regentropfen und in den sprudelnden Bächen des Frühlings findet, in den trägen, sanften Tönen des Sommers und den frischen reinen Lauten des Herbstes. Wind heulte, und Schnee fiel, aber Klagende Morgendämmerung sang von einem dampfenden Kessel und einem kochenden Topf in der sicheren behaglichen Kate, wo eine alte Frau in ihrem warmen Bett lag. Die Töne schwebten tiefer, wurden weicher und endeten in einem flüsternden Schlaflied. Der letzte Ton versank in der Stille.

»Tut mir leid, Tai-tai«, hauchte Klagende Morgendämmerung, »ich kann nicht mehr singen. Es tut weh, so zu singen. Es ist schön, aber es ist falsch. So falsch wie Stehlen.«

Ihr Kopf sank zurück. Das Herz schlug noch, aber sie hatte das Bewußtsein verloren.

Wir sahen uns schweigend an. Der König von Chao erhob sich und ging zu seinem Streitwagen. Mit leichten Schlägen seiner riesigen Hände und sanften Worten beruhigte er die zitternden Pferde. Die Goldenen Mädchen bildeten eine Gasse, und er ging zu ihrer Anführerin.

Meng Chang war tot. Sie lag auf dem Gesicht, mit den Händen unter dem Körper, und die Schwertspitze ragte aus ihrem Rücken. Der König zog das Schwert heraus und trocknete das Blut mit seinem Mantel. Er nahm sie auf die Arme, bestieg seinen Streitwagen und setzte sich mit der Leiche im Schoß auf das Polster. Aus einer kleinen Truhe zogen die Goldenen Mädchen ein weißes Tuch, legten es ihm zum Zeichen der Trauer über den Kopf, und eine griff nach den Zügeln. König Shih Hu und seine Goldenen Mädchen ritten davon, ohne noch einen Blick zurückzuwerfen, und ich habe sie nie wieder gesehen.

*

Klagende Morgendämmerung war härter als der Kehsistahl aus Hsingchou. Meister Li konnte durch Umschläge mit ekelerregender schimmliger Baumrinde eine Infektion verhindern. Klagende Morgendämmerung klammerte sich mit all ihrer Kraft ans Leben, aber durch das Fieber begann sie zu halluzinieren, und ich hatte den Eindruck, daß sie die Geschichte von Wolf und eigene Erlebnisse durcheinanderbrachte. In ihrer uns verschlossenen Welt rannte sie mit jemandem, und es war ein verzweifeltes Rennen.

»Schneller ... Du mußt schneller rennen«, keuchte sie, »wo ist die Stelle ...? Hinter der Ziegenstatue ... Da, der Rabe und der Fluß ... Schneller ... schneller ... *Hier entlang! Schnell!* ... Soldaten ... versteck dich, bis sie vorbei sind ... Jetzt lauf! *Lauf!*«

Im Fieber rannte sie nicht immer um ihr Leben, und ich erinnere mich an das verblüffte Gesicht von Meister Li, als sie sich unruhig im Bett hin und her warf und flehte: »Herrin, muß ich wirklich zu Chien?« Sie rümpfte vor Abscheu die Nase. »Dort stinkt es so, die Bootsleute machen unanständige Witze über Damen, und der alte Einbeinige versucht immer, mich zu zwicken.«

»Wie?« fragte Meister Li. Er ging hinüber und wischte ihr den Schweiß von der Stirn. »Liebes, was sollst du bei Chien für deine Herrin besorgen?« fragte er freundlich.

Sie rümpfte wieder die Nase. »Rhinozeroshäute.«

»Und wo ist Chien?« fragte er.

»Ungefähr in der Mitte zwischen dem Kanal und dem kleinen Ch'ing-hu-See«, erwiderte Klagende Morgendämmerung.

Meister Li stieß einen Pfiff aus und ging im Zimmer auf und ab. Dann kehrte er zum Bett zurück.

»Liebes, schickt dich deine Herrin manchmal auch zu Kang Nummer Acht?« fragte er scherzhaft.

Klagende Morgendämmerung lächelte. »Kang Nummer Acht gefällt mir«, sagte sie.

»Wo ist das?«

»In der Straße der abgegriffenen Münze«, antwortete sie.

»Und was kaufst du dort?«

»Hüte.«

»Hüte. Ja natürlich. Und wo kaufst du die bemalten Fächer für deine Herrin?«

»An der Kohlenbrücke.«

»Vermutlich kaufst du für sie auch das berühmte gekochte Schweinefleisch bei . . . wie heißt der Laden noch?«

»Wei das Große Messer«, antwortete sie.

»Natürlich. Weißt du noch, wo das ist?«

»Direkt an der Katzenbrücke«, antwortete sie.

Meister Li ging noch sechsmal mit großen Schritten auf und ab, und als er zum Bett zurückkehrte, hielt er die fest verschlungenen Hände auf dem Rücken.

»Liebes, wenn deine Herrin Karten spielt, was für Karten benutzt sie dann?« fragte er.

»Das Pfirsichblatt«, antwortete Klagende Morgendämmerung benommen.

»Und woher stammen ihre Würfel?«

»Aus der Chuanchugasse.«

»Und was kaufst du bei Yao-chih?«

»Schminke und Salben.«

»Und wo findest du seltene Kräuter?«

»Bei Fenglai.«

»Was bekommt deine Herrin von Chingsan?«

»Schreibpinsel.«

»Natürlich«, sagte Meister Li. »Und wie heißt der Mann noch, der ihr die Tusche mischt?«

»Ach, Li Tinghuei.«

»Und diese hübsche Kurtisane, die rosa Papier für sie macht?«

»Shieh Tao. Ja, sie ist hübsch«, sagte Klagende Morgendämmerung.

Das Fieber stieg wieder. Sie warf sich unruhig im Bett herum, während Mondkind und der Prinz versuchten, sie zu beruhigen.

»Schneller ... Schneller ... Wo ist der Gang? ... *Beeil dich!* Noch mehr Soldaten ... Schneller ... Schneller ... *Beeil dich, Liebes* ...! Da, die Ibisstatue ...«

Meister Li ging zum Tisch, setzte sich, zog den Weinschlauch hervor und trank ohne abzusetzen.

»Rosa Papier von Shieh Tao«, brummte er, als er schließlich Luft holte. »Bemalte Fächer von der Kohlenbrücke und Hüte von Kang Nummer Acht in der Straße der Abgegriffenen Münze. Li Tinghuei mischt ihr die Tusche. Mondkind, kann Klagende Morgendämmerung lesen?«

»Ungefähr so gut wie ich, und das ist nicht besonders gut«, erwiderte er offen. »Nummer Zehn der Ochse liest zehnmal besser als wir beide zusammen.«

Meister Li hob den Schlauch wieder an den Mund. Als er Luft holte, murmelte er: »Ich weiß nicht einmal mehr, wovon ich rede. Sie müßte die Weiße Schnellschrift lesen können.«

Er sprang auf und sagte zu Prinz Liu Pao: »Hoheit, das verfluchte Fieber wird sie umbringen, wenn wir sie nicht davon befreien. Ich kenne nur ein Mittel, mit dem es zu schaffen ist, und dazu braucht man die Samenkerne des Bombay-Stechapfels. Mondkind, Ochse und ich werden einen solchen Baum suchen und dabei möglicherweise umkommen.«

Mondkind sah mich an und dann Meister Li.

»Was sollen wir einpacken?« fragte er.

16

Wir hatten einen Zwischenaufenthalt, ehe wir Meister Lis Ziel erreichten. Wir besuchten die Einhornhalle, ein recht trauriger Kommentar zu irdischem Ruhm. Die stolzen Würdenträger der Han-Dynastie hatten ihre Porträts malen lassen, die dort bis in alle Ewigkeit verehrt werden sollten, und heute ist die Einhornhalle eine Ruine. Überall wächst Unkraut. Seit über hundert Jahren hat niemand mehr das Dach repariert, und es regnet durch. Die Leute haben die Türen und den Holzfußboden weggeschleppt, und die Bilder hängen nur deshalb noch dort, weil niemand Verwendung für sie hat.

Das Porträt des Kaisers Wu-ti war unbeschädigt, und selbst ein schmeichelnder Maler konnte nicht darüber hinwegtäuschen, daß der Kaiser eher wie ein Stier aussah. Das Porträt des Lachenden Prinzen ähnelte dem im Schloß; es hatte dieselben seltsam blicklosen Augen. Meister Li interessierte sich jedoch nicht für den Prinzen. Er war gekommen, um einen Blick auf Tou Wan, die Gemahlin des Prinzen, zu werfen.

»Einer meiner Freunde – er ist mindestens seit sechzig Jahren tot –, hat mir einmal etwas Interessantes über Tou Wan erzählt«, sagte Meister Li. »Er sagte, sie sei vielleicht die einzige Aristokratin gewesen, die je eine Haarnadel mit einer Spitze aus einem einfachen Stein trug, wie arme Bauersfrauen sie benutzen, und dabei war sie sonst in jeder Hinsicht eine Verschwenderin von klassischem Format.«

Die junge Dame auf dem Bild war sehr schön, obwohl ich nicht sagen konnte, was der Wahrheit entsprach und was

Schmeichelei war. Eine einzige lange Nadel hielt ihre Haare zusammen, und die Spitze war gerade noch sichtbar. Meister Li betrachtete sie so genau, daß seine Nase beinahe das Bild berührte.
»Das hat er gemeint«, murmelte er, »die Spitze ist tatsächlich aus Stein, und der Maler hätte nicht gewagt, eine sarkastische Anspielung zu machen.«
Er drehte sich um und ging den Weg zurück. »Erinnert ihr euch an die Worte von Ssu-ma Chien? Der zweite Axtschlag löste einen kleinen Splitter vom Stein des Lachenden Prinzen, und ein kleiner Steinsplitter schmückt die Haarnadel der Gemahlin des Lachenden Prinzen. Ich darf nicht vergessen, sie danach zu fragen.«
Wir starrten ihn verwundert an, aber er sagte nichts mehr.
Wenn es um Klagende Morgendämmerung ging, war Mondkind ganz bei der Sache. Er verschwand nicht ein einziges Mal, um nach hübschen Knaben zu suchen, und wir kamen schnell vorwärts. Nach ein paar Tagen standen wir auf dem Kamm eines Hügels und blickten auf das Dach eines kleinen Tempels. Meister Li erklärte, das sei unser Ziel.
»Der Tempel des Liu Ling«, sagte er. »Habt ihr schon einmal von ihm gehört?«
Wir schüttelten die Köpfe.
»Wir waren vermutlich keine schlechte Gruppe, aber Ling war uns allen meilenweit voraus«, sagte Meister Li und lächelte beim Gedanken an alte Erinnerungen. »Ich sehe ihn immer noch in seinem Wagen, den zwei Hirsche zogen. Dahinter liefen ein paar Diener. Der eine trug genug Wein, um Liu Ling zu erledigen, und der andere einen Spaten, um ihn auf der Stelle zu begraben – soviel zum konfuzianischen Zeremoniell. Wenn ich ihn besuchte, begrüßte er mich splitternackt, und ich höre ihn immer noch schreien: ›Das Universum ist mein Wohnort, und mein Haus ist mein einziges Gewand. Warum drängst du dich in meine Hose?‹«
Meister Li wies auf den Tempel. »Ling kam zu dem Schluß, daß die Menschen nur auf Lügen hören. Also baute er den

Tempel der Illusion und gründete einen Orden, der das Werk nach seinem Tod fortführt. Mondkind, kann Illusion allein einen Menschen töten?«

Mondkind erwiderte achselzuckend: »Mein Lehrer Lin Tsening machte einmal einen Räuber dadurch taub, daß er ihm einredete, er höre im Nebenzimmer zwei riesige Drachen. Es gab keine Drachen, und die Geräusche waren kaum laut genug, um die Spatzen zu erschrecken. Trotzdem wurde der Räuber taub.«

»Ochse?«

»Großmutter Ho ärgerte sich einmal maßlos über ihren Schwiegersohn. Sie versetzte ihn in eine Art Trance und sagte ihm, er sei die Treppe hinuntergestürzt und habe sich am linken Bein verletzt. Als er aus der Trance erwachte, machte er sich über sie lustig. Aber am Tag darauf wurde sein linkes Bein blau und schwarz und schwoll an. Er konnte sich kaum mehr rühren und eine Woche lang nicht arbeiten.«

»Ausgezeichnet«, sagte Meister Li. »Meine jungen Freunde, ich muß mich an etwas erinnern. Vor vielen, vielen Jahren habe ich unterwegs einen Bombay-Stechapfelbaum gesehen, aber ich habe schon lange vergessen, wo das war. Außerdem muß ich mir Dinge, die ich gesehen oder erraten, aber nicht völlig verstanden habe, unter einem neuen Gesichtspunkt betrachten. Kurz gesagt, ich muß eine Reise in die inneren Regionen meines Geistes antreten, und ich möchte euch mitnehmen. Nichts ist gefährlicher als eine Reise nach innen. Wenn dein Geist und deine Sinne dir sagen, daß in deinem Herzen ein Speer steckt, ist es dann von Bedeutung, ob der Speer echt oder eingebildet ist?«

Ich dachte darüber nach. »Ich glaube, daß man so oder so daran stirbt«, sagte ich, und Mondkind nickte zustimmend.

»Vergeßt das nicht«, sagte Meister Li düster. »Der Tempel der Illusion ist Lings Meisterwerk, und schon sehr viele Leute sind in der Kutsche vorgefahren und haben ihn im Sarg verlassen.«

Mit diesen tröstlichen Worten ging er den Hügel hinunter. Der Tempel war klein und schmucklos. Durch einen kleinen Vorhof gelangte man in einen schlichten Raum, in dem ein Priester an einem Tisch saß und in einer Handschrift las. Er hob bei unserem Eintreten nicht einmal den Kopf. Meister Li schob eine Menge Geld über den Tisch. »Eins«, sagte er und legte das nächste Häufchen Münzen daneben. »Zwei.« Er fügte ein drittes hinzu. »Drei«, sagte er. Der Priester blickte zwar immer noch nicht auf, läutete allerdings ein Glöckchen. Ein anderer Priester erschien und führte uns in ein kleines Zimmer, in dem nur ein paar Pritschen standen. An der Wand hing eine einfache Tafel.
Ich war überrascht. Ich hatte geheimnisvolle Musik, Weihrauchschwaden und das ganze Brimborium des üblichen Schwindels erwartet, aber Liu Lings Illusionen kamen scheinbar ohne schmückendes Beiwerk aus. Der Text auf der Tafel war in einfacher Schrift geschrieben, die ich verstand, und ich las ihn interessiert.

*

Schmetterlingsträume

Chuang Tzu sagte: »Einst träumte ich, ich sei ein Schmetterling. Ich schwebte wie Blütenblätter in der Luft und war glücklich, zu tun, was mir gefiel, ohne mir meiner selbst bewußt zu sein. Aber bald erwachte ich und klammerte mich krampfhaft an mich, an Chuang Tzu, der ich war. Ich frage mich: Träumte Chuang Tzu, ein Schmetterling zu sein, oder träumte der Schmetterling, Chuang Tzu zu sein? Betrachtet man Chuang Tzu und den Schmetterling, besteht natürlich ein Unterschied zwischen ihnen. Aber liegt der Unterschied nicht nur in der Illusion der materiellen Gestalt?«

*

Der stumme Priester erschien mit drei Bechern Wein und drei kleinen Schalen. Mit einer Geste bedeutete er uns, wir sollten essen und trinken. Meister Li aß den Inhalt seiner Schale mit Kennermiene. »Ich weiß nicht, was sie in den Wein mischen, aber das hier sind Teufelsohren, die stärksten halluzinogenen Pilze«, sagte er beiläufig. Dann drehte er sich um und deutete auf die Tafel.
»Chuang Tzu bereitete sich einmal eine Mahlzeit aus Teufelsohren. Danach hatte er eine Vision, die alle verwirrenden Probleme der Menschheit erklärte, und er schrieb sie nieder. Als er wieder zu sich kam, griff er sofort nach dem Blatt Papier, und dort stand folgendes: ›Der Schafhirte paart sich mit Bambus, der seit langem nicht mehr ausgetrieben hat, und zeugt grüne Friedenspflanzen. Grüne Friedenspflanzen zeugen Leoparden, Leoparden zeugen Pferde, und Pferde zeugen Menschen. Menschen werden irgendwann wieder Schafhirten.‹ Faßt das Ganze hübsch zusammen, findet ihr nicht?«
Ich würgte an meinem Pilz. Mondkind schaffte es, seinen zu essen, und schließlich gelang es mir auch. Dann legte ich eine Hand auf meinen Kopf, die andere auf meine Zehen und wartete darauf, daß meine Hände sich entweder weiter voneinander entfernten oder sich einander näherten. Nichts geschah, und ich atmete etwas leichter. Der Priester kam zurück und bedeutete uns stumm, ihm zu folgen. Wir traten durch eine Tür in einen Garten. Ungläubig betrachtete ich die Schatten.
Der Stand der Sonne verriet mir, daß es bereits die Doppelstunde des Pferdes war. Wir hatten den Tempel am frühen Morgen betreten. Irgendwie waren mindestens vier Stunden vergangen. Was war geschehen? Meister Li wirkte nicht beunruhigt. Er marschierte mit einem glücklichen Lächeln auf einen kleinen runden Teich in der Mitte des Gartens zu. Beim Näherkommen entdeckte ich auf dem Grund etwas Weißes und sah, daß uns ein menschlicher Schädel entgegengrinste.

»Ling, mein lieber alter Freund. Du siehst heute wirklich großartig aus«, sagte Meister Li.
Mondkind und ich fielen beinahe ins Wasser. Kein Windhauch regte sich, und trotzdem begannen sich ein paar Schilfrohre auf der anderen Seite des Teichs zu bewegen: Sie schwankten und neigten sich, zuckten und ruckten – es war Kalligraphie; die Schilfrohre schrieben in die Luft.
»Li Kao, du bist geboren, um gehangen zu werden!«
»Du meinst gehängt«, verbesserte Meister Li ihn liebenswürdig.
»Ich meine den Galgen.«
Das Schilf bewegte sich so schnell, daß ich kaum folgen konnte, aber ich begriff, daß der tote Liu Ling sagte, Meister Lis Charakterfehler könne nicht nur mit seiner schlechten Abstammung erklärt werden. Meister Li müsse in einer früheren Inkarnation eine Hyäne, ein Skorpion oder sogar der Östliche Idiotenherrscher des Südlichen Tsi gewesen sein. Das Schilf geriet in große Erregung, als es das Leben jenes Herrn schilderte.
»... und schlug ihnen Hände und Füße ab!«
»Nein, ich kann nicht der Östliche Idiotenherrscher des Südlichen Tsi gewesen sein«, erklärte Meister Li nachdenklich. »Ich hätte ihnen auch die Nasen abgeschlagen.«
»... bis auf den Grund niedergebrannt!«
»Wenn man etwas tun muß, sollte man es gründlich tun«, sagte Meister Li.
»... Frauen, Kinder und bis auf den letzten Mann!«
»Verschwendung. Es müssen hübsche Mädchen darunter gewesen sein. Ling, alter Freund, ich möchte nicht überkritisch sein, aber war es klug, sich nur mit Wasser zu umgeben?« fragte Meister Li. Er zog den Weinschlauch hervor und goß Wein in das Wasser. Mondkind und ich klammerten uns hilfesuchend aneinander. Der dunkle Wein wurde in einen kreisenden Strudel gezogen, der bis in den grinsenden Mund des Schädels wirbelte. Das Schilf bewegte sich nicht mehr. Dann schwankte ein Rohr.

»Rülps.«
»Das Zeug hat es zu deiner Zeit noch nicht gegeben«, sagte Meister Li. »Man nennt es Haininger Bergtau. Wie findest du es?«
Das Schilf geriet wieder in Bewegung. *»Haining? Die Trottel machen diesen ausgezeichneten Wein? Ich nehme an, selbst Mistkäfer haben ihre Talente. Da wir gerade von Mistkäfern reden. Hat sich Wampe endlich zu Tode getrunken?«*
»Er gibt sich immer noch große Mühe«, erwiderte Meister Li. »Ich versichere seinen Vermietern immer wieder, daß seine Leber aus einer Art kristallisiertem Kohlenstoff besteht, aber sie setzen ihn ständig auf die Straße, weil sie Angst haben, er könnte plötzlich explodieren.« Meister Li goß noch etwas Wein in den Teich und nahm selbst einen tiefen Schluck. Das Schilf begann, sich wieder zu bewegen.
»Wer ist die hinreißende Schönheit? Und der Jahrmarktsringer?«
»Das ist mein geschätzter ehemaliger Klient und derzeitiger Gehilfe, Nummer Zehn der Ochse«, sagte Meister Li, »und das ist Mondkind, der Welt größter Experte für Töne und hübsche Knaben mit Pfirsichhintern.«
Wir traten vor und verneigten uns vor dem Schädel. Das Schilf schwankte.
»Wenn ich Mondkind sehe, wünsche ich, ich hätte noch einen Hintern. Aber weshalb bringst du junge Helden zu einem alten Scharlatan, der auf dem Grund eines Teichs liegt?«
Meister Li nahm einen Schluck. »Erstens möchte ich, daß Mondkind in einen Spiegel blickt«, sagte er beiläufig.
Bildete ich es mir nur ein, oder bewegte sich das Schilf tatsächlich zögernd?
»An welchen Spiegel denkst du?«
»An den einzigen, der zählt«, erwiderte Meister Li.
»Vorsicht, Li Kao.«
»Auch andere haben die Reise gemacht«, sagte Meister Li. »Wie ich höre, ist selbst der Kaiser zu dir gekommen, um sich einen Passierschein zu holen, und er ist immer noch heil und ganz.«

Das Schilf geriet in heftige Erregung. *»T'ang bedurfte sowohl göttlichen Eingreifens als auch einer riesigen Bestechungssumme, um wieder herauszukommen. Kannst du mit dieser Art Hilfe rechnen? Das Tor kann ich öffnen, aber wenn du hindurchgehst, bist du auf dich allein angewiesen. Haben die beiden der Reise zugestimmt?«*
Meister Li sah uns an. Ich verneigte mich vor dem Schädel. »Ehrwürdiger Herr, wo Meister Li hingeht, da gehe ich auch hin«, sagte ich.
»Edelster aller Weisen, das Leben eines Mädchens namens Klagende Morgendämmerung steht auf dem Spiel, und ich gehe, wohin ich gehen muß«, sagte Mondkind.
Das Schilf regte sich lange nicht, und dann nur zögernd.
»So sei es. Li Kao, grüße Königin Feiyen, wenn du sie siehst – o Götter, ihr Atem war süß wie eine Orchidee! Und danke Li Po dafür, daß er mir seine falschen Würfel hinterlassen hat.«
Das Wasser im Teich begann zu kreisen. Es drehte sich schneller und schneller in konzentrischen Kreisen auf die Mitte zu, und meine Augen wurden von dem Schädel angezogen. Ein seltsames Licht leuchtete in den leeren Augenhöhlen und lockte mich. Der Schädel schien größer und größer zu werden; weiße Knochen füllten den Himmel, und das Licht zog mich vorwärts. Plötzlich schritt ich durch eine riesige Augenhöhle. Meister Li und Mondkind gingen durch die andere, und wir standen auf einem Felsvorsprung auf einem hohen Berg. Ein kalter Wind pfiff mir um die Ohren, und in der Ferne schrie ein Adler.
»Wundervolle Effekte«, sagte Meister Li.
Vor uns im Felsen befand sich eine Bronzetür. Meister Li stieß sie auf, wir gingen hindurch, standen auf einem Treppenabsatz und betraten die erste Stufe einer langen gewundenen Treppe, die uns hinunter in die Hölle führen würde.

17

Barbarische Leser, und seien sie noch so gebildet, haben nie mehr als eine höchst unvollständige Vorstellung von der Hölle. Das ist nicht ihre Schuld, sondern die Schuld unwissender Priester und Gelehrter, die an zwei unglaublichen Irrtümern festhalten und behaupten, die Hölle sei den Verdammten vorbehalten, und die Erde sei flach.

Die Erde ist ein Würfel mit einer Seitenlänge von 233575 Schritten. Das Reich der Hölle nimmt die Mitte des Würfels ein, und in der Hölle werden *alle* Sterblichen gerichtet, Heilige und Sünder gleichermaßen. Das erklärt auch, weshalb die Menschen auf der falschen Seite des Würfels nicht herunterfallen. Wir werden alle zu unserem endgültigen Ziel hingezogen. Wo man auch steht, die Hölle ist immer »unten«, der Himmel immer »oben«, und mehr ist dazu nicht zu sagen.

Das Reich der Hölle ist riesig. Es umfaßt einhundertfünfunddreißig Höllen zweiter Ordnung und zehn erster Ordnung: eine für den Richtspruch des Gottes der Mauern und Gräben, eine für das Große Rad der Wandlungen und acht für die Bestrafung der Sünder. In den Höllen zweiter Ordnung warten die Menschen darauf, gerichtet zu werden, oder darauf, daß man sie in das Land der Höchsten Glückseligkeit im Westen bringt, wo sie zu Füßen Buddhas sitzen werden. Unendlich gesegnete Menschen warten darauf, daß man sie zum Berg K'un-lun bringt, wo sie zu Füßen des Erhabenen Jadekaisers sitzen werden. In diesen Höllen zweiter Ordnung befinden sich noch so viele andere Seelen, daß ich gar nicht versuchen will, sie aufzuzählen.

Sterblichen ist es unter keinen Umständen erlaubt, die Hölle zu betreten, wenn man von seltenen Ausnahmen absieht, etwa offiziellen Delegationen des Kaisers von China. Außer von Kaiser T'ang wußte ich nur von zwei anderen, die sich unerlaubt in der Hölle aufgehalten hatten und denen es gelungen war zurückzukehren. Der eine war Chou der Schurke – dieser freche Gauner hat sogar einmal die Sonne erpreßt. Der andere war der Verrückte Ch'i – er ist zu einem Halbgott geworden, dem viele Tempel geweiht sind. Ich traute Meister Li mehr als den beiden zu, und deshalb war ich auch nicht völlig vor Angst gelähmt, als wir in das Land der Schatten hinunterstiegen. Meister Li kamen jedoch einige Zweifel.
»Unsere erste Aufgabe wird es sein, das neue Regime einzuschätzen«, sagte er besorgt, »wie man gehört hat, wurde Yen-wang-yeh, der ehemalige Erste Herr der Hölle, als zu nachsichtig befunden und degradiert. Aber es hat keinerlei Hinweise darauf gegeben, wer zur Zeit hier das Sagen hat. Falls die Legalisten gewonnen haben, könnten wir in echte Schwierigkeiten geraten.«
Wir stiegen nicht, sondern schwebten eher nach unten – ein Segen, denn es ist ungeheuer mühsam, 116787 ½ Stufen hinunterzusteigen –, und vor uns tauchte ein kleiner, fahler kalter Lichtkreis auf. Wir standen an einem Torbogen und blickten vorsichtig über eine flache, graue Ebene zu den Mauern der Hauptstadt Feng-tu. Es gab keine Sonne, sondern nur einen Perlmuttglanz am grauen Himmel. Selbst die Bäume und Blumen waren grau, und alle Geräusche klangen gedämpft.
Die Dämonen waren nicht grau. Manche hatten leuchtend blaue Gesichter, feurig rote Augen und lange gelbe Hauer. Andere hatten grüne Fangzähne, rote Nasen und schwarze Ohren. Sie waren genauso schrecklich wie die Dämonen, die man in Träumen sieht. Sie achteten darauf, daß die Toten sich in langen Schlangen auf die Stadttore zuschleppten. Die gesellschaftliche Hierarchie wurde streng gewahrt. Aristokraten bildeten eine Schlange, Händler und Kaufleute eine

zweite, Gelehrte eine dritte; Bürokraten, Soldaten, Bauern – für alle gab es eine Schlange, und entsprechend war der Zugang geregelt. Die Aristokraten hatten den Vortritt, und Prostituierte und Schauspieler kamen zuletzt. Das Zeremoniell war förmlich und wurde peinlich genau beachtet. Dämonen verneigten sich vor Trollen, die sich vor Riesen verneigten, die sich vor Unterteufeln verneigten, die sich vor Oberteufeln verneigten. Meister Li drehte den Kopf und spuckte angeekelt aus.

»Widerwärtig«, knurrte er, »die Neokonfuzianer sind am Ruder.« Er dachte nach und erklärte dann fröhlich: »Im Grunde erleichtert uns das unsere Aufgabe sehr. Mondkind, wirf dich in deine kostbarsten Kleider und leg die schönsten Juwelen an. Ochse, du brauchst das Gewand und den Gesichtsausdruck des idealen Bauern, und ich erlaube mir ein paar Freiheiten mit der augenblicklichen Wirklichkeit.«

Wir öffneten unsere Bündel. Ich zog ein Paar Sandalen an, die fast auseinanderfielen, setzte einen Hut auf, der einem Rattennest ähnelte, und schlitzte ein altes Gewand am Rükken auf, um den Eindruck von Peitschenhieben zu erwekken. Als ich den Ausdruck demütiger, tierischer Resigniertheit aufsetzte, war ich mit meinem häßlichen Gesicht ein Bauer, der das Herz auch des anspruchsvollsten Mandarins erfreut hätte. Ich war von Mondkind geblendet. Ich würde vier Seiten brauchen, um seiner Kleidung gerecht zu werden. Seine Juwelen hätten ein paar Königreiche ruinieren können.

Meister Li erweckte größte Ehrfurcht. Ich hatte ihn noch nie in seinem ganzen akademischen Staat gesehen, und er sah großartig aus. Nach Abschluß seiner Prüfungen hatte man ihn zum *chuang yuan* ernannt, dem Größten Gelehrten von China. Und nun trug er stolz das Zeichen der Rose. Außerdem prangten auf seiner Brust die kaiserlichen Äxte und Drachen, das Rangabzeichen von *chien-kuan*, dem gefürchteten Zensor, der das Recht hat, jemanden auf der Stelle zu befördern oder enthaupten zu lassen. (Vor Jahren war er einmal befugt gewesen, es zu tragen.) Auf seiner lackierten Mütze glänzten die Knöpfe aller neun Ränge, und er drückte mir seinen Standesschirm in die Hand. Ich steckte ihn zusammen und hob ihn über die Köpfe des Gelehrten und des hübschen Pfaus.

»Anmaßung ist Trumpf, Kinder!« sagte Meister Li, »vergeßt nicht, die Flammen der Hölle existieren nur, damit edle Neokonfuzianer wie wir Tee kochen können.«

Wir holten tief Luft und marschierten in die kalte graue Landschaft der Hölle hinaus. Dämonennüstern rümpften sich angewidert vom Geruch lebender Körper. Feurige Augen richteten sich auf uns.

»Notier dir diesen dicken Kerl mit den roten Augen, dem die Fleischfetzen aus dem Maul hängen. Zehn Peitschenhiebe wegen Nachlässigkeit«, sagte Meister Li, und Mondkind schrieb etwas in ein Buch. »Sieh dir diese Unordnung an! Die Reihen sind nicht einmal gerade, und dieses Volk bewegt sich, als hätten sie sich in Sirup gewälzt! Ist das nicht der Kadaver dieses Kerls, der sich Herzog von Chou nannte? Seit wann hat ein Zuhälter etwas in den Reihen der Aristokraten zu suchen? Hier tut eine richtige Säuberungsaktion not, und ein paar hundert Köpfe müssen rollen.«

Der grimmige alte Herr schien jemand zu sein, den man besser an die Vorgesetzten verwies. Fangzähne und Klauen drohten, schlugen aber nicht zu. Wir eilten mit großen Schritten dem Stadttor entgegen. Mondkind besaß die natürliche Selbstsicherheit schöner Menschen. Er neigte anmutig den Kopf nach links und rechts, als nehme er Applaus entgegen. Ein leichtes Stirnrunzeln verriet, daß die Ungeheuer wenigstens Blumen auf seinen Weg streuen und Weihrauch hätten entzünden können. Ich entdeckte überrascht, weshalb so viele Angehörige meiner bescheidenen Klasse stolz auf ihre Unterwürfigkeit und die Peitschenstriemen sind.

Ich hielt den Standesschirm hoch. Auch ich ging unter der gelblich-schwarzen Gazebespannung, dem Futter aus roter Rohseide, den drei Dächern und den Silberstreben – die Zei-

chen eines Würdenträgers von höchstem Rang. Was ist ein Würdenträger ohne einen Bauern, den er peitschen kann? Ich gehörte jemandem, der Griff des Schirms gab mir ein Gefühl der Macht. Ich stellte fest, daß ein überhebliches Grinsen der natürlichste Ausdruck der Welt ist. Sklaverei ist eine wunderbare Zuflucht vor der Unsicherheit.
Die Unterteufel an den Stadttoren hoben die Klauen: Halt!
»Sieh dir diese verdreckten Nägel an! Zwanzig Peitschenhiebe!« rief Meister Li wütend und schritt geradewegs zwischen ihnen hindurch. Ich umklammerte in Todesangst den Schirm, und im nächsten Moment befanden wir uns in der Stadt. Meister Li ging an dem riesigen Tempel vorbei, in dem der Gott der Mauern und Gräben seine Urteile fällt, und geradewegs zum Palast des Ersten Yamakönigs. Als wir uns dem Portal näherten, wußte ich, daß wir Probleme bekommen würden. Niemand konnte den Palast betreten ohne die Erlaubnis eines sehr hochgestellten Oberteufels, der ein schwarzes Gesicht hatte, blutrote Augen, Stahlzähne, Eisenflügel und einen Kopf, auf dem sich anstelle von Haaren giftige Vipern ringelten. Aus Ohren und Nasenlöchern stiegen Rauchwölkchen auf. Ich überlegte, ob meine oder Mondkinds Knie klapperten, und kam zu dem Schluß, daß wir im Duett klapperten.
Meister Li klopfte mit dem Finger auf das Emblem des kaiserlichen Zensors und musterte das Ungeheuer mit der unbeteiligten Kühle eines Metzgers, der ein Stück Fleisch begutachtet. »Herr Li von Kao, der Gesandte des Himmelssohnes, wünscht den Registrator Vergangener Existenzen zu sprechen. Sofort!«
Der Oberteufel funkelte Meister Li an. Aus seinem Maul schossen Flammen.
»Bemerke ich Unverschämtheit?« fragte Meister Li kalt. Er zog eine Smaragdbrosche von Mondkinds Gewand und warf sie in das geschmolzene Eisen, das um die Mauern des Palastes floß. »Es wäre bedauerlich, wenn ich mich gezwungen sehen würde, zu melden, daß ein unverschämter Türsteher

eine wertvolle Brosche gestohlen und versucht hat, das Verbrechen zu vertuschen, indem er sie schluckte.« Seine kalten Augen glitten zum Bauch der Kreatur. »Obwohl es vielleicht unterhaltsam wäre zu beobachten, wie deine Vorgesetzten das Beweisstück suchen«, fügte er hinzu.

Ohne ein weiteres Wort schritt er auf die großen Stahltore zu, und ich bemühte mich, Schritt zu halten. Ich war von Schweiß und Entsetzen geblendet, und erst als meine Sandalen auf dem Marmorboden hallten, wurde mir klar, daß die Tore sich geöffnet hatten.

Selbst Meister Li standen winzige Schweißperlen auf dem Gesicht. Nur Mondkind wirkte völlig unbekümmert. Er nahm weiterhin imaginären Beifall entgegen, obwohl er sich leicht über das Fehlen von Begrüßungsfanfaren zu ärgern schien. Ich richtete mich auf und hob den Schirm noch etwas höher. Wir gingen durch einen langen Gang und erreichten schließlich einen großen Saal, in dem ein Heer von Schreibern Akten bearbeitete.

Die Hölle ist sowohl von gewöhnlichen Geistern als auch von Dämonen bevölkert. (Dämonen sind übrigens nicht böse. Auf dem Großen Rad der Wandlungen kann man auch als Diener der Hölle wiedergeboren werden. Blutgier gehört einfach dazu, etwa wie bei einem Tiger.) Der Vorsteher mußte in seiner letzten Inkarnation sicher ein Bankier gewesen sein. Er hatte dünne gerade Haare, dünne gerade Augenbrauen, dünne gerade Augen, dünne gerade Nasenlöcher, dünne gerade Lippen, dünne gerade Schultern, dünne gerade Hände, die genau parallel auf dem Pult lagen, dünne gerade Knie, die er korrekt gegeneinanderpreßte, und dünne gerade Füße, die fest auf dem Boden standen. Mondkind betrachtete ihn nachdenklich.

»Mein Fall«, sagte er.

»Du sollst ihn haben«, sagte Meister Li.

Es war wie einer dieser Tänze in der Oper, die mehr verraten, als Worte vermögen. Meine Wangen glühten, als Mondkind anmutig zum Pult schwebte – das hatte ich noch nie an ihm

gesehen –, und der Blick des Mannes wurde starr. Mondkind lächelte. Dem Mann quollen die Augen aus dem Kopf, und auf seiner Stirn erschienen Schweißtropfen. Mondkind gurrte leise. Die dünnen Knie unter dem Pult hoben sich ruckhaft. Mondkind gurrte weiter. Die dünnen Hände verkrampften sich, und die dünnen Füße scharrten auf dem Boden. Es gelang dem Armen, etwas zu sagen, und Mondkind, der die Hand auf dem Rücken hielt, wies mit dem Finger auf eine der Seitentüren. Meister Li und ich gingen unauffällig hinüber. Mondkind gestikulierte und berührte dabei zufällig die Hand des Mannes. Er sprang auf, taumelte zitternd zur Tür, klopfte ehrerbietig und öffnete sie.
Wir waren hindurch, ehe der Vorsteher wußte, wie ihm geschah, und Mondkind tätschelte ihm zur Belohnung die Wange, ehe er ihm die Tür vor der Nase zuschlug.
Ich erwartete ein weiteres Heer Schreiber. Aber der Registrator Vergangener Existenzen war allein und verschwand beinahe zwischen seinen Büchern. Das Gesicht, das sich uns entgegenhob, erinnerte mich an Gemälde von Heng-chiang, dem General Schnüffel. Seine Augenbrauen waren senkrecht, seine Augen quollen ihm wie Froschaugen aus dem Kopf, und er rümpfte die Nase, als rieche er ständig etwas Unangenehmes. Meister Li verneigte sich wie vor einem Gleichgestellten, und Mondkinds Verneigung war eine vollkommene Mischung aus Höflichkeit und Herablassung.
»Ja?« sagte der Registrator.
»Herr Li von Kao, Gesandter des Himmelssohnes. Der Himmelssohn ist wütend«, fügte Meister Li hinzu.
»Ja?« sagte der Registrator.
»Ein so unziemliches Eindringen wäre unerträglich, wenn es nicht um ernste Dinge ginge. Und was könnte ernster sein, als es zu unterlassen, den Trank des Vergessens richtig zuzuteilen«, sagte Meister Li ernst.
»Ja?« sagte der Registrator.
Meister Li fuhr herum und funkelte mich an. »Seht Euch

diesen einfältigen, verlausten Vertreter der unteren Klassen an!« rief er wütend.
»Von Rechts wegen sollte sein Wissen auf Felder, Fressen und Furzen beschränkt sein, und trotzdem behauptet er, sich an jede Einzelheit eines früheren Lebens zu erinnern, in dem er der Ur-Urgroßvater von *diesem* Juwel des derzeitigen Hofs war!«
Auf das Stichwort verneigte sich Mondkind anmutig.
»Damit nicht genug, beharrt dieser schwachsinnige Trottel, der sich ständig zwischen den Beinen kratzt, Lehrer der Prinzen der Sui-Dynastie gewesen zu sein«, schrie Meister Li. »Er erzählt Geschichten über die Ausschweifungen von Kaiser Yang, bei denen Euch die Haare zu Berge stehen würden, wenn Ihr welche hättet. Jedesmal, wenn er sein dummes Maul aufreißt, *unterstreicht* er seine Behauptung, Herr Tsing gewesen zu sein!«
(Das war mein Stichwort. Tsing hieß der liebe alte stellvertretende Abt des Klosters in der Nähe meines Dorfes, der die Dorfjungen nach der Feldarbeit unterrichtete. Er war ein netter, freundlicher Mann, der an chronischer Pedanterie litt. Ich unterhielt Meister Li öfter damit, daß ich ihn imitierte.)
»Nun los, du Trottel!« begann ich, kratzte mich zwischen den Beinen und trat einen Schritt vor. Meister Li sah sich um und deutete auf eine reich verzierte Bronzeschale. »Welches Schmuckmotiv ist das?« fuhr er mich an.
Ich versuchte es mit einem starren leeren Blick, und meine Kiefer quietschten wie ungeölte Scharniere, als sie sich unerbittlich öffneten.
»*T'sao-t'ieh* oder die *Vielfraßmaske*. Sie ist ein charakteristisches Motiv der Shang-Dynastie und der frühen Shou-Dynastie«, leierte ich monoton herunter, »es ist ein frontal gesehenes Tiergesicht, manchmal erkennbar und manchmal ein stilisiertes Fabelwesen. Auf Seitenflächen ist es flach, oder es zieht sich um eine Ecke. In beiden Fällen teilt ein erhabener Rand die symmetrischen Hälften, die je einen hervortretenden Augapfel haben. Jede Gesichtshälfte geht in einen Kör-

per über – manchmal in den richtigen Proportionen, manchmal auch nicht und völlig symmetrisch zu seinem Gegenstück –, als sei der Tierkörper am Rückgrat durchtrennt worden, und man habe die beiden Hälften wie Flügel auseinandergeklappt und mit dem Kopf verbunden. Die Körper haben Ähnlichkeit mit Schlangen und Drachen. Sie winden sich in Spiralen oder geometrischen Drehungen und Wendungen. Sie sind ihrerseits von Spiralen oder geometrischen Motiven bedeckt – unter anderem manchmal von kleineren *t'sao-t'ieh*. Die gleiche Vielfraßmaske taucht üblicherweise wiederholt auf einem Gefäß auf. Sie ist ein beeindruckendes, kraftvolles und einzigartiges Motiv. Seine Bedeutung ... (Pause, langsam bis fünfundzwanzig zählen) ... ist nicht bekannt.«

Mondkind hatte einen starren Blick bekommen und schwankte. Der Registrator Vergangener Existenzen brach zusammen. Als er mit dem Kinn auf dem Tuschstein landete, riß er den Kopf hoch. Ich bohrte mir in der Nase. Mondkind erwachte aus seiner Trance, sank vor mir zu Boden und küßte meine Sandalen. »*Ur-Urgroßvater!*« wimmerte er.

Meine feuchten Augen richteten sich ruckhaft auf eine Vase mit grauen Blumen. Meine unerbittlichen Kiefer öffneten sich knackend.

»Die folgenden Pflanzen und Blumen«, begann ich leiernd, »rufen eine Stimmung hervor. Die Pflaumenblüte gehört zur Poesie, die Orchidee zur Abgeschiedenheit, die Chrysantheme zur Ländlichkeit, der Lotus zur Schlichtheit des Herzens, der Beerenapfel zu Ruhm und Glanz, die Päonie zu Erfolg, Banane und Bambus zu herrschaftlicher Anmut, die Begonie zu verführerischer Schönheit, die Kiefer zum Alter, die Platane zur Sorgenfreiheit, die Weide zur Sentimentalität, die ...«

»*Um Buddhas willen, hör auf!*« jammerte der Registrator.

»Sehr beeindruckend, nicht wahr?« fragte Meister Li, »wie kann man bezweifeln, daß dieser Wurm Lehrer von Prinzen war, wenn es ihm gelingt, in zwei Minuten ein ganzes Regiment in Tiefschlaf zu versetzen? Es ist eine äußerst ernste Sache zu unterlassen, alle Erinnerungen an frühere Leben *nicht* auszulöschen!«

»Ich verstehe es nicht«, flüsterte der Registrator, »in der Vergangenheit wurden viele solcher Fälle gemeldet. Aber in den letzten Jahrhunderten haben wir sehr sorgfältig gearbeitet.«

»Es könnte Betrug sein«, sagte Meister Li, »der Himmelssohn hat eine unfehlbare Prüfung vorgeschlagen, und das ist der Grund meines Besuchs. Wir werden diese widerlichen Kreaturen einfach vor *Nieh-ching-t'ai* treten lassen, dann wird sich die Wahrheit zeigen.«

»Es ist strengstens verboten, daß ein Lebender vor den Spiegel Vergangener Existenzen tritt«, widersprach der Registrator scharf.

»Die Götter drücken ein Auge zu, wenn der Fall gerecht und weise ist«, sagte Meister Li höflich. »Außerdem behauptet dieser aufgeblasene Pfau, der Ur-Urenkel zu sein, und Betrüger haben oft Komplizen.«

Mondkind wurde überzeugend blaß und begann zu zittern. Die Augen des Registrators funkelten. Bürokraten und Höflinge lieben einander nicht. Kurz darauf marschierten wir durch labyrinthische Flure. Eine große schwarze Tür öffnete sich. Dahinter lag ein dunkler Gang, an dessen Ende ein grünliches Licht leuchtete. Beim Näherkommen stellte ich fest, daß es sich um einen natürlichen Spiegel handelte, der von einem riesigen Kristall in der Steinwand gebildet wurde.

Hier, am Spiegel Vergangener Existenzen, herrschte eine Atmosphäre heiliger Ehrfurcht. Ich lag auf den Knien, machte Kotaus, und die anderen machten ihre Kotaus vor mir. Wir erhoben uns wieder. Auf dem Boden vor dem Spiegel befanden sich die Umrisse zweier Sandalen, und Meister Li schob mich vorwärts. Ich stellte mich in die Markierungen und hob langsam die Augen. Das grüne Licht des Spiegels pulsierte wie ein Herzschlag. Mein eigenes Spiegelbild sah ich deut-

lich, das der anderen war nicht vorhanden. Ein seltsames Gefühl des Friedens erfaßte mein Herz. Ich fürchtete mich nicht, als eine leise Stimme in meinem Ohr sprach.
»Weshalb steht ein Lebender vor mir?«
Ich hatte keine Ahnung, was ich erwidern sollte, und sagte deshalb das erste, was mir einfiel.
»Meister Li sucht die Wahrheit.«
Das grüne Licht pulsierte stumm. Dann hörte ich die Stimme wieder. »So sei es. Sieh mich an, Nummer Zehn der Ochse.«
Auf beiden Seiten des Spiegels tauchten zwei Spalten auf. Über der einen stand »Tugenden«, über der anderen »Sünden«. Mein Körper löste sich auf, formte sich neu, und ich erkannte, daß ich mich in meiner ersten Existenz auf der Erde sah.
Ich war eine Art Klecks, den ich nicht identifizieren konnte, so etwas wie eine winzige Qualle. Der Klecks verband sich mit anderen Klecksen und wurde eine größere Qualle. Danach wurde ich etwas mit Fühlern, dann etwas, das kroch, und schließlich erkannte ich mich erfreut in einem Plattwurm. Die Spalten Tugenden und Sünden blieben leer.
Ich wurde als Fisch wiedergeboren. Dann wurde ich eine Pflanze, ein Pilz und ein Insekt. Ich wurde als Falter wiedergeboren, als Schabe, als Kuh und als Schildpattkatze. Ich war stolz auf mich, als ich auf der Leiter der Existenzen nach oben kletterte.
Ich runzelte die Stirn. Ich schien zurückzufallen. Ich wurde ein Stück Seetang, ein Schaumfleck in einem Teich, sechs verschiedene Arten Steine, vier Bäume und eine Reihe Pflanzen. Dann ging es wieder aufwärts: ein Löwenmäulchen, ein schwarzes Waldhuhn, ein Gecko und ein krummbeiniger Straßenköter mit einem Auge, angefressenen Ohren und den Narben zahlloser Raufereien. Die Spalten Tugenden und Sünden blieben so leer wie die Köpfe des Generalstabs. Ich konnte meine erste menschliche Existenz kaum erwarten.
Da war sie. Ich wurde zum Menschen. Ich starrte mit offe-

nem Mund auf das vertraute häßliche Gesicht von Nummer Zehn der Ochse, betastete meinen Körper und beobachtete dabei die identischen Bewegungen der Hände im Spiegel. Die Spalten Tugenden und Sünden verschwanden.

»Der Teufel soll mich holen!« sagte Meister Li.

»Das sagen wir hier unten nicht. Aber ich weiß, was Ihr meint«, sagte der Registrator. »Höchst außergewöhnlich. Der Junge ist so unschuldig wie eine Aprikose.«

»Nicht ganz«, sagte Meister Li grimmig, »wir wissen jetzt, daß er nie ein Lehrer von Prinzen war. Da fragt man sich doch nach dem Charakter seines Komplizen. Pfau, tritt vor!«

Mondkind nahm meinen Platz vor dem Spiegel ein. Das hatte Meister Li von Anfang an beabsichtigt, und ich bewunderte, wie elegant es ihm gelungen war, sein Ziel zu erreichen. Die Spalten »Tugenden« und »Sünden« erschienen. Mondkinds Gestalt zerfloß, und er wurde ebenfalls eine Art Klecks. Wieder sah ich die Folge von Klecksen, Geschöpfen mit Fühlern, aber dann änderte sich das Bild dramatisch. Mondkind wurde in rascher Folge giftiges Efeu, ein tödliches Nachtschattengewächs und ein Büschel roter Beeren, die ich nicht mit der Beißzange angefaßt hätte. Er bewegte sich sehr schnell auf der Leiter der Existenzen nach oben, wurde zur Tarantel, zur Kobra und zu einem schrecklichen Wesen mit zwanzig sich windenden Fangarmen. Das Geschöpf zerfloß und wurde zu einer netten kleinen alten Frau mit lachenden Augen.

Die kleine alte Frau machte sich in ihrer Küche zu schaffen und rührte grünes und purpurnes Pulver in einen Topf. Grüner Rauch stieg auf, eine schwarze Flüssigkeit kochte über, und die nette kleine alte Frau lachte vergnügt, als eine kleine Katze daran leckte, blau wurde und tot umfiel. In der Spalte »Sünden« ging es hoch her. Das Große Rad der Wandlungen beschloß scheinbar, es noch einmal von vorne zu versuchen.

Die kleine alte Frau verwandelte sich in etwas, das ich nicht identifizieren konnte. Aber Meister Li murmelte, es sehe aus wie ein Fall von Lepra. Die Lepra wurde zu einem mißgestalteten Wurm, einem Geier, einer giftigen Kröte, einer Kellerassel, Milzfarn und dann zu einem glücklich lachenden kleinen Jungen, der einen Gecko quälte. Die Spalte »Sünden« wurde wieder aktiv. Mondkinds nächste Wiedergeburt war Stoff für Legenden: der Manische Mönch Mu aus dem Mitternachtsmoor.

Der unheimliche Mönch verwandelte sich in Triebsand, als das Große Rad der Wandlungen einen neuen Versuch unternahm. Aus dem Triebsand wurden fiebrige Sumpfgase, eine Anzahl von Spinnen, eine Vampirfledermaus, eine Hyäne und schließlich Mondkind – aber Mondkind in Frauenkleidern. Die junge Frau spielte mit einer Katze. Erleichtert stellte ich fest, daß sie die Katze nicht quälte. Aber langsam dämmerte mir, daß Mondkind die Katze abrichtete, damit sie dem kleinen Kind einer Rivalin die Augen auskratzte. Der Spiegel schien zu erschauern, als sammle er Kraft für einen letzten Versuch.

Licht umspielte Mondkinds schönes Gesicht. Der Strahlenkranz wurde heller und heller und schimmerte wie Feuerzungen. Mondkind veränderte sich, veränderte sich aber auch nicht. Er formte sich auf eine Weise um, die gleichzeitig vertraut und fremd war. Er hob das Gesicht, er hob die Arme, als greife er nach der Sonne. Leuchtende Farben umspielten ihn und strömten durch ihn hindurch. Die Spalte »Sünden« war übervoll und reichte bis zum Boden. Die Spalte »Tugenden« blieb leer.

Plötzlich verschwanden beide Spalten. Das Bild im Spiegel verschwand. Es erschienen folgende Worte: *»Ein Urteil überschreitet die Zuständigkeit niederer Gerichte und ist der Höchsten Gottheit vorbehalten.«* Die Worte verschwanden, und Mondkind sah sich wieder im Spiegel.

»Der Himmel beschütze uns«, flüsterte der Registrator.

»Unglaublich«, sagte Meister Li, »wir müssen den Göttern danken, daß er nicht unter unsere Zuständigkeit fällt! Der

Himmelssohn wird ihn und seinen vertrottelten Komplizen vorläufig bestrafen. Aber ich werfe wohl besser einen Blick auf das Seelenregister, um sicherzustellen, daß eine irdische Strafe nicht im Widerspruch zu einer göttlichen steht.«
Ich bezweifle, daß der Registrator Vergangener Existenzen so etwas normalerweise erlaubt hätte. Aber er war zutiefst erschüttert. Sanft wie ein Lamm erlaubte er Meister Li, einen Augenblick in dem Raum zu verbringen, wo sich das Register befand. Dann geleitete er uns hastig durch das Labyrinth zurück, öffnete eine Tür, schob uns in einen Hof hinaus und schlug die Tür hinter uns zu.
Meister Li bog sich vor Lachen. »Ihr seid vielleicht ein Gespann!« jubelte er, »es ist eine Ehre, mit so außergewöhnlichen jungen Herren zu reisen. Also besuchen wir einen Freund von mir und dann Tou Wan, die Gemahlin des Lachenden Prinzen.«
Ich mußte Mondkind bewundern. Er hatte gerade festgestellt, daß seine früheren Inkarnationen den Weltrekord an Schlechtigkeit brachen, aber er benahm sich, als sei nichts geschehen und sagte mit ruhiger, fester Stimme:
»Auf die Gefahr hin, dumm zu klingen: Warum besuchen wir eigentlich den aristokratischen Meuchelmörder nicht selbst?« fragte er vernünftig.
Meister Li setzte sich stumm in Bewegung. Schließlich räusperte er sich und sagte: »Das wäre nicht ganz einfach. Nach den Eintragungen im Seelenregister ist es dem Lachenden Prinzen gelungen, sich den Dienern der Hölle zu entziehen. Er ist nie in der Hölle angekommen.«

18

Rückblickend glaube ich, es war sehr gut, daß Mondkind und ich uns in Gedanken mit der Vorstellung beschäftigten, daß eine wahnsinnige Mumie aus ihrem Grab stieg und in den Raum schlich, wo Klagende Morgendämmerung hilflos im Bett lag. Es lenkte unsere Aufmerksamkeit von den Einzelheiten der Hölle ab, und manche dieser Einzelheiten waren sehr unangenehm. Wir näherten uns dem Fluß How Naiho, der die Grenze zwischen der Ersten und der Zweiten Hölle bildet. Drei Brücken überspannen den Fluß: eine aus Gold – sie wird von Göttern und ihren Gesandten benutzt, die hier zu Besuch sind, eine zweite aus Silber, über die die Tugendsamen schreiten, und die dritte, eine wacklige Bambusbrücke ohne Geländer, ist für die Sünder bestimmt. Die Sünder schreien vor Entsetzen, wenn sie versuchen, den Fluß zu überqueren. Sie fallen unvermeidlich, und schreckliche Hunde und Schlangen aus Bronze jagen und fangen sie mit weit aufgerissenen Mäulern. Das aufgewühlte Wasser färbt sich blutig rot. Aber das ist nur ein Vorgeschmack auf das Kommende, denn die zerfleischten Körper schwimmen ans andere Ufer, wo wunderbarerweise alle Wunden heilen, und lachende Dämonen treiben die Sünder an die Plätze, wo die Qualen erst richtig beginnen.

Meister Li schritt geradewegs auf die goldene Brücke zu. Mondkind schrie: »Macht Platz für den Herrn Li von Kao, den Gesandten des Himmelssohnes!« und wir gingen an zornigen Dämonen vorbei über die goldene Brücke, als gehöre sie uns. In der Zweiten Hölle werden unehrliche Vermittler,

seien es nun Männer oder Frauen, und unwissende oder gewissenlose Ärzte bestraft. Es ist keine schreckliche Folter, aber der Geruch ist widerwärtig. Mondkind und Meister Li preßten sich Taschentücher an die Nase. Ich war an Ställe gewöhnt, und deshalb störte mich der Gestank nicht allzu sehr. Wir kamen an langen Reihen von Gruben entlang. Meister Li blieb schließlich an einer stehen, in der ein dicker Mann mit einem traurigen schlaffen Gesicht bis zum Hals in weichem Dung eingegraben war. Trotz des Gestanks roch er Menschenfleisch und öffnete langsam die Augen.
»Also Li Kao, wenn es um das Land geht, das ich dir verkauft habe ...«
»Nichts dergleichen«, winkte Meister Li ab.
»Ich hatte keine Ahnung, daß der Boden alkalihaltig war! Möge der Himmel beurteilen, ob ich ... äh ... möge der Himmel beurteilen ... äh ... ach, Scheiße!«
»Nun ja, du mußt eigentlich Fachmann auf dem Gebiet sein«, sagte Meister Li fröhlich, »die Yamakönige haben eigentlich ein mildes Urteil gefällt, wenn man bedenkt, daß du deinem Vater auch ein Stück von diesem Land verkauft hast.«
Der Dicke begann zu weinen, und die Tränen gruben blasse Rinnen in die braune Kruste, unter der sein Gesicht beinahe verschwand. »Du wirst sie doch nicht darauf aufmerksam machen, oder?« schluchzte er, »du kannst dir nicht vorstellen, was die Neokonfuzianer der Hölle antun! Sie würden mich in die Achte Hölle schicken. Und das wäre das unvorstellbare Grauen.«
»Du solltest sehen, was diese Kerle China antun«, sagte Meister Li düster, »neulich habe ich geträumt, du wärst wieder Hofarzt, und ich war seit Jahren nicht mehr so glücklich.«
Es war schwierig, sich unter seinen Umständen würdevoll aufzurichten, aber der Dicke versuchte es.
»Meine Patienten sind nicht alle gestorben«, erklärte er beleidigt, »manche konnten sogar wieder gehen. Ein oder zwei brauchten nicht einmal Krücken!«
»Waren es die, die du gegen Erkältung behandelt hast?«

»Erkältungen oder Pickel. Der Arzt kann nichts dafür, wenn ein Patient verrückt genug ist, mit einem Wehwehchen zu kommen«, sagte der Dicke nicht unvernünftig.
»Du warst ein Arzt, wie man ihn unter einer Million nur einmal trifft«, sagte Meister Li herzlich, »wer sonst hätte Arsen gegen Schluckauf verschrieben?«
»Es hat geholfen!«
»Keiner der Patienten ist in der Lage, es zu bestreiten«, sagte Meister Li vieldeutig, »aber ich bin nicht gekommen, um mir medizinische Ratschläge zu holen. Erinnerst du dich an unsere Wanderung durch Tungan? Es muß vor achtzig oder neunzig Jahren gewesen sein. Und ich habe den Punkt erreicht, an dem mein Gehirn dem Zeug ähnelt, in dem du begraben bist. Ich kann mich nur noch an ein Mädchen auf einem roten Sampan erinnern.«
Die Verwandlung war erstaunlich. Das schlaffe Fett schien aus dem Gesicht des Dicken zu schwinden, und ich erkannte, daß er einmal ein fröhlicher, recht gut aussehender junger Mann gewesen war.
»Erinnerst du dich auch noch an sie?« fragte er leise. »Li Kao, es vergeht kein Tag, an dem ich nicht an dieses Mädchen denke. War das nicht eine schöne Zeit? Sie hat ›Herbstnächte‹ gesungen und Reiskuchen ins Wasser geworfen und gelacht, wenn wir wie Enten danach tauchten. Bei den Göttern, ich hoffe, sie hat es geschafft, in den Himmel zu kommen.«
»War da nicht ein Fest?« fragte Meister Li.
»Ein ausgelassenes Fest in einem Dorf. Masken und Trommeln, Affentänze, und dieser große Bauer, dem du ein blaues Auge geschlagen hattest, hob dich hoch und krönte dich zum König der Flöhe. Wir waren eine Woche lang betrunken, und zum Abschied schenkten sie uns Essen und Blumen.« Er blickte auf seine Grube hinunter. »Es war wunderbar, jung zu sein«, flüsterte er.
Meister Li schärfte uns ein, nach Dämonen Ausschau zu halten, während er sich hinunterbeugte und den Weinschlauch an die Lippen des Dicken setzte. Es war lange her, seit er zum

letzten Mal so ein Tröpfchen getrunken hatte, und er hatte einen beachtlichen Zug am Leib.

»Buddha, ist das köstlich! Haininger Bergtau?«

»Der beste«, sagte Meister Li, »du warst damals ein begeisterter Botaniker. Und ich glaube, mich zu erinnern, daß wir quer durch das Land gewandert sind, nachdem wir uns von dem Mädchen auf dem Sampan verabschiedet haben. Wir kamen an einem Tempel oder einem Kloster vorbei, und als wir in die Berge stiegen, hast du etwas entdeckt...«

»Den Bombay-Stechapfel!« rief der Dicke, »wie konnte ich das vergessen? Die Entdeckung eines Lebens, und ich hatte immer vor, noch einmal zurückzugehen. Aber irgendwie kam immer wieder etwas dazwischen, und ich habe es nie geschafft.«

»Würdest du ihn wiederfinden?« fragte Meister Li.

Der Dicke sah ihn plötzlich hellwach an. »Das ist es also. Du brauchst einen Bombay-Stechapfel, nicht wahr? Eine gefährliche Sache, Li Kao. Du warst schon immer in die verrücktesten Dinge verwickelt, und wie du es schaffst, am Leben zu bleiben, ist eines der größten Geheimnisse.«

Meister Li beugte sich wieder mit dem Weinschlauch nach unten.

»Was sind wir doch für ein Gespann«, sagte der Dicke, als er wieder Luft bekam. »Ich will verdammt sein, wenn du den Verstand verloren hast. Ich bin vielleicht ein Sünder, aber zumindest weiß ich, daß es nicht schön ist, wenn man Kindern oder Verrückten ihr Spielzeug wegnimmt. Also, wenn ich den einzigen Bombay-Stechapfel wollte, den ich je in China gesehen habe, würde ich etwa zwei Meilen hinter dem Kloster der Weißen Wolke zu dem Punkt gehen, an dem die Hügel bis zur Straße heranreichen. Dann würde ich nach Osten gehen und bergauf klettern – über Geröll, gefolgt von Granit, gefolgt von einem schwarzen Felsen, und nach dem schwarzen Felsen würde ich eine Lichtung vor einer Felswand erreichen. Ich würde mir einen Weg durch das Dickicht bahnen. Direkt unterhalb der Felswand befindet sich noch eine winzige Lichtung, und in der Mitte steht der Bombay-Stechapfelbaum, falls ihn nicht inzwischen jemand abgehauen hat, um Feuer damit anzuzünden, und danach seine Familie und alle Nachbarn umgebracht hat.«

Sein Blick richtete sich auf Mondkind und mich. »Hat die Sache etwas mit der Schönen und dem Untier zu tun, hm? Sei vorsichtig, Li Kao. Hier ist der harmlose Teil der Hölle. Später wirst du einen besseren Passierschein als einen Standesschirm brauchen.«

Meister Li verneigte sich zum Abschied. »Du weißt, die Yamakönige sind streng, aber gerecht«, sagte er, »gute Absichten können schlechte Folgen zumindest teilweise ausgleichen. Das Große Rad wartet geduldig. Wer weiß? Nach ein paar Inkarnationen als Insekt oder Tier fährst du vielleicht in einem roten Sampan auf dem Yangtse.«

Der Dicke blickte mit verzweifelter Hoffnung in den Augen auf. »Du kannst doch unmöglich einen Blick in das Seelenregister geworfen haben«, flüsterte er.

Meister Li zwinkerte ihm zu. Wir machten uns auf den Weg. Als letztes sah ich, daß der Dicke bei dem Gedanken, als Sampanmädchen wiedergeboren zu werden, vor Freude weinte und vorsorglich bereits ›Herbstnächte‹ übte.

Die Qualen der Dritten und Vierten Hölle sind ebenfalls relativ harmlos und Sündern wie schlechten Bürokraten, Verleumdern, Fälschern, Falschmünzern, Geizhälsen, unehrlichen Kaufleuten und Lästermäulern bestimmt. Ernst wird es erst in der Fünften Hölle, wo Mörder, Ungläubige und Lüstlinge bestraft werden. Ich will nicht versuchen, die Kessel mit kochendem Öl zu beschreiben, die Gruben mit geschmolzenem Blei, die rotglühenden Eisenrohre, den Hügel der Messer und die Säge. Meister Li erzählte mir, daß mit Ausnahme der tibetischen die meisten Kulturen an solche Dinge glauben und daß die Yamakönige nicht beabsichtigen, die Greuel zu übernehmen, mit denen man in der tibetischen Welt der Schatten rechnet.

Nach den Angaben im Seelenregister war Tou Wan nicht wegen Mord und Folter verurteilt worden, sondern wegen Ausschweifungen und Wollust. In der Fünften Hölle gibt es für solche Sünder Betten, in denen sie sich abkühlen können. Wir gingen Reihen von Betten entlang, die aus Eisblöcken bestanden, an die Sünder mit gefrorenen Eisenketten gefesselt waren. Die nackten Körper zitterten unablässig, und das Geräusch krachender Gelenke erfüllte die Luft. Wir fanden die Gemahlin des Lachenden Prinzen in der fünfzigsten Reihe.

Ich war auf ihre Jugend und Schönheit nicht gefaßt. Wie die anderen zuckte und zitterte sie auf dem Eisblock, an den sie mit Eisenketten an Hand- und Fußgelenken geschmiedet war, aber sie gab keinen Schmerzenslaut von sich, und ihre Augen standen offen, während bei anderen dicke gefrorene Tränen die Lider verklebten. Meister Li verneigte sich tief.

»Prinzessin, ich hoffe, Ihr werdet unser Eindringen verzeihen«, sagte er, »wir hatten gehofft, Euren edlen Gemahl sprechen zu können, aber er scheint nicht verfügbar zu sein.«

Ihre Lippen öffneten sich mit dem Geräusch von splitterndem Eis. »Nicht verfügbar?«

»Irgendwie ist es ihm gelungen, die Diener der Hölle zu überlisten. Habt Ihr eine Ahnung, wie?«

Es gelang ihr, ironisch zu lachen, und ich fand, sie sei der zäheste Mensch, der mir je begegnet war. »Sie hätten seine Seele im Stein suchen sollen«, sagte sie.

»Der Stein!« rief Meister Li, »wohin wir auch gehen, wir begegnen immer wieder Hinweisen auf diesen Stein. Seid Ihr vielleicht so freundlich, mich darüber aufzuklären?«

Tou Wans Stimme war so kalt wie das Eis, auf dem sie lag. »Ratet, wenn Ihr wollt. Wenn Ihr richtig ratet, werde ich vielleicht eine oder zwei Fragen beantworten.«

»Ich rate, daß der Stein in drei Stücke zerbrochen wurde. Das größte Stück wurde in einem Schrein aufbewahrt. Euer Gemahl hat das zweitgrößte als Amulett getragen, und der

kleinste Splitter wurde zur Spitze Eurer Haarnadel«, sagte Meister Li.
»Gut geraten, alter Mann«, sagte die Prinzessin. »Ssu-ma Chien, dieser Dummkopf, der sich in alles einmischen mußte, hat ihn zerschlagen. Und seine Vermutungen stimmten nicht einmal zur Hälfte. Er nannte ihn den Stein des Bösen, und dieser Irrtum hat ihn die Eier gekostet. Wie würdet Ihr den Stein nennen, alter Mann?«
Meister Li betrachtete sie nachdenklich. »Ich würde ihn nicht als böse bezeichnen, und ich würde ihn nicht als gut bezeichnen«, sagte er langsam, »ich würde sagen, er ist eine konzentrierte Lebenskraft, die in der Hand eines Heiligen alle Wunden heilen, in der Hand Eures Gemahls jedoch alles Heile zu Wunden machen könnte, wenn Ihr mir diese spitzfindige Formulierung vergebt.«
»Immer besser und besser, alter Mann«, sagte Tou Wan. Sie schloß die Augen. Auf ihren Lippen bildete sich Eis. Ich dachte, sie habe das Gespräch beendet, aber dann erschauerte ihr Körper, zuckte, und das Eis auf ihrem Mund barst.
»Der Stein gehörte ihm nicht ... er hat ihm nie gehört. Er gehörte mir ... ein Liebhaber hatte ihn mir geschenkt ... meine Liebhaber haben mir immer etwas geschenkt ... Mit zehn ließ ich einen Jungen in dem Glauben, er habe mich verführt. Er schenkte mir die Ringe seiner Mutter ... ein hübscher Junge und so leicht abzurichten wie ein Hund ... leg dich! Sitz! ... Sein Vater kam, um die Ringe zurückzuholen, und ich habe ihn ebenfalls abgerichtet ... Platz! Mach Männchen! ... Ich führte ihn an einer Leine, die nur Frauen sehen. Oh, wie sie mich haßten, diese Weiber ... Er machte mich zu seiner Frau Nummer Sieben, und ich überredete ihn und seinen hübschen Sohn, in einen Krieg zu ziehen, in dem sie mit Sicherheit fallen würden ... Hsu der Rechtsanwalt und Kung-sun der Richter ... Leg dich! Sitz! Platz! Mach Männchen! ... ich habe die anderen Frauen auf die Straße gesetzt, und dann kam Yi Shou, der Kaufmann mit seinen Juwelen

und Kutschen, gefolgt von Gouverneur Kuo mit seinen Häusern und dem Landbesitz. Sie lagen mir wie brave kleine Hunde zu Füßen und bettelten darum, gestreichelt zu werden ... Prinz Liu Sheng konnte ich nicht abrichten, aber er schenkte mir eine Krone ... sein Haushofmeister hat mir den Stein geschenkt ... der Stein ... ich drückte ihn an meine Haut und spürte sein Pulsieren ... mein Gemahl hat ihn mir gestohlen, und der Stein trieb ihn zum Wahnsinn. Er wurde wahnsinniger, als ich für möglich gehalten hätte ... die Kleine Reise, die Große Reise, tausend Sekunden, die Embrionische Perle, töten, töten, töten, töten, töten! ... Ssu-ma hat den Stein zerschlagen, und mir blieb nur der Splitter für meine Haarnadel ... Diese Zofe ... immer hat sie ihn angesehen, immer wollte sie ihn haben, immer hat sie versucht, ihn zu stehlen ... Ich wollte sie erstechen, aber sie rannte mit meinem Stein davon ... meine Zofe und diese Konkubine mit dem Upuaut-Ring, den mein Gemahl ihr geschenkt hatte ... Die Soldaten haben sie getötet, aber sie konnten den Stein nicht finden ... er gehörte mir, nicht nur der Splitter, sondern der ganze Stein ... Mein Gemahl weigerte sich, mir ein zweites Stück zu geben ... er lachte und zeigte mir ein zärtliches Gedicht für meinen Sarg. Dann mußte ich Gift trinken ... Muntere Mönche im Narrenkleid tanzten lachend um mein Bett ... kalt ... kälter ... Nebel, das Geräusch von Wasser, Diener der Hölle, die mich in eine graue Welt zerrten, die Yamakönige, frieren, frieren, frieren ...«

Tou Wan öffnete die Augen. Sie sah mich an. »Du wärst ein braver kleiner Hund geworden, Bauernjunge.«

Ihre Augen wurden groß und fragend, als sie sich auf Mondkind richteten. »Dich hätte ich angebetet.« Ihre Augen glitten zu Meister Li.

»Euch hätte ich weder anbeten, noch hätte ich Euren Willen brechen und Euch abrichten können«, sagte die Prinzessin. »Alter Mann, ich fürchte mich vor Euch, geht!«

Meister Li verneigte sich, und Mondkind und ich folgten seinem Beispiel. Tou Wan fielen die Augen zu, und ihr Mund schloß sich mit einem harten Klicken. Ich hielt den Schirm hoch über unsere Köpfe, und wir gingen weiter.

»Welch eine außergewöhnliche junge Frau«, sagte Meister Li bewundernd, »der Ausdruck ›so zäh wie Tou Wan‹ muß allgemein bekannt werden. Wir sollten versuchen, die Sache mit dem Eisbett zu regeln.«

19

Wir wanderten über eine weite graue Ebene, die zu den hohen grauen Mauern der Sechsten Hölle führte. Graues Gras neigte sich im kalten grauen Wind, und der graue Himmel schien uns zu erdrücken.

»Meister Li, das mit dem Stein verstehe ich nicht«, sagte ich. »Ist er nicht böse? Ssu-ma glaubte es, und er schrieb, der Verfasser der *Roten Kammer* habe aus den Annalen von Himmel und Erde zitiert.«

Meister Li schritt stumm weiter. Nach einer Weile sagte er: »Ochse, wir können nicht sicher sein, daß die legendären Annalen tatsächlich etwas damit zu tun haben. Aber wir wissen, daß sowohl Ssu-ma als auch Tsao Hsueh Chin die Reaktionen zweier großer Männer, die den Stein besaßen, als Beweis dafür ansahen. Lao Tzu und Chuang Tzu riefen: ›Er ist das Böse!‹ und warfen ihn von sich. Aber meinten sie damit wirklich, daß der *Stein* böse war? Können sie an etwas anderes gedacht haben? Es besteht zumindest eine Möglichkeit, und sie steht im Zusammenhang mit der Form des Steins.«

Die Form? Ich versuchte, mich an die Worte von Ssu-ma zu erinnern: ». . . glatte Fläche steigt zu runder konkaver Schalenform an . . .« Was hatte das mit ›böse‹ zu tun?

»Aber Tou Wan erzählt, der Stein hat ihren Gemahl zum Wahnsinn getrieben«, sagte Mondkind, »weist das nicht darauf hin, daß der Stein böse war?«

»Nein«, sagte Meister Li entschieden, »ihre Worte machen es völlig klar. Die dem Stein innewohnende Macht verführte den Lachenden Prinzen dazu, ihn für die lächerlich gefährliche Übung einzusetzen, die man den Idealen Taoistischen Atem nennt. Das Endziel ist die persönliche Unsterblichkeit – und das beschwört immer Unheil herauf. Man liegt auf dem Rücken, preßt die Zunge an den Gaumen, um den Gehirntau aufzufangen, wie die Taoisten den Speichel nennen. Normalerweise drückt man mit dem Mittelfinger der einen Hand gegen die Handfläche der anderen. Aber ich vermute, daß der Lachende Prinz seine Finger an den *Chi*-Puls des Steins gedrückt hat. Man atmet ein, hält die Luft dreißig Sekunden, reinigt sie, indem man tropfenweise Gehirntau freisetzt und schickt sie durch Brustkorb und Herz. Das ist die sogenannte Kleine Reise. Mit jedem Mond hält man den Atem fünf Sekunden länger an, und wenn es einem hundertfünfzig Sekunden lang gelingt, ist man für die Große Reise bereit.«

»Es kann gefährlich sein, den Atem zweieinhalb Minuten anzuhalten«, sagte Mondkind.

»Es wird einem schwindlig, und man verliert die Orientierung«, sagte ich. »Wenn man es öfter macht, kann das Gehirnschäden zur Folge haben.«

»O ja«, stimmte Meister Li mir zu, »aber das ist erst der Anfang. Die Große Reise bedeutet, daß man die gereinigte Luft durch Brustkorb, Herz, Magen, Leber, Nieren und Genitalien schickt und auch weiterhin jeden Mond den Atem fünf Sekunden länger anhält. Hat man tausend Sekunden erreicht, entsteht im Körper angeblich etwas, das Embrionische Perle genannt wird, und das ist ein göttliches Lebenselixier.«

»Lebenselixier? Dann ist man tot!« rief ich.

»Nicht unbedingt. Der Körper ist zu erstaunlichen Dingen fähig«, sagte Meister Li. »Das Problem ist das Gehirn. Es braucht ständige Zufuhr frischer Luft, und der Lachende Prinz wurde wahnsinnig.«

Ich sah den Lachenden Prinzen vor mir, der den Stein umklammerte und den Atem länger und länger anhielt, bis die Ärzte schließlich den Kopf schüttelten und befahlen, daß man den Wolkengong schlug, um den Tod des Prinzen zu

verkünden, und dann wurde er lebendig begraben. Ich sah einen wahnsinnigen Prinzen, der in Dunkelheit gehüllt im Grab liegt, den Stein umklammert und den Atem anhält, während die Jahrhunderte vergingen. Ich sah, wie er die Augen aufschlug, wie sich der Deckel seines Sarkophags öffnete und ein Wahnsinniger in einem Jadegewand dem Grab entstieg. Ich sah einen Schatten im Mondlicht, und Klagende Morgendämmerung auf dem Krankenlager . . .
»Ochse, jetzt bist du an der Reihe«, sagte Meister Li.
Damit riß er mich in die Wirklichkeit zurück. Ich hatte geglaubt, die graue Ebene sei glatt und problemlos. Aber das war ein Irrtum.
»Hat einer von euch zufällig einen Blick zurückgeworfen, als wir in der Hölle angekommen sind?« fragte Meister Li.
Wir hatten es beide nicht getan.
»Das Tor hat sich hinter uns geschlossen und ist verschwunden. Es ist nur noch eine nackte kahle Felswand dort«, sagte er. »Das heißt, uns bleibt nur ein Weg, um aus der Unterwelt herauszukommen: das Große Rad der Wandlungen. Und dazu müssen wir die Zehnte Hölle erreichen.«
Vor uns lag die Yin-Yang-Schlucht, über die sich ein dickes Seil spannte. Wir standen am Rand und spähten hinunter. Der Abgrund schien bodenlos zu sein.
»Was meinst du?« fragte Meister Li.
Die Dämonen haben niedere Diener, die Raksha heißen. Einige Rakshas trugen große Wassereimer an den Enden langer Holzstangen, und ich sagte: »Meister, ich meine, die beiden Aristokraten sollten den frechen Bauern prügeln und ihn bestrafen, indem sie ihm eine Holzstange auf die dummen Schultern legen.«
Die Dämonen schienen es gutzuheißen, daß Meister Li und Mondkind mich verprügelten. Sie erhoben keine Einwände, als der grimmige alte Würdenträger einen Raksha herbeirief und ihm die Holzstange von den Schultern nahm. Ich leerte die übergroßen Eimer aus und forderte Meister Li und Mondkind auf hineinzusteigen. Meister Li füllte Steine in seinen

Eimer, bis das Gewicht gleichmäßig verteilt war. Ich nahm die Stange auf die Schulter und ging auf die Seilbrücke zu.

Jeder, der schon einmal Seiltänzer auf dem Jahrmarkt gesehen hat, weiß, daß sie das Gleichgewicht mit Hilfe langer Stangen halten. Bauern tragen sehr oft schwere Lasten, die sie an den beiden Enden solcher langen Stangen befestigen. Ich wußte, es würde nicht schwierig sein, wenn ich nicht in Panik geriet. Außerdem war mein Schirm sehr viel besser als der jedes Seiltänzers.

Ich schob die linke Sandale auf das Seil und bewegte mich langsam vorwärts, wobei ich mit dem Schirm balancierte. Das schwingende Seil war kein Problem, solange ich nicht dagegen ankämpfte. Meine Zuversicht wuchs schnell. Es war nichts Besonderes, und ich erreichte ohne Schwierigkeiten die Mitte der Schlucht. Dann drang aus den schwarzen Tiefen ein so schauriger Laut herauf, daß ich wußte, was immer dort unten lauerte, war weit schlimmer als alles, was wir bisher gesehen hatten.

»Buddha! Was war das, Mondkind?« rief Meister Li in seinem Eimer.

Ich hörte es wieder, diesmal klang es noch lauter und noch schauriger. Mir standen die Haare im Nacken so zu Berg, daß sich die Gesichtshaut zurückzog und meine Zähne in einem breiten freudlosen Grinsen entblößte.

»*Der Böse Minister!*« schrie Mondkind entsetzt. »Es sind die Lippen von Ch'in Kuei, und sie machen sich über einen abgestürzten Sünder her!«

Ich fiel beinahe vom Seil. Ch'in Kuei war der Premierminister, der den großen Yueh Fei ermordet hatte. Zur Strafe hat man ihm den Körper gegeben, der ein Abbild seiner Seele ist. Er besteht nur aus riesigen schleimigen Lippen. Dahinter sitzen spitze kleine Zähne. Der Böse Minister kaut und kaut und kaut. Er schlingt das Fleisch der Sünder in sich hinein und beginnt dabei mit den Augäpfeln. Das ekelhafte Schmatzen war wie ein starker Wind, der das Seil ansaugte

und wieder losließ, so daß es heftig über dem Abgrund hin und her schwang.
Der Schweiß nahm mir die Sicht. Ich wischte ihn ab und versuchte, mich auf das Seil unter meinen Füßen zu konzentrieren. Aber ich mußte immer wieder daran denken, wie sich dicke träge Lippen über meine Zehen schoben. Im nächsten Augenblick würde ich fallen. Ich konnte mich nur so weit vorbeugen, daß mein Gewicht mich vorwärtszog, und rennen. Der Schirm rettete uns das Leben. Er blähte sich und erleichterte mir die Last. Aber ich mußte die Schultern gerade halten, damit die Eimer nicht anfingen zu schaukeln, und ich mußte mich mit kurzen schnellen Schritten bewegen, weil das Seil nicht zur Ruhe kam. Früher oder später würde ich danebentreten.
Als meine rechte Sandale sich zum nächsten Schritt senkte, wußte ich, ich würde das schwingende Seil verfehlen. Und wenn ich mich nach links beugte, um den Schwung aufzunehmen, würde ich das Gleichgewicht verlieren. Das Schmatzen und Schlürfen von unten half mir, mich mit dem linken Fuß abzustoßen und zu springen. Ich streckte die Arme so weit wie möglich aus, und als ich stürzte, umklammerten meine Finger den Rand auf der anderen Seite der Yin-Yang-Schlucht. Dort hing ich, strampelte blindlings und suchte mit den Füßen einen Halt. Ich spürte unter dem rechten Fuß einen schmalen Felsvorsprung. Im Handumdrehen hatte ich mich hochgezogen und über den Rand geworfen. Meister Li und Mondkind fielen aus den Eimern ins graue Gras. Wir krochen weiter, während das ekelhafte Schmatzen von Ch'in Kuei allmählich leiser wurde.
»Ochse, ich hatte mich schon gefragt, wann es endlich aufregend werden würde«, sagte Mondkind, beugte sich vor und übergab sich.
Wir befanden uns jetzt in der Sechsten Hölle, wo Sakrilegien bestraft werden. Die Torturen, die wir sahen, machten es uns nicht leichter, die Mägen unter Kontrolle zu halten. Schließlich rafften wir uns auf, und ich griff nach dem Standes-

schirm, der auf dem Boden lag. Wir atmeten tief durch und machten uns in unserer Rüstung neokonfuzianischer Überheblichkeit wieder auf den Weg. Meister Li vermied Konfrontationen, wenn wir die Grenzen zwischen den einzelnen Höllen erreichten. In der Siebten Hölle werden Grabschänder bestraft und alle, die Menschenfleisch verkaufen oder essen. Die Achte Hölle ist jenen bestimmt, denen es an kindlicher Liebe mangelt, und ich beabsichtige nicht, die schrecklichen Dinge zu schildern, die wir dort sahen. (Ich warne jedoch eindringlich davor, in der Achten Hölle zu landen, solange die Neokonfuzianer das Sagen haben.) An der Grenze zur Neunten Hölle konnte Meister Li einer Konfrontation nicht mehr aus dem Wege gehen. Der einzige Weg zur Zehnten Hölle und dem Großen Rad führte geradewegs durch den Palast des Neunten Yamakönigs. Meister Li versank in tiefes Grübeln, als wir die Mauern erreichten, wo lange Reihen von Sündern sich ihrem Schicksal entgegenschleppten und graue Tränen weinten.

»Geeh – geeh – geeh.«

»Ochse, hast du das gehört?«

»Geeh – geeh – geeh.«

»Ja, Meister.«

»Geeh – geeh – geeh.«

»Großer Buddha! Der ganze Verein vom Auge der Ruhe!« rief Meister Li.

So war es tatsächlich. Meister Li ging die Reihen entlang und musterte die Gesichter.

»Hallo, Hsiang!«

»Hallo, Li Kao. Was machst du denn hier?« fragte die Kröte traurig.

»Das wollte ich dich gerade fragen«, sagte Meister Li.

Die Kröte hob die Faust in Richtung Peking. »Diese verfluchten Händler!« schimpfte er. »Kao, diese habgierigen Hunde kamen auf die Idee, daß edle Menschen, die nach ihrem Seelenheil trachten, den Körper kasteien sollten. Deshalb fingen sie an, außer den Würmern auch Käse zu verkaufen.«

Mir wurde ganz anders. Wie die meisten Chinesen finde ich Käse abscheulich, und ich konnte mir gut vorstellen, daß es eine Kasteiung erster Ordnung bedeutete, das Zeug zu essen.
»Der Käse hat euch alle umgebracht?« fragte Meister Li zweifelnd.
»Nun ja, nein«, sagte die Kröte. »Die konkurrierenden Händler begannen, ungekochte Wasserschnecken zu verkaufen.«
Meister Li sagte achselzuckend: »Solange sie noch lebendig sind, sollte nicht mehr passieren, als daß man sich übergibt.«
»Sie waren lebendig und kamen geradewegs aus der Bucht, wo die Kübel entleert werden«, fügte er hinzu.
»Ihr habt sie doch nicht gegessen!« rief Meister Li entsetzt.
»Das haben wir überlebt, Li Kao. Aber dann begannen die Händler, die Schnecken mit Käse zu füllen.«
Meister Li wurde blaß. Mondkind und ich wurden grün.
»Ich erinnere mich noch genau«, jammerte die Kröte. »Es war die Doppelstunde des Hahns am dritten Tag des achten Mondes, als ein mordlüsterner Händler auf die Idee kam, alle seine Waren gleichzeitig zu verkaufen, und den Käse in den Schnecken mit Würmern füllte.«
»Der Erhabene Jadekaiser beschütze und behüte uns«, sagte Meister Li. »Ich nehme an, als nächstes warst du unterwegs zum Tempel des Gottes der Mauern und Gräben.«
»Der Gott war wütend«, schluchzte die Kröte, »nichts im Register von Leben und Tod ließ sich auf die Kombination von Würmern, Käse und Wasserschnecken anwenden. Da wir den roten Staub der Erde vorzeitig verlassen haben, wurden wir zur Neunten Hölle verurteilt.«
»Geeh – geeh – geeh«, intonierten die Scheinheiligen, die immer noch hofften, der Himmel würde sehen, wie sie Würmer freiließen.
»Du mußt das Gute daran sehen«, sagte Meister Li tröstend,

»in drei Jahren wird man dir erlauben, als Geist zurückzukehren. Dann kannst du die Händler heimsuchen, so oft du willst.«
Die Kröte färbte sich dunkelrot. »Du kennst diese Händler nicht!« schrie er, »die stopfen unsere Geister in die Würmer im Käse in den Schnecken, nennen das Ganze die Vier Fäulnisse der Gequälten Gelassenheit und verdienen ein Vermögen damit!«
Meister Lis Blick richtete sich auf das Stadttor. Blutrünstigere Dämonen hatten wir noch nie gesehen. Die Teufel waren offensichtlich hohe Würdenträger, und mit einem Standesschirm und einem kaiserlichen Emblem würden wir hier nicht weit kommen. Hinter einer Seitenpforte lag ein Garten mit grauen Blumen. Meister Li bückte sich und holte die Dietriche aus dem hohlen Absatz seiner linken Sandale.
»Hsiang, willst du so schnell aufgeben? Bei allen Göttern, tu das nicht!« rief Meister Li, »Ihr seid höchst ungerecht behandelt worden, und der Himmel wird euer Flehen bestimmt erhören, wenn es von Herzen kommt! Wo ist Seine Heiligkeit? Aha, da bist du! Kommt Männer, eine letzte große Anstrengung!«
»Geeh – geeh – geeh«, intonierten die Scheinheiligen zaghaft, aber der Heiligste von allen war aus einem anderen Holz geschnitzt.
»Ich bete zum Himmlischen Meister des Ersten Ursprungs!« brüllte er, *»Ich bete zum Himmlischen Meister der Jadedämmerung vom Goldenen Tor! Ich bete zu Königinmutter Wang! Ich bete zu Chang-o und dem Hasen! Ich bete zu Mutter Blitz und dem Herrn des Regens und dem Herrn des Donners und dem Fürsten der Winde und dem Kleinen Jungen der Wolken!«*
»Geeh – geeh – geeh – geeh – geeh!« riefen die Scheinheiligen etwas zuversichtlicher.
Im Schutz der Menge beugte sich Meister Li zum Schloß der Pforte hinunter. Seine Heiligkeit übertönte dankenswerterweise das Geräusch des Dietrichs.
»Ich bete zum Großen Herrscher des Östlichen Gipfels! Ich bete zur

Prinzessin der Quellwolken! Ich bete zu Kuan-yin und Kuan-ti und den Acht Unsterblichen! Ich bete zu Dame Pferdekopf und dem König der Ochsen, zum Transzendenten Schwein, zum Hirseprinzen und Fan K'uei, dem Schutzpatron der Schweineschlächter!«

»Geeh – geeh – geeh – geeh – geeh!«

Das Schloß sprang auf, wir schlüpften durch die Pforte und schlossen sie hinter uns. Das Geschrei verstummte allmählich, während die langen Schlangen sich dem Palast näherten. Wir sahen eine Reihe kleiner ummauerter Gärten, die durch verschlossene Gittertore voneinander getrennt waren. Sieben davon mußten wir durchqueren, um den Palast von der Seite her zu erreichen. Meister Li fluchte leise, als er sich das nächste Schloß vornahm. Keiner der Dietriche hatte die richtige Größe, und er mußte mit unendlicher Vorsicht und Geduld ans Werk gehen. Schließlich sprang auch dieses Schloß auf, und wir rannten durch den nächsten Garten. Das Schloß der Tür zum dritten Garten ließ sich leichter öffnen, aber am nächsten wäre Meister Li beinahe gescheitert. Er brach zwei Dietriche ab und versuchte gerade, das Schloß mit einem dritten aufzuhebeln, als wir das Knirschen schwerer Schritte auf dem grauen Kies hörten. Es klang, als nähere sich ein Elefant. Mondkind schlich durch das Gebüsch zurück, um nachzusehen.

»Geschafft«, flüsterte Meister Li.

Das Tor ging auf. Wir ließen es für Mondkind offen und eilten durch den Garten zum vierten Tor. Das Knirschen der Schritte war verstummt. Dann hörte ich ein Geräusch, bei dem mir die Haare zu Berge standen.

Ein Dämon schnüffelte zornig, weil er Menschenfleisch roch. Das Geräusch mußte von einem schrecklichen Riesen kommen. Wir hörten ein Knurren, das wie gedämpftes Donnergrollen klang. Meister Li arbeitete wie wild an dem Schloß, aber es war wieder schwierig. Die Schritte kamen näher, und ich wußte, wir würden es diesmal nicht schaffen. Ich bewaffnete mich mit einem großen grauen Stein und schlich im Schutz der Büsche zurück. Als ich die Zweige teilte und hin-

ausspähte, mußte ich einen Entsetzensschrei unterdrükken.
Dieser Dämon hätte selbst den großen Ehr-lang in Angst und Schrecken versetzt. Er war mindestens zehn Fuß groß. Seine Muskeln wirkten wie übereinandergepackte Stahlstäbe; seine Klauen konnten Tiger zerreißen, seine Hauer hätten von einem dieser Wesen stammen können, die man gefroren in mongolischen Gletschern findet. Die Nüstern schnupperten wütend, und in den roten Augen brannte die Blutgier. Ich war gelähmt. Während ich wie eine Statue in den Büschen stand, entdeckte ich plötzlich, daß ich nicht allein war. Mondkind hatte sich auf der anderen Seite fast völlig im grauen Laub versteckt. Er holte tief Luft und warf sich in die Brust. Noch zehn Schritte, und das Ungeheuer würde eine freie Stelle erreichen, von der es das Tor und Meister Li sehen mußte. Mondkind schlenderte ihm lässig auf dem Gartenweg entgegen. Der Dämon starrte ihn an. Die Fangzähne glitzerten. Die Klauen hoben sich zum tödlichen Schlag.
Mondkind lächelte – der graue Himmel öffnete sich, und ein blauer Fleck erschien. Mondkind lächelte betörender – zwei graue Blumen bemühten sich, rosa Blüten hervorzubringen. Mondkind streckte den Arm aus und kraulte das schreckliche Wesen am Kinn.
»Komm her, Süßer«, gurrte Mondkind und führte den Dämon zurück in die Büsche.

20

Es dauerte lange, bis Meister Li das vierte und das fünfte Schloß geöffnet hatte. Er mühte sich gerade mit dem sechsten ab, als wir hinter uns ein Geräusch hörten. Ein hübscher junger Mann hinkte den Gartenweg entlang. Er war blaß, schwach und zittrig, aber es gelang ihm, anmutig die Hand zu heben. »Die Hölle«, sagte er, »wird zu sehr verteufelt. Ich muß unbedingt öfter hierherkommen.«

Ich huldigte ihm mit drei Verneigungen und neun Kotaus.

»Bei Buddha, das Ding dieser göttlichen Kreatur erinnert mich an den kaiserlichen Fahnenmast beim Begräbnis von General Ching«, erzählte Mondkind fröhlich. »Beeilen wir uns. Der liebe Kleine kann jeden Augenblick wieder zu Kräften kommen und eine Zugabe wollen.«

»Mondkind, einen Orden für dich zu entwerfen, wird eine der großen Herausforderungen des Jahrtausends sein«, sagte Meister Li. »Wir werden die Dienste des wollüstigen Deng in Anspruch nehmen müssen, und selbst Deng wird es schwerfallen, dir gerecht zu werden, ohne uns alle ins Gefängnis zu bringen.«

Das Schloß schnappte auf, und wir eilten durch den Garten zum siebten und letzten Tor. Glücklicherweise gelang es Meister Li, das Schloß schnell zu öffnen. Wir schlüpften gerade durch das Tor, als wir schwere knirschende Schritte hinter uns hörten, und als wir die Palastmauern erreichten, flötete eine rauhe, laute Stimme sehnsüchtig: »Halloooo...!« Ich fand ein geeignetes Fenster, und im nächsten Augenblick waren wir im Palast.

Am Ende eines Gangs war ein großer Saal mit endlosen Reihen von Schreibern, die Eintragungen in riesige Bücher machten. Über dem Eingang stand: *Tribunal der Neunten Ebene der Dunkelheit.* Wir richteten unsere Kleider und klopften ein paar graue Blätter und den Staub ab. Ich hob stolz den Standesschirm, und Meister Li schritt in den Vorraum. Beamte verschwanden hastig durch eine Tür, andere kamen heraus, und ich sah sogar flüchtig einen Yamakönig: eine dunkle gekrönte Gestalt auf einem Thron inmitten von Schreibern und Höflingen. In allen großen Bürokratien sind die Beamten viel zu beschäftigt und fühlen sich viel zu wichtig, um den Kopf zu heben, und so ging Meister Li einfach an den vielen Türen vorbei, bis er zu einer mit der Aufschrift kam: *Schatzmeister der Neunten Ebene der Dunkelheit.* Er öffnete die Tür, und wir traten ein. Wir beachteten die vielen geschäftigen Beamten nicht, sondern marschierten geradewegs auf einen großen Tisch zu, hinter dem ein Wesen saß, das an einen Hai erinnerte und das wie verrückt an zwei klickenden Rechengestellen gleichzeitig arbeitete. Die neun Knöpfe an seiner Mütze wiesen darauf hin, daß wir den Schatzmeister persönlich vor uns hatten. Kalte Haifischaugen richteten sich auf Meister Lis Embleme und den Standesschirm.

»Es ist keine Inspektion angesetzt«, erklärte er knapp.

»Natürlich nicht«, erwiderte Meister Li ebenso kalt. »Eine Razzia in einer illegalen Spielhölle hängt man schließlich auch nicht an die große Glocke.«

Der Schatzmeister sprang auf. »Ihr wagt es, dieses Amt mit einer Spielhölle zu vergleichen?« fragte er wütend.

Meister Li zuckte die Achseln. »In solchen Etablissements geschehen die merkwürdigsten Dinge, und dem Himmelssohn ist zu Ohren gekommen, daß in diesem Amt sehr merkwürdige Dinge geschehen sind.«

»Werdet deutlicher, mein Herr!«

»Der Kaiser«, begann Meister Li, »hat erfahren, daß die Summe, mit der er seine Freilassung aus der Hölle erkauft hat, unerklärlicherweise erhöht worden ist, und das macht es praktisch unmöglich, jemanden zu retten, der zu Unrecht gefangengehalten wird.«

»Eine Lüge! Eine bösartige und haltlose Verleumdung!« schrie der Schatzmeister. »Kaiser T'ang erkaufte sich seine Rückkehr mit dreizehn Truhen Silber und Gold, und dreizehn Truhen sind nach wie vor der Preis!«

»Das hoffe ich doch sehr. Wir sind hier, um sicherzustellen, daß das System gerecht ist und reibungslos funktioniert, und das ist nur auf eine Weise möglich«, sagte Meister Li. »Ihr werdet Euch erinnern, daß der Himmelssohn kein Geld bei sich hatte, aber vom Guthabenkonto des heiligen Hsiang Ling einen Kredit über die entsprechende Summe in Anspruch nehmen konnte.«

Der Schatzmeister setzte sich. Auf seinem Gesicht lag ein Lächeln, und in seinen Augen leuchtete die Bosheit.

»Der Kaiser konnte das tatsächlich, aber nur mit Genehmigung von Minister Ts'ui«, sagte er leise. »Zufällig bekleide ich augenblicklich sein Amt, und ich frage Euch, habt Ihr meine Genehmigung, das Konto von Hsiang Liang zu belasten?«

Meister Li rümpfte die Nase. »Wer sagt, daß wir dasselbe Konto benutzen wollen? Wir sind zu dritt und werden infolgedessen die dreifache Summe benötigen. Ich bezweifle, daß selbst Hsiang Liang durch seine guten Taten soviel angesammelt hat.«

»Im Verlauf der Geschichte hatten weniger als zwanzig Sterbliche neununddreißig Truhen Silber und Gold auf ihrem Konto«, erklärte der Schatzmeister mit einem boshaften Lachen. »Ich hoffe um Euretwillen, daß Ihr in der Lage seid, einen Kredit von T'su T'sin, dem Priester aus dem Tempel der Leprakranken, zu bekommen.«

»So hoch wollen wir nicht hinaus«, sagte Meister Li und verneigte sich ehrerbietig bei der Nennung dieses Namens. Er hielt eine Hand auf dem Rücken und preßte die Finger in die Handfläche. »Wir ersuchen Euch, das Guthaben auf dem Konto . . .«

Mondkind und ich starrten uns an. Auf wessen Konto konnte soviel Tugend gehen?
»… einer einfachen Sängerin und Prostituierten namens Klagende Morgendämmerung zu überprüfen«, sagte Meister Li ganz ruhig.
Wir unterdrückten einen erstaunten Aufschrei. Der Schatzmeister griff nach Büchern, fuhr mit dem Finger die Reihen von Namen und Zahlen entlang, und als der Finger plötzlich anhielt, glaubte ich, ihn habe der Schlag getroffen. »Könnt Ihr nachweisen, daß Ihr berechtigt seid, von diesem Konto abzuheben?« fragte er mit erstickter Stimme.
Meister Li nahm Mondkinds Stirnband mit dem Phönix und dem Drachen, die sich umeinander wanden, und schob es über den Tisch. Der Finger des Schatzkämmerers fuhr über die zarten Linien der Inschrift, und er fragte kläglich und weinerlich: »Warum habt Ihr nicht gleich gesagt, daß es sich um ein Gemeinschaftskonto handelt? Natürlich könnt Ihr Geld haben, soviel Ihr wollt! Unterschreibt hier und hier und hier.«
Mondkind unterschrieb da und da und da, und es dauerte kaum länger, als ich brauche, um es zu schreiben, bis ich einen Wagen mit neununddreißig Truhen Silber und Gold hinter mir herzog. Meister Li und Mondkind saßen auf den Truhen, und der Standesschirm prangte majestätisch über ihnen. Der Schatzmeister führte uns zu einer Seitentür und preßte ein parfümiertes Taschentuch an die Nase.
»Schnell! Raus mit euch . . .«, zischte er.
Die Tür öffnete sich, ich zog den Wagen hindurch, und der Schatzkämmerer schlug die Tür hinter uns zu. Wir befanden uns in der Neunten Hölle, und ich hoffe, mir ist eine kurze Erklärung erlaubt.
Die Neunte Hölle ist das Entzücken der Theologen und die Verzweiflung aller Seelen. Praktisch gesehen ist sie für *wang-ssu-ch'eng* bestimmt, das heißt, für alle, die tödlich verunglückt sind, aber auch für Selbstmörder und Menschen, die ohne die richtigen Gebete und Rituale gestorben sind, und

alle, die vor dem Zeitpunkt gestorben sind, der im Register von Leben und Tod festgesetzt ist – wie die Kröte und seine »geeh-geeh-geeh!«-Freunde. In der Neunten Hölle gibt es keine Folterqualen, und das ist die schlimmste Folter. Ohne Strafe kann es keine Reue, Reinigung und Wiedergeburt geben, und die armen verlorenen Seelen in der Neunten Hölle sind bis in alle Ewigkeit dort gefangen.

Man glaube nicht, es seien Verbrechen im Spiel. Bei vielen der Verdammten handelt es sich um unschuldige Kinder. Nach drei Jahren erlaubt man den verlorenen Seelen, hin und wieder als Geist auf die Erde zurückzukehren (aus diesem Grund wird das Fest der hungrigen Geister gefeiert), und theoretisch hat ein Geist die Möglichkeit, erlöst zu werden, wenn er jemanden findet, der seinen Platz einnimmt. Deshalb ist es so gefährlich, sich an einem Ort aufzuhalten, wo ein Kind ertrunken ist oder ein Mann sich erhängt hat. Der Geist wird versuchen, einen zu packen und in die Neunte Hölle zu schleppen, denn nur so kann er sich einen Platz auf dem Großen Rad der Wandlungen erobern. Praktisch sind die Chancen, das Rad zu erreichen, allerdings gleich Null.

Die einhundertfünfunddreißig Höllen zweiter Ordnung und bis auf eine auch alle erster Ordnung dienen der Gerechtigkeit. Nur die Neunte Hölle ist ungerecht, und niemand außer Theologen kann sie lieben. Wie soll ich je ein kleines Mädchen vergessen, das weinend am Straßenrand saß und in alle Ewigkeit verdammt ist, weil es ausgerutscht und in einen Fluß gefallen war? Ich glaube allen Ernstes, Priester könnten dem Atheismus den Todesstoß versetzen, indem sie die Neunte Hölle zerstörten, und man sollte dem Himmel sofort entsprechende Bittschriften überreichen.

Als wir hinaustraten, überfiel uns der Gestank ungewaschener Körper. Bestechlichkeit ist in der Neunten Hölle gang und gäbe, denn dort verkaufen die niedrigsten Dämonen Speise und Trank zu abenteuerlichen Preisen. Das Heer der Verlorenen drängte sich um uns und verlangte kreischend

Münzen. Man hätte uns erdrückt, wenn Meister Li und Mondkind nicht mit vollen Händen Gold und Silber aus den Truhen in die Menge geworfen hätten. Die armen Seelen kämpften wie Tiere darum, und die Schwachen und Jungen hatten natürlich keine Chance.

Jede Truhe war so berechnet, daß sie uns auf der weiten grauen Ebene eine bestimmte Strecke weit brachte. Meister Li und Mondkind warfen mit Gold und Silber um sich, bis ihnen die Arme abzufallen drohten. Dadurch wurde der Wagen leichter, und ich konnte schneller ziehen. Vor uns, auf dem Gipfel eines Hügels, ragte die graue Mauer der Zehnten Hölle auf. Schnaufend und keuchend zerrte ich den Wagen die steile Anhöhe hinauf. Das heulende Gesindel fiel allmählich zurück. Ein besonders hartnäckiger Trupp gab nicht auf, aber Mondkind hatte noch eine letzte Truhe. Er kippte sie aus, und ein Silberschauer ging auf den Abhang nieder. Endlich waren wir die Meute los und konnten uns Gedanken darüber machen, wie wir das Große Rad erreichen sollten.

Ein Heer von Dämonen bewacht die Mauern der Zehnten Hölle. Meister Li verlor keine Zeit. Er riß die Bespannung des Schirms ab und wand daraus eine ansehnliche rituelle Girlande. Der Griff konnte als Stab durchgehen. Unter Mondkinds Juwelen befand sich eine Perle, die man für die heilige Perle halten konnte. Mondkind und ich eigneten uns gut dafür, die Gefährten von Reichtum und Armut zu verkörpern, und Meister Lis ehrwürdige Falten waren bereits Passierschein genug. Er näherte sich der Mauer, erteilte links und rechts seinen Segen, und sofort erhob sich der Ruf: »*Ti-tsang Wang-p'u-sa! Der Gott der Barmherzigkeit ist zu seiner jährlichen Besichtigung eingetroffen!*«

Die Mauer war kein großes Hindernis. Sie bot Füßen und Händen genügend Halt. Meister Li sprang auf meinen Rükken, und Mondkind hielt sich an meinem Gürtel fest. Ich war schon halb oben, ehe die Soldaten sich wunderten, daß der Gott der Bamherzigkeit die Mauer nicht einfach überflog, und sie schlugen erst Alarm, als ich beinahe oben angekommen war. Die Pfeile flogen harmlos über unsere Köpfe hinweg, während ich auf der anderen Seite hinunterkletterte. Trotzdem wäre ich beinahe gestürzt, denn ich war auf den Anblick des Großen Rades der Wandlungen nicht vorbereitet.

Man kann seine ungeheure Größe einfach nicht beschreiben. Aus irgendeinem Grund bewegen sich die unteren Speichen langsam, während die höheren mit atemberaubender Geschwindigkeit aufsteigen. Das Rad drehte sich nach oben, nach oben, nach oben, nach oben und war trotzdem nur zur Hälfte sichtbar. Es verschwand in grauen Wolken, und mir wurde klar, daß es die Erdoberfläche erreichen und sich dann weiterdrehen mußte, bis es neugeborene Yaks auf den höchsten Bergen Tibets absetzen konnte.

Die Toten schoben sich in endlosen Schlangen zu einer einfachen Hütte. Dort bereitete Dame Meng den Trank des Vergessens. Nachdem sie getrunken hatten, trieb man sie in die Schlange zurück, und ihre Köpfe waren so leer wie die Augen der Politiker. Dämonen warfen ihnen das Zubehör für ihr nächstes Leben über den Kopf: Felle, Federn und so weiter. Es dauerte einige Zeit, bis die Soldaten auf dieser Seite der Mauer von unserer Anwesenheit wußten. Aber inzwischen hatten wir uns Schaffelle über den Kopf geworfen und uns in die Schlange eingereiht. Meister Li hatte sie den Dämonen so geschickt entwendet, daß sie nichts bemerkten, und die Soldaten liefen an uns vorbei.

Wir kamen dicht an das Große Rad heran. Die Toten stiegen in die schaukelnden Gondeln. »Ochse, wenn wir erst in einer Gondel sind, kommen wir nie wieder heraus«, flüsterte Meister Li. Ich nickte. Er machte sich bereit, mir auf den Rücken zu springen, und Mondkind, sich an meinem Gürtel festzuhalten.

»Jetzt«, flüsterte ich.

Meister Li hüpfte, Mondkind hielt sich fest, ich sprang und klammerte mich an eine Speiche. Es gelang mir gerade, mit den Füßen Halt am äußeren Rand zu finden, als die Soldaten uns entdeckten. Das Wutgeschrei der Dämonen erfüllte die Luft, Pfeile und Speere schwirrten uns um die Ohren, aber wir stiegen mit großer Geschwindigkeit höher und höher. Ein Pfeil hätte um Haaresbreite Mondkinds Nase getroffen, und ein Speer streifte meinen Arm. Dann konnten uns die Geschosse nicht mehr erreichen, und schon verschwanden wir in den Wolken. Wir stiegen mit so unglaublicher Geschwindigkeit auf, daß mir die Augen tränten, und Meister Li begann, fürchterlich zu fluchen.

Wir hatten die Dämonen hinter uns gelassen, aber wir waren verloren, wenn es uns nicht gelang zu sehen, wo wir abspringen mußten, und die Wolken verhüllten alles. Es vergingen Minuten, während wir in die Unendlichkeit hinausgewirbelt wurden, aber die Wolken umgaben uns immer noch. Dann entdeckte ich Lichtpunkte, die wie winzige Sterne aussahen, und Meister Li suchte den Himmel ab.

»Da! Dieser vollkommen runde. Siehst du ihn?«

»Ja, Meister«, sagte ich.

»Du darfst ihn nicht verfehlen.«

»Nein, Meister«, sagte ich.

Die kleine runde Lichtkugel schoß mit unfaßlicher Geschwindigkeit auf uns zu. Ich kauerte mich zusammen und versuchte, die Flugbahn zu berechnen. »Fertig ...«, sagte ich. Mir blieb das Herz stehen, als mir eine dicke Wolke die Sicht nahm. Aber wir jagten durch sie hindurch. »Los!« sagte ich. Das Licht kreuzte meinen errechneten Zielpunkt, ich nahm meine ganze Kraft zusammen und sprang ins Leere. Wie von einem Katapult geschossen, flogen wir über den Himmel. Das Licht wurde heller und heller, wir fielen direkt in seinen Mittelpunkt und prallten gegen eine Wasserwand.

Ich bekam keine Luft mehr und wäre beinahe erstickt, während ich nach oben trieb. Dann tauchte mein Kopf aus dem Wasser auf, und ich atmete gierig und keuchend die frische Luft ein. Ich schleppte Meister Li und Mondkind ans Ufer und zog sie an Land. Wir lagen im grünen Gras, eine gelbe

Sonne schien, die Vögel sangen, und vom Boden eines Teichs starrte uns ein grinsender Totenschädel an.

*

Meister Li kroch zurück und hielt den Weinschlauch über das Wasser. Mondkind und ich beobachteten, wie der Wein im Trichter eines Strudels und zwischen den grinsenden Kiefern verschwand.

»Ling, alter Freund, du bist wirklich ein großer Künstler«, sagte Meister Li bewundernd.

Das Schilf schwankte. »*Rülps.*« Es schwankte wieder. »*Nein, aber ich bin kein Scharlatan.*«

Mondkind betastete empfindliche Körperteile, die vielleicht – vielleicht aber auch nicht – mit der Übergröße eines Dämons in Kontakt gekommen waren. Ich starrte auf eine lange blutende Wunde an meinem Arm, die ein Speer vielleicht – vielleicht aber auch nicht – verursacht hatte. Meister Li lachte.

»Mondkind, hast du deinen Lehrer vergessen und den Räuber, den er taub gemacht hat? Ochse, hast du Großmutter Ho und ihren Schwiegersohn vergessen? Macht euch keine Gedanken über Wirklichkeit und Illusion. Hätte Mondkind den Dämon nicht um den kleinen Finger gewickelt, wären wir nicht mehr am Leben, und hätte Ochse vorhin das Ziel verfehlt, wären wir auch nicht mehr am Leben. Wir sind in den Genuß der Künste des Liu Ling gekommen, und das macht Fragen nach der Wahrheit gegenstandslos, wenn nicht absurd. Hat Chuang Tzu sich eingebildet, ein Schmetterling zu sein, oder hat der Schmetterling sich eingebildet, Chuang Tzu zu sein?«

Er drehte sich um und goß noch einmal Wein ins Wasser. Der alte Mann und der Totenschädel saßen wie gute Freunde schweigend beisammen.

»Ling«, sagte Meister Li schließlich, »deine Priester haben es wunderbar verstanden, unseren Geist zu durchforschen, während wir von den Pilzen betäubt waren, und sie ließen sich nicht – wie ich – von subjektiven Erfahrungen blenden. Ist es erlaubt, um eine Meinung zu bitten?«

Das Schilf rührte sich nicht.

»Drücken wir es folgendermaßen aus. Wenn du jemandem die Geschichte von Li Kao, Nummer Zehn der Ochse, Klagende Morgendämmerung, Mondkind, Prinz Liu Pao und so weiter erzählen solltest, wie würdest du sie nennen?«

Das Schilf blieb ruhig, aber dann bewegte es sich ganz leicht.

»*Shi tou chi.*«

»Die Geschichte vom Stein? Ja, ich verstehe ungefähr, was du damit sagen willst. Es ist natürlich eine Frage der Prioritäten, und ich habe sie noch nicht ganz in die richtige Reihenfolge gebracht. Aber ich glaube, es fehlt nicht mehr viel.«

Er stand auf, Mondkind und ich folgten seinem Beispiel, und wir verneigten uns vor dem Totenschädel.

»Ling«, sagte Meister Li, »ich behaupte trotzdem, du bist ein sehr großer Künstler.«

Das Schilf bewegte sich zum letzten Mal. »*Kao, ich behaupte trotzdem, du gehörst an den Galgen.*«

Ein Priester öffnete uns ein Tor. Wir gingen auf einen grünen Hügel hinaus, und als letztes sah ich vom Tempel der Illusion ein Fenster mit einem halb geschlossenen Laden in einem Türmchen. Ein zwinkerndes Auge.

21

Ein paar Meilen hinter dem Kloster der Weißen Wolke bogen wir vom Weg ab, kletterten über Geröll, Granit, schwarze Felsen und überquerten eine Lichtung. Wir bahnten uns einen Weg durch das Unterholz zu einer anderen Lichtung direkt vor einer Felswand. Meister Li blickte glücklich auf ein seltsames und wenig beeindruckendes Bäumchen.

»Unser Geist ist ein Geizhals«, sagte er. »Er wirft nichts weg, und es ist erstaunlich, was man findet, wenn man nur tief genug gräbt.« Er streifte stachlige kleine Samenkapseln von den Zweigen. »Mit Stechäpfeln sollte man nicht spielen, wenn man nicht genau weiß, was man macht«, sagte er. »Sie gehören wie die Alraune, das Bilsenkraut und Belladonna zur Familie der Nachtschattengewächse, und im wesentlichen sind sie giftig. Vom Bombay-Stechapfel stammt das legendäre indische Mittel *dhatura*, das je nach Dosierung betäuben, lähmen oder töten kann. Man kann daraus jedoch auch ein Medikament gewinnen, das mit erstaunlichem Erfolg innere Blutungen und Fieber bekämpft. Mit etwas Glück ist Klagende Morgendämmerung im Handumdrehen wieder auf den Beinen.«

Wir kehrten schnell und ohne besondere Zwischenfälle zum Tal der Seufzer zurück. Mondkind und ich näherten uns dem Schloß mit wachsendem Unbehagen, und uns wurde vor Erleichterung ganz schwach, als der Staubwedelkopf von Prinz Liu Pao an einem Fenster seines Ateliers auftauchte und uns fröhlich willkommen hieß.

»Hurra! Klagende Morgendämmerung ist so gut wie geheilt«, rief der Prinz. »Ihr Zustand ist unverändert. Während eurer Abwesenheit war weder ein seltsamer Ton zu hören, noch wurden Mönche ermordet, und es haben auch keine wahnsinnigen Mumien ihre Gräber verlassen!«

Mondkind und ich rannten ins Haus. Klagende Morgendämmerung sah hübsch und sehr zart aus, während sie sich vom Fieber geschüttelt im Bett hin und her warf. Sie schien unsere Anwesenheit zu spüren und wollte sich aufrichten, fiel aber in die Kissen zurück. Meister Li kam herein und fühlte ihr den Puls. Da er nach dem rechten Handgelenk griff, vermutete ich, daß er den Zustand von Lunge, Dickdarm, Milz und der Parta ulta untersuchte. Er knurrte zufrieden.

»Sie kann die volle Dosis vertragen«, erklärte er zuversichtlich und machte sich sofort ans Werk. Er kochte, destillierte und mischte die Stechapfelsamen mit Kräutern und geheimnisvollen Zusätzen und probierte die Mixtur schließlich an einer Katze aus, der sie zu schmecken schien. Ich weiß nicht, ob man dem Zeug eine Wunderwirkung zuschreiben kann oder nicht, aber ich weiß, daß Meister Li zuletzt etwas hinzufügte, worauf kein anderer Arzt gekommen wäre. Mondkind und ich stützten Klagende Morgendämmerung, und es gelang Meister Li, ihr eine ausreichende Menge der Flüssigkeit einzuflößen. Nach etwa einer Minute wurde sie unruhig und schlug die Augen auf. Zunächst nahm sie nichts wahr; dann wurde ihr Blick klar, sie beugte den Kopf vor, und ihre Lippen berührten Mondkinds Wange. »Liebling«, flüsterte sie. Ich beugte mich vor. »Lieber Ochse«, sagte sie und küßte mich ebenfalls. Sie wurde sogar rot, als Prinz Liu Pao ihr lächelnd seine Wange zum Kuß hinhielt.

»Was ist passiert?« flüsterte sie. »Es war feucht und dunkel, ich lief und lief, und mich verfolgte etwas Schreckliches.«

»Es ist alles vorbei«, sagte Meister Li beruhigend. »Du mußt dir keine Sorgen mehr machen.«

Ihr Zustand besserte sich schnell. Sie und der Prinz baten uns immer wieder, ihnen von den Abenteuern in der Hölle zu berichten. Klagende Morgendämmerung betrachtete staunend die Stelle, wo der Pfeil in ihre Brust gedrungen war, und sagte, sie wüßte gerne, wie man sich fühle, wenn man tot sei. Meister Li ging im Zimmer auf und ab und schmiedete offenbar neue Pläne. Seine Unruhe wirkte ansteckend, und ich glaube, sie beschleunigte Klagende Morgendämmerungs Genesung. Als sie wieder völlig hergestellt war, kündigte Meister Li an, daß wir am nächsten Tag bei Sonnenaufgang aufbrechen würden. Es sei Zeit, sagte er, etwas zu versuchen, und wir sollten uns gut bewaffnen. Ich wählte ein Beil und steckte mir ein kurzes Schwert in den Gürtel. Mondkind und der Prinz bewaffneten sich mit Speeren und Dolchen; Meister Li spickte seinen Gürtel mit Wurfmessern. Klagende Morgendämmerung konnte am besten von uns allen mit dem Bogen umgehen; sie wählte sich einen geeigneten aus, füllte einen Köcher mit Pfeilen und steckte sich ebenfalls ein Messer in den Gürtel. Meister Li hüpfte auf meinen Rükken.

»Lauf den Hügel hinunter, quer durch das Tal und zur Anhöhe beim Kloster«, sagte er. »Unterwegs werde ich euch mit ein paar interessanten Dingen unterhalten, die ich mir notiert habe.«

In der Nacht hatte es geregnet, und es war ein wunderschöner Morgen. Regentropfen glitzerten auf den Blättern wie winzige Perlen, und im Gras schienen Diamanten zu funkeln. Meister Li zog seine Notizen hervor und winkte Klagende Morgendämmerung zu sich.

»In den hintersten Winkeln meines Geistes weiß ich, daß du auf deinem Konto in der Hölle ein Guthaben hast, mit dem man ein oder zwei kleinere Königreiche kaufen könnte. Der Grund dafür ist ein Schlaflied für die alte Tai-tai, das du gesungen hast, nachdem der Pfeil dich getroffen hatte. Und das war erst der Anfang einer unglaublichen Vorstellung. In dir stecken mehr Fragezeichen als im Rätselbuch von Lu Pan!« rief er begeistert. »Beginnen wir mit einem der erstaunlichsten Gespräche, das ich je geführt habe.«

Er blätterte in seinen Notizen und las laut vor:

KLAGENDE MORGENDÄMMERUNG: »Herrin, muß ich wirklich zu Chien? Dort stinkt es so, die Bootsleute machen unanständige Witze über Damen, und der alte Einbeinige versucht immer, mich zu zwicken.«
MEISTER LI: »Liebes, was sollst du bei Chien für deine Herrin besorgen?«
KLAGENDE MORGENDÄMMERUNG: »Rhinozeroshäute.«
MEISTER LI: »Und wo ist Chien?«
KLAGENDE MORGENDÄMMERUNG: »Ungefähr in der Mitte zwischen dem Kanal und dem kleinen Ch'ing-hu-See.«
MEISTER LI: »Liebes, schickt dich deine Herrin manchmal auch zu Kang Nummer Acht?«
KLAGENDE MORGENDÄMMERUNG: »Kang Nummer Acht gefällt mir.«
MEISTER LI: »Wo ist das?«
KLAGENDE MORGENDÄMMERUNG: »In der Straße der abgegriffenen Münze.«
MEISTER LI: »Und was kaufst du dort?«
KLAGENDE MORGENDÄMMERUNG: »Hüte.«
MEISTER LI: »Hüte. Ja natürlich. Und wo kaufst du die bemalten Fächer für deine Herrin?«
KLAGENDE MORGENDÄMMERUNG: »An der Kohlenbrükke.«
MEISTER LI: »Vermutlich kaufst du für sie auch das berühmte gekochte Schweinefleisch bei . . . wie heißt der Laden noch?«
KLAGENDE MORGENDÄMMERUNG: »Wei das Große Messer.«
MEISTER LI: »Natürlich. Weißt du noch, wo das ist?«
KLAGENDE MORGENDÄMMERUNG: »Direkt an der Katzenbrücke.«

*

Meister Li ließ die Blätter sinken und betrachtete Klagende Morgendämmerung so liebevoll wie ein Kenner eine seltene Orchidee. »Kleines«, sagte er, »du hast den Einkauf der Zofe einer aristokratischen Dame in Hangchow geschildert.«

»Hangchow?« fragte der Prinz überrascht.
»In der Tat. Aber Ihr habt recht. Diese Geschäfte gibt es alle nicht mehr, und ich kenne sie auch nur, weil sie oft in den Aufzeichnungen der Klassiker erwähnt werden«, sagte Meister Li. »Ch'ien und die berühmten Rhinozeroshäute verschwanden am Ende der Han-Dynastie in einem Feuer, bei dem die ganze Gegend zerstört wurde. Die Kohlebrücke und Kang Nummer Acht mußten vor über dreihundert Jahren einem neuen Kanal weichen und wurden abgerissen. Wei das Große Messer wurde während der Unruhen der Drei Reiche zerstört, und in diesem Stil geht es weiter.«
Klagende Morgendämmerung machte Augen wie Suppenteller. »Ich kann mich nicht daran erinnern, so etwas gesagt zu haben, und die Namen bedeuten mir nichts«, widersprach sie.
Meister Li sagte achselzuckend: »Du hattest hohes Fieber. Zuerst glaubte ich, du zitierst dieselben Tagebücher, die ich gelesen habe, aber sie sind in einer alten Kurzschrift verfaßt, die nur Gelehrte entziffern können. Ich habe gezielte Fragen gestellt, um das genaue Datum dieses herrlichen Einkaufsbummels bestimmen zu können, und zwei Hinweise machten es möglich.«
Er blätterte wieder in seinen Notizen.

*

MEISTER LI: » Und wie heißt der Mann noch, der ihr die Tusche mischt?«
KLAGENDE MORGENDÄMMERUNG: »Ach, Li Tinghuei.«
MEISTER LI: »Und diese hübsche Kurtisane, die rosa Papier für sie macht?«
KLAGENDE MORGENDÄMMERUNG: »Shieh Tao. Ja, sie ist hübsch.«

*

»Li Tinghuei und Shieh Tao werden in den Klassikern immer wieder erwähnt«, erklärte Meister Li. »Tinghuei war mehr als vierzig Jahre älter, und deshalb kann es nur eine kurze Zeitspanne gewesen sein, in der man bei beiden kaufen konnte. Ich habe die Daten nachgeprüft und festgestellt, daß dieser erstaunliche Einkaufsbummel etwa zwischen 765 und 771 Jahren vor unserer Zeit stattgefunden haben muß.«
Mondkind und ich starrten Klagende Morgendämmerung an, die ihrerseits Meister Li anstarrte. Prinz Liu Pao schien in Gedanken etwas nachzurechnen, und Meister Li wußte sogar was.
»Genau! Damals hatten der Lachende Prinz und Tou Wan einen Palast in Hangchow. Tou Wans Zofe hätte bestimmt ihre Herrin von Hangchow ins Tal der Seufzer begleitet.«
Hin und wieder kommt ein mäßig intelligenter Gedanke vom Weg ab und gerät zufällig in meinen Kopf. Ich sagte: »Meister, in der Hölle habt Ihr dem Registrator Vergangener Existenzen vorgeworfen, der Trank des Vergessens werde nicht immer richtig zugeteilt. Klagende Morgendämmerung ist in das Tal der Seufzer gekommen, und als sie verwundet wurde und anfing zu halluzinieren ...«
»Mein lieber Junge«, sagte Meister Li, »ich hatte bereits den Verdacht, daß Klagende Morgendämmerung in einer früheren Inkarnation Tou Wans Zofe war. Angeregt durch eine vertraute Umgebung kann es vorkommen, daß im Fieber schlummernde Erinnerungen wieder ins Bewußtsein dringen. Ich habe nicht einfach wahllos Vermutungen angestellt. Es zeichnen sich höchst erfreuliche Zusammenhänge ab, und dazu kommen wir in wenigen Minuten.«
Wir begannen, wieder zu klettern. Meister Li führte uns einen gewundenen Pfad entlang. Schließlich mußten wir auf allen vieren kriechen und kamen in eine Höhle. Die schrägen Sonnenstrahlen umgaben ein kleines Häufchen Knochen mit einem warmen Licht. Wir setzten uns im Halbkreis um das Skelett von Wolf. Meister Li tätschelte Klagende Morgendämmerung aufmunternd das Knie.

»Mir kommt immer wieder ein Gedanke«, sagte er. »War nur die vertraute Landschaft im Tal der Seufzer dafür verantwortlich, daß die Erinnerungen an ein längst vergangenes Leben wieder auftauchten? Oder war der Grund etwas Dramatischeres? Am Abend vor deiner Verwundung bist du hier gewesen und hast die Geschichte von Wolf und Feuermädchen gehört. Die volkstümlichen Geschichten über Helden basieren beinahe immer auf historischen Ereignissen, die allerdings bis zur Unkenntlichkeit ausgeschmückt wurden. Liegt der Flucht von Wolf und Feuermädchen ein wirkliches Geschehen zugrunde? Sie rannten an einem unterirdischen Fluß entlang, an dessen Ufer Statuen mit Tier- und Vogelköpfen standen. Im Fieber hast du ein schreckliches Erlebnis teilweise wieder durchgemacht. Hört euch das an.«
Er griff nach seinen Notizen und las vor.

*

KLAGENDE MORGENDÄMMERUNG: »Schneller ... Du mußt schneller rennen ... Wo ist die Stelle ...? Hinter der Ziegenstatue... Da, der Rabe und der Fluß ... Schneller ... schneller ... Hier entlang! Schnell! ... Soldaten ... versteck dich, bis sie vorbei sind ... Jetzt lauf! Lauf!«

*

»Interessant, nicht wahr?« sagte Meister Li nachdenklich. »Und das registrierte mein Unterbewußtsein in der Hölle:«

*

TOU WAN: »... mir blieb nur der Splitter für meine Haarnadel ... Diese Zofe ... immer hat sie ihn angesehen, immer wollte sie ihn haben, immer hat sie versucht, ihn zu stehlen ... Ich wollte sie erstechen, aber sie rannte mit meinem Stein davon ... meine Zofe und diese Konkubine mit dem Upuaut-Ring, den mein Gemahl ihr geschenkt hatte... Die Soldaten haben sie getötet, aber sie konnten den Stein nicht finden.«

*

Meister Li hob die Schultern. »Ich weiß wirklich nicht, warum ich erwähnt habe, daß Tou Wan die Zofe erstechen wollte. Aber anderes ist deutlich genug. Hat jemand von euch schon einmal etwas von Asyut gehört?«

Der plötzliche Themenwechsel verwirrte uns. Wir schüttelten verneinend die Köpfe.

»Es ist eine Stadt in Ägypten, das heißt, es war früher mal eine«, erklärte er. »Ihr Schutzgott hieß Upuaut, und als die barbarischen Griechen die Stadt eroberten, behielten sie die Gottheit bei, tauften die Stadt aber Lycopolis. Prinz, könnt Ihr das Wort übersetzen?«

Prinz Liu Pao freute sich sichtlich, etwas zu dem Gespräch beitragen zu können. »Die Stadt des Wolfs«, sagte er, ohne nachzudenken.

»Richtig. Upuaut hat den Kopf eines Wolfs, und die Kunstschmiede der Stadt waren für ihre Ringe, Amulette und Armreifen mit Wolfsköpfen berühmt.« Meister Li zog vorsichtig den Ring von den Fingerknochen des Skeletts. Er wies auf die feinen Zeichen an der Innenseite. »Hieroglyphen. Und hier steht: ›Er, der über den Westen herrscht.‹ Das ist einer der vielen Namen von Upuaut.«

Meister Li schob den Ring vorsichtig an den Knochenfinger. »Wißt ihr, daß es praktisch unmöglich ist, ein männliches von einem weiblichen Skelett zu unterscheiden? Einen Anhaltspunkt bietet nur die Größe. Ein großer Junge und eine kleine Frau sehen sich als Skelette sehr ähnlich. Zu Upuauts Aufgaben gehörte es, Frauen während der Schwangerschaft zu beschützen, und deshalb trugen nur Frauen seinen Ring. Niemand hätte einem Mann oder einem Jungen einen solchen Ring geschenkt, aber einer Konkubine sehr wohl.« Er las wieder vor.

KLAGENDE MORGENDÄMMERUNG: »Schneller ... Schneller ... Wo ist der Gang? ... Beeil dich! Noch mehr Soldaten ... Schneller ... Schneller ... Beeil dich, Liebes ...! Da, die Ibisstatue ...«

*

Meister Li steckte seine Notizen in die Tasche. »Ich habe den starken Verdacht, daß vor mehr als siebenhundertfünfzig Jahren eine Zofe und eine Konkubine aus dem Grab des Lachenden Prinzen fliehen und um ihr Leben laufen mußten«, sagte er. »Mit der Zeit machten die Jungen im Tal aus ihnen Wolf und Feuermädchen, aber viele Einzelheiten der Geschichte stimmen noch. Die Konkubine wurde hier in dieser Höhle von den Soldaten entdeckt und getötet. Die Zofe wurde zweifellos auch umgebracht, und um in den entsetzlichen Reimen der Geschichte zu sprechen:

Das Große Rad der Wandlungen dreht sich mit
Schwung,
Die Zofe kehrt wieder als Klagende
Morgendämmerung.«

Klagende Morgendämmerung war sprachlos und tief erschüttert. Meister Li tätschelte ihre Schulter. »Mein liebes Kind«, sagte er, »wir brauchen mehr als diese hübsche Hypothese, um weiterzukommen. Darf ich mit deiner Erlaubnis vielleicht versuchen, verschüttete Erinnerungen an eine frühere Inkarnation auszugraben?«

»Ihr habt meine Erlaubnis«, flüsterte sie.

Ich hatte es bereits gesehen, aber es faszinierte mich immer wieder. Meister Li zog seine Visitenkarte aus der Tasche und befestigte sie an einem Lederriemen. (Die Karte ist eine Muschelschale, und das darauf gemalte halbgeschlossene Auge scheint zu sagen: »Ein Teil der Wahrheit wird enthüllt: Einiges sehe ich, anderes nicht.«) Er ließ die Muschel langsam vor ihren Augen hin und her, hin und her pendeln, während er ihr leise sagte, sie werde müde. Ihre Augen schlossen sich. Klagende Morgendämmerung schlief und schlief doch nicht, und als sie erwachte, war sie nicht mehr Klagende Morgendämmerung. Sie war Hyazinthenknospe, die Zofe von Tou Wan.

»Wir sind deine Freunde, Liebes«, sagte Meister Li beruhigend. »Wir wollen dir helfen. Erinnerst du dich daran, in diese Höhle geflüchtet zu sein?«

»Ich glaube ja«, flüsterte sie.

»Haben dich Soldaten verfolgt?«

»Ja.«

»Dich und deine Freundin?«

»Ja. Goldreif. Wir rannten und rannten, aber die Soldaten kamen immer näher, und dann entdeckten wir am Abhang einen engen Gang und liefen hinein, um uns zu verstecken.« Sie sah sich verwirrt um und runzelte die Stirn. »An ein Skelett erinnere ich mich nicht.«

»Kannst du dich an den Weg erinnern?«

»Ich glaube.«

»Liebes, es ist sehr wichtig für dich. Zeig uns, wie du an die Oberfläche gekommen bist. Du warst doch unter der Erde, nicht wahr?«

»Ja.«

»Kannst du uns zu der Stelle führen?«

Klagende Morgendämmerung stand auf und bewegte sich wie eine Schlafwandlerin. Die veränderte Landschaft ängstigte sie, aber Meister Li riet ihr, sich auf die unveränderten Anhaltspunkte, wie das alte Kloster und das Drachenhorn, zu konzentrieren. Klagende Morgendämmerung ging mit ausgestreckten Händen geradewegs auf die Stelle der Prinzentrift zu, die nach dem Tod von Bruder Blinzel zerstört worden war. Plötzlich blieb sie stehen und drückte gegen einen großen Felsbrocken.

»Das Tor ist geschlossen, es ist geschlossen«, flüsterte sie. Ihre Erregung wuchs, und Meister Li hielt es für zu gefährlich, sie das Geschehen noch einmal durchleben zu lassen.

Deshalb holte er sie aus der Trance. Sie war wieder Klagende Morgendämmerung.
Mondkind nahm sie in die Arme und tröstete sie. Wir hätten unser ganzes Leben lang suchen können, ohne die Geheimtür zu finden, die auf beinahe übernatürliche Weise getarnt war. Schließlich entdeckte ich den Hebel, und erst als die Tür im Stein aufsprang, sah ich ihre Form in den verschlungenen Linien der scheinbar natürlichen Spalten und Risse.
Die Tür öffnete sich geräuschlos, und das verriet, daß die Angeln in letzter Zeit geölt worden waren. Im Gang lag ein Stapel neuer Fackeln, und eine Treppe führte hinunter in das Innere der Erde. Nun wußten wir, wie gefährliche Gestalten in Narrenkleidern erscheinen und wieder von der Bildfläche verschwinden konnten. Und mit größter Wahrscheinlichkeit lag irgendwo dort unten der geheimnisvolle Stein, der für alles verantwortlich war. Mit dem Beil in der Hand und einer brennenden Fackel ging ich voran. Meister Li folgte mit einem gezückten Wurfmesser. Prinz Liu Pao hielt in einer Hand den Speer und in der anderen den Dolch; Mondkind umklammerte einen Speer und führte Klagende Morgendämmerung am Gürtel. Sie war eine geborene Kämpferin. Unter den gegebenen Umständen war es Aufgabe des Bogenschützen, uns Rückendeckung zu geben. Deshalb ging sie rückwärts, ließ sich von Mondkind führen und bewegte sich so sicher wie eine Bergziege. Ich trat auf die erste Stufe, und wir machten uns an den Abstieg.

22

Auf der Treppe lag Asche von Fackeln, die neu sein mußte, und die Decke hatte Rußflecken. Die Stufen waren glatt, gleichmäßig und hoch, und wir stiegen über vier Treppenabsätze in die Tiefe. Die Luft war frisch, aber ziemlich feucht, und Mondkind sagte, er höre Wasser fließen. Schließlich hörte ich es auch, und als wir die letzte Stufe erreichten, beleuchtete das Fackellicht einen unterirdischen Fluß.
Ich mußte an die Geschichte von Wolf denken. Das Wasser wirkte pechschwarz, denn es floß in einem schwarzen Felsbett. Am anderen Ufer ragte etwas Riesiges, Dunkles auf. Ich bückte mich und hielt die Fackel so, daß das Licht über das Wasser fiel und die steinerne Statue eines Mannes erhellte, der mir bekannt vorkam.
»Yen-wang-ye, der ehemalige Erste Herr der Hölle«, sagte Meister Li mit normaler Stimme. »Wir müssen nicht flüstern, die Fackeln haben unseren Besuch bereits angekündigt.«
Er betrachtete nachdenklich die Statue. »Die Darstellung eines Totenwächters weist darauf hin, daß die Höhle tatsächlich zum Grab des Prinzen gehört, wie wir angenommen haben. Wenn man bedenkt, daß dieser Hund beinahe das ganze Tal der Seufzer mit unterirdischen Gängen durchzogen hat, kann man damit rechnen, daß er das größte Grabmal der Geschichte gebaut hat.«
Die Höhle hatte gewaltige Ausmaße. Das Licht der Fackeln drang kaum bis zur Decke. Das Klappern unserer Sandalen hallte in der Dunkelheit und kam als merkwürdig verzerrtes Echo zurück, als dringe es durch ein ganzes Labyrinth. Mei-

ster Li ging stromaufwärts; ich umklammerte mein Beil und beobachtete grimmig die Schatten. Hinter uns tanzte der gespannte Bogen von Klagende Morgendämmerung auf und ab.
In Abständen von etwa zweihundert Fuß standen weitere riesige Steinstatuen. Meister Li erkannte den japanischen König der Toten mit dem seltsamen Namen Emma-hoo. Er murmelte etwas davon, daß der Lachende Prinz Gottheiten aus jeder erdenklichen Kultur hier versammelt habe. Viele der Gestalten kannte Meister Li nicht, aber er verneigte sich tief vor einem starken jungen Helden, der einen gefangenen Löwen hielt, und beim Weitergehen intonierte er leise. Die Worte verstand ich nur zum Teil.

»Im Haus aus Staub
Leben Herr und Prophet,
Zauberer und Priester,
Und Gilgamesch, den die Götter
Im Tod gesalbt.
Groß war sein Ruhm,
Groß war sein Stolz
Staub ist seine Nahrung
Und seine Speise ist Schlamm.«

»Klingt nicht sehr heroisch«, murmelte ich.
»Mein lieber Junge, im Vergleich zur Geschichte von Gilgamesch sind unsere Heldenepen wie das Gekritzel schwachsinniger Kinder«, erwiderte Meister Li streng.
Ich war nicht in der Lage, ihm zu widersprechen. Die nächsten Statuen waren ägyptische Götter der Unterwelt, und es gab erstaunlich viele. Ich kippte beinahe aus den Sandalen, als im Fackellicht eine riesige drohende Mumie mit einem gräßlichen Wesen auf den Armen auftauchte. Meister Li erklärte mir, es sei kein Abbild des Lachenden Prinzen, sondern stelle Osiris und das Ungeheuer Amenaith dar. Er identifizierte einen Gott mit einem Schakalkopf als Anubis und

eine Frau mit einer Feder als Amenaith, aber er schien etwas anderes zu suchen. Schließlich blieb er stehen und deutete geradeaus.
»Toth«, sagte er. »Klagende Morgendämmerung, im Fieber hast du gerufen: ›Da ist die Ibisstatue‹, und hier ist sie. Wir suchen übrigens auch eine Statue mit dem Kopf eines Raben.«
Man hörte nur das Plätschern des Wassers, das Klappern der Sandalen und das Zischen der Fackeln. Die dunkle Leere schien endlos zu sein. Der kalte Hauch der Ewigkeit bedrückte mich, und ich umklammerte mein Beil fester. Eine Statue nach der anderen bewachte geheimnisvoll, monströs und bis in alle Ewigkeit die Mumie eines lachenden Wahnsinnigen, dessen Grab leer war. Es hätte mich nicht überrascht, todbringende Schreie zu hören und sieben schwarze Fledermäuse durch die Luft flattern zu sehen.
Meister Li brummte zufrieden. Mondkinds Fackel beleuchtete eine Statue am anderen Ufer. Es handelte sich um eine Frau mit dem Kopf eines Raben. »Ich weiß nicht, was sie darstellt«, meinte Meister Li, »aber Klagende Morgendämmerung hat gesagt: ›Da, der Rabe und der Fluß‹, und kurz davor sagte sie: ›Da, die Ziegenstatue.‹ Wir dürfen annehmen, daß sie gerade den Fluß gesehen hatte, also sucht einen Seitengang. Wenn wir ihn hier nicht finden, müssen wir es am anderen Ufer versuchen.«
Wir waren auf der rechten Seite, und sechzig Schritte weiter stießen wir auf einen Seitengang, in dem Treppenstufen nach oben führten. Auf dem ersten Absatz stand die Statue einer Gottheit mit einem gehörnten Ziegenkopf. Ein Treppenabsatz folgte auf den anderen, und ich hätte schwören können, daß wir uns bereits weit über der Talsohle und im Innern eines Hügels befanden. Schließlich endeten die Stufen, und wir erreichten eine Art halbrunden Vorraum mit einem Marmorfußboden. In der Felswand befanden sich vier Eisentüren, und neben jeder Tür stand eine steinerne Statue, die ein Porzellangefäß in den Händen hielt.

»Wir sind wieder in Ägypten«, sagte Meister Li. »Es sind Darstellungen der vier Söhne des Horus, und in den Gefäßen befinden sich die Organe, die bei der Einbalsamierung der Leiche entfernt wurden. Der mit dem Menschenkopf ist Amset, und er schützt die Leber. Hapi mit dem Hundekopf schützt die Lunge; der schakalköpfige Dua-Mutef schützt den Magen, und Kebech-Senuf mit dem Falkenkopf schützt die Eingeweide.« Meister Li rieb sich nachdenklich die Nase. »Der Stil der Statuen ist nicht ägyptisch, sondern chinesisch, und ich frage mich, ob der Lachende Prinz eine andere Symbolik im Sinn hatte. Hapis Kopf erinnert an den Himmelshund. Vielleicht glaubte der Lachende Prinz, er verdiene einen Leibwächter, der dem des Himmelskaisers ebenbürtig ist.«

Nicht alles war aus Stein und unbeweglich. Meister Li nahm der Statue das Gefäß aus den Händen. Wir sprangen alle erschrocken rückwärts, als die Tür neben der Statue zur Seite glitt. Der Prinz steckte seinen Speer in den Rahmen, um zu verhindern, daß sich die Tür zufällig wieder schloß. Wir hoben die Fackeln und traten in den Raum dahinter. Klagende Morgendämmerung und Mondkind stießen einen Ruf des Staunens aus.

Sie hatten es noch nicht gesehen, wir schon. Wir befanden uns wieder im eigentlichen Grab. Die Geheimtür war so geschickt in der Wand verborgen, daß wir sie nie entdeckt hätten. Jetzt wußten wir, woher die frische Luft kam, und wie man eine Mumie im Jadegewand bequem heraustragen konnte. Von munteren Gesellen im Narrengewand war nichts zu sehen und zu hören.

Seit unserem letzten Besuch hatte man auch nichts entfernt. Als wir in den Raum mit den Skeletten der vergifteten Konkubinen in ihren Betten blickten, rannen Klagende Morgendämmerung Tränen über die Wangen. Sie hatte vor langer Zeit mit diesen Mädchen gelacht und geweint, und eines Tages war sie mit einer geflohen. Wie mußte es gewesen sein, im Schatten von Tou Wan zu leben, und einem wahnsinnigen

Folterknecht und Mörder, wie es der Lachende Prinz gewesen war, auf Gnade und Barmherzigkeit ausgeliefert zu sein? Über allem hing damals die seltsame Macht eines geheimnisvollen Steins. Meister Li ging zur Grabkammer und der Mumie von Tou Wan.

»Ochse, versuch, die Jadeplättchen vom Schädel zu entfernen«, sagte er.

Es war mühsam und dauerte lange. Aber schließlich gelang es mir, den Golddraht an den Ecken eines Plättchens zu zerreißen, und dann ging es schneller. Weiße Knochen kamen zum Vorschein. Plötzlich stieß ich einen Schreckensschrei aus und machte einen riesigen Satz rückwärts. Ich weiß nichts über die Kunst des Einbalsamierens, aber irgendwie waren die Haare noch vorhanden, und als die Haare hervorquollen, glaubte ich, unter der Jade sei ein lebender Mensch. Ich faßte mich wieder und entfernte die restlichen Plättchen. Meister Li zog die Haarnadel heraus, und eine glänzende schwarze Locke, die auf den weißen Knochen schrecklich aussah, glitt wie eine Schlange über meine Hand. Meister Li fluchte. Die Spitze der Haarnadel war abgebrochen,

»Der Splitter ist verschwunden, das Stück im Schrein ist verschwunden, und wenn der Lachende Prinz das dritte Stück als Amulett getragen hat ... Himmel und Hölle, *er* ist auch verschwunden«, knurrte Meister Li. Er kratzte sich am Kopf und runzelte die Stirn. »Merkwürdig. Irgendwie habe ich damit gerechnet«, murmelte er. »In der Hölle ließ ich Tou Wan sagen, der Stein ihrer Haarnadel sei ihr möglicherweise von ihrer Zofe gestohlen worden. Weshalb vermutete ich, der Splitter sei verschwunden?«

Wir wußten darauf natürlich keine Antwort, und Meister Li machte sich schließlich achselzuckend auf den Rückweg. »Jedenfalls wissen wir mit Sicherheit, daß ihr der Stein weggenommen wurde, ehe man ihr das Jadegewand anlegte. Und das bringt uns zu den Munteren Mönchen zurück, die vermutlich lästerliche Gebete an ihrem Totenbett sprachen. Wenn der Orden verborgen in diesem Labyrinth bis zum heutigen Tag besteht, dann besitzen sie seit mehr als siebenhundertfünfzig Jahren alle drei Stücke des Steins. Was in Buddhas Namen tun sie damit?«

Auch das war eine Frage, auf die wir keine Antwort wußten. Wir kehrten in den halbrunden Vorraum zurück. Meister Li stellte das Gefäß wieder in die Hände der Statue, und die Tür schloß sich. Die nächste Statue hatte den Schakalkopf. Meister Li erklärte, für die alten Ägypter habe ein Schakal vielerlei Bedeutungen gehabt, aber die Symbolik sei in diesem Fall vermutlich chinesisch, und wir sollten unseren Magen unter Kontrolle halten. Er hob das Gefäß, und die zweite Tür ging auf. Als wir den Raum betraten, verstanden wir seine Warnung. Mondkind und Klagende Morgendämmerung mußten sich übergeben, und der Prinz und ich waren nahe daran.

Es handelte sich um ein zweites medizinisches Forschungszentrum, aber es war noch schlimmer als die Grotte. In der trockenen Luft hatten sich die Illustrationen der Experimente an den Wänden besser gehalten, und es fiel schwerer denn je zu glauben, daß ein Mensch anderen Menschen so etwas hatte antun können. Prinz Liu Pao starrte fassungslos auf die Eisenkäfige mit den Skeletten von Bauern, die darauf gewartet hatten, den Lachenden Prinzen zu unterhalten. Meister Li betrachtete aufmerksam die Diagramme und Formeln der aufgezeichneten Experimente.

»*Ch'i* und *Shih,* die Kraft des Lebens und die pulsierende Kraft der Bewegung, die das Universum beseelt«, stellte er sachlich fest. »Er hat einen außergewöhnlichen Stein benutzt, um die Energieströme des Lebens aufzuzeichnen, während es langsam aus den Körpern der sterbenden Bauern wich. Ein Mensch, der den Fluß der Kraft beherrschte, würde natürlich ein Gott werden, und wenn er außerdem die ideale Atmung anwandte, um die Embrionische Perle hervorzubringen, wäre er unsterblich. Zeigt mir den Drang nach persönlicher Unsterblichkeit, und ich zeige euch den Weg durch ein Schlachthaus. Der Weihrauch persönlicher Vergötterung

ist der Gestank von Leichen. Ochse, wenn ich so tief sinke, daß ich mit Potenzmitteln und dem Lebenselixier herumspiele, bringst du mich zum Auge der Ruhe und drückst mir eine Angel und einen Topf mit Würmern in die Hand.«
Er ging wieder hinaus und schloß die Tür hinter uns. Kebech-Senuf mit dem Falkenkopf bewachte die dritte Tür. Der Falke ist ein Jäger, und die Munteren Mönche mußten hier ein- und ausgehen, um Bauern zu fangen. Meister Li sagte, für den Fall, daß wir schnell verschwinden müßten, sei es sicher nicht schlecht nachzusehen, ob es noch andere Ausgänge gebe. Die Tür glitt auf, und wir traten in einen langen Gang mit vielen Abzweigungen.
Meister Li interessierte sich nicht für die Seitengänge, sondern ging immer geradeaus, bis wir vor einer Wand standen. Dann machte er kehrt, um einen Gang nach dem anderen zu erkunden. Als wir uns umdrehten, übernahm Prinz Liu Pao die Führung und trat zuversichtlich in die erste dunkle Öffnung. Er verschwand.
»*Aaaaaaaaaaaaaaaaaaaaaaaaahh...*«
Der Entsetzensschrei drang aus immer größerer Tiefe herauf und schien aus den Eingeweiden der Erde zu kommen. Schließlich verstummte er. Die Stille war beängstigender als der Schrei.
Ich zwang mich zu einem Schritt. Der Prinz hatte offenbar nicht auf seine Füße geachtet, denn direkt hinter dem Eingang gähnte ein schwarzes Loch. Ich kniete nieder und warf meine Fackel hinein. Sie fiel nicht senkrecht nach unten. Durch den massiven Felsen wand sich ein Steinkamin, der so glatt und eben war wie gestampfter Schnee. Ich dachte daran, wie der Prinz Klagende Morgendämmerung gepflegt hatte, und vor meinen Augen leuchteten seine wunderbaren strahlenden Bilder. Ich setzte mich und schwang die Beine über den Rand.
»Siehst du ihn?« fragte Meister Li.
»Noch nicht. Aber das wird sich ändern«, erwiderte ich grimmig.

Ich stieß mich ab, ehe mich jemand daran hindern konnte. Mondkind schrie auf, und dann hörte ich nur noch die Luft an meinen Ohren vorbeizischen, während die Geschwindigkeit zunahm. Auf dem glatten Stein rutschte ich schneller als auf dem Eis am Eberkopfhügel hinter meinem Dorf. Die Flamme der Fackel zog eine Leuchtspur hinter mir her wie die Flaggen der Rennboote beim Drachenbootfest. Ich schoß um eine Kurve, glitt an der glatten Wand beinahe bis zur Dekke hinauf und rutschte mit atemberaubender Geschwindigkeit wieder in die flache Rinne. Trotz meiner Angst empfand ich den Kitzel der Erregung. In der nächsten Kurve wiederholte sich das Spiel, und die ungezügelte Erregung der Rutschpartie wurde noch dadurch verstärkt, daß ich in die schwarze Tiefe schoß und damit rechnen mußte, daß der Kamin in zwei handbreiten Löchern mit gezackten Felsen in der Mitte enden würde. Inzwischen hatte ich eine unfaßbare Geschwindigkeit erreicht. Ich raste wie ein Komet um drei weitere Kurven, dann wurde die Bahn eben, stieg leicht an, ich schoß nach oben und flog durch die Luft, weil der Kamin unvermittelt endete. Unter mir rauschte Wasser. Geistesgegenwärtig warf ich die Fackel weit von mir, ehe ich klatschend in einen Fluß stürzte. Hustend tauchte ich wieder auf und schwamm zum Ufer. Pech läßt sich nur schwer löschen, und die Fackel brannte noch. Ich war wieder in der großen Höhle am schwarzen Fluß. Ich nahm die Fackel, sprang ins Wasser und schwamm zum anderen Ufer. Dort lief ich auf und ab, blickte nach oben und entdeckte schließlich das schwarze Loch, durch das ich geflogen war.
»Alles in Ordnung!« schrie ich. *»Den Prinzen sehe ich nicht, aber ich werde ihn finden!«*
Ich ging langsam am Ufer entlang und suchte nach nassen Flecken, wo der Prinz herausgeklettert oder herausgezogen worden war. Ich wollte mir nicht vorstellen, daß er rückwärts im Wasser gelandet oder auf einen Felsen im Wasser gestürzt sein könnte. Plötzlich hörte ich ein Geräusch, drehte mich blitzschnell um und packte das Beil fester.

Ich hätte es mir denken können. Meister Li segelte durch die Luft und landete wie ein Kormoran im Wasser. Klagende Morgendämmerung folgte ihm wie ein Schwan, und Mondkind mußte natürlich etwas Anmutiges zum besten geben. Er erinnerte mich an einen großen Tänzer in der Oper, als er einen Salto schlug, die Zehen berührte und wie ein Messer das Wasser durchschnitt. Ich half ihnen, an Land zu kommen, sammelte die Fackeln ein und zündete sie an meiner wieder an. »Bei Buddha, was für ein Spielzeug«, sagte Meister Li, hielt den Kopf schief und klopfte sich das Wasser aus den Ohren. »Diese Rutschbahn auf dem Jahrmarkt würde jeden in einem Monat zum Mandarin machen.«
»Zum Mandarin? Zum Kaiser!« rief Mondkind begeistert.
»Ich hoffe nur, dem Prinzen hat es ebensoviel Spaß gemacht wie mir«, sagte Klagende Morgendämmerung ernst.
Meister Li untersuchte die Felswand und entdeckte, was er erwartet hatte. Alte Eisenhalterungen im Stein führten zu dem schwarzen Loch hinauf. »Die Natur bringt selten etwas so Glattes hervor, und ich glaube, man hat der Natur ein bißchen nachgeholfen. Man benutzte den Fluß, um schwere Gegenstände hierher zu transportieren. Dann zog man sie zu dem Loch hinauf und beförderte sie auf Schlitten mit Seilwinden durch den Fels zu den höheren Ebenen der Grabanlage. Ganz in der Nähe müßte eine Treppe sein.«
Meister Li vergewisserte sich, daß wir, wenn nötig, über die Stufen fliehen konnten, und dann machten wir uns auf die Suche nach Prinz Liu Pao. Wir liefen am Ufer auf und ab und wollten schon auf die andere Seite hinüberschwimmen, als Klagende Morgendämmerung mit ihren scharfen Augen etwas entdeckte, was uns entgangen war: eine kleine purpurrote Quaste.
»Das Gewand des Prinzen hat solche Quasten am Saum«, sagte sie aufgeregt.
Wir dehnten unsere Suche aus, und etwa sechzig oder siebzig Schritte flußaufwärts entdeckten wir die nächste Quaste.

»Sie haben ihn«, sagte Meister Li tonlos. »Wäre er frei, hätte er uns wie Ochse zugerufen, sofort nach einem Rückweg gesucht und die Treppe entdeckt. Wir müssen damit rechnen, daß ihn unsere Freunde im Narrengewand erwischt haben, aber immerhin gelingt es ihm, eine Spur zu hinterlassen.«
Wir fanden in regelmäßigen Abständen Quasten, die der Prinz verstohlen abgerissen hatte. Dann fanden wir nichts mehr. Wir gingen zurück und entdeckten hinter einem Felsvorsprung einen beinahe unsichtbaren Seitengang. Direkt in der Öffnung lag wieder eine Quaste. Aber Meister Li befahl uns stehenzubleiben. Mit kalten Augen musterte er den Gang. Überall standen uralte Stützpfeiler und Verschalungen, und auf dem Boden lagen Steine, die von der Decke gefallen waren. Es war eine tödliche Falle, und der Prinz hätte den Gang sicher nicht betreten, es sei denn, man hatte ihn getragen. Meister Li senkte die Stimme.
»Mondkind, jetzt bist du an der Reihe«, flüsterte er. »Irgendwo da hinten lauern möglicherweise sehr unfreundliche Herren, und ich möchte, daß sie hören, wie wir durch den Gang gehen, ohne daß wir es tatsächlich tun.«
Mondkind nickte. Er setzte sich an den Eingang, zog die Sandalen aus und plazierte den Speer so, daß er ihn mit der Schulter am Fels entlangschieben konnte.
»Psssst, leise«, flüsterte Meister Li. Allerdings war es nicht Meister Li, sondern Mondkind, der in den Gang sprach. Die Sandalen in seinen Händen bewegten sich schnell und leicht, und vier Paar Füße schienen den Gang zu betreten.
»Ich sehe nichts«, flüsterte meine Stimme.
»Ich auch nicht«, schien Klagende Morgendämmerung zu flüstern.
»Hier entlang«, flüsterte Mondkind.
Die Sandalen schlugen allmählich härter auf den Boden, als kämen die Menschen näher, die sie trugen. Mondkind bewegte die Schulter und brachte mit dem Speer ein metallisches Kratzen hervor, dem ein unterdrückter Fluch in Meister Lis Stimme folgte.

»Ist das wieder eine Quaste?« flüsterte meine Stimme lauter.
Weit hinten in dem dunklen Gang knackte es plötzlich laut. Es folgte das Krachen von splitterndem Holz, und dann hörten wir ein lautes Poltern. Der Boden zitterte, der Fluß schlug Wellen, die sich am anderen Ufer brachen, und eine Wolke aus Staub und Holzsplittern quoll aus dem Gang. Ein donnernder Schlag folgte auf den nächsten, als stürze die ganze Decke ein, und es dauerte lange, bis der Lärm verstummte und das Echo verhallte.
»Gut«, sagte Meister Li. »Offiziell sind wir tot, zermahlen wie Getreide unter dem Mahlstein. Sie werden nicht damit rechnen, daß wir ihnen einen Besuch abstatten. Glücklicherweise dürfte es nicht schwierig sein, sie zu finden.«

23

Meister Li saß auf meinem Rücken. Die Treppe war sehr steil, hatte zahllose Absätze, und ich mußte anhalten, um wieder zu Atem zu kommen, als wir eine große Höhle erreichten, in die mehrere Seitengänge mündeten. Meister Li hüpfte herunter und wanderte in der Höhle herum, während Mondkind, Klagende Morgendämmerung und ich uns setzten und ausruhten. Plötzlich hörten wir einen erstaunten Ausruf und rannten zu ihm.

Meister Li war zufällig gegen die Felswand gestoßen, und an dieser Stelle bewegte sie sich. Eine Tür hatte sich geöffnet, hinter der ein anderer Raum lag, in dem wir alle schon einmal gewesen waren. Wir traten ein und sahen uns in der Kammer des Zahlmeisters mit der Fallgrube um, auf deren Grund zwei tote Gärtner lagen. Die Pfeile steckten immer noch überall im Holz. Klagende Morgendämmerung bückte sich und betrachtete einen genauer. Staunend blickte sie auf.

»Ich weiß, es ist mir bereits aufgefallen«, sagte Meister Li, »es sind keine alten, sondern relativ neue Pfeile. Ein Junge oder ein Mädchen aus dem Tal hätten die Höhle unmöglich finden und hier spielen können, ohne daß es jemand erfahren hätte. Kein Kind kann ein solches Geheimnis für sich behalten, es sei denn, es wurde damit geboren. Glückliches Familienleben mit den Munteren Mönchen?«

Er ging zur Fallgrube vor dem Pult des Zahlmeisters und blickte düster in das schwarze Loch.

»Ich frage mich«, sagte er wie zu sich selbst. »Hat man euch dafür bezahlt, daß ihr einen Jungen oder ein Mädchen eine steile Treppe hinaufgetragen habt, so wie Ochse mich? Habt ihr hier angehalten, um euch auszuruhen? Hat das Kind mit Pfeil und Bogen gespielt? Habt ihr es dann weiter nach oben getragen, damit es wieder diese wunderbare Rutschpartie in den Fluß machen konnte? Seid ihr noch einmal und noch einmal zum Bogenschießen und für die nächste Rutschpartie heraufgestiegen? Habt ihr mehr gehört und gesehen, als ihr hättet hören und sehen sollen? Hat man euch aufgefordert, vor das Pult zu treten, um euren Lohn entgegenzunehmen?«

Die Fallgrube blieb stumm. Meister Li ging achselzuckend zurück zur Höhle. Er hüpfte auf meinen Rücken, und ich stieg weiter nach oben. Das letzte Stück der Treppe nach dem vierten Absatz brachte uns zu unserem Ausgangspunkt direkt neben dem Gang mit dem Loch und der wundervollen Rutschbahn im Felsen zurück. Ich sah plötzlich ganz deutlich einen Gärtner vor mir, der ein lachendes Kind absetzte, das zur Rutschbahn rannte und in der Dunkelheit verschwand.

Meister Li ging mit schnellen Schritten durch den Gang zurück in den kleinen Vorraum. Es blieb noch eine Tür mit dem vierten Sohn des Horus.

»Amset hat als einziger einen Menschenkopf«, sagte Meister Li finster. »Wir suchen Menschen, sehr unangenehme Zeitgenossen, und wir können nur hoffen, daß sie den Prinzen nicht gefesselt in den Stollen gelegt haben, als sie die Falle zuschnappen ließen, um uns zu zermalmen.«

Er hob das letzte Gefäß, und die Tür öffnete sich. Diesmal brauchten wir keine Fackeln. Sie brannten bereits in vielen Haltern entlang der Felswand. Die Luft war zwar frisch, aber sie stank. Mondkind verzog angeekelt das Gesicht und sagte etwas über die Pflicht, sich doch wenigstens alle sieben Jahre einmal zu waschen.

Der Gang führte steil nach unten. Ich ging wieder mit dem Beil in der Hand voraus, gefolgt von Meister Li mit den Wurfmessern und Mondkind mit dem Speer in der einen Hand.

Mit der anderen hielt er Klagende Morgendämmerung am Gürtel, die mit gespanntem Bogen rückwärts ging. Wir versuchten, leiser als Mäuse zu sein. Der Gang führte immer weiter nach unten. Die Luft wurde allmählich feuchter, als näherten wir uns wieder dem Fluß. Vor mir lagen zwei kleinere Felsstücke auf dem Boden, und ich dachte an die einstürzende Decke, unter der wir angeblich begraben lagen. Nervös blickte ich nach oben. Ich entdeckte keine größeren Risse, aber ein paar Schritte weiter gab es einen Hinweis, daß dieser Gang zumindest etwas von den Erschütterungen beim Zusammenbruch des anderen abbekommen hatte. Feiner Staub bedeckte den Boden, und Meister Li brummte zufrieden. Die frischen Abdrücke von Sandalen waren deutlich zu sehen.

Wir beeilten uns. Ich unterdrückte einen Aufschrei, packte Meister Li am Arm und wies nach vorne. Auf dem Boden lag eine rote Quaste. Mondkind gab die Neuigkeit flüsternd an Klagende Morgendämmerung weiter. Sie drehte sich um, und ihre Augen leuchteten.

»Er lebt«, flüsterte Meister Li, »der Prinz ist zäher, als er aussieht. Wenn er keine Quasten mehr hat, wird er es irgendwie schaffen, sich die Haut zu ritzen und eine Blutspur zu hinterlassen.«

Mondkind hörte etwas. Flüsternd erklärte er, daß irgendwo vor uns Leute lachten. Schließlich kamen wir nahe genug heran, um das Lachen auch zu hören: rauhes, fröhliches Gelächter und Geräusche wie bei einem Fest.

»Ein gutes Zeichen«, flüsterte Meister Li, »sie feiern unseren Tod. Das heißt, sie sind nicht dabei, den Prinzen dem Stein zu opfern – oder was immer sie mit ihm vorhaben –, denn dann hätte das Fest einen ernsten, rituellen Klang.«

Vor uns wurde es heller. Wir kamen an einer Reihe Seitengänge vorüber, in denen nichts zu sehen war. Das Lachen erklang jetzt dicht vor uns. Wir stießen auf eine Nische, die nicht leer war. Sie diente als Umkleideraum. An Haken hingen kuttenähnliche Narrengewänder. An der Rückseite der

Nische befand sich eine Öffnung, von der man vermutlich nach unten blicken konnte, denn von dort kam das Licht. Wir schlichen hinein, krochen auf dem Bauch zur Öffnung und spähten vorsichtig über den Rand.

Wir schienen in einen großen, unterirdischen Klosterhof zu blicken. Unzählige Fackeln an den Wänden verbreiteten ein taghelles Licht. Uns bot sich ein eigenartiges Bild: Mönche in Narrengewändern lachten schallend, während sie mit steifen, ungeschickten Bewegungen in konzentrischen Kreisen tanzten. Sie hüpften um einen Thron, auf dem ein Mönch saß, der eine lächelnde Papiermaske mit einem Bart aus Papierlocken trug. Neben dem Thron befand sich eine große Urne. Ein paar Schritte daneben stand ein Mönch, scheinbar eine Art Würdenträger. Vom Prinzen keine Spur.

Meister Li gab uns ein Zeichen, und wir krochen zurück. »Es ist eine uralte Feier: das Fest des Lachens«, flüsterte er. »Auf dem Thron sitzt der Anführer mit der Maske von Fu-hsing, dem Glücksgott. Die Mönche tanzen zum Thron, umarmen den Anführer und nehmen ein Papierröllchen aus der Urne. Das übergeben sie dem Zeremonienmeister neben dem Thron. Er entrollt es und liest laut einen komischen Glückwunsch vor. Wenn jeder ein Röllchen gezogen hat, ruft der Zeremonienmeister: ›Tien-kuan-ssu-fu!‹ und das ist der Auftakt zum Fest. Man läßt Fledermäuse frei, denn *fu* bedeutet sowohl Fledermaus als auch Glück. Man trägt den Anführer zu seiner jährlichen Besichtigung herum, und das müßte uns eigentlich direkt zu dem Prinzen führen. Hinterher werden sie sich bei einem Festmahl besinnungslos besaufen.«

Meister Li kroch zu den Kleiderhaken und suchte ein Gewand, das ihm paßte. Er half uns, die Waffen auf dem Rükken unter den Narrengewändern zu verstecken. Die großen Gesichtstücher machten uns völlig unkenntlich.

»Vom ästhetischen Standpunkt aus gesehen, läßt die Zeremonie viel zu wünschen übrig. Aber sie eignet sich vorzüglich zu einem Mord«, sagte Meister Li grimmig. »Ich werde die Besichtigung nicht abwarten. Es wäre zu gefährlich.

Dieser Kerl und seine fröhlichen Freunde haben versucht, uns umzubringen. Es ist an der Zeit, den Spieß umzudrehen. Wenn wir mitten unter ihnen sind und sie sich plötzlich ohne Anführer sehen, müßte es leicht sein. Aber denkt daran, einen oder zwei am Leben zu lassen, damit wir erfahren, wo der Prinz ist.«

Er bückte sich zu der Sandale, in der sich keine Dietriche befanden, und zog die gerundete Spitze der doppelten Sohle ab. Sie hatte ein kleines Loch mit einem Gewinde. Er griff tiefer zwischen die beiden Sohlen und brachte eine dünne runde Klinge zum Vorschein. Sie war kaum dicker als eine große Nadel, und er schraubte das Ende in das Loch an der Sohlenspitze, die bequem in seine Handfläche paßte.

»Ochse, du bildest die Nachhut für den Fall, daß ich nicht treffe«, sagte er, »ich sollte direkt vor dir sein. Wer meldet sich freiwillig als Vorhut?«

»Ich!« flüsterten Klagende Morgendämmerung und Mondkind gleichzeitig.

Meister Li entschied, Mondkind solle als erster gehen und Klagende Morgendämmerung hinter ihm. Wir krochen wieder zum Rand zurück. Die Zeremonie nahm genau den Verlauf, den Meister Li vorausgesagt hatte. Die lachenden Mönche tanzten langsam kreisend auf den Thron zu. Sie umarmten nacheinander feierlich den Anführer, nahmen ein Papierröllchen aus der Urne, tanzten zum Zeremonienmeister, der es entrollte und mit lauter, wichtigtuerischer Stimme den Glückwunsch vorlas. Es handelte sich dabei um plumpe, geistlose Witze. Zum Beispiel wünschte man einem Mönch, bis in alle Ewigkeit in einem Faß mit Wein eingelegt zu sein, und einem anderen, als Kissen in einem Bordell wiedergeboren zu werden. Jeder dumme Witz wurde mit grölendem Gelächter aufgenommen.

Alle Blicke richteten sich auf den Thron und auf den Zeremonienmeister. Wir stiegen leise einen schrägen Felsen hinunter und schlossen uns der Prozession an. Schwierig war nur, sich den seltsam unkoordinierten Tanzschritten der Mönche

anzupassen. Der Zug näherte sich unaufhaltsam dem Anführer.
»Bruder Eiterpickel werde der Wunsch erfüllt, vom Transzendenten Schwein vergewaltigt zu werden!« brüllte der Zeremonienmeister.
Selbst darauf folgte Gelächter. Der letzte Kreis näherte sich dem Thron. Mir schlug das Herz bis zum Hals, als Mondkind auf den Anführer zutanzte. Ich kannte keinen mutigeren Menschen als ihn, aber er wurde grün im Gesicht. Die kurze zeremonielle Umarmung gelang ihm jedoch ohne Zwischenfall, und er übergab sein Röllchen dem Zeremonienmeister, der den schwachsinnigen Glückwunsch verlas. Es folgte Klagende Morgendämmerung. Auch sie war grün geworden, aber sie schaffte es ebenfalls. Nun war die Reihe an Meister Li.
Ich hätte schwören können, daß selbst seine faltige Haut einen grünlichen Anflug bekam. Er tanzte zum Thron und breitete die Hände für die Umarmung aus. Plötzlich fuhr seine rechte Hand zum Herzen des Anführers, und mit einer blitzschnellen Bewegung des Handgelenks löste er die Sohlenspitze von der Klinge. Er nahm sein Röllchen und tanzte zum Zeremonienmeister. Nun war ich an der Reihe. Ich merkte schnell, weshalb die anderen grün geworden waren. Der Anführer hatte sich mindestens seit sechs Monaten nicht mehr gewaschen. Mit dem nächsten Schritt wurden es sechs Jahre und mit dem übernächsten sechzig.
Meister Li hatte sein Ziel nicht verfehlt. Der Kopf hinter der Papiermaske lehnte leblos an der Rückenlehne des Throns. Die Klinge war so klein, daß beinahe kein Blut geflossen war, und ohne die Sohle sah man sie nicht. Ich war erleichtert, daß ich den Kerl nicht erwürgen mußte. Ich nahm ein Röllchen, tanzte weiter, aber der Zeremonienmeister hatte etwas anderes mit mir vor. Offenbar hatte der Letzte in der Reihe eine besondere Funktion.
»Der Letzte soll der Erste sein!« schrie der Zeremonienmeister. »Unserem zu spät gekommenen Bruder sei der Wunsch

gewährt, unseren Herrn auf seiner Besichtigungstour zu tragen!«
Ich sah mich nach einem Stuhl oder einer Sänfte um, begriff aber schnell, daß man bei diesem uralten Ritual den Anführer auf dem Rücken trug. Meister Li, Mondkind und Klagende Morgendämmerung standen eingekeilt zwischen den lachenden Mönchen und konnten nicht an ihre Waffen. Als zwei große Mönche sich dem Thron näherten und den Anführer hochnahmen, hob Meister Li nur hilflos die Augen zum Himmel.
Wir hatten Glück. Die Papiermaske blieb an ihrem Platz, und im flackernden Fackellicht sah man ohnehin nicht allzu gut. Ich dachte, die Mönche glaubten vermutlich, ihr Anführer sei bereits betrunken. Im nächsten Augenblick hatte ich eine Leiche auf dem Rücken. Ihr Kopf fiel mir über die Schultern, und die Arme baumelten rechts und links von meinem Hals. Mir blieb nichts anderes übrig, als die leblosen Beine festzuhalten und zu hoffen, die Besichtigung werde uns zum Prinzen führen, wie Meister Li angenommen hatte.
»*T'ien-kuan-ssu-fu!*« rief der Zeremonienmeister, »*Der Vertreter des Himmels bringt Glück! Läutet die Glocken! Schlagt die Gongs! Laßt die Fledermäuse fliegen! Laßt uns tanzen und fröhlich sein, denn das Fest des Lachens hat begonnen!*«
»Ha, ha, ha! Ho, ho ho!« lachten die Mönche, und schon ging es los.
Glocken und Gongs dröhnten so laut, daß es mir in den Ohren schmerzte. Käfige wurden geöffnet, und viele tausend verschreckte Fledermäuse flatterten in panischer Angst durch die Luft.
»*Tanzt! Tanzt! Tanzt! Ausgelassene Freude herrsche beim Fest des Lachens!*« schrie der Zeremonienmeister.
Es gelang mir, einen Blick zurück zu werfen, und ich sah, daß Meister Li, Mondkind und Klagende Morgendämmerung von den hüpfenden Mönchen so eng umringt waren, daß ihnen wenig anderes übrigblieb, als ebenfalls zu tanzen. Die Fledermäuse verloren im schrillen Lärmen der Glocken und

Gongs völlig die Orientierung. Sie prallten gegen die Felswände und die Decke, und überall um uns herum stürzten die kleinen, pelzigen Körper zu Boden.
»*Mehr Lachen! Mehr Tanzen! Mehr Glocken! Mehr Fledermäuse!*« brüllte der Zeremonienmeister.
Die Leiche auf meinem Rücken wurde mit erstaunlicher Geschwindigkeit starr. Die baumelnden Arme preßten sich unangenehm gegen meinen Hals, und es fiel mir schwer zu atmen. Ich versuchte, das Gewicht zu verlagern. Aber nichts ist schwerer zu bewegen als eine Leiche. Sie ist wie ein Sack Mehl mit hinderlichen und beschwerlichen Armen und Beinen.
»*Freude!*« grölte der Zeremonienmeister, »*Freude! Freude! Freude!*«
Die Arme würgten mich mehr und mehr. Mir blieb keine andere Wahl, als die Beine der Leiche loszulassen und die Arme auseinanderzuzerren. Während ich vorwärtsstolperte, schleiften ihre Füße auf dem Boden nach. Es war, als versuchte ich, dicke Eisenstäbe auseinanderzubiegen...
Eisenstäbe! Blitzartig sah ich die Klosterbibliothek vor mir und die Eisenstäbe, die wie Wachskerzen verbogen waren. Ich zerrte und riß mit all meiner Kraft. Die Arme preßten sich wie ein Schraubstock zusammen.
»*Die Freude wird grenzenlos sein, denn der Herr des Glücks begrüßt seinen Ehrengast!*« schrie der Zeremonienmeister.
Das Gesichtstuch der Leiche verrutschte. Die Maske fiel zu Boden. Der Kopf hob sich langsam. Ein Auge öffnete sich und zwinkerte mir zu, und als der Mund sich öffnete und der faulige Atem mich traf, drehte sich mir der Magen um.
»Wie freundlich von dir, den bescheidenen Mönch bei der Besichtigung zu tragen«, sagte der Lachende Prinz.
Ich konnte mich unmöglich irren. Die eine Gesichtshälfte war das Gesicht des Porträts im Schloß. Auch die andere Hälfte war der Lachende Prinz, aber sie sah aus wie ein Abbild aus Wachs, das man neben einem Feuer vergessen hatte. Das Fleisch war teilweise verwest. Auch seine Stimme klang

halb verwest: belegt, schleppend, hohl und vermodert. Das andere Auge öffnete sich und zwinkerte mir zu. Aus beiden Augen sprach der nackte Wahnsinn.
»Dir wird es in meinem Reich gefallen«, höhnte der Lachende Prinz.
»*Tanzt! Tanzt! Mehr Freude! Mehr Fröhlichkeit!*« grölte der Zeremonienmeister.
»Siehst du, wie die Mönche sich amüsieren?« sagte der Lachende Prinz. »Du und deine Freunde, ihr seid eine erfreuliche Bereicherung unserer Gesellschaft.«
Die Gesichtstücher der hüpfenden Mönche lösten sich, und ich sah, daß es Leichen waren. An weißen Knochen hingen noch Fleischreste, und leere Augenhöhlen starrten in ewigem Entsetzen ins Leere.
»*Mehr Fledermäuse! Mehr Glocken! Schlagt die Gongs!*« johlte der Zeremonienmeister.
Der Lachende Prinz hatte Göttlichkeit gesucht und eine Ewigkeit als *chiang shih* gefunden, als die Leiche, die aus dem Grab steigt, Vorübergehende erdrosselt und ihre Seelen stiehlt. Noch niemandem war es gelungen, der Umarmung einer starren Leiche zu entkommen.
»O ja, du und deine Freunde, ihr werdet euch so gut amüsieren, daß ihr uns nie mehr verlassen wollt«, zischte der Lachende Prinz in mein Ohr, »soviel Freude und nicht enden wollendes Lachen. Und du wirst in alle Ewigkeit für mich tanzen und tanzen und tanzen ...«
»*Lob und Preis sei unserem Herrn des Glücks!*« kreischte der Zeremonienmeister, »*Lob und Preis dem Stein!*«
»Dem Stein!« schrien die Leichen, »Lob und Preis dem Stein!«
Ich blickte mich in panischer Angst um und sah, daß der Zeremonienmeister Mondkind, Klagende Morgendämmerung und Meister Li mit einer Peitsche schlug, während die Leichen sie umringten und ihnen die Arme an den Leib preßten. Ich drehte den Kopf. Ich konnte kaum noch atmen, und mir verschwamm alles vor den Augen. Aber ich konnte erken-

nen, wohin wir zu tanzen schienen. An der Seite der Höhle befand sich ein Opferaltar. Daneben stand ein riesiges Steinbecken, das für rituelle Zwecke mit Öl gefüllt war. Dahinter hingen an einer Säule die Opferäxte an Haken.

»Mehr Fledermäuse!« kreischte der Zeremonienmeister, *»Mehr Tanzen und Lachen!«*

Besser jetzt als später, dachte ich und rannte auf meinem Umweg ein paar Leichen über den Haufen. Fledermäuse knirschten unter meinen Füßen, als ich auf den Altar zuwankte. Wenn die Fledermäuse gegen die Schädel der tanzenden Mönche prallten, stießen sie durchdringende Schreie aus und flüchteten in leere Augenhöhlen und Münder. Mein Genick schien zu brechen. Vor meinen Augen tanzten schwarze und rote Punkte. Plötzlich tauchte das Becken mit dem Öl vor mir auf. Mit letzter Kraft stürzte ich darauf zu, zog mich und die Leiche über den Rand und glitt in das Öl. Keuchend tauchte ich wieder auf, packte die öligen Leichenarme und drückte sie nach oben. Langsam schob ich sie bis zu meinen Ohren hoch. Ich griff mit einer Hand hinunter, schöpfte Öl und goß es über die Arme. Schließlich glitten sie mit einem lauten schmatzenden Geräusch an meinem Kopf vorbei. Ich hechtete zum Rand des Beckens, rollte mich darüber und fiel zu Boden. Der Lachende Prinz stand im Öl und streckte sehnsüchtig die Arme aus.

»Komm zurück, mein Junge. Unser Tanz ist noch nicht zu Ende.« Er kicherte.

Ich schleppte mich zu der Säule, zog mich hoch und packte eine Opferaxt. Die Leiche hatte das Becken verlassen und näherte sich mir mit ausgestreckten Armen. Die wahnsinnigen Augen zwinkerten mir zu. Ich wartete, bis er nahe genug herangekommen war und hackte ihm die Beine unterhalb der Knie ab. Er fiel rückwärts zu Boden.

»Der Stein und der Herr des Glücks verlangen mehr Fröhlichkeit!« kreischte der Zeremonienmeister.

Ich hackte die Hände von den Armen, die Arme vom Rumpf, hob die Axt hoch und ließ sie auf das verwesende Gesicht

fallen. Sie spaltete den Kopf. Als die beiden Hälften auseinanderfielen, zwinkerten die Augen.
»Völlig . . .«, sagte der linke Teil des Mundes.
». . . nutzlos«, sagte der rechte Teil des Mundes.
Ich ließ die Axt los, taumelte davon und fiel. Unfähig mich zu bewegen, lag ich auf dem Boden und rang nach Luft.
»Singt das hohe Lied der Freude, denn unser Herr des Glücks bereitet das Opfer vor!« schrie der Zeremonienmeister.
Es gelang mir, den Kopf zu wenden. Die abgeschlagenen Hände krochen wie Krebse auf mich zu. Sie kletterten an meinen Beinen hoch, über meine Brust und umklammerten meinen Hals.
»Ha, ha, ha!« lachten die tanzenden Leichen, »ho, ho, ho!«
Ich richtete mich schwankend auf und zerrte vergebens an den würgenden Händen. Ich schleppte mich zum Becken, tauchte den Kopf in das Öl und löste einen der glitschigen, knochigen Finger nach dem anderen. Dann warf ich die Hände in das Öl zurück, taumelte zur Säule und riß eine Fackel aus der Halterung. Ich warf sie, ohne etwas zu sehen. Beinahe hätte ich mein Ziel verfehlt. Die Fackel schwankte auf dem Rand und fiel dann ins Öl. Ich stürzte wie gelähmt zu Boden.
Eine Flammensäule schoß zur Decke der Höhle empor. Zwei Feuerbälle krochen über den Beckenrand und fielen herunter. Die brennenden Hände zischten und zogen knisternd eine Flammenspur hinter sich her. Auch der Rumpf, der gespaltene Kopf und die Gliedmaßen fingen Feuer; Knochen barsten knackend und lösten sich tanzend auf. Aus Fingern und Zehen quoll fettiger Rauch; Flammen züngelten über den Boden. Hilflos mußte ich mit ansehen, wie schwarzer Rauch auf meine Beine zukroch, und ich zuckte vor Schmerz zusammen, als mir etwas Glühendes zischend über die Knöchel lief. Aber der Rauch verzog sich, und wo das Ungeheuer gewesen war, lag nur noch ein Häufchen schwelender Asche.
Die Glocken verstummten. Die Gongs verhallten. Die Lei-

chen standen erstarrt in grotesken Verrenkungen. Nur die Fledermäuse flatterten immer noch im Fackellicht.
Etwas bewegte sich. Tränen stiegen mir in die Augen und liefen mir über die Nase, als ich sah, daß Meister Li auf mich zukroch. Er lebte. Auch Klagende Morgendämmerung und Mondkind lebten. Ich lebte, und wir erwachten nicht, um bis in alle Ewigkeit als Muntere Mönche im Narrenkleid zu tanzen.

24

Mondkind stützte meinen Kopf. Meister Li holte den Schlauch hervor und goß mir Wein in den Mund, bis ich hustend nach Luft rang, mich aufsetzte und den Wein ausspuckte. Das half mir, einen klaren Kopf zu bekommen, den Meister Li großväterlich tätschelte. »Auf Reisen nimm immer einen Ochsen mit«, sagte er.

Mondkind drückte mir einen Kuß auf die linke Wange. Aber ich wollte keinen Kuß von Mondkind und war immer noch so schwach, daß mir die Tränen in die Augen stiegen. Klagende Morgendämmerung hatte sich nicht die Mühe gemacht, zu mir zu kommen. Das Selbstmitleid wollte mich gerade überwältigen, als ich begriff, daß sie als einzige von uns einen klaren Kopf behalten hatte, denn schließlich wußten wir nicht, welche Schrecken hier noch drohten. Es war ihr gelungen, den Bogen vom Rücken zu nehmen, und sie kauerte schußbereit hinter dem Ölbecken. Aber außer den Fledermäusen bewegte sich nichts. Schließlich gab sie ihren Wachposten auf und kam herüber.

»Ochse«, sagte sie und gab mir einen Kuß, »die Jungen im Dorf werden dich in die Geschichte von Wolf aufnehmen müssen. Noch niemand hat sich aus der Umklammerung eines *chiang shih* befreit.«

Konnte er wieder lebendig werden? Bei dem Gedanken erschauerte ich; Mondkind ebenfalls, und Klagende Morgendämmerung verschränkte die Arme schützend vor der Brust.

»Meister Li, ich habe dieses schreckliche Wesen gehaßt und

gefürchtet. Aber weshalb fühlte ich mich auch zu ihm hingezogen?« flüsterte sie. »Es war beinahe so, wie ich mich zu Mondkind oder sogar zu Prinz Liu Pao hingezogen fühle.«
Mondkind sah sie ernst an und wandte sich an Meister Li: »Ich habe die Anziehungskraft ebenfalls gespürt«, sagte er ruhig. »Als ich hinter dieser Kreatur tanzte, tat ich es nicht nur, weil ich dazu gezwungen war. Ich wollte es auch.«
Meister Li sah mich an. »Ochse?«
Ich schüttelte den Kopf. »Nein, Meister«, sagte ich, »ich empfinde nur Furcht und Abscheu.«
»Bei mir ist es nicht anders, und ich glaube, uns fehlt einiges an Sensibilität«, sagte er.
Er ging zu der schwelenden Asche und beugte sich hinunter. Sein Messer blitzte im Schein der Fackeln. »Der Lachende Prinz ist vor mehr als sieben Jahrhunderten gestorben, so glaubten zumindest damals seine Ärzte und ließen ihn begraben. Aber er befand sich nur auf der Großen Reise. Der Lachende Prinz kam in seinem Jadegewand in den Sarkophag. Aber er trug das Steinamulett an einer Kette um den Hals. Der Stein sank in seinen faulenden Körper. Noch bevor die Diener der Hölle kamen, war der Stein in sein Herz gedrungen, und er war von den Toten auferstanden und atmete wieder. Aber er war wahnsinnig, praktisch nicht mehr bei Verstand und durch und durch böse. Heißt das, auch der Stein war böse? Kinder, die Anziehungskraft, die ihr spürt, ließe sich sehr viel leichter erklären, wenn das Gegenteil der Fall wäre.«
Meister Li stocherte mit dem Messer vorsichtig in der Asche und brachte einen glatten, flachen Stein zum Vorschein. Er rieb ihn behutsam an seinem Gewand sauber. Ich erschrak, als er mit dem Stein in der Hand herüberkam. Vermutlich erwartete ich, seine Fingernägel würden eine Elle wachsen, und struppige schwarze Haare würden seine Finger überziehen. Als er den Kopf hob, suchte ich in seinen Augen das Glitzern des Wahnsinns. Statt dessen sah ich einen Tränenschleier, und seine Stimme klang sanft und leise.

»Ist der Stein böse? Hier, Ochse, urteile selbst.«
Er gab mir den Stein. Es geschah so schnell, daß ich ihn in die Hand nahm, ohne zu überlegen. Aber dann schrie ich auf und hätte ihn fallen lassen, wenn Meister Li nicht die Finger um meine Hand geschlossen hätte.
»Hab keine Angst«, sagte er ruhig.
Der Stein lebte, und ich spürte das Pulsieren einer Kraft wie den Schlag eines Herzens. Ich spürte zuerst ein Kribbeln in den Fingern und dann im ganzen Körper. Es strömte durch jeden Nerv wie ein wunderbares Stärkungsmittel. Meine Schwäche verflog, und ich hatte das deutliche Gefühl, ich könnte im nächsten Augenblick anfangen zu blühen wie eine Blume. Meister Li bedeutete mir mit einer Geste, den Stein weiterzugeben, und ich reichte ihn Klagender Morgendämmerung. Sie begann zu weinen, obwohl gleichzeitig ein Lächeln auf ihre Lippen trat. Als Mondkind ihn entgegennahm, wurde er leichenblaß und preßte ihn an die Brust, als wolle er mit ihm verschmelzen.
Meister Li ließ sich den Stein zurückgeben und hielt ihn ins Fackellicht. »Der Verfasser vom *Traum der Roten Kammer* hat den Stein nie gesehen. Aber ich möchte wetten, daß er in der Tat eine der Annalen von Himmel und Erde gesehen hat, und daß dort nur stand, der Stein habe einen Fehler. Böse war die Blume, aber Tsao Hsueh Chin schrieb das Böse auch dem Stein zu, weil zwei große Männer, die ihn einmal besaßen, so eigenartig reagiert hatten. Ssu-ma Chien hat den Stein nie in der Hand gehalten. Aber wegen der Reaktionen von Lao Tzu und Chuang Tzu hielt auch er ihn für böse. Unter anderen Umständen hätte Ssu-ma vielleicht der Form des Steins größere Aufmerksamkeit gewidmet und wäre zu einem anderen Schluß gekommen.«
Meister Li lächelte uns an und zitierte Ssu-ma: »›Glatte Fläche steigt zu runder konkaver Schalenform an . . .‹ Woran denkt ihr dabei?«
Mondkind und ich dachten an nichts, aber Klagende Morgendämmerung bekam leuchtende Augen.

»An einen idealen Tuschstein mit einer Stelle, um den Tuschstift zu schaben, und einer Vertiefung, um den Pinsel einzutauchen«, sagte sie.
»Kluges Mädchen! Natürliche Tuschsteine sind hoch geschätzt, und diesen machte man zuerst Lao Tzu und dann Chuang Tzu zum Geschenk. Ich würde beinahe alles dafür geben, wenn ich hätte dabeisein können, als die großen Männer ihn zum ersten Mal benutzten«, sagte Meister Li. »Sie tauchten die Pinsel in die Vertiefung, strichen dann über die glatte Fläche und kamen so in Kontakt mit einem Stein, der vom Himmel berührt worden war. Sie starrten ungläubig auf das Pergament, als sie mit ihren Pinseln die Schrift der Götter hervorbrachten. Sie hätten kein Wort über den Stein verlieren müssen und behaupten können, ihr eigenes Genie sei am Werk. Die Versuchung muß ungeheuer gewesen sein. Deshalb riefen sie: ›Er ist böse!‹ und warfen den Stein weit von sich. Jeder, der sie hörte, mußte annehmen, sie meinten damit den Stein und nicht die Versuchung, die mit ihm einherging.«
Er legte den Stein in seinen Beutel und verschloß ihn mit einem Lederriemen.
»Es ist nur ein Stück. Es gibt noch zwei andere«, sagte er grimmig. »Als der Lachende Prinz von den Toten auferstand, war er völlig wahnsinnig, beinahe nicht bei Sinnen und konnte unmöglich vernünftig denken. Ein anderer hat es für ihn übernommen. Irgendwo hier unten ist der eigentliche Kopf, der Prinz Liu Pao in seiner Gewalt hat. Es sei denn ...«
Er verstummte. Wir wußten, was er dachte. Mit blassen, angestrengten Gesichtern machten wir uns ans Werk und entfernten methodisch die Gesichtstücher der Munteren Mönche. Wir fanden nur gebleichte Totenschädel oder andere aus neuerer Zeit, an denen noch Haut oder Haare hingen. Mondkind bekam beinahe einen Herzschlag, als sich in den leeren Augenhöhlen eines Schädels Lider zu bewegen schienen. Aber im nächsten Moment flatterte eine erschreckte Fleder-

maus heraus. Dem Prinzen mochte vielleicht etwas Schreckliches widerfahren sein, doch zumindest war er keiner der Mönche.

Wir nahmen Fackeln aus den Halterungen und suchten den Boden ab. Es dauerte beinahe eine Stunde, und plötzlich stieß Mondkind einen Freudenschrei aus. Am Eingang eines Seitengangs lag eine rote Quaste. Wir griffen wieder nach unseren Waffen. Ich ging voran, und Klagende Morgendämmerung gab uns Rückendeckung.

Wäre es dem Prinzen nicht gelungen, eine Spur zu hinterlassen, hätten wir uns im Handumdrehen verirrt. Es war ein Labyrinth im Labyrinth im Labyrinth, und die Gänge zweigten nach allen Richtungen ab. Überall hielten schwere Holzverschalungen die Decken, und wir mußten uns vorsichtig bewegen, um die Stützbalken nicht zu streifen. Wir begannen zu flüstern, als könne durch ein lautes Wort das ganze Grab über uns einstürzen. Und was für ein Grab war das! Zimmer folgte auf Zimmer, manche fertiggestellt, andere nicht. Und sie waren für jeden erdenklichen Zweck und jedes erdenkliche Vergnügen gedacht. Der Lachende Prinz hatte beschlossen, seine Welt mit ins Grab zu nehmen. Ich erwartete sogar, ein Polofeld zu sehen, bis mir einfiel, daß man zu seiner Zeit zwar die wundervollen Pferde aus Indien eingeführt hatte (die mit dem verrückten griechischen Eroberer dorthin gekommen waren), aber das Polospiel noch nicht.

Die roten Quasten wiesen uns weiterhin den Weg. Dem Prinzen konnten nicht mehr viele Quasten geblieben sein, und ich begann, nach Blutstropfen zu suchen. Mondkind sagte flüsternd, er höre Wasser. Kurz darauf betraten wir eine wunderschöne Grotte. Soweit wir im Fackellicht sehen konnten, war der Stein blau, grün und wunderschön. Inmitten des Marmorbodens befand sich ein Teich, in den von einem Felsvorsprung in beinahe vierzig Fuß Höhe ein dünner Wasserstrahl rieselte. Marmorstufen führten zu Felsvorsprüngen, und ich hatte die verrückte Vorstellung von Skeletten

und Mumien, die hinaufkletterten, um von dort ins Wasser zu springen.
Mondkind hob die Hand. »Da bewegt sich etwas«, flüsterte er, »es kommt näher... dort oben!« Er wies auf eine der Plattformen über dem Teich. Dann erstarrten wir alle zu Statuen, denn eine hohe krächzende Stimme kreischte:

»Meister, o Meister, das Wild ist endlich in deiner Näh!
Ein alter Hirsch, zwei junge Böcke und ein schönes,
junges Reh!«

Das Echo sprang zwischen den Felswänden hin und her und hallte in den endlosen Gängen. Etwas bewegte sich. Auf der Plattform tauchte eine kleine anmutige Gestalt in einem Narrengewand auf und blickte zu uns herunter. Ich hielt den Atem an, als ich sah, daß das Gesichtstuch gerade weit genug zurückgeschlagen war, um die Stirn über den dunklen Schatten zu enthüllen. Das Haar leuchtete wie Feuer. Ich hörte ein klares, trällerndes Lachen und dann die reine liebliche Stimme eines Mädchens.
»Ich hoffe, ich habe niemanden erschreckt. Wer seid ihr?«
Meister Lis Augen waren so schmale Schlitze, daß ich mich fragte, wie er überhaupt etwas sah. Seine kühle Stimme klang sarkastisch.
»Durchreisende«, antwortete er, »wer bist du?«
Das Mädchen zupfte verschämt an seinem Gewand. »Mein Freund nennt mich Feuermädchen«, sagte sie, »habt ihr ihn gesehen?«
»Schon möglich«, sagte Meister Li. »Ist dein Freund der fröhliche Bursche, der mit Mönchen in Gewändern herumhüpft, wie du eins trägst?«
»Ja. Er ist mein Freund, bis mein richtiger Freund kommt. Aber den habe ich schon lange, lange nicht mehr gesehen.« In ihrer klaren Stimme lag Verwirrung. »Er hat versprochen zurückzukommen, das weiß ich, aber ich kann mich nicht mehr erinnern, wann.«

Meister Li griff mit einem Seufzer nach dem Weinschlauch. »Er heißt doch bestimmt Wolf, nicht wahr?«

»Ja!« rief das Mädchen erfreut. »Habt Ihr ihn gesehen? Ich warte und warte, und ich weiß, wir haben etwas Wichtiges zu tun, aber mein Kopf ist nicht ganz klar, und ich kann mich nicht daran erinnern, was es ist.«

Sie besaß die schönste junge Stimme, die ich je gehört hatte, aber es lag ein eigenartiger Mißklang darin. Etwas war gestört, und die Störung kam nicht von den Stimmbändern, sondern vom Kopf.

Meister Li trank einen Schluck, aber diesmal schien ihm der Wein nicht zu schmecken. »Wir haben auch einen Freund«, sagte er. »Er hat merkwürdige Haare, die nach allen Seiten abstehen, und Tuschflecken auf der Nase. Vielleicht ist er mit deinem anderen Freund gegangen, der mit den Mönchen hüpft.«

»Ja, ich habe ihn gesehen.« Sie deutete unbestimmt rückwärts. »Dort hinten . . . ist er krank? Sie haben ihn nämlich getragen.«

»Dann gehen wir besser zu ihm und bringen ihm Medizin«, sagte Meister Li vernünftig. »Nennen die Mönche deinen Freund den Herrn des Lachens?«

»Ja, aber es gefällt mir nicht, wenn er lacht«, sagte sie ernst. »Außerdem riecht er schlecht. Aber als ich aufwachte, war ich ganz allein. Und ich war so lange allein, daß ich froh war, als ich ihn gefunden hatte.«

»Das war, nachdem du gelernt hattest, die Türen zu öffnen und in die Grabkammer zu gehen«, sagte Meister Li sachlich. »War er schon aus dem Sarg, als du ihn gefunden hast?«

Sie zupfte nervös an ihrem Gewand und schwieg lange.

»Ja«, flüsterte sie schließlich. »Aber er war nicht richtig wach, und ich brauchte sehr lange, bis ich gelernt hatte, ihn zu wekken.«

»Mit dem Stein aus dem Schrein?«

»Ja . . . aber dann war er überhaupt nicht lustig«, erzählte das Mädchen leicht schmollend. »Er kannte keine Spiele, und er wurde unangenehm, wenn ich nicht den Stein singen ließ, der ihn beruhigte. Als ich ihn fragte, ob er nicht noch andere Freunde hätte, brachte er diese Mönche. Mit ihnen war es auch nicht lustiger.«

»Vergißt du nicht etwas?« fragte Meister Li scherzhaft. »Du hattest doch zwei andere Freunde, nicht wahr? Zwei Männer, die von draußen kamen. Sie haben dich die Stufen hinaufgetragen, damit du ins Wasser rutschen konntest. Dann hast du mit dem Bogen geschossen, bist wieder zur Rutschbahn zurück, und eines Tages hast du herausgefunden, wie man in die Grabkammer kommt.«

Sie zupfte an ihrem Gewand. »Ja«, flüsterte sie.

»Und dein anderer Freund lag zu dieser Zeit noch im Sarg. Erinnerst du dich?« fragte Meister Li freundlich. »Du hast die Männer gebeten, den Deckel abzunehmen, nicht wahr? Du hattest bereits herausgefunden, was es mit der Eisenplatte vor dem Schreibpult auf sich hatte. Dann standen die Männer dort, weil du sie bezahlen wolltest. Es muß schwierig gewesen sein, den Hebel herumzuwerfen ...«

Tränen mischten sich in ihre schöne Stimme wie Perlen, die langsam durch Nektar nach unten sinken.

»Ich wollte es nicht tun, aber sie hätten allen von dem Raum voll Gold und dem Jadegewand erzählt, und ich wußte, ich mußte es geheimhalten. Ich muß alles geheimhalten. Ich kann mich nicht mehr erinnern warum, aber ich weiß, es ist wichtig. Wolf wird eines Tages zurückkommen und es mir sagen.«

»Es kann sehr schwer sein, ein Geheimnis zu wahren«, sagte Meister Li mitfühlend. »Nachts bist du in die Welt hinaufgestiegen, hast an den Fenstern gelauscht und manches gehört. Eines Nachts bist du in die Höhle zurückgekommen und hast deinem Freund, der so schlecht riecht, erzählt, daß ein Mönch aus dem Kloster eine Handschrift von jemandem namens Ssu-ma Chien besaß. Und dein Freund hat dir erzählt, daß Ssu-ma den Zugang zu dem Grab entdeckt hatte. So war es doch?«

»Ja«, flüsterte sie.
»Danach hast du an einem anderen Fenster gelauscht und erfahren, daß der Mönch die Handschrift kopiert hatte. Dein Freund, der so schlecht riecht, mußte diese Sache auch in Ordnung bringen.«
»Ja«, flüsterte sie. »Ihr seid dort gewesen! Ihr und Euer Freund mit den Haaren und den Tuschflecken.« Sie warf den Kopf zurück und lachte glockenhell. »Euer Freund hat wirklich sehr komische Haare. Wollt Ihr sehen, wohin sie ihn gebracht haben?«
Meister Li nahm einen Schluck und steckte den Weinschlauch weg. »Das wäre keine schlechte Idee«, sagte er trokken, »zeig uns den Weg, Feuermädchen.«
Mir brummte der Kopf. Meister Lis Worte waren wie wendige Eidechsen durch die Spalten in meinen Granitkopf geschlüpft – blitzschnell hierhin und dorthin, reglos verharrend und vorsichtig auf eine Bedeutung zukriechend. Er hatte das Mädchen soweit gebracht, daß es berichtete, wie und weshalb Verbrechen begangen worden waren, und daß der Lachende Prinz sie geplant hatte. Aber der Lachende Prinz war nicht bei Verstand gewesen. Plötzlich begriff ich, Meister Li hatte klargestellt, daß nur der Lachende Prinz *oder* das Mädchen für das Geschehen verantwortlich gewesen sein konnte. Mit Sicherheit hatte sie die beiden Gärtner umgebracht, und sie besaß ein Stück des Steins. Aber war *sie* nicht auch verrückt? Sie hielt sich in einiger Entfernung, als wir zu der Plattform hinaufkletterten, und verschwand wie ein scheues Reh in einem der Seitengänge. Ihre schöne Stimme drang aus der Dunkelheit, als sie sang:

»Ein Junge, der stirbt, stirbt nicht vergebens,
Er kommt wieder auf dem Großen Rad des Lebens.
Ein Mädchen, das trauert, und trinkt dies mit Lachen,
Wird von einem Kuß wieder erwachen.«

Meister Li brummte und deutete nach unten. Ich verstand, warum er dem Mädchen folgte: Auf dem Boden lag wieder eine rote Quaste. Sie mochte verrückt sein, aber sie führte uns in die richtige Richtung.

»Ein Kuß wird dem Schlaf ein Ende machen,
Und ein Feuermädchen wird wieder lachen.
Dann trifft der heilige Pfeil den Bösen,
Und wird das Tal der Seufzer erlösen.«

Die lieblichen Töne verhallten in der Ferne, und die Stimme des Mädchens erklang irgendwo im Dunkeln vor uns. »Ich weiß nicht, was es bedeutet, aber Wolf wird es mir verraten, wenn er kommt«, sagte sie zuversichtlich.
Wir folgten gewundenen Gängen, die alle mit morschem alten Holz abgestützt waren. Vier weitere rote Quasten verrieten uns, daß wir auf dem richtigen Weg waren. Schließlich bog die undeutliche kleine Gestalt vor uns in einen Seitengang ab, und ihre Stimme drang heraus: »Sie haben ihn hier hereingetragen.«
Wir erreichten die Öffnung und traten in eine kleine Höhle. Das Mädchen war verschwunden, aber an der rückwärtigen Wand bemerkte ich eine andere Öffnung. Die Höhle hatte einmal als Vorratsraum gedient, und an einer Wand standen alte Metallregale mit Werkzeugen. Uralte Holzpfeiler stützten Balkenkonstruktionen, auf denen die rissige Decke ruhte. Ein Pfeiler war gesplittert, und jemand hatte ein Seil um die Bruchstelle geschlungen.
Etwas stimmte nicht. Ich spürte es im Bauch, nicht im Kopf. Ich zwang mich, langsam die Augen an den Höhlenwänden entlanggleiten zu lassen. Plötzlich riß ich sie auf. Ein Seil? Ein Seil, das sieben Jahrhunderte überdauert hatte und nicht einmal ausgefranst war?! Ich ging so weit vorwärts, daß ich die Rückseite des Pfeilers sah. Das Seil verschwand in einem Loch in der Wand. Vor meinen Augen spannte es sich langsam. Ich fluchte und hob das Beil, aber es war zu spät. Noch

ehe die Schneide das Seil erreichte, straffte es sich ruckartig, und der morsche alte Pfeiler brach entzwei.
Andere Pfeiler ächzten protestierend. Sie bogen sich durch, und plötzlich senkte sich die ganze Decke um zwei Fuß. Die gemarterten Stützen stöhnten und brachen mit ohrenbetäubendem Krachen zusammen. Holzsplitter schossen durch die Höhle wie gefährliche Speere, Felsbrocken polterten auf den Boden, und die ganze Rahmenkonstruktion, die die Decke stützte, wölbte sich in der Mitte nach unten. Ich sprang vorwärts, als die Decke immer tiefer kam, stellte mich unter den mittleren Stützpfeiler und stemmte mich mit aller Macht dagegen. Natürlich konnte ich ihn nicht hochheben. Aber er veränderte wenigstens vorübergehend seine Lage nicht.
»*Raus!*« schrie ich.
Ich warf einen Blick zurück. Mein Verstand weigerte sich zu glauben, was meine Augen ihm sagten. Es konnte nicht sein. *Es konnte nicht sein!* Aber mein Herz glaubte, was meine Augen ihm sagten, und erstarrte zu Eis. Mondkind kniete neben Klagende Morgendämmerung und hielt sie in den Armen. Diesmal würde ihr keine Medizin der Welt mehr helfen. Ein gesplittertes Stück von der Stärke eines Speerschafts war ihr wie der Bolzen eines Katapults in die Brust gedrungen. Sie war so tot wie Tou Wan. Mondkind wollte sie nicht hierlassen, wo ihre Leiche zerschmettert werden würde. Er hob sie auf und trug sie zurück zum Ausgang der Höhle. Dann sah ich nichts mehr, weil ich blind vor Tränen war. Es klang, als stöhne die Decke klagend auf, während sie auf mir lastete. Ich konnte mich nicht bewegen, sonst wäre alles zusammengebrochen.
Ich spürte Meister Lis Hand auf der Schulter. »Ist das Gewicht gleichmäßig verteilt?« fragte er.
»Nein«, keuchte ich, »vorne ist mehr Last.«
Meister Li eilte zu den Gestellen mit den Werkzeugen, von denen manche sehr schwer und groß waren. Er schob eine Eisenstange in meine Richtung und stellte sie unter den

Deckenbalken. Dann kämpfte er mit der nächsten. Als sie beide sicher rechts und links von mir standen, beugte ich die Knie und ließ den Mittelbalken so langsam wie möglich ab. Er bebte, als sei er lebendig, und er würde nicht viel länger halten. Schon berührte er die Eisengestelle.
Meister Li stand im Höhleneingang. Ich ließ los, sank zu Boden, stieß mich ab und sprang rückwärts zur Öffnung. Ich schaffte es gerade bis zum Gang, als der Balken brach. Meister Li hüpfte auf meinen Rücken, und ich begann zu rennen. Das Getöse der einstürzenden Decke machte uns beinahe taub. Der Gang bebte, Staubwolken stiegen auf, Steine und Holzsplitter flogen durch die Luft. Ich stürmte blindlings weiter, aber dann sah ich in Dunkelheit und Staub einen Lichtschein. Mondkind hatte sich Klagende Morgendämmerung über die Schulter gelegt und winkte mit seiner Fackel.
Ich hatte schon einmal erlebt, wie Meister Li mit seinem unglaublichen Gedächtnis den Rückweg durch ein Labyrinth fand, und nun schaffte er es wieder. Zweite Öffnung rechts, dritte links, erste links, und so ging es ohne Zögern weiter, obwohl uns die Steine um die Ohren sausten und die Felsen wie Tiger brüllten, während sie sich übereinanderschoben. Wir rannten durch eine Öffnung und stellten fest, daß wir in der Grotte mit dem Teich angelangt waren. Im nächsten Augenblick hatten wir den Gang erreicht, durch den wir gekommen waren, aber dann mußten wir anhalten.
Das Beben hatte alles erfaßt. Manche Decken waren schwächer als andere. Der Gang, der uns zu den Munteren Mönchen zurückgebracht hätte, war nach einem Felsrutsch völlig blockiert.
»Meister Li, dort drüben höre ich Wasser!« rief Mondkind, »es klingt, als sei es der Fluß!«
Jetzt übernahm Mondkind die Führung. Er suchte sich einen Weg durch zahllose Gänge in Richtung Wasser. Schließlich hörten Meister Li und ich es auch. Wir taumelten durch eine Öffnung zum Ufer des Schwarzen Flusses in der riesi-

gen Haupthöhle. Mondkinds Fackellicht tanzte über das Wasser und fiel auf die erste Statue, die wir gesehen hatten: Yen-wang-yeh, der ehemalige Erste Herr der Hölle. Wir waren nur wenige Schritte von der Treppe entfernt, die zur Prinzentrift und in die Sicherheit hinaufführte.

Meister Li sprang von meinem Rücken und lief in den Gang zurück, aus dem wir gekommen waren. Er bat Mondkind, die Fackel zu heben, und betrachtete die gewaltige Stützkonstruktion mit dem prüfenden Blick eines Baumeisters. Er ging zum Hauptpfeiler in der Nähe der linken Höhlenwand. Er war in der Mitte gerissen.

»Ochse, schaffst du es, ihn durchzubrechen?«

»Er ist alt und morsch, Meister«, antwortete ich. »Möglicherweise wird er durchbrechen. Aber wenn nach dem Einbruch dort hinten hier noch ein Gang einstürzt, wird dann nicht die ganze Konstruktion einer ungeheuren Belastung ausgesetzt? Das verrückte Mädchen ist hier unten, und vielleicht lebt der Prinz noch . . .«

»Tu es!« befahl Meister Li.

»Ehrwürdiger Meister . . .«

Ich hielt den Mund. Meister Li funkelte mich an, und es stand Nummer Zehn dem Ochsen nicht zu, diesem großen Mann zu widersprechen. Ich stemmte mich mit der Schulter gegen den Pfeiler, aber ich hatte unterschätzt, wie morsch er war. Er brach sofort entzwei, und ich wäre beinahe gefallen und hätte mich auf dem Stumpf aufgespießt. Meister Li hüpfte auf meinen Rücken, Mondkind legte sich Klagende Morgendämmerung wieder über die Schulter, und wir rannten los. Außer dem Kreischen von splitterndem Holz und dem Gepolter stürzender Steine hörten wir nichts, aber ich sah, wie Mondkind die Lippen bewegte und mit dem Finger in panischer Angst nach oben deutete.

Dicht vor uns öffnete sich ein riesiger Spalt in der Decke, der sich quer durch die Höhle zog. Mit einem ungeheuren Donnern stürzten Felsmassen herunter und blockierten alle Zugänge zur Treppe. Der Fluß wogte auf, und eine hohe Welle

schob sich gegen die Strömung. Meister Li schlug mir auf die Schulter, wies mit dem Finger, und mir wurde klar, daß unsere einzige Hoffnung darin bestand, die Treppe zu erreichen, die zur Grabkammer hinaufführte. Mondkind war sehr stark. Er wäre lieber gestorben, als Klagende Morgendämmerung hier unten zu lassen, und jetzt rannten wir wirklich um unser Leben. Das Gesicht der Höhlendecke verzog sich immer wieder zu einem breiten Grinsen. Es hagelte Steine, und der schwarze Fluß verschwand unter weißer Gischt. Die Wände erbebten, der Boden bäumte sich auf wie ein wildes Pferd, und aus den Seitengängen flogen Holzstücke und quollen Staubwolken.
Ich kletterte auf eine riesige ausgestreckte Hand, dann höher hinauf und über den Torso des gestürzten japanischen Königs der Toten. Wir rannten an gefallenen Statuen vorbei. Gilgamesch stand immer noch stolz auf seinem Platz und hielt den Löwen nieder, aber Anubis war umgefallen. Das Kreischen und ohrenbetäubende Knirschen schmerzte. Im Boden öffnete sich ein breiter Spalt, Toth und Amenit stürzten hinein und verschwanden. Wir schafften es gerade noch, an der riesigen Mumie von Osiris vorbeizukommen, ehe sie umfiel und in tausend Stücke zersprang. In meinem Kopf und in meinem Herzen hörte ich eine geliebte Stimme:
»Schneller . . . schneller . . . Da, der Rabe und der Fluß . . . «
Der Rabe! Wir rannten keuchend daran vorbei und stürmten in einen Seitengang. Die Treppe war noch heil. Die Wände schienen sich zusammenzupressen, als wir die Stufen hinaufstürmten, und es war keine Einbildung. Der Lärm war unbeschreiblich. Endlich erreichten wir den Vorraum mit dem Mamorboden und den Türen. Die Statuen standen noch. Meister Li griff nach dem Gefäß in den Händen der falkenköpfigen Gottheit. Der Türrahmen begann, sich zu verbiegen. Die Tür quietschte protestierend, öffnete sich aber weit genug, damit wir uns hindurchzwängen konnten. Im Gang hingen dichte Staubwolken, auf dem Boden lagen

Steinbrocken, und ich mußte mir tastend den Weg zu einem Seitenstollen suchen.
Die einzigen Wege, die wir kannten, waren die Rutsche und die Treppe, die zum Fluß hinunter führte, und es wäre Selbstmord gewesen, sie zu benutzen. Wenn Meister Li das Falkensymbol richtig deutete, mußten allerdings mehrere Seitengänge ins Tal hinausführen, damit Mönche im Narrenkleid Bauern jagen konnten. Wir hatten Glück. Ich stolperte über eine Treppenstufe und begann nach oben zu steigen. Aber plötzlich stand ich vor einer glatten Mauer – eine Sackgasse!
Meister Li hüpfte von meinem Rücken, untersuchte zuerst die Rückwand, danach die Seitenwände, zog dann irgendwo, und ein Lichtspalt erschien. Ich sah ein Stück blauen Himmel, strahlende Sonne, weiße Wolken, und wir taumelten hinaus ins grüne Gras. Eine Staubwolke folgte uns, und es gelang mir, die Tür zu schließen, die unsichtbar in eine Felswand eingelassen war. Das Donnern verstummte, aber die Erde unter unseren Füßen bewegte sich immer noch. Wir befanden uns auf dem rechten Drachenhorn und blickten über die enge tiefe Schlucht zum Zwillingsgipfel und zum Schloß von Prinz Lui Pao.
Die Hügelkette bebte. Aus den Eingeweiden der Erde drang gedämpftes Brüllen. Das Grab des Lachenden Prinzen hatte sich wie ein Krebs in das Innere gefressen, aber nun traten die Hügel in Aktion. Millionen kleiner Risse und Spalten tauchten überall im Tal der Seufzer auf, als die Erde sich senkte und Hohlräume füllte. Höhlen, Grotten und Gänge wurden zusammengepreßt. Staubfontänen stiegen pfeifend aus Löchern auf und verteilten sich am Himmel. Die Erde erschauerte ein letztes Mal und wurde wieder ruhig.
Mondkind legte Klagende Morgendämmerung behutsam ins Gras, fuhr ihr sanft mit den Fingern durch die Haare, und ich setzte mich weinend neben sie. Meister Li hob den Kopf und beobachtete merkwürdige Staubwölkchen an der Felswand auf der anderen Seite der Schlucht. Eine Tür wurde aufgeris-

sen, und eine kleine Gestalt wankte heraus. Eine dicke Staubwolke hing über allem. Als sie sich hob, sah ich ein Narrengewand und ein Gesichtstuch, unter dem ein paar leuchtend rote Haare zum Vorschein kamen. Die Gestalt drehte den Kopf nach uns.

»Oh!«

»Irgendwie wußte ich, daß du es schaffen würdest«, sagte Meister Li.

Das Mädchen setzte sich auf und klopfte sich den Staub aus dem Gewand. »Ich bin so froh, daß ihr in Sicherheit seid«, sagte es in seiner schönen, etwas gestörten Stimme. »Ich mache mir allerdings Sorgen um meinen Freund und seine Mönche, auch wenn ich die Mönche nicht sehr mag. Habt ihr euren Freund mit den komischen Haaren gefunden?«

Meister Li griff schnaubend nach dem Weinschlauch. Seine Augen und seine Stimme waren kalt und wütend.

»Wir werden dir gleich die Perücke von deinem albernen Kopf reißen und dir den Stein von den Lippen nehmen. Prinz, das Spiel ist aus. Wir müssen ein ernstes Wort miteinander reden.«

25

Mondkind und ich sperrten Mund und Augen auf. Vermutlich tanzten die Pupillen im Weiß unserer Augen wie betrunkene Delphine, als sich eine rote Perücke hob und ein Staubwedelkopf mit schwarzen Haaren darunter zum Vorschein kam. Das Gesichtstuch fiel, und Prinz Liu Pao zwinkerte uns zu. In den Händen hielt er einen Stein. Er war rund und konkav gewölbt wie eine Schale. »Yang«, sagte er mit tiefer männlicher Stimme. Er führte die andere Seite des Steins an die Lippen. »Yin«, sagte er in der lieblichen weiblichen Stimme des Mädchens. »Ich muß wohl nicht hinzufügen, daß die Mitte des Steins einen ganz außergewöhnlichen Ton hervorbringt«, sagte er fröhlich mit seiner normalen Stimme. »Wegen der Vibrationen habe ich nicht gewagt, ihn unter der Erde zu benutzen. Das zeigt, wie schlecht ich gerüstet war, um es mit dem großen Meister Li aufzunehmen. Ihr habt nicht gezögert, die ganze Anlage zum Einsturz zu bringen, und hättet mich beinahe wie eine Wanze zerquetscht.«

Der Prinz verneigte sich tief. Meister Li brummte und schüttete den Inhalt seines Lederbeutels ins Gras. Er hatte ein wasserdichtes Futter. Meister Li füllte ihn mit Wein und schnürte ihn zu. Er hatte immer noch viel Kraft im rechten Arm, und der Beutel flog über die Schlucht bis zum Prinzen. Die beiden prosteten sich höflich zu und tranken durstig.

»Es interessiert mich nur nebenbei, aber wie alt seid Ihr gewesen, als Ihr den Einstieg in der Schlucht entdeckt habt?« fragte Meister Li.

»Zwölf«, erwiderte der Prinz. »Mit dreizehn lernte ich, die

Türen zu öffnen und in die Grabkammer einzudringen. Ihr habt die tragische Geschichte mit den Gärtnern so genau rekonstruiert, daß mir das Blut in den Adern erstarrte.« Er seufzte melancholisch. »Ich wollte sie nicht töten. Sie waren meine Freunde. Aber wie Ihr selbst gesagt habt, mußte ich mit der Möglichkeit rechnen, daß bald jeder habgierige Bürokrat und Räuber im ganzen Reich an meine Tür klopfen würde. Wie hätte ich darauf vertrauen können, daß die beiden dieses Geheimnis wahren würden?«

»Ja wie?« sagte Meister Li.

Ich, der dumme Ochse, kann nicht für Mondkind sprechen, aber ich zweifelte nicht daran, daß ich halluzinierte. Ich überlegte sogar, wo und wann ich irgendwelche komische Pilze gegessen hatte.

»Ssu-ma Chiens Handschrift stellte mich vor ein ähnliches Problem«, sagte der Prinz. »Ich glaubte, das Geheimnis lasse sich zeit meines Lebens wahren, aber dann kam Bruder Blinzel mit einem Blatt zu mir. Der Dummkopf hielt es für echt. Ich wußte, es war gefälscht, aber zwei Tage später dämmerte mir, daß der Dummkopf recht hatte. Es mußte verschlüsselt sein. Und woher sollte ich wissen, daß Bruder Blinzel sich nicht nur dumm stellte? Er konnte den Kode durchaus bereits entschlüsselt, aber noch nicht eins und eins zusammengezählt haben. Ich mußte also meinen abscheulichen Ahnen schicken, um ihn zu erledigen.«

Sein Gesicht rötete sich vor Zorn. »Ich sah mich gezwungen, Dinge zu tun, die mir höchst zuwider waren«, sagte er. »Ihr habt herausgefunden, daß es eine Kopie des Textes geben konnte. Ich mußte versuchen, sie in die Hand zu bekommen. Und ausgerechnet dabei mußte dieser andere Dummkopf von einem Mönch seine Nase in die Bibliothek stecken und sozusagen Selbstmord begehen.«

Die beiden tranken Wein und beobachteten schwermütig Schmetterlinge, die in der Sonne schwebten, deren Strahlen durch den inzwischen goldenen Dunst drangen. Mit dem leichten Wind kam ein schwacher Geruch nach Regen, und in der Ferne sammelten sich schwarze Wolken. Das Tal der Seufzer tief unter uns lag in purpurne Schatten gehüllt.

»Im Grab habe ich immer den leisesten Ton des Steins benutzt, um meinen Ahnen unter Kontrolle zu halten«, berichtete der Prinz. »Als ich ihn mit seinen munteren Gesellen ins Kloster schickte, wollte er bleiben und noch ein paar Leute erwürgen. Ich mußte ihn mit einem lauten Ton zurückbringen. Und es geschah das gleiche wie beim Kaiser mit den Mandarinen. Das unglaubliche *Ch'i* des Steins überwältigte alles Schwächere in seiner Bahn. Als ich meinen Ahnen abzog, zog ich auch die Lebenskraft von Teilen der Prinzentrift ab. Ich war entsetzt! Ich kam mir wie der Mann im Märchen vor, der den Zauberstab hebt, um den einzigen Fehler seiner Frau zu beseitigen. Das gelingt ihm zwar, aber seine Frau ist danach ein fehlerloser Yak. Was zuvor so einfach gewesen war, wurde plötzlich beängstigend kompliziert. Das erste Ergebnis: Der Abt war so entsetzt, daß er nach Peking rannte, um den legendären Li Kao zu suchen. Selbst dann war ich noch dumm genug zu glauben, Ihr würdet wegen der vielen Sackgassen aufgeben.«

Meister Li spuckte angewidert aus. »Der legendäre Li Kao sollte besser einen Eimer Würmer kaufen und anfangen, sein *Geeh-geeh-geeh* zu üben«, sagte er verdrießlich. »Mich hat die Einfachheit verwirrt. Wäre ich nicht so verliebt in Kompliziertheiten gewesen, hätte ich vielleicht begriffen, was los war, sobald ich in Euer Atelier kam.«

»Aber Ihr seid großartig gewesen!« widersprach der Prinz, »ich konnte es einfach nicht glauben, wie Ihr Euch durch eine Sackgasse nach der anderen durchgearbeitet und wenn nötig sogar Mauern eingerissen habt. Ihr habt Euch von Eurem Kurs nicht abbringen lassen, sondern seid wie das Schicksal geradewegs auf die Wahrheit zugesteuert. Schließlich blieb mir keine andere Wahl, als zu versuchen, Euch umzubringen.«

Er warf den Kopf zurück und lachte mit der alten Wärme und Liebenswürdigkeit.

»Ich hätte wissen müssen, daß ein Mann, der es wagt, mit seinem Bewußtsein die Hölle zu durchqueren, schwerer umzubringen ist als der Steinerne Affe.« Er neigte den Kopf in meine Richtung. »Du auch, Ochse. Du warst ein toter Mann, sobald ich dich zu meinem widerwärtigen Ahnen führte. Statt dessen wirst du mit Sicherheit einen Platz in den Annalen von P'u Sung-ling, dem Registrator Seltsamer Dinge, finden.«

»Da wir gerade vom Lachenden Prinzen sprechen . . . wie ist er denn zu seinen fröhlichen Gesellen gekommen?« fragte Meister Li.

»Nur durch meine Schuld.« Der Prinz zog eine Grimasse und gab sich einen Klaps auf die Wange. »Vielleicht war ich etwas frühreif, als ich meinen Ahnen entdeckte, aber ich war immer noch ein Kind. Eines Tages hatte ich vergessen, ihn in der Grabkammer einzuschließen. Und um die Sache zu verschlimmern, verreiste ich auch noch längere Zeit. Bei meiner Rückkehr entdeckte ich, daß er die Gelegenheit genutzt hatte, um im Mondlicht Wanderern aufzulauern, die er erwürgte, weil er Gefährten wollte, die seine Freuden teilten. Ochse, ich bin dir sehr verpflichtet, denn du hast ihn erledigt. Sonst hätte ich es nämlich tun müssen, und ich wußte noch nicht, wie ich es anfangen sollte.«

Ich fand, Prinz Liu Pao mußte der unheimlichste frühreife Junge gewesen sein, den es je gegeben hat. Mit dreizehn Jahren hatte er zwei Gärtner, seine Freunde, ermordet, nachdem sie für ihn einen Sarkophag geöffnet und ein kostbares Jadegewand gefunden hatten, nachdem sie vorsichtig Jadeblättchen entfernt hatten, damit er einen Blick auf eine Mumie werfen könnte, und er statt dessen in das halb verweste Gesicht eines Ungeheuers geblickt hatte, das immer noch atmete. Er hatte gelernt, die Kreatur durch den Ton eines Steins unter Kontrolle zu halten – ein Dreizehnjähriger mit der Reife eines Neunzigjährigen und dem Herzen eines Henkers.

Die Augen des Henkers wurden weich, als er den Blick langsam auf Klagende Morgendämmerung richtete. Er breitete die Arme in einer hilflosen Geste aus. »Ich möchte, daß Ihr wißt, daß ich sie wirklich geliebt habe«, sagte der Prinz ruhig. »Ich stand mit dem Rücken zur Wand und mußte eine schwere Entscheidung treffen.«

»Diese Entscheidung habt Ihr schon vor langer Zeit getroffen, und zwar, als Ihr beschlossen hattet, Eure Seele für die Geschenke eines Steins zu verkaufen«, erklärte Meister Li sachlich. »Klagende Morgendämmerung entschied sich genau anders – ach übrigens, Mondkind, kannst du mit diesem Stück den Seelenton hervorbringen?«

Meister Li warf Mondkind das Stück des Steins zu, das er beim Lachenden Prinzen gefunden hatte. Aber Mondkind schüttelte den Kopf und sagte: »Nein, nicht mit einem flachen Stück. Ich brauche mindestens zwei.« Mondkinds Stimme verriet mir, daß er das Ganze für einen Alptraum hielt.

Meister Li nickte. Er stand auf, ging zu Klagende Morgendämmerung hinüber und griff nach seinem Messer. Es floß kaum Blut, als er das gesplitterte Holz aus ihrer Brust entfernte. Er suchte in der Wunde, fand etwas, wusch es in Wein und trocknete es an seinem Gewand ab. Dann warf er es Mondkind zu, und ich sah, daß es eine kleine, scharfe Steinspitze war.

»Ich hatte mich geirrt«, sagte Meister Li. »Ich dachte, Klagende Morgendämmerung sei in einer früheren Inkarnation Tou Wans Zofe gewesen. In Wirklichkeit hat sie diese Inkarnation nie hinter sich gelassen. Tou Wan wollte sie mit der Haarnadel erstechen. Die Spitze brach in ihrem Herzen ab, und deshalb lebte sie weiter. Sie floh, die Soldaten, die sie verfolgten, schlugen ihr auf den Kopf und hielten sie für tot. Der Stein brachte sie wieder ins Leben zurück, und die Zofe wanderte ohne Erinnerung durch die Welt, bis die alte Tai-tai sie aufnahm, ihr ein neues Zuhause und einen neuen Namen gab.«

Meister Li legte Mondkind die Hand auf die Schulter, kam zurück, legte mir die Hand auf die Schulter und setzte sich neben seinen Weinschlauch.

»Trauert nicht um Klagende Morgendämmerung«, sagte er ruhig. »Erinnert ihr euch daran, wie sie im Delirium gesungen hat, weil sie glaubte, dadurch die Schmerzen der alten Frau zu lindern, die sie liebte? Sie trug im Herzen ein Geschenk des Himmels, das ihr rechtmäßig nicht gehörte. Wenn sie gewollt hätte, wäre keine Frau der Geschichte mehr verehrt, mehr gefeiert worden als sie, aber sie wollte sich nicht an Lug und Trug beteiligen. ›Es ist falsch, so zu singen‹, hat sie gesagt, es ist wie Stehlen. Ich habe keine Ahnung, wie ihr seltsames, unstetes Leben verlief. Ich weiß auch nicht, wie und warum sie durch die Welt zog, ohne daß sich ihre Erinnerungen wieder einstellten. Aber ich weiß, daß sie sich siebeneinhalb Jahrhunderte geweigert hat, dem Himmel etwas zu stehlen. Man wird sie im Reich der Schatten mit den höchsten Ehren empfangen. Mit dem Guthaben auf ihrem Konto könnte man das halbe Reich kaufen, und bestimmt wird man ihr gestatten, zum Berg K'un-lun aufzusteigen und zu Füßen des Himmlischen Jadekaisers zu sitzen. Das ist sehr viel mehr, als Prinz Liu Pao erreichen wird.«

Meister Li blickte kalt und voll Verachtung über die Schlucht auf den Prinzen.

»Er hat bereits fünf Menschen ermordet, um seinen Tuschpinsel in die Steinschale zu tauchen, den Pinselstrich des Himmels zu stehlen, hübsche Bilder zu malen und sie als die eigenen auszugeben.«

Meister Li spülte den Mund mit Wein und spie ihn aus. »Lug und Trug«, knurrte er. »Die Fäulnis wird mit Farbe überdeckt und mit Lügen vergoldet.«

Der Prinz wurde blaß.

»Seid Ihr dieser Ansicht, alter Mann?« flüsterte er. »Glaubt Ihr das wirklich?« Er wurde rot. »Meine Bilder gehören mir. Ich zeige sie niemandem. Was ist daran Betrug?«

»Onanie«, sagte Meister Li. »Und in Eurem Fall kommt das immer noch einer Vergewaltigung gleich.«

»Meine Bilder dienen dem Zweck, die Wege der universellen Kraft zu erforschen«, rief der Prinz zornig. »Mein abscheulicher Ahne suchte die Wahrheit in Strömen von Blut. Ich suche sie in harmloser Farbe, und sogar der Lachende Prinz konnte für sich in Anspruch nehmen, daß er das richtige Ziel der Philosophie im Auge hatte! Ihr, andererseits, verschwendet Eure Zeit mit unwichtigen Rätseln, und das sind Kindereien!«

Meister Li hob den Weinschlauch, nahm einen großen Schluck und wischte sich die Lippen mit dem Bart ab.

»Oh, ich halte das Rätsel des Steins keineswegs für unwichtig«, sagte er gelassen. »Ich bekenne mich jedoch schuldig, an einer gewissen kindlichen Vorstellung vom Universum festzuhalten.«

Das Gesicht des Prinzen bekam wieder seine normale Farbe. Er hob den Lederbeutel, trank und lehnte sich zurück.

»Kindlich? Nein, aber sehr altmodisch«, sagte er und lachte leise. »Alles, was Ihr tut, ist altmodisch. Wer würde heutzutage quer durch China und sogar bis in die tiefste Hölle stürmen, weil er seinen Erfahrungen mehr traut als der Objektivität eines ganzen Expertenheers? Ihr scheint die anthropomorphen volkstümlichen Vorstellungen von Göttern und Göttinnen ernst zu nehmen, und Euer Interesse an dem Stein scheint dem unbedingten Glauben an die Märchen in den angeblichen Annalen von Himmel und Erde zu entspringen. Li Kao, Ihr seid ein sehr großer Mann, aber – und ich sage das mit der größten Achtung –, Ihr seid das alte Monument längst gestorbener Auffassungen, Praktiken und Werte.«

Prinz Liu Pao hob lachend seinen Stein hoch. Ich sah, daß er ihn an einer Schnur um den Hals trug und die silberne Kapsel entfernt hatte, in der er normalerweise lag. Meister Li beugte sich vor, flüsterte mir etwas zu, und ich flüsterte verstohlen mit Mondkind.

»Er sagt, du sollst dich bereit halten, mit den beiden Steinstücken den Seelenton hervorzubringen. Er wird rufen, wenn es soweit ist.«

Mondkind starrte ins Leere, und er versuchte, sich zu konzentrieren. Seine Finger zitterten, als er die beiden Steinstükke in den hohlen Händen hob.

»Trotzdem sind einem alten Monument mit einem kleinen Charakterfehler gewisse Freuden versagt«, rief der Prinz. »Zum Beispiel, den schlichten Ton völliger Unschuld zu hören. Ich glaube jedoch, daß in dieser Entfernung und mit der akustischen Verstärkung der Felswände hinter uns ...«

»*Jetzt!*« rief Meister Li.

Mondkinds Lippen näherten sich den gewölbten Händen. Sein Kehlkopf begann, sich unglaublich schnell zu bewegen, und mir hüpfte das Herz, als eine unbeschreibliche Schönheit, Sehnsucht, Hoffnung und Trauer von den Felswänden widerhallte.

Kung... chang... hueeeeeeeeeeeeeehh....

Meister Li schwankte, aber seine Reaktion war nichts im Vergleich zu der des Steins, den Prinz Liu Pao in der Hand hielt. Er sprang dem Prinzen aus der Hand und flog buchstäblich Mondkind entgegen. Die Schnur um den Hals des Prinzen spannte sich ruckartig und zog ihn vorwärts.

In meiner Naivität begriff ich erst jetzt, was der Prinz uns hatte antun wollen. Der Abgrund war nur wenige Schritte entfernt, und in zweihundert Fuß Tiefe ragten zerklüftete Felsen auf. Prinz Liu Pao schwankte am Rand, hob die Arme, um das Gleichgewicht zu halten, und dann fiel er. Ich schloß die Augen. Als ich sie wieder öffnete, sah ich ein Wunder.

Der Prinz stand in der Luft. Er ging über das Nichts und versuchte, den Stein zurückzuhalten und wieder unter Kontrolle zu bringen. Dann sah er uns an und lächelte.

»Li Kao, habt Ihr wirklich geglaubt, ich hätte nicht damit gerechnet?« fragte er spöttisch. »Konntet Ihr Euch nicht denken, daß ich etwas von dem Stein und den Aufzeichnungen und Diagrammen meines Ahnen gelernt habe? Ich prahle nicht gern, aber vermutlich weiß ich mehr über die Kräfte des Universums als jeder andere Mensch.«

Er deutete auf seine Sandalen, die auf Luft standen.

»Das zum Beispiel ist ein Kraftfeld, das stark genug wäre,

zehn Elefanten zu tragen, wenn die Elefanten lernen könnten, es zu sehen und sich darauf einzustellen. Mir ist das gelungen, und ich hoffe aufrichtig, Ihr seid ebenfalls dazu in der Lage.«

»Einer von uns ist es«, sagte Meister Li ruhig.

»Nummer Zehn der Ochse?« fragte der Prinz. »Ich gebe zu, kein Mensch kann ohne die richtige Ausrüstung die eine Wand der Schlucht hinunter und die andere wieder hinaufklettern. Als Ochse Euch von einer Seite zur anderen trug, ging er auf einem Kraftfeld, wie ich es jetzt tue.«

Meister Li hüpfte auf meinen Rücken, und der Prinz lächelte breit.

»Deshalb hat Euer Bewußtsein ihn Euch im Spiegel als jemanden gezeigt, der zum ersten Mal als Mensch geboren wurde, denn durch die Luft gehen kann nur die reine Unschuld. Aber ist Euch klar, daß Ochse sich damals der Gefahr nicht bewußt war? Der Nebel hatte euch die Sicht genommen. Jetzt ist es anders, und Unschuld kann nicht viel Wissen vertragen.«

Seine Lippen berührten den Rand des Steins, den er in den Händen hielt. Der Ton aus der Schale klang so rein und stark, daß ich nicht lockende Klänge hörte, sondern die Worte aus der Seele eines Steins:

»*Komm . . . zu . . . miiiiiiiiiiiiiiiiiiiiiiiiiiiiiiiir! Komm . . . zu . . . miiiiiiiiiiiiiiiiiiiir!*«

Mondkind und ich wurden zum Rand des Abgrunds gezogen. Ich sah kein Kraftfeld. Ich sah in zweihundert Fuß Tiefe nur Felsen wie die Zähne im Maul eines Hais, und das Entsetzen schüttelte mich wie eine Stoffpuppe. Mir blieb keine Wahl. Ich mußte dem Ruf gehorchen oder sterben, und mein Fuß hob sich ins Nichts.

Mondkind schwankte am Rand. Sein Kehlkopf vibrierte schneller, als es einem Kehlkopf eigentlich möglich war. Der Schweiß rann ihm in Strömen über das Gesicht, und dann geschah etwas Außergewöhnliches. Er brachte den Ton des Steins hervor, überlagerte ihn jedoch gleichzeitig mit einem anderen Ton. Es war Wind, Sonne, Regen, Schnee und eine gemütliche warme Kate – es war das Lied, das Klagende Morgendämmerung für die alte Tai-tai gesungen hatte. Aber jetzt sang sie es für mich. Klagende Morgendämmerung rief mich, und ich konnte mir nicht vorstellen, daß ich das Kraftfeld vorher nicht gesehen hatte. Dort war es, keine sechs Fuß von der Leere vor meiner Sandale entfernt. Ich drehte mich um und ging darauf zu. Vertrauensvoll trat ich in die Luft, öffnete die Arme, um Klagende Morgendämmerung zu umarmen, und nahm nur verschwommen das bleiche, entsetzte Gesicht des Prinzen wahr, hörte das Klicken der Feder in Meister Lis Ärmel und sah das Blitzen des Messers, als es herausschoß.

Das Lied von Klagende Morgendämmerung hatte sich gedreht. Jetzt erklang es hinter mir und rief mich zurück. Wie ein Schlafwandler drehte auch ich mich um und ging auf dem Pfad aus wirbelnder Kraft zurück, der so weich war wie ein Teppich. Meister Li saß leise lachend auf meinem Rücken, und er lachte laut, als meine Sandalen wieder auf Felsen und Gras gingen. Mondkind fiel keuchend auf die Erde und rieb sich den Hals. Meister Li sprang von meinem Rücken.

Die Töne waren verstummt. Ich kehrte in die Wirklichkeit zurück, wirbelte herum und starrte auf Prinz Liu Pao, der immer noch mitten über der Schlucht in der Luft stand. Er trug den Stein nicht mehr um den Hals. Seine Liebenswürdigkeit und seine Wärme waren verschwunden, und dort stand jetzt ein egoistischer, verschlagener kleiner Mann, der wie ein verängstigter Affe aussah.

»Aber Prinz, es besteht kein Grund zur Angst. Habt Ihr wirklich geglaubt, ich würde Euch die alberne Kehle durchschneiden?« Meister Li löste den Stein von der Schnur, die er vom Hals des Prinzen abgetrennt hatte. »Weshalb halten mich die Leute für einen brutalen Meuchelmörder?« fragte er wehmütig. »Ich bin nicht brutal.«

Die Fackel, die Mondkind aus dem Labyrinth mitgenommen hatte, lag noch im Gras. Pech ist schwer zu löschen, und sie

brannte immer noch. Meister Li deutete auf die Fackel und dann zum Schloß auf der anderen Seite der Schlucht.
»Ochse, kannst du sie in dieses Fenster werfen?«
In mir hatten sich viele Gefühle gestaut, und ich ließ einigen freien Lauf. Die Fackel wirbelte über die Schlucht und flog durch das Fenster in das Atelier des Prinzen. Ich glaubte, sie sei ausgegangen, aber ich irrte mich. Öl und Terpentin entzünden sich leicht, und schon loderten die Flammen auf.
»Seid unbesorgt«, beruhigte Meister Li den Prinzen. »Jeder wahre Künstler weiß, daß ein Meisterwerk ein Zufall ist, und daß man es verbrennen sollte. Wer Vollkommenheit liebt, begeht kreativen Selbstmord. Außerdem sind Eure hübschen Bilder nicht dazu da, um darin zu schwelgen, sondern um daraus zu lernen, und Ihr habt bereits gelernt.«
Meister Li griff nach dem Weinschlauch und trank einen großen Schluck. »Ich billige Euer Ziel allerdings nicht ganz«, sagte er. »Chuang Tzu war einer der früheren Besitzer des Steins. Er hatte einen Schüler, der sich sieben Jahre lang dem Studium der universellen Kraft widmete, und dann das gefundene Wissen unter Beweis stellte, indem er über einen Fluß ging. Chuang Tzu brach in Tränen aus. ›O mein Junge‹, schluchzte er, ›mein armer, armer Junge. Du hast sieben Jahre deines Lebens darauf verwendet, das zu lernen. Dabei fährt der alte Meng kaum zwei Meilen weiter unten schon die ganze Zeit mit seiner Fähre über den Fluß und nimmt dafür nur zwei Kupfermünzen.‹«
Meister Li legte den Weinschlauch ins Gras.
»Außerdem kann Levitation sehr ungesund sein, wenn man an den Halt eines Steins gewöhnt ist«, fügte er hinzu.
Aus dem Atelier schlugen die Flammen. Prinz Liu Pao weinte. Er drehte sich um, streckte die Arme aus und wollte zu seinen Bildern laufen. Plötzlich schrie er entsetzt auf und blieb stehen. Ich sah, wie sich seine Beine langsam spreizten, als teile sich das Kraftfeld in zwei Bahnen. Er sah sich unsicher um. Sein weißes, angstvolles Gesicht richtete sich auf mich.

»Ochse? Wo geht es entlang? Wo ist der Weg?«
»Prinz, ich sehe ihn nicht mehr!« rief ich ihm zu. »Ich sehe nur Luft!«
Seine Beine spreizten sich weiter. Im nächsten Moment würde er fallen. Er schrie auf und sprang nach links. Er landete wieder auf einem Kraftfeld und lief los. Er machte zwei Schritte, aber nicht den dritten, und manchmal sehe ich im Traum immer noch einen schreienden Staubwedel, der sich überschlägt und überschlägt, während Prinz Liu Pao in den Abgrund stürzt. Ich höre das spöttische Echo der Felswände und dann das schreckliche Klatschen eines Körpers, der tief unten auf die Felsen schlägt.
Meister Li ging zum Rand der Schlucht und blickte hinunter. »Schade«, sagte er, »er war wirklich begabt. Genau der richtige Mann, um Tischkarten auszumalen.«

26

Der Boden der Schlucht kam mir entgegen, und ich preßte den Kopf zwischen die Knie, bis sich mein Magen wieder beruhigt hatte. Mondkind saß neben Klagende Morgendämmerung und hielt ihre leblose Hand. Meister Li drehte dem Abgrund den Rücken und schüttelte angewidert den Kopf – aber das hatte nichts mit dem Prinzen zu tun.

»Wenn jemand an mir eine Autopsie durchführt und den Schädel öffnet, wird eine als Gehirn getarnte Rübe zum Vorschein kommen«, brummte er mißmutig. »Dieser verrückte Fall ist mir immer noch nicht klar.«

Ich starrte ihn fassungslos an. Sogar Mondkind hob erstaunt den Kopf.

Meister Li zuckte mit den Schultern. »Wir müßten den Verstand von Tausendfüßlern haben, um nicht darauf zu kommen, daß es bei diesem Fall nur ganz nebenbei um Menschen geht. Wichtig ist ein Stein.« Er verschränkte die Hände auf dem Rücken und ging auf und ab. Plötzlich blieb er stehen und blickte wütend zum Himmel auf. »Wie zum Teufel könnt ihr von dummen Menschen erwarten, daß sie *verstehen*?« schrie er ehrfurchtslos und ging weiter auf und ab.

»Die Alten haben den Versuch aufgegeben zu verstehen«, murmelte Meister Li. »Sie hatten ein paar tausend Jahre lang beobachtet, wie das Feuer festes Holz in immaterielle Wärme und Licht verwandelte, ehe sie das erste Gesetz des Taoismus formulierten: Es gibt nichts Festes. Fünf Jahrhunderte später formulierten sie das zweite Gesetz: Alle Materie besteht aus gebündelter reiner Energie, genannt *Ch'i,* die Lebenskraft und *Shih*, die bewegende Kraft. Es vergingen weitere fünf Jahrhunderte, und nach dem dritten Gesetz hoben sie die Hände und gaben auf.«

Er blieb stehen und grinste uns an.

»Ihr könnt es glauben oder nicht, aber es ist etwas daran«, sagte er. »Ochse und unser toter Freund haben wunderbar das erste und das zweite Gesetz veranschaulicht, indem sie ihr *Ch'i* und ihr *Shih* dem anpaßten, was scheinbar nur Luft war, und darauf gingen. Der Traum des Ochsen von einer orangefarbenen Tonkugel war ein unbewußtes Echo des dritten Gesetzes: Alle Energie wird durch das Festhalten an klassischen Mustern kontrolliert.«

Meister Li ging wieder auf und ab.

»Ochse träumte, die Tonkugel habe einen Puls, der einem ungewöhnlichen Rhythmus folgte. Das dritte Gesetz besagt, daß auch das unbedeutendste Stück Ton sein *Ch'i* und sein *Shih* in Einklang mit dem des vollkommenen Tons bringen muß, und daß die Kraft der Sterne im Einklang mit der Schwingung des vollkommenen Sterns stehen muß. Jede Pflanze, jedes Tier, jedes Insekt, jeder Wassertropfen, jedes Staubkorn – alles im Universum hat ein klassisches Vorbild, von dem es sich leiten lassen muß. Diese vollkommenen Schwingungen sind die Bausteine, aus denen der Wall gegen die Anarchie gemacht wurde. Man nennt ihn die Himmelsmauer. Deshalb sagten die Alten: ›Genug! Bis hierher und nicht weiter!‹ und hörten auf zu fragen. Der nächste Schritt verlangte, das Wesen der universalen Kraft als Ganzes zu verstehen, und das übersteigt bei weitem die Fähigkeiten des menschlichen Geistes.«

Meister Li blieb stehen und hob mahnend seinen Zeigefinger.

»Soviel kann man sagen. Es gibt nichts Wichtigeres für alles Leben, als die Himmelsmauer zu erhalten. Nichts! Die Kräfte sind ehrfurchtgebietend, und wenn die Mauer einstürzen und die Kraft Amok laufen würde, könnte das ganze Universum keine Sekunde länger bestehen. Die Göttin Nu Kua hat die Aufgabe, die Himmelsmauer instand zu halten, und wenn die Göttin etwas will, bekommt sie es. Aus unerfindlichen Gründen wollte sie einen Stein mit einem Fehler, und als sie den Fehler nicht beheben konnte, warf sie uns den Stein in den Schoß.«

Meister Li setzte sich zwischen Mondkind und mich und nahm die beiden Stücke des Steins, die Mondkind in der Hand hielt. Vorsichtig fügte er sie mit dem Stück des Prinzen zusammen und hielt den Stein aus den drei Stücken ins Licht.

»Da ist der Fehler, seht ihr ihn?« Eine winzige Goldader zog sich durch den Stein. »Gold ist etwas Schönes, aber für einen Stein etwas Schlechtes. Besonders, wenn man ihn für eine Mauer verwenden will.«

An den einzelnen Stücken war es mir nicht aufgefallen, aber nun sah ich die schwachen gelben Adern an den Bruchstellen.

»Die Annalen von Himmel und Erde, wenn wir davon ausgehen, daß es sie gab, berichten, daß die Göttin den Stein schließlich verwerfen mußte, aber erst, als die Berührung ihrer Hand ihm eine Seele geschenkt hatte«, murmelte Meister Li. »Später benutzten ihn zwei große Philosophen als Tuschstein, und die Berührung des Himmels brachte eine göttliche Kalligraphie hervor. Prinz Liu Pao benutzte ihn, um von den Göttern zu stehlen, denn er wollte hübsche Bilder malen. Ich frage mich . . .«

Er sprach den Satz nicht zu Ende, sondern band den zusammengefügten Stein schnell mit der Schnur zusammen, die der Prinz um den Hals getragen hatte. Er öffnete den Weinschlauch und tauchte den Stein hinein. Nach einer Minute zog er ihn wieder heraus, entfernte die Schnur und legte den Stein ins Gras. Er setzte den Weinschlauch an die Lippen, und ich sah, wie langsam ein sinnlicher Schauer durch seinen Körper rann. Als er den Kopf hob, glänzten seine Augen vor Ehrerbietung.

»Erhabener Jadekaiser, wenn man das im Himmel trinkt, laß

mich lange genug leben, damit ich ein Heiliger werde«, flüsterte er.
Mondkind und ich tranken kleine Schlucke. Mir fehlen die Worte dafür. Aus dem scharfen Alkohol des Haininger Bergtaus war der Nektar der Götter geworden, und wenn ich ihn beschreiben wollte, müßte ich von den mystischen Schilderungen göttlicher Offenbarungen stehlen.
»Nun sage einer etwas von Versuchung!« rief Meister Li. »Ich könnte anfangen, ganze Seen davon zu machen, und man würde mich auf der Stelle zum Gott erheben!«
Der Wein hatte auf Mondkind die stärkste Wirkung. Er wurde leichenblaß und begann, von einem mächtigen Gefühl erfaßt, sich hin und her zu wiegen. Ich glaubte, er würde weinen, bis mir klar wurde, daß er nie eine Träne vergoß. Mondkind konnte nicht weinen, selbst wenn Klagende Morgendämmerung tot neben ihm lag. Meister Li betrachtete Mondkind forschend.
»Weißt du, es ist gut möglich, daß ich denselben Fehler zweimal begehe«, sagte er nachdenklich. »Bei dem Prinzen habe ich das Naheliegende nicht gesehen, weil es zu einfach war, und jetzt versuche ich vielleicht, etwas zu verstehen, was man nicht verstehen muß. Vielleicht genügt es zu wissen, daß die Göttin die Würfel zu einem letzten verzweifelten Wurf in der Hand hält, und wir können nur beten, daß sie richtig fallen. Schließlich müssen wir annehmen, daß der pulsierende Stein eines der wichtigsten Dinge im Universum ist. Weshalb sonst hätte sie sich die ganze Mühe mit Mondkind gemacht?«
Mondkind starrte ihn an. Ich auch. Der alte Mann warf den Kopf zurück und lachte, bis ihm die Tränen über die Wangen liefen.
»Was für ein Geschöpf ist Mondkind!« prustete er. »Mein Junge, du bist einerseits die Apotheose der Schönheit, der Verantwortungslosigkeit, der wilden, ungezügelten Sexualität, und andererseits ist keine böse, unfreundliche oder auch nur unangenehme Faser an dir.« Meister Li schüttelte ver-

wundert den Kopf. »Wir können sicher sein, daß Kunst im Spiel ist, denn eine solche Verbindung von Exzeß und Unschuld findet sich in der Natur nicht. Du hättest unmöglich die schuldlose Sünde zur Vollkommenheit bringen können, ohne vorher mit den üblichen zu experimentieren, und als Ochse und ich dich vor dem Spiegel Vergangener Existenzen beobachtet haben, spielte unser Unterbewußtes ein Duett. Bei Buddha! Was für eine Folge von Inkarnationen. Von Gemeinheit über Verderbtheit und Bosheit zur Monstrosität. Und alles gipfelte in der Inkarnation als die ausschweifendste und unwiderstehlichste Hure, die je ihren Hintern über die Seiten der Geschichte geschwenkt hat!«

Meister Li wischte sich die Tränen aus den Augen und zwinkerte mir zu. »Komm schon, Ochse, du hast sie doch bestimmt auch erkannt. Ich dachte, jeder Junge in ganz China kennt die unanständigen Stellen ihrer Biographie auswendig.«

Ich erinnerte mich, Mondkind im Spiegel als Frau gesehen zu haben, und ich begriff, er *war* eine Frau gewesen. Ich wurde knallrot. Plötzlich erschien mir seine unglaubliche Schönheit vollkommen logisch, und ich wußte, wer die Dame im Spiegel gewesen war.

»Goldene Lotusblüte«, sagte Meister Li glücklich. »Mondkind wandelte einmal als männerverschlingende Verführerin über die Erde, und sie war so aufsehenerregend unmoralisch, daß sie in den Himmel kam, um die größte Schutzherrin der Prostituierten aller Zeiten zu werden. Ich vermute, die Göttin Nu Kua begann, sich Gedanken über eigenartige Kombinationen von *Ch'i* und *Shih* zu machen, als Goldene Lotusblüte über die Perlenwege tänzelte und den jungen Göttern den Kopf verdrehte. Man entfernte Goldene Lotusblüte aus ihrer Stellung und gab ihr eine neue Gestalt. Erinnert ihr euch?«

Ich erinnerte mich an Mondkind im Spiegel. Er hatte sich verändert und doch nicht verändert, war immer noch schön, verschmolz jedoch mit leuchtenden Farben, hob das Gesicht und die Arme zur Sonne, beinahe wie . . .

»Eine Blume«, sagte Meister Li leise. »Eine schöne, fehlerhafte Blume namens Purpurperle. Man pflanzte sie so, daß ein fehlerhafter Stein sie finden mußte, und der Stein brachte Tau und Regentropfen, um die Blume damit vom Bösen zu reinigen. Die Blume verliebte sich in den Stein und gelobte, ihre Schuld zu begleichen, indem sie jede Träne, die sie hatte, vergoß. Es kann Jahrhunderte, sogar Jahrtausende unserer Zeitrechnung dauern, bis eine Blume wiedergeboren wird. Aber die größte Tugend des Steins ist die Geduld.«
Mondkind bekam große, staunende Augen. Meister Li nahm den Stein, dessen drei Stücke nun wieder zusammengefügt waren, und legte ihn Mondkind in die Hände. Dann griff er nach dem Weinschlauch und stand auf.
»Das scheint sehr albern zu sein, aber was soll's«, sagte er. »Leg die Hände fest um den Stein, Mondkind, schließ die Augen. Versuch, dir eine wasserlose Stelle nahe am Fluß der Geister vorzustellen. Trockenheit und Verwelken, und dann einen treuen Stein, der mit dem Morgentau des Himmels herbeifliegt.«
Mondkind schloß die Augen und hielt den Stein fest in den Händen. Meister Li wartete, hob dann den Weinschlauch und träufelte himmlischen Nektar auf Mondkinds Kopf. Die Wirkung war keineswegs albern. Mondkind begann zu zittern und preßte den Stein an sein Herz. Über seine Lippen kamen unbeschreiblich melodische Töne, aus denen allmählich Worte entstanden ...
»Liebe ... Liebe ... aber ich habe keine Tränen ... Selbst als Kind konnte ich nicht weinen ... Wie kann ich um einen Stein weinen ... Liebe ... Liebe ... Liebe ... Aber ich kann nicht weinen ...«
Meister Li bedeutete mir, ihm zu folgen.
»Wir werden dich eine Weile allein lassen«, sagte er ruhig. »Wenn eine Blume gelobt, Tränen zu vergießen, ist das eine sehr ernste Verpflichtung, und weder Götter noch Menschen haben das Recht, ihre Entscheidung zu beeinflussen.«
Er drehte sich um, und wir gingen um den Gipfel herum zur

anderen Seite des Rechten Drachenhorns. Meister Li setzte sich auf einen flachen Stein und blickte ins Tal hinunter. Dort liefen die Bauern ängstlich durcheinander, aber soweit ich sehen konnte, beschränkten sich die Folgen des Erdbebens auf ein paar eingestürzte Dächer und Scheunen. Weiche Schattendecken legten sich über die Felder, und die Vögel sangen ihre letzten Lieder. Meister Li hob den Weinschlauch und behielt den Nektar zuerst ehrfürchtig im Mund, ehe er ihn hinunterschluckte. »Ochse, ich glaube, Prinz Liu Pao sollte ein Held werden«, sagte er nachdenklich. »Es ist besser so, obwohl es für seine Erben auf lange Sicht Probleme mit sich bringen kann. Wir sagen dem Abt, der Prinz sei im letzten siegreichen Kampf gegen die Mächte des Bösen umgekommen, und daß sein abscheulicher Ahne das Tal der Seufzer nie wieder heimsuchen wird.«

»Ja, Meister«, sagte ich.

»Die Bauern werden einen Tempel für ihn wollen, aber ein Schrein tut es auch.« Meister Li begann, sich für den Gedanken zu erwärmen. »Sagen wir zwei Schreine!« rief er begeistert. »Wir behaupten, es sei sein Wunsch gewesen, der Länge nach halbiert zu werden. Jede Hälfte soll in einem der beiden zerstörten Teile der Prinzentrift als Dünger für neue Pflanzen begraben werden.«

»Ja, Meister«, sagte ich.

»Er wird die Heiligen Prinzenhälften im Tal der Seufzer werden. Jede Hälfte wird die sehende Seite den guten Taten der Bauern zuwenden und die blinde Seite den schlechten, und die Legende über das, was geschehen wird, wenn Gefahr droht und die beiden Hälften sich wieder vereinigen, müßte sehr interessant sein. Ich hoffe, die Höhle von Wolf hat das Erdbeben überstanden, denn die Jungen sollten sofort anfangen, an der Legende zu arbeiten.«

»Ja, Meister«, sagte ich.

»Seine letzten Worte waren: ›Ich sehne mich danach, im Grab zu liegen, das unschuldige Lachen von Kindern und das wonnige Blöken der Lämmer zu hören, und . . .‹«

»Nein, Meister«, sagte ich.
»Vermutlich hast du recht.« Meister Li nickte. »Soweit gehen Bauern nicht. Am besten übernimmst du diesen Teil.«
»Ja, Meister«, sagte ich.
»Mit seinen letzten Worten wies er seine Erben an, den durch das Erdbeben entstandenen Schaden wiedergutzumachen und dem Kloster ein neues Dach zu stiften.«
»Du bist ein guter Junge«, sagte Meister Li.
»Außerdem sollen sie den Damm an der Kreuzung der Wege zwischen Kloster, Dorf und Schloß reparieren. Ein ordentlicher Platzregen, und die Melonen schwimmen nach Soochow.«
»Noch etwas?«
»Nein, Meister«, sagte ich. »Noch mehr, und die Bauern werden erwarten, daß die Erben des Prinzen ihnen die Sandalen flicken und die Nachttöpfe leeren.«
Wir saßen schweigend nebeneinander. Meister Lis Falten schienen älter als die Risse und Spalten in den Hügeln zu sein, und er wurde melancholisch.
»Weißt du, der Prinz hatte recht«, sagte er. »Ich bin beinahe der letzte Vertreter der alten Art, und vielleicht ist das ganz gut so. Wenn man von den Neokonfuzianern absieht, spricht sehr viel für die neue, für die kommende Zeit. Trotzdem hoffe ich, du machst fleißig Notizen, um die archaische Art Probleme anzugehen, zu dokumentieren. Die alte Art macht viel Spaß, in ihr liegt viel Schönheit, und alle, die nach ihr vorgehen, sterben selten an Langeweile.«
»Ja, Meister«, sagte ich.
Er sah mich ernst an und nickte. Wir standen auf und gingen zurück. Ich versuchte, mich vorzubereiten, aber es traf mich trotzdem wie ein Faustschlag in die Magengrube. Meine Augen schwammen in Tränen.
»O Mondkind«, schluchzte ich.
Er tat immer alles sehr ordentlich. Meister Lis Messer war sorgfältig gesäubert, und er hatte einen kleinen Damm aus Erde gebaut, damit das Blut aus der Pulsader sich sammelte

und über den Stein floß, ohne das Gras unnötig zu beflecken. Mondkind hatte die Hand von Klagende Morgendämmerung über seine gelegt und den Stein darunter. Meister Li ging hinüber, hob sanft die Hände und nahm den Stein. Er wusch ihn im Wein, den er in Nektar verwandelt hatte, trocknete ihn an seinem Gewand ab und hielt ihn ins Licht.

»Ochse, was für ein wundervolles Werk«, flüsterte er.

Ein Stein hatte vor langer Zeit das Böse von einer Blume abgewaschen. Jetzt hatte die Blume die Tränen vergossen, die sie gesammelt hatte, um den Fehler vom Stein abzuwaschen. Nicht die geringste Spur von einem Riß oder von weichem Gold war zu sehen. Der Stein war so massiv, wie ein Stein nur sein kann.

Meister Li drehte sich um, hob den Kopf zum Himmel und füllte seine Lunge mit mächtigen Atemzügen. Ich hielt mir die Ohren zu, aber trotzdem schmerzte mir das Trommelfell von den hohen durchdringenden Adlerschreien aus der Kehle des alten Mannes. Ein Schrei nach dem anderen stieg auf, stieß durch die roten Wolken hindurch, und das Echo hallte von den Gipfeln wider.

Er fiel auf die Knie. Ich folgte seinem Beispiel. »Es ist Li Kao«, sagte er schlicht. »Ich bitte um Erlaubnis, die Göttin Nu Kua ansprechen zu dürfen.«

Wir knieten schweigend, während Wolken den ganzen Himmel bedeckten. Vermutlich war es Einbildung, aber ich begann, noch etwas zu spüren, das sich von Horizont zu Horizont erstreckte: eine grenzenlose mütterliche Präsenz.

»Göttin«, begann Meister Li höflich, »verzeiht mir, wenn ich mit einer unwichtigeren Sache beginne. Aber ich habe einen Eid geschworen. Die derzeitige Schutzherrin der Prostituierten ist unfähig und eine Schande, und die Huren von China wünschen, daß sie abgelöst wird. Da die große Goldene Lotusblüte wohl kaum zur Verfügung stehen dürfte, haben sie Kaiserin Wu nominiert.«

Schwefel lag in der Luft. Donner grollte.

»Nun ja, vielleicht ist es keine allzu gute Idee, eine solche

Frau frei herumlaufen zu lassen«, räumte Meister Li hastig ein. »Man hat mich ermächtigt, einen Ersatz zu wählen, und ich nominiere in aller Bescheidenheit Tou Wan, die Gemahlin des Lachenden Prinzen. Es ist wahr, sie hat versucht, ihre Zofe zu ermorden, aber ich habe noch keine richtige Dame getroffen, die nicht hin und wieder denselben Wunsch verspürt hätte. Soweit mir bekannt ist, beteiligte sich Tou Wan nicht an den Foltereien und Massakern ihres Gemahls, und was ihre Eignung angeht, so war sie unmoralisch, wollüstig, verführerisch, geizig und mit einem Herzen aus reinem Granit gesegnet. Sie war so zäh, wie ein Mensch nur sein kann, ohne daß das Übernatürliche ins Spiel kommt. Sie war intelligent, ließ sich nichts gefallen, und sie wäre sicher eine erstrangige Organisatorin. Eine bessere Repräsentantin der Huren kann ich mir nicht vorstellen, und sollte es Ärger mit ihr geben, muß man ihr nur einen kalten Trunk mit viel, viel, viel Eis reichen. Darf ich so kühn sein und hoffen, daß eine offizielle Bittschrift mit einem günstigen Omen beantwortet würde?«
Der Schwefelgeruch verzog sich, und der Donner erstarb. Meister Li verneigte sich.
»Göttin, die Welt der Menschen ist eine Welt der Beschränktheit«, sagte er leise. »Unsere Sinne sind beklagenswert begrenzt. Unser Gehirn ist nicht mehr als eine winzige Kerzenflamme, die unruhig in einer unendlichen Dunkelheit flakkert. Unsere einzige Weisheit liegt darin zu gestehen, daß wir nichts verstehen, und da wir nichts verstehen, müssen wir das Beste aus unserem Glauben machen, denn er ist unsere einzige Gabe. Die größte Tat des Glaubens, zu der wir fähig sind, ist es, andere mehr als uns selbst zu lieben, und hin und wieder gelingt uns das recht gut.«
Er streckte die Hand aus und legte den Stein ins Gras.
»Wir danken Euch für Eure Hoffnung, daß der einzigen winzigen Gabe des Menschen gelingen möge, was andere Kräfte nicht vermochten«, sagte er. »Wir danken Euch, daß ihr uns einen fehlerhaften Stein geschickt habt, der über die Jahr-

hunderte hinweg eine fehlerhafte Blume rief. Wir danken Euch, daß Ihr uns die Blume geschickt habt, die auf den Ruf antworten und das größte Geschenk, zu dem die Liebe fähig ist, machen würde. Wir danken Euch, daß Ihr die Stücke zusammengebracht habt, und wir bitten darum, daß einem Stein und einer Blume endlich die Aufnahme in den Himmel gewährt wird.«

Er neigte sich bis zur Erde. Ich folgte seinem Beispiel, aber ich riskierte ein Auge. Meister Li tat es ebenfalls.

Ein schräger Sonnenstrahl drang durch die Wolken und glitt zu dem Stein. Ich hatte das Gefühl, daß er ihn untersuchte und prüfte, während er über die Oberfläche wanderte. Dann stand alles still. Die Vögel hörten auf zu singen, die Insekten hörten auf zu summen, und die Tiere hörten auf zu rascheln. Selbst der Wind hörte auf zu wehen, als der Stein sich langsam aus dem Gras hob und etwa vier Fuß über der Erde schwebte.

Ich hörte ein Summen. Ein Licht begann, in dem Stein zu glühen, und eine Schwingung machte mich schwindlig. Das innere Licht begann zu pulsieren, schneller und schneller, und der Stein begann zu zittern. Aus dem Summen war inzwischen ein gedämpftes Dröhnen von unglaublicher Stärke geworden, und ein Strahlenkranz kreiste um den Stein. Ein zweiter Strahlenkranz durchschnitt ihn, dann noch einer und noch einer. Der Stein schimmerte in einem blendenden Licht. Die Strahlenkränze bildeten ein schwindelerregendes Muster ineinander verschlungener Ringe, und ich wußte mit unumstößlicher Gewißheit, daß das *Ch'i* und *Shih* eines Steins genug Macht besaß, um das Tal der Seufzer in ein winziges Aschehäufchen zu verwandeln.

Die Schwingung wurde immer noch von dem Dröhnen begleitet, und der Stein zitterte immer noch. Das Dröhnen nahm zu, und der Stein schien zerspringen zu wollen.

Mondkind wurde durchsichtig, schimmerte, zerfloß und verschwand im Nichts. Auf der strahlenden Oberfläche des Steins erschien etwas. Farben nahmen an Leuchtkraft zu,

Knospen hoben und öffneten sich, und wir sahen eine wunderschöne Blume. Die Schwingung erstarb, und der Stein hörte auf zu zittern. Dann nahm die Kraft wieder zu – eine ungeheure Macht! – und das Zittern und die Schwingung setzten wieder ein.

Klagende Morgendämmerung wurde durchsichtig. Ihr Körper schimmerte und zerfloß wie Morgentau, und nur das niedergedrückte Gras verriet, wo sie gelegen hatte. Auf dem Stein erschien noch etwas. Eine anmutige grüne Ranke legte sich um den Stein und die Blume, und die drei schienen in einer ewigen Umarmung verschlungen zu sein. Die Schwingung erstarb, und der Stein hörte auf zu zittern.

Das Dröhnen der ehrfurchtgebietenden Macht wurde stärker und stärker, und die kreisenden Strahlenkränze verschmolzen miteinander. Nichts konnte der Kraft widerstehen, die sich dem Grenzenlosen näherte, doch der Stein blieb völlig ruhig und fest, und ich fürchtete nicht mehr, er werde zerspringen. Dann verblaßte das blendende Licht, das Dröhnen verstummte, und die Strahlenkränze drehten sich langsamer. Der Stein begann, zu den Wolken aufzusteigen, wurde immer schneller und schoß wie ein winziger Komet dem Großen Fluß der Sterne, der Himmelsmauer und der Göttin Nu Kua entgegen. Der ferne Funke verblaßte und war verschwunden.

Meister Li stand auf und reckte sich. »Woher soll ich das wissen?« sagte er als Antwort auf mein fragendes Gesicht. »Ich verstehe das Universum nicht besser als die Alten, und ich beglückwünsche sie zu ihrer Vernunft, die himmlischen Dinge den Göttern zu überlassen. Ich weiß nur, gewisse Dinge sind möglich und andere nicht.«

Er drehte sich um und blickte über die Schlucht.

»Nun gut, Prinz. Lug und Trug mögen die Welt regieren, aber Klassizismus ist immer noch das Gelbe vom Ei, wenn man das ›Neo‹ von ihm trennt«, sagte er zu den rauchenden Trümmern des Ateliers. »Die klassischen Wahrheiten gelten immer noch, die klassischen Werte bestimmen immer noch die Grenzen, und die klassischen Normen halten immer noch das Universum zusammen.«

Zu mir sagte er: »Komm, Ochse, suchen wir uns einen Platz, wo man immer noch weiß, wie man sich klassisch betrinkt.«

»Ja, Meister«, sagte ich.

Ich beugte mich vor, und er hüpfte mir flink auf den Rücken. Ich drehte mich um und lief den Weg zum Kloster hinunter und weiter nach Peking, zur Himmelsbrücke, zur Fliegengasse und zur Kneipe des Einäugigen Wong.

Barry Hughart

Die Brücke der Vögel

Roman aus einem alten China, das es nie gegeben hat
Aus dem Amerikanischen von
Manfred Ohl und Hans Sartorius
Band 8347

Mit der Amerikanern eigenen Unbefangenheit lockt Barry Hughart den Leser in eine seltsame mythologische Welt mit Göttern und Ungeheuern, guten und bösen Menschen, die so in China nie bestanden hat, dafür aber jeden Leser, der in sie eintaucht, nicht mehr losläßt.

»In diesem Buch wird so gelacht, geliebt und gesoffen, geweint und gelitten, daß der Leser mitlacht und mitweint – ein Jammer, daß es nur 300 Seiten hat.«

Brigitte

World Fantasy Award 1985 für diesen Roman

Meister Li und der Stein des Himmels

Roman. Aus dem Amerikanischen von
Manfred Ohl und Hans Sartorius
Band 8380

Das *Hamburger Abendblatt* schrieb zu diesem Buch: »Ist schon die Handlung so spannend wie ein Kriminalroman, so ermöglicht Hugharts Buch auch noch viele Einblicke in Leben und Weisheit des alten China, auch in die sozialen Bedingungen einer früh-industriellen Feudalgesellschaft. Hinter dem *Namen der Rose* braucht dieser Meister Li sich nicht zu verstecken.«

Fischer Taschenbuch Verlag

fi 1608 / 1

Unterhaltsame Literatur

Eine Auswahl

Erica Jong
Fanny
Roman. Band 8045
Der letzte Blues
Roman. Band 10905

M. M. Kaye
Insel im Sturm
Roman. Band 8032
Die gewöhnliche Prinzessin
Roman. Band 8351
Schatten über dem Mond
Roman. Band 8149

Sergio Lambiase
O sole mio
Memoiren eines Fremdenführers
Band 11384

Marie-Gisèle Landes-Fuss
Ein häßlicher roter Backsteinbau in Venice, Kalifornien
Roman. Band 10195

Werner Lansburgh
»Dear Doosie«
Eine Liebesgeschichte in Briefen. Band 2428
Wiedersehen mit Doosie
Meet your lover to brush up your English
Band 8033

Doris Lerche
Keiner versteht mich!
Psycho-horror-picture-show III. Band 8240

Die wahren Märchen der Brüder Grimm
Heinz Rölleke (Hg.)
Band 2885

Märchen und Geschichten aus der Welt der Mütter
Sigrid Früh (Hg.)
Band 2882

Märchen und Geschichten zur Weihnachtszeit
Erich Ackermann (Hg.)
Band 2874

Antonine Maillet
Bären leben gefährlich
Roman. Band 11185

Pat Mallet
Gelegenheit macht Liebe
Das scharfe Buch der kleinen grünen Männchen
Cartoons. Band 8337
Der große Pat Mallet
Band 8017

Fischer Taschenbuch Verlag

fi 1220/4 e

Unterhaltsame Literatur

Eine Auswahl

Jules Verne
Das grüne Leuchten
Neuübersetzung
Band 10942

T. H. White
Schloß Malplaquet oder Lilliput im Exil
Roman. Band 2702

Tad Williams
Traumjäger und Goldpfote
Roman. Band 8349

Barbara Wilson
Mord im Kollektiv
Band 8229

David Henry Wilson
Der Fluch der achten Fee
Ein Märchen
Band 10645

Barbara Wood
Herzflimmern
Roman
Band 8368
Lockruf der Vergangenheit
Roman. Band 10196
Rote Sonne, schwarzes Land
Roman. Band 10897
Seelenfeuer
Roman. Band 8367
Sturmjahre
Roman. Band 8369

Geert Zebothsen
Wettlauf mit dem Tod
Roman
Band 8348

Marion Zimmer Bradley
Die Feuer von Troia
Roman. Band 10287

Marion Zimmer Bradley
Luchsmond
Erzählungen. Band 11444
Die Nebel von Avalon
Roman. Band 8222
Lythande
Erzählungen. Band 10943
Tochter der Nacht
Roman. Band 8350

Marion Zimmer Bradley (Hg.)
Schwertschwestern
Magische Geschichten I
Band 2701
Wolfsschwester
Magische Geschichten II
Band 2718
Windschwester
Magische Geschichten III
Band 2731
Traumschwester
Magische Geschichten IV
Band 2744

Fischer Taschenbuch Verlag

fi 1220/7h